VERMISST IN DEN HIGHLANDS

Sybille Baecker ist gebürtige Niedersächsin und Wahlschwäbin. Sie liebt das Ländle, ihr Herz schlägt aber auch für die Highlands und die rauen Küsten Schottlands, die sie immer wieder gern und ausgiebig bereist. Ebenso hegt sie ein Faible für den Scotch Whisky. Die Fachfrau für »Whisky & Crime« ist Autorin der erfolgreichen Krimiserie um den Kommissar und Whiskyfreund Andreas Brander. 2020 wurde sie mit dem Arbeitsstipendium des Autorinnennetzwerkes Mörderische Schwestern ausgezeichnet.

Dieses Buch ist ein Roman. Handlungen und Personen sind frei erfunden. Ähnlichkeiten mit lebenden oder toten Personen sind nicht gewollt und rein zufällig. Auf Seite 332 findet sich ein Rezept.

SYBILLE BAECKER

VERMISST IN DEN HIGHLANDS

Kriminalroman

emons:

Bibliografische Information der Deutschen Nationalbibliothek
Die Deutsche Nationalbibliothek verzeichnet diese Publikation in der Deutschen Nationalbibliografie; detaillierte bibliografische Daten sind im Internet über http://dnb.d-nb.de abrufbar.

MIX
Papier | Fördert gute Waldnutzung
FSC® C083411
FSC www.fsc.org

Umschlagmotiv: shutterstock.com/travellight
Umschlaggestaltung: Nina Schäfer
Gestaltung Innenteil: DÜDE Satz und Grafik, Odenthal
Lektorat: Hilla Czinczoll
Druck und Bindung: CPI – Clausen & Bosse, Leck
Printed in Germany 2024
ISBN 978-3-7408-2098-5
Originalausgabe

Für Frank

Und für alle, die Lust auf eine spannende Reise
in die nördlichen Highlands haben

Wherever I wander, wherever I rove,
The hills of the Highlands forever I'll love.

Robert Burns, »My Heart's in the Highlands«

Dunkelheit lag über dem Wasser. Mond und Sterne hielten sich hinter einer Wolkendecke verborgen. Lediglich das Blinken der Leuchttürme, die sich an der Küste entlangzogen, wies die Richtung. Das Wasser schwappte schmatzend an den Korpus des kleinen Motorbootes, das von seinem Außenbordmotor mit aller Kraft vorangetrieben wurde. Wellen brachen sich am Bug, salzige Gischt spritzte über die Reling.

In der hinteren Hälfte hockten vier Menschen auf dem Boden, zusammengekauert und eng aneinandergedrängt. Sie zogen die Köpfe zwischen die Schultern, erschauerten, wenn wieder kalte Tropfen ins Heck und auf ihre Körper spritzten. Es waren drei Mädchen und ein Junge, keine Kinder mehr, aber doch nicht alt genug, um als erwachsen zu gelten. Mehr als die Kälte war es jedoch die Ungewissheit, die sie zittern ließ.

Ein fünfter – ein Mann, groß und breitschultrig, die rotblonden Haare unter einer Strickmütze verborgen – saß auf dem Plastiksitz im geschützten Cockpit und lenkte mit der Routine jahrelanger Seefahrt das Boot. Seit Kindertagen war er auf dem Meer unterwegs, kannte jede Gefahrenstelle an der Küste. Das Steuerrad wirkte in seinen Händen wie ein Spielzeug.

Die Augen suchten im fahlen Schein des Buglichts das Meer ab, bemüht darum, die Fahrt für seine Passagiere so ruhig wie möglich zu gestalten. Er wollte verhindern, dass ihm jemand ins Boot kotzte oder sich über die Reling beugte und dabei über Bord ging.

Als sie der Küste näher kamen, schaltete er die Positionslichter aus, auf den letzten Meilen auch das Buglicht. Er kannte den Küstenverlauf, steuerte zielsicher auf das kleine alte Hafenbecken zu. Hier gab es kein Leuchtfeuer.

Er drosselte das Tempo, fand die Einfahrt des Hafendamms und tuckerte gemächlich in den schützenden Bereich. Trotz der Schwärze der Nacht sah er die Beckenmauern. Reusen, Kanister und Berge von Netzen lagen auf dem Kai. Im Hintergrund erhoben sich die Silhouetten von drei Häusern schemenhaft gegen den dunklen Himmel, fernab jeder Zivilisation.

Er lenkte nach Steuerbord, suchte seinen Landungsplatz nah bei den Steinstufen, die hinauf zum Kai führten. Obwohl sich niemand im Boot regte, spürte er die Erleichterung seiner Passagiere, dem Festland endlich so nah zu sein.

Er vertäute das Boot und stieg auf die erste Stufe. Mit einem Handzeichen gab er dem Jungen zu verstehen, dass er aussteigen sollte. Eines der Mädchen war schneller als er und sprang auf. Sie ergriff die Hand des Kapitäns, machte einen beherzten Schritt vom Boot auf die Stufen. Dort blieb sie stehen und half den anderen an Land.

Keiner sprach auch nur ein Wort. Ein Stummfilm in Schwarz-Grau. Sie stolperten barfuß die feuchten Stufen hinauf. Lediglich ein unruhiges Atmen war zu hören. Obwohl es Sommer war, waren die vier unterkühlt. Auf dem Meer wehte ein kalter Wind, und in der Nacht gab es keine wärmende Sonne.

Oben am Kai scheuchte er sie eilig voran auf das alte Haus zu. Hinter den zugezogenen Vorhängen ließ sich ein Lichtstrahl ahnen. Sie wurden erwartet.

EINS

Inverness

The Victorian Market lag in unmittelbarer Nähe des Invernesser Bahnhofs, man musste lediglich die Academy Street überqueren, um zu der Einkaufspassage aus dem 19. Jahrhundert zu gelangen. Zahlreiche Läden, die Souvenirs, Süßwaren und Delikatessen anboten, dazwischen kleine Cafés, säumten die überdachten Wege. Lichterketten strahlten unter den Arkaden wie verfrühte Vorboten der Weihnachtszeit. Aus der Foodhall strömten den Besuchern die Gerüche der verschiedenen Speisen entgegen.

Kurz vor dem Ausgang zur Queensgate hatte erst vor wenigen Wochen ein Café eröffnet: The Ness Café. Kleine Bistrotische mit Rattan-Stühlen, alles in dunklem Grün und Cremeweiß gehalten, waren im Lokal verteilt. Vor dem Café standen drei weitere Sitzgruppen in der überdachten Mall. Zwei Tische waren besetzt, an dem dritten nahm soeben ein Mann Platz.

Er war schlank, trug eine helle, elegante Anzughose, dazu ein weißes Hemd, die Ärmel hatte er bis zu den Ellenbogen hochgekrempelt. Die kurzen rotblonden Haare waren adrett frisiert, der Bart gestutzt. Am Mittelfinger seiner linken Hand glänzte ein breiter goldener Ring mit einem dunklen Stein, rechts zierte eine klassische Rolex sein Handgelenk. Nicht zu protzig, aber alles in allem war nicht zu übersehen, dass der Mann Geld hatte.

Alison Dexter hatte den Gast bemerkt, ignorierte ihn jedoch geflissentlich, während sie einen Tisch abräumte. Sie brachte das Tablett mit dem benutzten Geschirr nach hinten und wäre gern dortgeblieben, aber Liz Owens, Alisons neue Chefin und Inhaberin des Cafés, zitierte sie schon herbei.

»Alison, da ist ein neuer Kunde.« Liz stand am Tresen, stellte einen Latte macchiato und eine Tasse Assam Tea auf ein Tablett. »Bring das vorher an Tisch zwei.«

Tisch zwei war der Nachbartisch, an dem der neue Gast Platz

genommen hatte. Alison servierte dem Ehepaar die Getränke – schlammfarbene Outdoorhosen mit bunten Funktionsshirts ließen vermuten, dass es Touristen waren. Dann wappnete sie sich innerlich und wandte sich dem Mann zu.

»Hallo, Sam.«

»Ali-Schatz.« Samuel Dexter mimte den Überraschten. »Was machst du hier?«

»Wonach sieht's denn aus?« Sie wollte sich eine Strähne ihrer langen dunklen Haare aus der Stirn streichen – allerdings war da nichts, da sie die Haare zu einem strengen französischen Zopf geflochten hatte. Liz bestand auf diese Frisur, damit sich nicht versehentlich ein Haar auf einen Kuchenteller verirren konnte.

Sam zog eine leidende Grimasse. »Ich hatte gehofft, es ist nur ein böses Gerücht.«

»Jetzt weißt du, dass es keins ist«, knurrte Alison.

»Du arbeitest wahrhaftig in diesem Café?« Er ließ den Arm raumgreifend kreisen.

»Nein, ich bringe den Leuten ihren Kaffee, weil ich zufällig gerade in der Gegend war und mir das so viel Spaß macht.«

»Ali-Schatz, was ist denn mit deiner Detektei?«

Alison biss die Zähne zusammen. Bis vor wenigen Wochen hatte sie versucht, sich als private Ermittlerin zu etablieren. Doch nachdem sie durch ihre Schnüffelei das Leben ihrer Schwester Jeana in Gefahr gebracht hatte, hatte sie beschlossen, diese Arbeit zu beenden. Aber das ging ihren Ex-Mann nichts an. Sie war froh, den Job in diesem kleinen Café bekommen zu haben. Sie brauchte den Lohn dringend, um ihre Miete zu zahlen.

»Möchtest du etwas bestellen?«

»Ich möchte, dass du aufhörst, hier zu arbeiten.«

»Wenn du nichts bestellen möchtest, muss ich dich leider bitten zu gehen.« Alison bemühte sich, leise zu sprechen. Eine Szene war das Letzte, was sie wollte. Liz war eine strenge Chefin.

Sam zog befremdet die Stirn in Falten, lehnte sich zurück und verschränkte die Arme vor der Brust. »Einen Espresso, bitte.«

»Kommt sofort.« Alison wandte sich ab. Sie spürte, wie sein Blick ihr folgte, als sie zum Tresen ging.

»Was war los?«, fragte Liz, als sie ihr die Bestellung weitergab.

»Nichts. Der Kunde war etwas unentschlossen.«

»Es sah so aus, als ob ihr euch kennt.«

Alison zuckte die Achseln. Sie kannte ihre Chefin kaum, da würde sie ihr nicht von ihrer gescheiterten Ehe mit Multimillionär Samuel Dexter erzählen.

Liz stellte den frisch gebrühten Espresso samt einem Glas gekühltem Leitungswasser auf das Tablett und legte sorgfältig ein Amicelli auf den Unterteller. »Versuch's mal mit einem Lächeln. Der Mann sieht nach Geld aus. Vielleicht gibt er dir ein gutes Trinkgeld.«

Alison hob nur kurz die Augenbrauen und nahm das Tablett auf.

»Bitte denk dran: Der Kunde ist König«, wisperte Liz ihr mahnend zu.

Sams Miene drückte deutliches Missfallen aus, als sie mit seinem Getränk aus der Tür trat. Das war untypisch für ihn, stellte Alison fest. Normalerweise sah er das Leben als großen Spaß an, und es gab kaum ein Problem, das man nicht mit einer spöttischen Bemerkung oder der richtigen Summe Geld vom Tisch fegen konnte.

»Was trägst du eigentlich für eine biedere Frisur? Die passt überhaupt nicht zu dir«, stellte er fest, kaum dass sie an seinem Tisch stand.

»Seit wann interessiert es dich, wie ich meine Haare trage?« Alisons Ton war beißend, während sie sich ein schmallippiges Grinsen abrang, da Liz sie vom Tresen aus beobachten konnte.

»Ich hatte schon immer einen Blick für dich, Ali-Schatz. Und das hier passt nicht zu dir. Warum rufst du mich nicht an, wenn du Geld brauchst?« Das Lächeln, das sich auf seine Lippen legte, changierte zwischen Spott und aufrichtiger Großzügigkeit.

Alison stellte die Getränke vor ihm ab. »Trink einfach deinen Espresso und geh, okay?«

Das Lächeln verschwand. Sams blaue Augen zeigten eine Härte, mit der er sie nur selten bedachte. »Ali-Schatz, so geht das nicht. Du trägst meinen Namen. Es kann nicht angehen, dass die Frau –«

»Ex-Frau.«

»Es kann nicht angehen, dass eine Dexter als Servicekraft in einem Café arbeitet. Spiel meinetwegen wieder Detektivin, aber das hier«, er machte erneut eine ausschweifende Armbewegung, »das geht gar nicht.«

Spiel Detektivin. Seine Worte stachen ihr ins Herz. »Dies ist ein freies Land. Ich kann arbeiten, wo ich will.«

»Ist das so?« Er hob arrogant die Augenbrauen.

Alison spürte, wie die Gäste an den Nachbartischen die Ohren spitzten. Sie beugte sich zu ihm vor, stützte sich mit der Hand auf dem Tisch ab. »Genauso ist es!«, zischte sie ihm kaum hörbar ins Gesicht.

Sie starrten sich in die Augen, wie Gladiatoren in der Arena. Die Erkenntnis, dass sie sich nicht auf dieses Duell hätte einlassen sollen, kam Alison zu spät. In einer flinken Bewegung hatte er die Espressotasse umgekippt. Sie sprang zurück. Die dunkle Brühe lief über den Tisch, ein paar Spritzer waren auf seinem Hosenbein gelandet.

»Das ist ja wohl eine Unverschämtheit!« Er deutete empört auf die Flecken auf seiner Hose. »Können Sie denn nicht aufpassen?«

Aus den Augenwinkeln sah sie Liz von der Theke zum Schaufenster schauen und im nächsten Moment zur Tür eilen.

»Die Reinigung bezahlen Sie mir, Fräulein«, wetterte Sam weiter. »Sie sind ja völlig unfähig!«

»Bitte entschuldigen Sie«, rief Liz besorgt von der Tür. »Ach je, das tut mir so leid! Natürlich übernehmen wir die Reinigungskosten.«

In Alisons Ohren rauschte das Blut. Was zog ihr Ex da für eine miese Show ab? Sie drehte sich zum Nachbartisch um.

»Ich bringe Ihnen gleich einen neuen«, erklärte sie dem verdutzten Paar, als sie das noch halb volle Glas Latte macchiato nahm, sich in einer schwungvollen Bewegung wieder Sam zuwandte und ihm das Glas über das Hemd schüttete.

Ihr Ex schnappte nach Luft, als das Mixgetränk durch das Hemd auf seine Haut drang.

»Damit sich die Reinigung auch lohnt.« Sie wollte sich umdrehen und zurück in den Laden gehen, aber Liz packte ihren Arm.

»Bist du noch bei Trost, Alison? Du wirst dich auf der Stelle bei dem Herrn und bei den anderen Gästen entschuldigen, und dann packst du deine Sachen. Du bist entlassen. Fristlos. Die Rechnung für die Reinigung ziehe ich dir vom Gehalt ab.«

Hinter Liz' Rücken warf Samuel Dexter ihr ein diabolisches Grinsen zu.

»Was für ein Arsch.« Grace MacKeith versuchte, ein Kichern zu unterdrücken. Vergeblich. Sie prustete los.

»Schön, dass dich mein Ex so amüsiert«, schnaubte Alison frustriert ins Telefon.

»Entschuldige.« Grace musste sich räuspern, um sich wieder in die Gewalt zu bekommen. »Aber der Trick war nicht schlecht, das musst du zugeben.«

»Grace! Ich hätte gern etwas Mitgefühl. Ich habe meinen Job wegen diesem Scheißkerl verloren! Wenn sich das herumspricht, bekomme ich auch in keinem anderen Café oder Pub einen Job! Ich habe kein Geld mehr. Ich weiß nicht, wie ich meine Miete zahlen soll. Ich weiß nicht, wie es überhaupt weitergehen soll!«

»Ali, jetzt übertreib mal nicht. Du findest wieder einen Job.«

Natürlich würde sie eine andere Arbeit finden. Aber es war nicht nur das. Sie starrte auf die Bilder, die an der Wand ihres kleinen Wohnzimmers hingen. Neben Fotos von Grace – sie waren Freundinnen seit Kindertagen – hingen dort zahlreiche Bilder von ihrer jüngeren Schwester Jeana, die gemeinsam mit ihrer Lebensgefährtin Joyce das JJ's, einen kleinen Pub mit Bed & Breakfast, in Thybster führte.

Alison war mit Jeana in dem Dorf aufgewachsen. Ein kleines Nest mit kaum dreihundert Einwohnern, wenige Meilen östlich von Thurso an der Küste zum Pentland Firth gelegen. Ihre Eltern waren Hippies und hatten ihnen alle Freiheiten der Welt gelassen. An Jeanas achtzehntem Geburtstag hatten sie ihr und Alison »Francis Cottage«, den Hof, auf dem sie groß geworden waren, übergeben und sich auf den Weg zu einer indischen Kommune gemacht, um sich selbst wieder zu finden. Seither waren sie nicht mehr nach Schottland zurückgekehrt.

Es war die Lebenslust gewesen, die Alison von Thybster fortzog. Sie hatte Informatik studiert und dann einen Job im technischen Kundensupport einer britischen Bank in Edinburgh angenommen. Dort lernte sie Samuel Dexter kennen.

Einige Jahre hatte sie an seiner Seite gelebt, sich von ihm in die »High Society« einführen und von seinem Charme blenden lassen. Nach drei Jahren hatte sie die Scheidung eingereicht und war nach Inverness gezogen.

Sie verzichtete auf jegliche Unterhaltszahlung und versuchte seither, auf eigenen Füßen zu stehen. Aber irgendwie wollte ihr das nicht gelingen. Als private Ermittlerin war sie gerade so über die Runden gekommen, finanzielle Rücklagen hatte sie nicht bilden können.

»Mir geht's nicht gut«, seufzte sie ins Telefon.

»Das weiß ich.« Diesmal schwang aufrichtige Anteilnahme in Grace' Stimme mit. »Komm ein paar Tage nach Thurso. Alles am Telefon zu besprechen ist blöd. Wie soll ich dich denn da in den Arm nehmen?«

Die Worte ihrer Freundin milderten Alisons inneren Aufruhr ein wenig. »Ich weiß nicht ... die Sache mit Jeana. Ich hatte gehofft, mit etwas Abstand komme ich besser damit klar.« Sie konnte sich einfach nicht verzeihen, dass sie ihre Schwester in Gefahr gebracht hatte.

»Du musst aufhören, dich selbst zu zerfleischen. Jeana gibt dir keine Schuld, und sie würde sich sehr freuen, dich zu sehen.«

»Meinst du?«

»Muss ich dir das wirklich bestätigen? Das weißt du doch selbst. Pack jetzt deine Tasche, setz dich ins Auto und komm her! Wein, Bier, Cider oder Whisky? Was willst du trinken?«

»Am besten alles.«

Grace lachte. »Gut, dass ich morgen freihabe. Ich gehe jetzt einkaufen. Fahr vorsichtig.«

***

Elani saß mit den zwei anderen Mädchen wartend in ihrem Zimmer. Der Mann, der sich »Boss« nannte und sie in der Nacht an Land gebracht hatte, hatte sie in die obere Etage des alten Hauses geführt und ihnen verboten, das Zimmer zu verlassen. Es war ein großes, lang gezogenes Gebäude aus dickem angegrauten Sandstein mit kleinen Fenstern, die Rahmen weiß gestrichen.

Von dem langen Flur gingen mehrere Türen ab. Es gab zwei Bäder und mehrere Schlafzimmer. Der Geruch frischer Farbe hing in der Luft. Anscheinend waren die Räume erst vor Kurzem hergerichtet worden.

Boss hatte ihnen Seife und neue Kleidung gegeben. Keine von ihnen konnte sich erinnern, wann sie zuletzt saubere Unterwäsche getragen hatte.

Nachdem sie geduscht hatten, hatte er Essen in das Zimmer gebracht. Es war gutes Essen – kein vertrockneter Brotkanten, nicht der kalte Dosenfraß, den sie auf ihrer wochenlangen Odyssee hatten runterwürgen müssen, um nicht zu verhungern. Es gab einen Eintopf mit frischem Gemüse, Hühnchen und Brot. Sie waren gierig darüber hergefallen, hatten jeden Tropfen von den Tellern gekratzt.

Dann hatte Boss gesagt, dass Johnny, der Junge, der eigentlich Jomo hieß, aber so nicht genannt werden wollte, in einem anderen Zimmer schlafen müsse. Elani, die als Einzige ein wenig Englisch sprach, übersetzte, weil Johnny nicht verstand, was Boss wollte. Johnny hatte bei ihnen bleiben wollen, aber Boss hatte sich nicht erweichen lassen und ihn in ein anderes Zimmer gebracht.

Elani spürte leichte Verachtung für die Feigheit des Jungen. Wovor fürchtete er sich? Sie hatten das wilde Meer überlebt, meterhohe Wellen, Seekrankheit, Hunger, Durst. Und nun waren sie angekommen. Der Mann hatte ihnen Essen gegeben und

Kleidung, sie würden die Nacht in einem richtigen Bett schlafen! Nun würde alles gut werden.

Am Morgen hatte Boss Frühstück gebracht: Toastbrot, Eier, Pilze, Tomaten, Bohnen, Würstchen und Speck. Ein Festmahl! Er hatte sie ermahnt, die Vorhänge nicht zur Seite zu ziehen und nicht hinauszuschauen.

Er war gegangen, und sie hatten gegessen, hatten herumgealbert und leise gekichert, wie Schulmädchen. Sie hatten es geschafft! Sie waren in Europa. In Schottland! Nun würden sie Arbeit bekommen und gutes Geld verdienen. Oder sie fanden einen reichen Mann, der sie heiraten würde. Sie würden nie wieder Hunger leiden. Sie könnten in einem Haus leben. Vielleicht könnten sie ihre Familien nach Europa holen.

Von unten drangen Stimmen zu ihnen herauf. Die des Mannes, und da waren noch zwei andere. Sie klangen laut und aufgeregt. Elani schlich zur Tür, presste das Ohr an das Holz. Die Menschen stritten. Das gefiel Elani nicht. Sie wünschte sich, sie sprächen langsamer und nicht so wild durcheinander, dann würde sie besser verstehen. Aber es waren zu viele Worte, die sie nicht kannte.

Ein Wort wiederholte sich. Sie kniff die Augen zusammen, als könnte sie dadurch besser hören. Das Wort. Da war es wieder.

»Virgin«, Jungfrau.

Der Klang zwickte sie hart in den Magen, ihr Puls schlug schneller. Sie zwang sich, weiter zu lauschen. Vielleicht hatte sie das Wort falsch verstanden. *»Virgin.«* Da war es wieder. Und *»money«*.

Money. Sie hatten kein Geld. Die Menschen hatten ihnen alles abgenommen: Geld, Schmuck, Smartphones, Papiere. Sie hatten nichts. Nicht einmal die Kleidung, die sie jetzt trugen, gehörte ihnen.

Unwillkürlich umfasste Elani den kleinen Anhänger, der an einem Lederband um ihren Hals hing. Es war ein unförmiger Stein mit einem Loch. Nichts Wertvolles. Sie hatte ihn in ihrer Heimat gefunden. Er hatte im Dreck gelegen, unbeachtet im Straßenstaub, so wie sie selbst, um jeden Naira bettelnd.

Sie schielte unter gesenkten Lidern zu den Mädchen, die mit ihr gekommen waren. Zara und Najuma waren zwei Jahre jünger als sie und so hübsch. Elani selbst fand sich nicht schön. Sie hatte breite Schultern und nur einen kleinen Busen, dazu kurzes lockiges Haar, das einfach nicht wachsen wollte. Zara und Najuma hatten langes schwarzes Haar, glänzend wie das Gefieder eines Kormorans in der Sonne, auch ihre Haut war glatter als Elanis. Sie konzentrierte sich wieder auf den Streit in der unteren Etage, presste angestrengt die Lippen zusammen. Worte flogen hin und her.

»Elani, was ist?«, fragte Najuma.

»Scht!« Die Menschen redeten zu schnell. Sie verstand einzelne Worte, aber keine Sätze, nicht die Bedeutung. Doch ihr Herz verstand, es schlug aufgeregt in ihrer Brust. Sie löste sich vom Türblatt, ihr Atem ging schwer. Sie sah ihre beiden Genossinnen an. Sie waren so jung.

Virgin. Jungfrau.

»Wir müssen weg«, wisperte Elani.

»Aber wir sind doch gerade erst angekommen.« Die Mädchen verstanden nicht. Wie auch. Sie sprachen die Sprache nicht.

Unten wurde es leise. Eine Tür schlug zu.

ZWEI

Thurso

Thurso Beach hatte schon bessere Tage gesehen. Noch immer war ein Abschnitt der Strandpromenade abgesperrt, weil dort ein Stück der Betonplatte bereits vor Monaten abgebrochen war. Die Gemeinde hatte die Reparatur noch nicht beauftragt.

Alison spazierte barfuß im Sand am Ufer des Pentland Firth. Sie hatte die Hosenbeine hochgekrempelt, und die seichten Wellen umspülten ihre Knöchel. Sie genoss die sanfte Berührung des kalten Wassers, während die Sonne von einem strahlend blauen Himmel ihr Gesicht wärmte. Keine Wolke am Firmament. Möwen schaukelten auf den Wellen. Der Wind wehte ihr die Haare aus dem Gesicht.

Sie blieb stehen und ließ den Blick über den Firth schweifen. Links von ihr führte der Weg die Küste entlang von Thurso zum Scrabster Harbour. Die Fähre von Stromness steuerte gerade auf den Kai zu. Es hatte den Anschein, als tuckere das Schiff gemütlich zwischen Inseln und Festland vor sich hin, aber Alison wusste, dass die See zwischen Hoy und dem Fährhafen auf dem Festland tückisch war. Das Zusammentreffen von Nordsee und Nordatlantik sorgte in der Meerenge für schwierige Strömungen und Windverhältnisse, häufig genug gab es dadurch Verspätungen oder Ausfälle von Fährfahrten.

Sie schaute zu den Orkney-Inseln hinüber. Die Silhouette der Felsküste von Hoy zeichnete sich in der Ferne deutlich gegen den Himmel ab, die Felsnadel – der »Old Man of Hoy« – war an diesem Tag gut zu erkennen. Ein Stück weiter östlich ragte die hohe Steilküste von Dunnet Head aus dem Wasser, der nördlichste Zipfel des Festlandes.

Alison sog die salzige Luft tief in ihre Lungen. Sie hatte Grace' Einladung angenommen, in aller Eile ein paar Kleidungsstücke in eine Tasche geworfen und war am Freitagabend noch nach Thurso gefahren. Ihre Freundin hatte Wort gehalten und eine beachtliche Auswahl an Alkoholika eingekauft. Einen guten Teil davon hatten sie in den vergangenen Tagen vernichtet.

Ausnahmsweise war es einmal von Vorteil, nicht zur Arbeit gehen zu müssen, dachte sie. So konnte sie ihren Kater in Ruhe pflegen. Grace hatte an diesem Montagmorgen ihre Schicht bei der Thurso Police angetreten. Sie war Police Sergeant und trug Verantwortung für die Koordination von vier Police Officers. Alison beneidete sie nicht.

Ein Seehund streckte seine Nase aus dem Wasser, schaute sich um und tauchte wieder ab. Vermutlich auf der Jagd nach einem kleinen Mittagssnack, was Alison daran erinnerte, dass sie noch nicht einmal gefrühstückt hatte. Sie beschloss, in den Ort zu gehen, um eine Kleinigkeit zu essen. Innerlich schimpfte eine Stimme, warum sie nicht nach Thybster zum Pub ihrer Schwester fuhr.

Wie lange würde es noch dauern, bis sie Jeana wieder unbefangen gegenübertreten konnte? Ohnehin war es nicht fair, so nah bei ihr zu sein und nicht bei ihr vorbeizuschauen.

Ihr Smartphone klingelte, das Display zeigte keine Nummer an. Alison überlegte, den Anruf zu ignorieren, aber ihre Neugier war stärker.

»Aye?«

»Ich bin's, Hamish. Leg bitte nicht auf«, schickte er dem Gruß eilig hinterher.

Der Klang seiner vertrauten dunklen Stimme entfachte ein sehnsüchtiges Ziehen in ihrem Körper. Hatte sie gerade noch in den Ort gehen wollen, wandte sie sich nun wieder dem Meer zu. Hamish Brannigan. Fast drei Jahre hatte sie eine Affäre mit ihm gehabt – ein verheirateter Mann mit zwei Kindern. Und nun, nachdem seine Frau von ihnen wusste und die Scheidung eingereicht hatte, konnte sie vor lauter Schuldgefühlen nicht mehr mit ihm zusammen sein.

Was war nur mit ihr los? Sie war sechsunddreißig – wenn sie eine Familie gründen wollte, blieben ihr nicht mehr allzu viele Jahre.

Sie bemühte sich um einen neutralen Ton. »Wieso rufst du mit unterdrückter Nummer an?«

»Weil du meine Anrufe sonst nicht annimmst. Wo bist du gerade?«

»Bei Grace. Und du?«

»Was denkst du wohl?«

In Inverness vor ihrer Wohnungstür. Sie seufzte. »Hamish, ich brauche Abstand. Ich muss erst einmal mit mir selbst wieder klarkommen, das hatten wir besprochen. Eine Pause, bis ich wieder ich selbst bin.«

»Ich wollte nur einen Tee mit dir trinken.«

»Auch dazu ist es noch zu früh. Ruf mich bitte nicht mehr an, schon gar nicht mit unterdrückter Nummer, sonst kann ich bald keine Telefonate mehr annehmen und muss mir eine neue Nummer zulegen.«

»Ali –«

Sie drückte das Gespräch weg, hob den Blick zum Himmel und stieß die Luft aus.

»Okay, Ali, krieg dein Leben in den Griff!«, befahl sie sich laut. Sie würde jetzt zu ihrem Wagen gehen und nach Thybster fahren. Jeana würde sich freuen.

Thybster

»Verfluchte Scheiße, nimm deine Wichsgriffel von mir, oder ich tret dir so in die Eier, dass sie dir aus den Augen fallen, du Arschloch!«, brüllte Kimberly Hart ihrem Gegenüber ins Gesicht.

Marley MacKeith wich vor der Frau, die er um fast einen Kopf überragte, zurück. Nach dem ersten Überraschungsmoment zuckten seine Mundwinkel verdächtig. Kim warf ihm einen mahnenden Blick zu, und er unterdrückte mit Mühe das Lachen.

Jeana Johnson starrte sie beide fassungslos an.

Kim drehte sich zu ihr herum. »Hast du gesehen? So macht man das.«

»Aber …« Noch immer war Jeana sprachlos über die erlebte Darbietung. Die schlanke Schottin war die sanftmütigste Person, die Kim jemals kennengelernt hatte, und dazu noch wunderschön. Das lange rotblonde Haar fiel in weichen Wellen über Jeanas schmale Schultern. Sie hatte einen hellen Teint, auf der Nase tanzten ein paar Sommersprossen. Die Lippen waren perfekt geschwungen. Sie war fast so groß wie Marley, erweckte aber dennoch den Eindruck einer zarten Elfe, die man beschützen musste.

Kim kam sich in ihrer Gegenwart manchmal wie ein kleiner Klops vor. Obwohl sie nicht dick war. Sie war kompakt, hatte Muskeln vom jahrelangen, intensiven Boxtraining. Seit sie vor wenigen Wochen offiziell vom Wettkampfsport zurückgetreten war und nicht mehr auf ihr Gewicht achten musste, um in der Leichtgewichtsklasse ihren Weltmeisterinnentitel zu verteidigen, hatte sie allerdings ein paar Kilo zugelegt. Und das, obwohl sie tagtäglich mit Marleys Vater Douglas auf den Schafweiden unterwegs war, regelmäßig joggen ging und zweimal in der Woche in einem Kampfsportclub in Thurso trainierte.

»Du hast gesagt, du willst lernen, dich zu verteidigen«, erinnerte Kim ihre Freundin, warum sie sich an diesem Vormittag im Hof von Francis Cottage getroffen hatten.

»Ja, aber … doch nicht so aggressiv.«

»Anders kapiert das ein Kerl nicht, der dir mit Gewalt an die Wäsche will. Es bringt nichts, wenn du ihn mit Piepsstimme höflich bittest, dir nicht an den Busen zu fassen.«

»Aber ich kann nicht so rumbrüllen wie du.«

»Doch, das kannst du. Und wir üben das jetzt.« Kim wandte sich Marley wieder zu, der lässig an der Werkstattwand lehnte und das Ganze offensichtlich für einen großen Spaß hielt. Ein amüsiertes Lächeln umspielte seine Lippen und ließ sogleich ein paar Schmetterlinge in Kims Unterleib auffliegen.

Die schwere Arbeit als Küfer und Zimmermann hatte Marleys Körper geformt. Er war groß und muskulös, konnte zupacken und auch zuschlagen, wenn es darauf ankam. Im Ernstfall hätte Jeana keine Chance gegen ihn. Allerdings würde Marley niemals eine Frau körperlich angehen.

»Ich mach das hier nicht, damit du dich amüsierst«, erklärte Kim streng, obwohl sie ihm eigentlich gern durch die kurzen dunklen Haare gefahren wäre. Er sah verdammt sexy aus. »Los, du belästigst jetzt Jeana, so wie wir es gerade vorgemacht haben. Grapsch sie an.«

Sein Grinsen verschwand. »Ich fasse Jeana doch nicht an den Busen.«

»Mir hast du doch auch an den Busen gefasst.«

»Du bist ja auch meine Freundin. Und deine Reaktion hat mich gerade wirklich erschreckt.«

»Siehst du.« Kim schaute triumphierend zu Jeana. »Es funktioniert.«

»Bei dir vielleicht, aber ich kann das nicht.« Jeana warf Marley, der sich zumindest von der Wand abgestoßen und mit verschränkten Armen breitbeinig vor ihr aufgebaut hatte, einen zweifelnden Blick zu.

»Brüll ihm einfach irgendwas ins Gesicht.«

Jeana verzog grübelnd den Mund. »Ich weiß nicht, was ich brüllen soll.«

»Dass der Arsch dir aus der Sonne gehen soll«, schlug Kim vor.

Wieder sah Jeana ratlos zu Marley. »Du …«

»Lauter«, forderte Kim.

»Du …« Sie räusperte sich und nuschelte verlegen: »Du Arsch, geh weg!«

Marley presste die Lippen fest zusammen, bemüht darum, ernst zu bleiben, aber als auch Jeanas Mundwinkel zu zucken begannen, prustete er los. Die beiden lachten, bis ihnen die Tränen kamen.

»Ihr Luschen«, stöhnte Kim auf, obwohl es ihr gefiel, die beiden endlich einmal wieder so herzhaft zusammen lachen zu sehen.

Allerdings würde Jeana so niemals lernen, sich zu verteidigen.

Kim musste einen anderen Weg finden, der sanften Schottin das Brüllen beizubringen.

Thurso

Vor »Rosie's Café« hatte sich eine Schlange gebildet. Mittagszeit, die Leute aus der Stadt kauften ihren Lunch. Kurz war Alison versucht, sich einzureihen. Erst einmal stärken, bevor sie nach Thybster fuhr. Aber das war nur eine fadenscheinige Ausrede, das Wiedersehen hinauszuzögern, durchschaute sie sich selbst. Ebenso gut konnte sie bei Jeana etwas essen. Ihre Schwester war eine hervorragende Köchin.

Der Fußweg vor dem Café war zur Straße hin mit einem Metallgitter abgesperrt, damit die Kunden nicht auf die High Street stolperten. Alison tippte einer wartenden Frau, die mit dem Rücken zu ihr auf dem Weg stand, auf die Schulter, damit sie vorbeigehen konnte. »Entschuldigen Sie.«

Die Frau drehte sich zur Seite, um ihr Platz zu machen. Alison starrte sie verdutzt an. Sie kannte das Gesicht – schmale dunkle Augenbrauen schwangen sich im perfekten Bogen über die blauen Augen, deren Lider mit einem pastelligen Flieder eingepudert waren. Dezent aufgetragenes Rouge betonte die Wangenknochen, der rosafarbene Lippenstift war kräftig, aber nicht knallig.

Auch im Blick der anderen Frau zeichnete sich Erkennen ab. »Alison?«

Alison fluchte innerlich. Hätte sie sich doch nur mit gesenktem Kopf einfach durch die Menge gedrängelt. »Aye«, erwiderte sie schwach.

Violet Thompson lächelte nervös und strich sich eine Strähne ihrer blondierten Haare aus der Stirn. »So eine Überraschung. Ich dachte, du lebst in Inverness.«

»Da lebe ich auch … bin zu Besuch.«

»Ja … ich … ähm … auch.«

Alison musterte ihr Gegenüber genauer. Sie kannte Violet noch aus der Zeit, als sie mit Samuel Dexter verheiratet gewesen war. Violet hatte noch nie gestammelt. Sie war eine Frau der »Upper Class« und hatte Alison gern spüren lassen, dass sie nicht dazugehörte und auch nie dazugehören würde. In ihre Kreise musste man hineingeboren werden oder zumindest über entsprechendes Kapital verfügen.

Alison war ein Landmädchen, ihre Eltern waren Hippies, die von der Hand in den Mund lebten. Sie war in Thybster aufgewachsen, einem nach Violets Empfinden »unbedeutenden Nest im langweiligen Norden«. Weder Galerien noch Ausstellungen, keine großen Konzerthallen oder bedeutenden Theaterbühnen. Violets Meinung nach war das höchste Maß an Kultur hier oben an der Küste erreicht, wenn ein später Gast betrunken im Pub Robert Burns' Gedichte zitierte.

»Ich wusste nicht, dass du hier Freunde hast«, stellte Alison verwundert fest. »Wen besuchst du?«

»Oh, ähm … niemanden. Ich bin nur auf der Durchreise.«

In Thurso auf der Durchreise? Alison wusste, dass es Touristen gab, die mit ihren Caravans über die NC 500 die nördlichen Highlands umrundeten. Wohin wollte Violet »durchreisen«? Von John O'Groats nach Bettyhill? Bei dem Gedanken hätte sie fast gelacht.

Die Reihe der Wartenden bewegte sich, aber Violet blieb, wo sie war. »Sam sagt, du betreibst eine Detektei.«

»Mhm«, murmelte sie unbestimmt. Es ging Violet nichts an, dass sie ihre Tätigkeit als private Ermittlerin an den Nagel gehängt hatte.

»Er scheint richtig stolz auf dich zu sein.«

»So? Ist er das?« Sie konnte den Sarkasmus in ihrer Stimme nur schwer unterdrücken.

»Ja, und er sagt, es macht ihm Spaß, wenn er dir ab und zu bei deinen Ermittlungen helfen kann.«

»Aha.« Alison nickte wie ein Wackeldackel auf der Hutablage eines alten Fords. Der gute Sam. Wenn er so viel Spaß daran hatte, ihr zu helfen, hätte sie ihm im Ness Café vielleicht besser das Tablett in die Hand gedrückt, statt ihm den Latte macchiato übers Hemd zu kippen, ging es ihr zynisch durch den Kopf.

Sie konnte sich vorstellen, wie Sam sich vor seinen Freunden aufgeplustert hatte, nur weil sie ihn mal um einen kleinen Ratschlag gebeten hatte. Vermutlich schmückte er seine Erzählungen so aus, dass alle dachten, er würde ihre Fälle lösen.

Sie hatte keine Lust, mit Sams Freunden über ihn zu sprechen. Er war schuld, dass sie ihren Job verloren hatte, und die miese Tour, mit der er das geschafft hatte, würde sie ihm nicht verzeihen. »Ich muss weiter … bin verabredet.«

Violet nickte, die langen goldenen Ohrringe schwangen munter mit. »Es war schön, dich zu sehen.«

»Ja«, erwiderte Alison automatisch. Sie musterte ihr Gegenüber argwöhnisch. Hatte Violet getrunken? Wann hatte sie sich je über ein Treffen mit ihr gefreut? Überhaupt war ihr ganzes Gehabe seltsam. Diese Freundlichkeit passte nicht zu ihr.

Aber wahrscheinlich war es ihr nur peinlich, dass sie sich begegnet waren, während sie offensichtlich in der Warteschlange eines »gewöhnlichen« Cafés in einem »langweiligen Nest an der Nordküste« stand. Zudem trug sie lediglich schlichte Bluejeans und eine bedruckte Bluse, zwar keine Billigware einer Kaufhauskette, aber in Glasgow stolzierte sie normalerweise in einem ihrer eleganten Kostüme herum.

Was ging sie Violet Thompson an? Sie lebte nicht mehr in Samuel Dexters Welt und musste sich mit dieser affektierten Ziege nicht noch länger unterhalten. »Also dann, mach's gut.«

Sie wollte weitergehen, als Violet sie bremste: »Alison.«

Sie wandte sich ihr noch einmal zu. »Ja?«

Violet lächelte verkrampft. »Brodie und ich wohnen jetzt in Dornoch.«

»Schön.« Gegen ihren Willen fragte Alison sich, was die beiden bewogen haben mochte, von ihrer Villa in der Kulturmetropole Glasgow in ein Dorf an der Ostküste zu ziehen. Aber sie verbot sich nachzufragen.

»Ich bin hin und wieder in Inverness, das ist ja nicht so weit von Dornoch entfernt. Vielleicht können wir mal zusammen einen Tee trinken? Ich würde mich freuen.«

»Sicher«, hörte Alison sich sagen. Die Freundlichkeit, gepaart mit der Unsicherheit, die sich in Violets Gesicht spiegelte, irritierte sie zunehmend. Sie suchte in ihrer Tasche nach einer Visitenkarte. Auch wenn sie die Detektei nicht mehr betrieb – die Handynummer war geblieben. »Ruf mich an, wenn du in der Stadt bist.«

»Mach ich.« Violet verstaute die Karte sorgfältig in ihrer hellbraunen Brieftasche mit goldenem Monogramm. »Ich melde mich bei dir. Ganz bestimmt.«

Vermutlich würde sie nie wieder etwas von Violet Thompson hören.

***

Vier Tage hatten sie in dem Haus verbracht. Sie durften im oberen Flur herumlaufen, aber alles andere hatte Boss verboten. Die Vorhänge mussten zugezogen bleiben. Sie durften nicht zu laut sein. Sie durften nicht nach draußen, und auch die Fenster mussten geschlossen bleiben.

Die frische Luft fehlte Elani. Und die Sonne. Ein paarmal hatte sie es gewagt, zwischen den Gardinen durchzulinsen. Es gab nicht viel zu sehen. Der Blick ging zu einer Weide, die von einer brüchigen Trockensteinmauer eingegrenzt war. Auf der Weide grasten Kühe. Schwarze, braune, gefleckte. Das Gras war saftig grün. Keine trockene Savanne.

Ein breiter Feldweg führte am Haus vorbei. Als sie wieder einmal durch den schmalen Ritz zwischen den Vorhängen lauerte, sah sie zwei Kinder in bunten Hemden und kurzen Hosen mit Rucksäcken auf dem Rücken am Haus vorbeiradeln. Dann wandte plötzlich einer der Jungen den Blick zum Haus. Er sah zu ihrem Fenster und geriet ins Straucheln. Sie war eilig ins Innere des Raumes zurückgesprungen. Das Herz pochte ihr bis zur Kehle hinauf.

Nachts in ihrem Bett hörte sie das Rauschen der Brandung.

Die Wellen schlugen in einem stetigen Kommen laut klatschend gegen die Kaimauern. Nie wieder wollte sie aufs Wasser. Die See war rau gewesen, das Schiff hatte stark geschaukelt. Es war kalt und muffig in dem Raum gewesen, in dem sie sich versteckt hatten. Noch immer spürte sie einen leichten Schwindel von der Überfahrt. Selbst wenn sie ganz still saß, schien die Welt zu schwanken. Sie fragte sich, ob dieses Gefühl je wieder verschwinden würde.

Sie sahen nur den Mann, der ihnen dreimal täglich Essen brachte. Es war noch jemand im Haus, das erkannte sie an den Stimmen. Aber sie bekamen diese Person nie zu Gesicht.

Elani war beunruhigt wegen des Streits, den sie gehört hatte, aber Zara und Najuma wollten ihre Sorge nicht teilen. Sie waren erschöpft, wollten nicht schon wieder fliehen. Sie schliefen und aßen, versuchten, nach der langen Reise wieder zu Kräften zu kommen. Sie träumten von einer guten Arbeit, einem reichen Mann, einem guten Leben.

Virgin. Da wartete kein gutes Leben auf sie, war Elani sich mehr und mehr sicher. Sie versuchte, heimlich mit Jomo-Johnny zu sprechen. Sie konnte ihre Angst nicht benennen, aber etwas sagte ihr, dass sie fortmussten.

Doch Boss hatte Johnny einen Job versprochen. Er würde viel Geld verdienen, das er nach Hause zu seiner Familie schicken könnte. Er gab ihm Zigaretten, die seltsam rochen, und Johnny fing an zu rauchen, obwohl er davon fürchterlich husten musste. Aber er lachte auch viel, und er hatte ein englisches Wort gelernt: *»Money, money, money«*, rief er grinsend und offenbarte dabei eine breite Zahnlücke zwischen den oberen Schneidezähnen.

Am Abend des vierten Tages kam Boss zu ihnen und sagte, dass sie nun weiterfahren müssten. Er würde sie in die Stadt bringen. Dort gäbe es Arbeit. Und er würde ihnen Papiere besorgen, damit sie bleiben konnten.

Sie stiegen in ein Auto. Ein kleiner Transporter, der nur vorne Fenster hatte. Sie saßen hinten im Laderaum, wieder auf dem Boden, nur eine Decke als Unterlage, spürten jede Unebenheit der Straße, jede Kurve, ohne zu wissen, wohin die Fahrt ging.

Boss sprach nicht. Er hatte das Radio eingeschaltet, aus dem laute Musik plärrte.

Elani wusste nicht, wie lange die Fahrt dauerte, sie hatte keine Uhr. Aber es war dunkle Nacht, als der Wagen hielt. Boss stieg aus, ging um das Auto herum und öffnete die Heckklappe. Er stand im Gegenlicht einer schwachen Straßenlaterne. Ein dunkler Schatten. Sie konnten seine Mimik nicht erkennen.

Sie wollten alle aufstehen, aber er schüttelte den Kopf, zeigte mit dem Finger auf Elani. »Du, komm mit.«

DREI

Inverness

Alison saß in der schmalen Küche ihrer Wohnung und starrte auf den Monitor ihres Laptops.

Am Morgen war sie zurück nach Inverness gefahren. Sie hatte Jeana nicht besucht, und das steigerte ihre Schuldgefühle gegenüber ihrer Schwester noch mehr. Sie musste sich einen neuen Job suchen, entschuldigte sie ihr Verhalten vor sich selbst. Sie brauchte Geld.

In der Hoffnung, dass ihre Ersparnisse zumindest noch diesen Monat für Essen und Miete reichen würden, rief sie ihr Bankkonto auf. Grace hatte angeboten, ihr finanziell auszuhelfen, aber Alison wollte keine Schulden machen. Was, wenn sie das Geld nicht zurückzahlen könnte? Dann wäre ihre Freundschaft damit belastet, und das war es nicht wert. Eher würde sie unter einer Brücke schlafen.

Sie strich sich die dunklen Haare aus der Stirn. Blinzelte, um den Blick wieder zu fokussieren. Die Zahl, die ihr als Guthaben angezeigt wurde, musste ein Irrtum sein. Sie rief die Zahlungsein- und -ausgänge der letzten sieben Tage auf. Kein Irrtum. In ihrem Inneren rumorte es.

Sie nahm ihr Smartphone und wählte Sams Nummer.

»Was soll der Scheiß?«, blaffte sie ihn an, kaum dass er ihren Anruf angenommen hatte.

»Ali-Schatz, es ist immer wieder eine Freude, deine Stimme zu hören«, erwiderte er unbeeindruckt in seinem gewohnten leicht spöttischen Ton.

»Ich will dein Geld nicht!«

»Das mag sein, meine Liebe.« Seine Worte trieften vor Selbstgefälligkeit. »Aber du brauchst es.«

»Nicht von dir!«

»Ali-Schatz, nimm es als kleine Wiedergutmachung für

den amüsanten Vorfall vom vergangenen Freitag. Wie konnte ich denn auch ahnen, dass die gute Frau dich gleich entlassen würde?«

Alison stöhnte auf. Warum hatte sie ihn angerufen? Sie hätte einfach das Geld zurücküberweisen sollen.

»Ali, mein Liebe, bevor du gleich auflegst, möchte ich dir etwas sagen.«

Oh, kam jetzt eine fadenscheinige Entschuldigung für seinen miesen Trick, sie bei ihrer Chefin in Misskredit zu bringen? Alison verzog genervt das Gesicht.

Nachdem sie nichts sagte, fuhr er fort: »Du hast die Wahl, das Geld zu behalten, damit du deine Miete zahlen kannst, oder ich werde die Wohnung kaufen und dich mietfrei darin wohnen lassen.«

»Die Wohnung steht nicht zum Verkauf.« Das hoffte sie zumindest.

»Ali-Schatz, du weißt doch: Es ist alles lediglich eine Frage des Betrages.«

»Dann ziehe ich um.«

»Jetzt sei nicht kindisch.« Sein Ton wurde ungewohnt ernst. »Ich verlange nichts dafür, außer dass du nicht mehr in irgendwelchen Cafés oder Pubs arbeitest. Es geht nicht an, dass eine Dexter meine Freunde bedient!«

Alison schnaufte abfällig. »Als ob die ins Ness Café gehen würden.«

»Was denkst du denn, woher ich wusste, dass du dort arbeitest?«

»Ich lasse mich nicht von dir kaufen.«

»Ich will dich nicht kaufen, ich versuche lediglich, dir zu helfen. Das Geld müsste reichen, damit du bis Ende des Jahres deine Miete zahlen kannst und nicht verhungerst. Bis dahin solltest du wieder auf eigenen Füßen stehen können.«

»Ich stehe auf eigenen Füßen!«

»Im luftleeren Raum vielleicht. Ali-Schatz, arbeite weiter als Detektivin, mach eine Hippie-Boutique auf, werde meinetwegen Falknerin oder schreib ein Buch über deine Kindheit auf dem Land – alles passt besser zu dir, als anderen Leuten Tee zu servieren.«

Sie erinnerte sich an Violets Worte, dass Sam so stolz von ihrer Arbeit als Detektivin erzählt hatte. »Weil meine Arbeit als Kellnerin nicht genug Prestige hat und du vor deinen Freunden damit nicht angeben kannst?«, erwiderte sie beißend.

Er schnalzte mit der Zunge. »Weil es nicht zu dir passt. Du bist eine Rebellin und musst dein eigener Herr sein.«

So oberflächlich Samuel Dexter auch immer daherkam, damit hatte er den Nagel auf den Kopf getroffen. Sie hasste es, wenn ihr jemand vorschrieb, was sie zu tun hatte. Und sie hasste es, wenn Sam recht hatte.

»Ali-Schatz, so gern ich noch mit dir plaudern würde, aber entschuldige mich bitte, der Golfplatz ruft. Wenn du mal wieder Lust auf eine Runde hast, lass es mich wissen. Bis bald, mein Herz.« Ohne ihre Antwort abzuwarten, drückte er das Gespräch weg.

Alison legte das Smartphone zur Seite. Sams unbekümmerte Art, das Leben als einen großen Spielplatz zu sehen, hatte sie begeistert, als sie ihn vor gut zehn Jahren in Edinburgh kennengelernt hatte.

Sam war Kunde der Bank, für die sie damals gearbeitet hatte. Seine Stimme am Telefon war sympathisch gewesen. Er rief sie öfter an, flirtete mit ihr, lud sie zum Essen ein. Er hatte ihr Rosensträuße und teure Kleider gekauft und sie in seine versnobten Kreise eingeführt. Es schien nichts zu geben, was er ernst nahm, und er ließ sich von niemandem etwas sagen, was leicht war, wenn man sich mit schmutzigen Insidergeschäften am Aktienmarkt eine goldene Nase verdient hatte.

Als er ihr einen Heiratsantrag machte, hatte sie nicht gezögert, blind vor Verliebtheit und geblendet von seinem Charme, seiner Wortgewandtheit und, das musste sie sich eingestehen, auch von seiner Großzügigkeit. Bis sie nach und nach seine andere Seite entdeckte: seine Skrupellosigkeit als Geschäftsmann, seine Untreue, seine selbstverliebte Arroganz.

Obwohl sie sich vor sieben Jahren von ihm getrennt hatte,

suchte er weiterhin ihre Nähe. Vielleicht war es sein verletztes Ego – denn dass er sie liebte, glaubte sie ihm nicht. Während ihrer Ehe und auch danach hatte er es zwar immer wieder behauptet, was ihn jedoch nicht davon abgehalten hatte, vor, während und nach ihrer Liaison mit zahlreichen anderen Frauen ins Bett zu gehen.

Er war verwundert gewesen, dass sie das störte – waren ihre Eltern doch Hippies und sie und Jeana mit freier Liebe und ohne Regeln aufgewachsen. Doch diese Freizügigkeit hatte einen gravierenden Nachteil gehabt: Es fehlte die Verlässlichkeit, und das war es, wonach Alison sich sehnte.

Sie sah zum Fenster. Der Himmel zeigte sich in blassem Grau. Welchen Weg sollte sie einschlagen? »Werde Falknerin oder schreib ein Buch …« Das würde Jeana gefallen. Alison schnaufte ratlos. Es würde zu ihrer Schwester passen. Aber nicht zu ihr.

Die Melodie ihres Smartphones riss sie aus ihren Grübeleien. Die Nummer im Display war ihr unbekannt.

»Aye?«

»Hallo«, meldete sich eine weibliche Stimme zaghaft am anderen Ende. »Alison, bist du das?«

»Violet?«, fragte Alison verdutzt.

»Ja … Bist du noch in Thurso?«

»Nein, ich bin in Inverness.«

Sie hörte Violet erleichtert aufatmen. »Kann ich zu dir kommen?«

Thybster

Kim duschte eilig und tauschte die Arbeitskleidung gegen Jeans und ein langärmliges Shirt. Es war zwar Sommer, aber die Temperaturen lagen unter zwanzig Grad, und an der Küste wehte dazu immer ein kühler Wind.

Die Arbeit auf den Weiden hatte länger gedauert als gedacht.

Sie hatte gemeinsam mit Douglas MacKeith zahlreiche Zäune instand gesetzt. Es war eine harte Arbeit – ihre Arme und Schultern schmerzten von den ungewohnten Bewegungen. Immer wieder hatte sie den schweren Hammer heben müssen, um die Holzpfähle in den Boden zu rammen. Aber sie mochte körperliche Arbeit. Und es war ein befriedigendes Gefühl, am Ende des Tages das Resultat ihrer Mühe zu sehen.

Sie war Douglas MacKeith dankbar, dass er ihr die Chance gab, auf seiner Farm zu arbeiten und etwas über die Schäferei zu lernen. Sie arbeitete gegen Kost und Logis und unter der Voraussetzung, dass sie alle paar Wochen nach Deutschland fliegen konnte.

Das war der Deal, den sie mit ihrem Vater Lothar gemacht hatte. Ihre Boxerinnenkarriere hatte sie beendet, sie würde aber weiterhin regelmäßig zu ihm nach Hamburg reisen, um seinen Boxstall zu promoten und mit dem Nachwuchs zu trainieren. Es hatte den Vorteil, dass sie sich damit ein wenig Geld verdiente, da Douglas ihr kein Gehalt zahlen konnte.

Sie wohnte auf der Farm. Douglas hatte ihr Marleys ehemaliges Jugendzimmer überlassen. Es lag direkt unterm Dach, mit Blick auf die Weiden. In der Ferne konnte sie bei klarem Wetter sogar das Meer sehen.

Douglas lebte, nachdem seine Frau ihn verlassen und seine beiden Kinder ihre eigenen Wege gegangen waren, allein auf der Farm. Er war wortkarg und kein Mensch, der seine Gefühle offen auf der Zunge trug. Aber er mochte sie, das spürte sie, wenn er ihr Frühstück bereitete oder ihr etwas über das Leben und seine Arbeit als Schäfer erklärte.

Er saß auf der Bank vor seinem Haus, als sie herauskam. Trevor lag zu seinen Füßen. Der schwarz-weiß gefleckte Border Collie hob den Kopf, als Kim vor ihm in die Hocke ging. Sie kraulte ihn hinter den Ohren.

»Du musst fahren lernen«, erklärte Douglas ohne einleitende Worte.

Kim sah zu ihm auf. Sie besaß keinen Führerschein und hatte noch nie ein Auto oder ein Mofa gelenkt.

»Wir fangen morgen an. Mit dem ATV.«

Bei dem Gedanken rebellierte ihr Magen nervös. Das All Terrain Vehicle war ein Quad mit großen Stollenreifen, das Douglas nutzte, um die Weiden abzufahren und verlorene Schafe wieder einzusammeln. Bisher war sie immer nur als Sozius auf dem Rücksitz bei ihm mitgefahren. »Hat das nicht Zeit? Ich bin doch ohnehin ab Sonntag weg, da verlerne ich ja alles gleich wieder.«

»Jetzt ist das Wetter gut. Willst du es im Regen lernen? Im Matsch und Schlamm?«

Sie hob unschlüssig die Schultern.

»Du kannst im Winter nicht mit dem Fahrrad nach Thurso zu deinem Training fahren. Du musst fahren lernen«, wiederholte er.

»Es gibt doch den Bus.«

Er suchte ihren Augenkontakt. »Wovor hast du Angst?«

Sie blickte zu dem Gefährt, das in dem Carport neben dem Haus stand. Es schien ihr groß und unberechenbar. »Dass ich es nicht kann.«

»Unsinn. Jeder kann fahren lernen. Marley konnte mit neun Jahren schon den Traktor mit Anhänger fahren.«

»Ich werde Marley fragen, ob das stimmt«, tat sie so, als würde er übertreiben.

Es gefiel ihr, wenn Douglas etwas Positives über seinen Sohn sagte. Die beiden standen sich seit einem Vorfall in Marleys Kindheit nicht sehr nahe, zudem hatte Douglas ihm nicht verziehen, dass er nicht in seine Fußstapfen treten und die Schaffarm weiterführen wollte.

Stattdessen hatte Marley eine Ausbildung zum Zimmermann und zum Küfer gemacht. Auf Francis Cottage hatte er sich eine kleine Werkstatt eingerichtet. Das Cottage lag auf der anderen Straßenseite, kaum eine Meile entfernt von Douglas' Farm, am Ortsausgang von Thybster. Es gehörte eigentlich den Schwestern Jeana Johnson und Alison Dexter. Da beide aber nicht in ihrem einstigen Elternhaus leben wollten, hatten sie es an Marley verpachtet, nachdem er ein paar Jahre als Handwerker durch

Europa getingelt und wieder in seinen Heimatort zurückgekehrt war.

Sie verabschiedete sich und lief mit flotten Schritten die Hofeinfahrt zur Straße hinauf.

Marley wartete bereits auf sie. Er hatte nach der Arbeit geduscht, das verrieten die noch feucht glänzenden dunkelbraunen Haare. Statt Arbeitshose trug er Jeans und T-Shirt. Wie sein Vater saß er auf einer Bank vor seinem Haus. Bei dem Anblick schüttelte Kim den Kopf. Die beiden waren sich in manchen Dingen so ähnlich, und trotzdem konnten sie ihre Differenzen nicht beilegen.

»Was ist?«, fragte Marley irritiert.

Sie ließ sich neben ihm auf die Bank nieder. »Es ist so absurd. Du sitzt hier vor dem Haus, dein Vater sitzt drüben vor dem Haus, und ich pendle zwischen euch beiden hin und her.«

»Du könntest bei mir wohnen. Ich könnte eine Gesellin in der Werkstatt gebrauchen.«

»Nein, Marley, das Thema hatten wir schon. Ich will die Schäferei lernen, und außerdem sind wir gerade erst ein paar Wochen zusammen.«

»Von denen du mindestens die Hälfte der Zeit in Deutschland warst und den Rest bei meinem Vater auf der Farm.«

»Jetzt bin ich hier.« Ihre Stimme klang ärgerlicher, als sie es beabsichtigt hatte. Sie wollte die Zeit mit Marley genießen.

»Entschuldige.« Er nahm ihre Hand, küsste ihre Fingerknöchel. »Ich vermisse dich einfach jede Minute, in der du nicht bei mir bist.«

»Ich muss erst einmal lernen, meinen eigenen Weg zu gehen. Du bist ein Teil davon, aber ich brauche jetzt auch meine Freiheit.«

Siebenundzwanzig Jahre lang hatte sie ihr Leben immer dem einen höheren Ziel unterworfen, hatte getan, was andere ihr sagten. Es hatte ihr nichts ausgemacht. Sie boxte gern, und sie musste sich eingestehen, dass ihr das tägliche Training fehlte. Sie freute sich auf die Tage bei ihrem Vater. Vertraute Routinen, etwas tun, in dem sie wirklich gut war.

»Wie lange bleibst du dieses Mal in Deutschland?«

Sie las die Angst in seinen Augen, dass sie nicht zurückkäme, dass ihr Vater sie zusammen mit ihrem ehemaligen Trainer Sergej überreden würde, wieder in den Ring zu steigen.

»Eine Woche. Ich fliege am Sonntag und komme am Sonntag wieder zurück. Meine Pläne haben sich nicht geändert.« Sie warf ihm einen vorwurfsvollen Blick zu. »Können wir jetzt einfach diesen Abend genießen?«

»Ja, natürlich.« Er drückte sanft ihre Hand. »Hast du schon gegessen? Wir könnten ins JJ's gehen. Ich lade dich ein.«

Kim lachte auf. »Sehr großzügig. Als ob Jeana und Joyce auch nur einen Cent von dir nehmen würden.«

Marley hatte im vergangenen Monat die Inneneinrichtung des Pubs komplett umgebaut, und er hatte den beiden Frauen lediglich gestattet, das Material zu zahlen, das er für den Umbau benötigt hatte.

»Wie wäre es mit ein paar Sandwiches?«, schlug Kim stattdessen vor. »Ich möchte mit dir heute Abend noch eine Küstentour machen.«

»Eine Küstentour?«

»Ja, kannst du mir einen ganz einsamen Küstenabschnitt zeigen? Einen Ort, wo wir weder Mensch noch Tier stören.«

Marleys Augen blitzten lüstern auf. »Klingt gut.«

»Woran du gleich wieder denkst.«

»Na ja, du und ich, ein lauer Sommerabend, ein einsamer Strand …«

»Und tausend Midges. Vergiss es. Das ist keine Romantik, das ist Tortur.«

»Dann bleiben wir lieber hier.« Er neigte sich zu ihr, küsste ihre Wange, wanderte mit seinen Lippen hinab zu ihrem Hals. »Ich habe ein Moskitonetz.«

Wohlige Schauer zogen durch ihren Körper. Sie mochte es, wenn er sie berührte, wenn er sie küsste, wenn er mehr von ihr wollte. Aber das musste warten. Sie bremste ihn. »Erst die Küste, dann sehen wir weiter.«

»Warum ist das so wichtig?«

»Ich brauche einen einsamen Strand, an dem ich mit Jeana gegen die Wellen brüllen kann.«

Marley grinste. »Du gibst nicht auf, was?«

»Du kennst mich: Aufgeben ist für mich keine Option.«

Inverness

Eine Kanne Tee stand auf dem Tisch in Alisons Wohnzimmer. Es war ein kleiner quadratischer Raum mit einem Zweisitzer, einem Sessel und einem Regal, in dem ein paar Bücher, Bilderrahmen und Staubfänger ihr Dasein fristeten.

Violet saß auf dem Sofa. Sie trug ein elegantes Kostüm und hochhackige Lederpumps. Frisur und Make-up waren perfekt, als käme sie gerade vom Stylisten. Sie ließ den Blick umhergleiten. Wollte sie sich alles genau einprägen, damit sie ihren Freundinnen beim nächsten High Tea haargenau erzählen konnte, wie armselig sie hauste, fragte Alison sich misstrauisch.

Nicht nur das Wohnzimmer war klein – ihre Wohnung war kaum fünfzig Quadratmeter groß: Ein schmaler Flur führte in eine Küche, in der eine Kochzeile und ein Tisch mit drei Stühlen gerade so Platz fanden. Das Schlafzimmer war nicht größer. Die Möbel waren einfach, aber bezahlt.

Alison goss Tee in die Tassen. »Wir hätten uns auch in einem Café treffen können.«

Violet blinzelte, als wäre sie meilenweit mit den Gedanken entfernt gewesen. »Nein, ich bin dir dankbar, dass ich zu dir kommen durfte.«

Da schwang weder Arroganz noch Ironie in der Stimme mit, stellte Alison fest. Schon bei ihrem Treffen vor wenigen Tagen in Thurso war Violets Verhalten ihr seltsam vorgekommen. Das war nicht die Frau, die sie vor Jahren kennengelernt hatte. Kein spöttisches Lachen, keine selbstgefälligen Spitzen gegen Alisons »arme« Herkunft, dabei bot ihre Wohnung eine Menge, über das Violet hätte herziehen können. Schon allein die Tatsache, dass der Tee nicht in edlem Porzellan, sondern in bunten Steingut-tassen serviert wurde, wäre eine Bemerkung wert gewesen.

»Warum wolltest du mich treffen?« Alison musterte die Millionärsgattin abschätzend. Violet war sicher nicht auf einen Tee vorbeigekommen, um über die guten alten Zeiten zu plaudern.

»Ich … ähm …« Sie nahm einen Löffel Zucker, rührte ihn in ihren Tee. Sie schindete Zeit.

Alison nahm ihre Tasse zwischen die Hände und lehnte sich in ihrem Sessel zurück. Er war eigentlich zu groß für diesen Raum, aber sie liebte es, sich in die Polster einzukuscheln. Abwartend sah sie ihr Gegenüber an.

»Warum hast du dich damals von Sam scheiden lassen?«, platzte Violet unvermittelt heraus.

Alison zog überrascht die Augenbrauen hoch. »Ich denke, du weißt, dass er mich nicht nur einmal betrogen hat.«

»Das tun sie doch alle.«

In Alison begann es zu grummeln. »Hat Sam dich geschickt, damit du ein gutes Wort für ihn einlegst?«

»Du meine Güte, nein!« Flüchtig huschte ein entschuldigendes Lächeln über ihre Lippen, dann wanderte ihr Blick wieder unruhig umher. »Entschuldige bitte meine Indiskretion, aber war das der einzige Grund, warum du dich von ihm getrennt hast?«

Alison deutete ein Kopfschütteln an, aber sie würde vor Violet nicht über ihren Ex-Mann herziehen. Ihre Scheidung war ihre Privatangelegenheit.

»Hat er dich schlecht behandelt?«

»Inwiefern?«

»Ich weiß nicht …«

Diese Fragen hatten doch nichts mit ihr und Samuel Dexter zu tun. Alison stellte ihre Tasse zurück auf den Tisch und fixierte Violets angespanntes Gesicht. »Du bist doch nicht zu mir gekommen, um über meine gescheiterte Ehe mit Sam zu sprechen. Was ist los?«

Violets umherwandernder Blick verharrte einen Moment, dann senkte sie die Augenlider. »Brodie und ich … Ich habe ihn verlassen.«

Das war vermutlich die Erklärung für den kleinen Koffer, den sie bei sich trug.

Fresgoe

Wellen klatschten gegen die schroffen Felsen, die wie kleine Inseln in schräg ansteigenden Schichten aus dem Meer stachen. Kormorane hatten sich auf einer Plattform versammelt. Möwen kreisten über ihren Köpfen, Austernfischer flogen pfeifend dicht über der Wasseroberfläche, während der Wind die Wolken über den Himmel trieb.

Marley sog die kühle Meeresluft tief in seine Lungen. Er war mit Kim zum Sandside Harbour bei Fresgoe gefahren. Sie hatten an dem öffentlichen Parkplatz am Sandside Bay geparkt und waren zu dem Hafenbecken gelaufen.

Ein einziges Boot dümpelte im Wasser – ein kleiner Krabbenkutter, Reusen und Netze lagen auf der Kaimauer, durch die Hafenausfahrt sah man die weiße Kugel des Reaktors Dounreay auf der anderen Seite der Bucht. In den wenigen Gebäuden, die den Hafen umgaben, brannte kein Licht.

Sie hatten den alten Hafen hinter sich gelassen und waren über einen breiten Feldweg an der Küste bis zu einem Aussichtspunkt spaziert. Der Wind blies ihnen kräftig ins Gesicht. Nach einem milden Frühling zeigte sich der Sommer von seiner kalten und ungemütlichen Seite.

Kim stand vor ihm. Marley hatte die Arme von hinten um ihre Taille gelegt und spürte, wie sie sich leicht gegen seine Brust lehnte. Er genoss ihre Nähe. Sie war noch nicht richtig in ihrem neuen Leben in Schottland angekommen, und sosehr er auch dagegen ankämpfte, rumorte in ihm ständig die Sorge, dass sie wieder nach Deutschland gehen würde und nicht mehr zurückkäme.

Am Sonntag wollte sie zu ihrem Vater fliegen. Lothar Hart war Boxpromoter in Hamburg mit eigenem Boxstall. Kim war zwar vom aktiven Wettkampfsport zurückgetreten, hatte ihm jedoch versprochen, regelmäßig mehrtägige Workshops für den Nachwuchs anzubieten.

Dazu musste sie sich selbst weiterhin fit halten. Aber in Thybster gab es keinen Sportclub. Zweimal in der Woche fuhr sie abends mit dem Fahrrad nach Thurso, um in einem Kampfsportclub zu trainieren. Boxen war dort nur eine Nebensparte; seit jedoch bekannt war, dass die ehemalige Boxweltmeisterin Kimberly Hart dort trainierte, hatte das Interesse an der Sparte zugenommen.

Aber der Sommer im Norden währte nie lang, die Tage würden bald kürzer werden und das Wetter umschlagen. Die Radfahrten nach Thurso würden ungemütlich werden. Vielleicht konnte er einen Teil von seiner Werkstatt abtrennen und Kim darin einen Trainingsraum mit Boxsack und Workout-Geräten einrichten. Ob ihr das gefallen würde?

»Hier werden wir vermutlich keine Gäste aus dem JJ's treffen und mit unserem Geschrei verstören«, durchbrach Kim seine Überlegungen.

»Aye. Ich glaube aber nicht, dass du Jeana dazu kriegst, die Wellen anzubrüllen.«

»Sie muss lernen, ihre aggressive Seite zuzulassen.«

»Die hat sie nicht.«

»Du idealisierst sie«, erwiderte Kim entschieden. »Jeder hat eine aggressive Seite in sich.«

Marley kannte Jeana seit Kindertagen. Sie war seine große Liebe gewesen. Eine unerwiderte Liebe, aus der jedoch eine tiefe Freundschaft entstanden war.

Er konnte sich nicht vorstellen, dass Jeana auch nur ansatzweise etwas von der Aggressivität zeigen könnte, die in Kims Kämpfernatur steckte. Aber vielleicht hatte Kim recht. So wie in ihr neben einer aggressiven Seite eine sanfte, verletzliche Seele existierte, steckte vielleicht in Jeana eine bisher unerkannte kämpferische Seite.

»Wie groß ist die Chance, dass Jeana ein zweites Mal Opfer eines Übergriffs wird?«, überlegte er.

Kim löste sich aus der Umarmung und wandte sich ihm zu.

»Darf ich dich daran erinnern, dass sie eine wunderschöne Frau ist?«

»Das bist du auch.«

»Ich bin Durchschnitt«, erwiderte Kim nüchtern. Sie war nicht auf Komplimente aus. »Aber ich weiß mich zur Not zu wehren, wenn mir einer an die Wäsche will.«

Er zog sie wieder an sich und küsste sie. »Darf ich dir an die Wäsche?«

»Vielleicht nicht gerade hier«, erwiderte sie fröstelnd. Mit Midges, den gefürchteten Stechmücken Schottlands, war an diesem windigen Abend nicht zu rechnen.

»Dann lass uns zurückfahren.« Er nahm ihre Hand, und sie spazierten den Weg entlang, den sie gekommen waren.

»Das ist ja dreist.« Kim deutete auf das alte Gebäude, das am nächsten zu ihnen, etwas abseits von den anderen beiden Häusern, am Hafenbecken stand.

Er sah in die Richtung. Zwei Jungen waren auf eine Kiste geklettert und reckten sich, um durch das Fenster schauen zu können. Ihre Fahrräder lagen im hohen Gras, wenige Meter von ihnen entfernt.

Marley legte verschmitzt grinsend den Finger an die Lippen und schlich sich hinter die Jungen. »Na, was gibt's denn da zu sehen?«, fragte er grimmig.

Die Jungen fuhren herum. Sie wollten im Affekt flüchten, aber da hatte er den Größeren schon am Schlafittchen, und Kim hielt den zweiten Jungen fest. Sie mussten acht oder neun Jahre alt sein, und Marley fragte sich, was die beiden allein am Hafenbecken trieben. Aber andererseits: Er war früher auch gern entlang der Küste auf Erkundungstour gegangen. »Was treibt ihr euch hier herum?«, fragte er dennoch streng.

Die Buben sahen betreten zu Boden.

Marley musterte den Größeren genauer. »Dich kenne ich doch, du bist Jamie Cook.«

Die Antwort war ein eingeschüchtertes Nicken. Der Junge wohnte mit seinen Eltern in Reay. Marley hatte dort im Frühjahr geholfen, einen Wintergarten aufzubauen.

»Und wie heißt dein Freund?«

»Lewis«, murmelte Jamie.

»Wissen eure Eltern, dass ihr euch hier herumtreibt und in fremde Häuser glotzt?«

Die beiden schüttelten schuldbewusst die Köpfe.

»Man geht nicht einfach zu fremder Leute Häuser und starrt durch die Fensterscheiben.«

Jamie fand den Mut, den Kopf zu heben. »Lewis hat gesagt, dass in dem Haus ein Geist ist.«

»Aha.« Marley unterdrückte mit Mühe ein Schmunzeln. »Tauchen Geister nicht nur nachts auf?«

»Ich hab den gesehen!«, begehrte Lewis auf.

»Am helllichten Tag?«

»Jawohl! Vor drei Tagen. Da waren wir hier. Und da hat der Geist aus dem Fenster geschaut. Und dann war er wieder weg.«

»Könnte es nicht ein ganz normaler Bewohner des Hauses gewesen sein?«

»Nein, das war ein Geist!« Lewis stampfte energisch mit dem Fuß auf den Boden.

»Wir können ja mal klopfen, vielleicht ist der Geist zu Hause und freut sich über Besuch.«

»Geister kommen doch nicht einfach an die Tür!« Der Junge sah ihn empört an. »Der war am Fenster. Da war alles dunkel, und der war ganz schwarz und hatte nur ein Auge. Und mit dem einen Auge, damit hat er uns angestarrt.«

»Leuchten Geister nicht eher weiß?«

Lewis verdrehte die Augen. »Das sind doch Gespenster! Aber das war ein Geist. Ein richtiger Geist! Ich hab nur das Auge gesehen. Das war voll gruselig!«

»Das glaube ich dir, Lewis, aber deswegen schaut man trotzdem nicht einfach von draußen in ein fremdes Haus. Ihr schwingt euch jetzt auf die Räder und fahrt nach Hause. Und wenn ich euch noch mal hier erwische, erzähle ich es euren Eltern.«

Die Jungen rannten zu ihren Fahrrädern und rasten davon.

Kim sah zu dem Fenster. »Wohnt da jemand?«

»Keine Ahnung, aber wie es aussieht, scheint zumindest gerade niemand zu Hause zu sein.« Marley musterte die Fassade. Es war ein altes Gebäude, das jedoch anscheinend vor nicht allzu langer Zeit zumindest teilweise renoviert worden war. Die Fensterrahmen waren neu, auch der Verputz war ausgebessert worden, und jemand war dabei, die Außenanlagen in Schuss zu bringen.

Er wusste, dass das Haus lange Zeit leer gestanden hatte und von den Fischern als Lagerraum für Netze, Reusen und Bootsersatzteile genutzt worden war. Kurz fragte er sich, wer auf die Idee kam, hier, nur wenige Meilen von dem alten Reaktor entfernt, ein Haus zu kaufen.

»Ein schwarzer Geist mit einem Auge«, sinnierte Kim stirnrunzelnd. »Das kommt davon, dass ihr euren Kindern immer Schauermärchen von menschenfressenden Monstern und Seeungeheuern erzählt.«

Marley schmunzelte. Gegen einen eins achtzig großen Kerl nahm Kim, ohne einen Gedanken an die Gefahr zu verschwenden, den Kampf auf, aber Sagen wie die über die Each Uisge, die Wasserpferde, die ihre Reiter ins Meer entführten und auffraßen, ließen sie erschauern.

Sie setzten ihren Weg fort. Marley warf einen Blick zurück. Hatte er sich getäuscht, oder hatte sich gerade der Vorhang an einem der Fenster bewegt?

***

Elani wusste nicht, wo sie war und wohin Boss die anderen drei gebracht hatte. Sie hatten keine Zeit gehabt, sich zu verabschieden. Und weil sie keine Handys mehr besaßen, gab es keine Möglichkeit, die anderen zu erreichen.

Auch wenn sie die drei erst auf der Flucht kennengelernt hatte, machte es ihr Angst, nun von ihnen getrennt zu sein. Allein. Fremd. In einem Land, dessen Kultur sie nicht kannte und dessen Sprache sie mehr schlecht als recht sprach. Najuma, Zara und Jomo-Johnny waren die letzte Verbindung in ihre Heimat gewesen. Ihre gemeinsame Reise hatte sie zusammengeschweißt, zu einer Familie gemacht. Nun gab es niemanden mehr.

Boss hatte sie in der Nacht zu der Hintertür des großen Hauses geführt. Eine Frau hatte dort gewartet. So alt wie meine Großmutter, hatte Elani gedacht. Sie war groß und etwas mollig, die grauen Haare hatte sie unter einer Haube versteckt. Sie sagte, sie heiße Anne, und sie bestimmte, dass Elani fortan Elli heißen solle. Elani sei zu lang. Elli. Niemand zuvor hatte sie je Elli genannt.

Anne hatte sie zu einer kleinen Kammer geführt. Dies sei nun ihr Zimmer. Sie solle schlafen. In dem Raum standen ein Bett, ein Stuhl und ein schmaler Kleiderschrank. Handtücher und ein Stück Seife lagen auf einem niedrigen Nachttisch.

Am nächsten Morgen hatte Anne ihr Kleidung gebracht: ein schwarzes Shirt, einen schwarzen Rock, eine weiße Schürze. Sie war jetzt eine Dienstmagd. Wie in den alten Filmen, die sie zu Hause gesehen hatte.

»Zieh dich an«, hatte Anne gesagt. »Ich zeige dir das Haus, dann hilfst du mir in der Küche. Kannst du kochen?«

Elani hatte den Kopf geschüttelt.

»Ich bringe es dir bei. Du kannst den Herrschaften das Essen bringen. Weißt du, wie man einen Tisch deckt?«

Elani hatte die Schultern gehoben. Sie wusste, wie man einen Teller und Besteck auf einen Tisch legte, aber war das »Tisch decken«?

Anne hatte seufzend den Blick zur Decke gehoben und sie durch das riesige Haus geführt. Es war viel größer als das an der Küste, und es hatte so viele Zimmer, dass Elani befürchtete, nie wieder zu ihrer Kammer zu finden. Ihr schwirrte der Kopf von all den Eindrücken und dem Prunk. Immer wieder strich sie im Vorübergehen andächtig über die dicken, schweren Vorhangstoffe, das glatte dunkle Holz eines Sideboards in der Halle oder die Muster der Tapeten. Die Leute, die hier wohnten, mussten sehr reich sein. Ob sie ihr einen guten Lohn zahlen würden? Sie musste der Madam Geld schicken.

Sie fragte sich, ob Zara, Najuma und Jomo auch in so einem

herrschaftlichen Haus arbeiteten. Hatte sie die Worte in dem Streit, den sie belauscht hatte, falsch verstanden? *Virgin.* Vielleicht war es gar nicht um sie gegangen? Die Menschen hatten über etwas anderes gestritten.

»Ich stelle dir jetzt die Herrschaften vor«, hatte Anne am Ende ihres Rundgangs erklärt. »Du machst einen kleinen Knicks, wenn ich dich vorstelle. Schau her. So.«

Anne beugte leicht ein Bein und senkte den Kopf. Dann verlangte sie, dass Elani es ihr nachmachte. Dreimal musste sie es wiederholen, bis Anne zufrieden war.

»Du lächelst freundlich und hältst den Blick gesenkt. Du starrst weder den Sir noch die Lady an und redest nur, wenn du etwas gefragt wirst. Hast du das verstanden?«

Elani hatte genickt. Ob hier ein Prinz wohnte? Oder gar der König? Aber der lebte doch in London. Waren sie in der Nacht bis nach London gefahren?

Anne war mit ihr den Korridor entlanggegangen. Sie hatte kräftig geklopft und die Tür geöffnet.

Auf einem Tisch hatte Frühstücksgeschirr gestanden, erinnerte sich Elani. Am linken Kopfende saß der Mann, den sie mit »Sir« anreden sollte. Er war alt in Elanis Augen, so wie Anne. Seine Haut war blass, er hatte eine Halbglatze, einen runden Bauch und ein strenges Gesicht mit müden Augen.

Ihm gegenüber hatte eine Frau gesessen, jünger als der Sir, vielleicht so alt wie Elanis Mutter. Das blonde Haar hatte die Frau hochgesteckt, und sie trug eine hübsche Bluse mit buntem Blumenmuster und Rüschen, dazu einen schmalen Rock und hochhackige, elegante Schuhe. Sie hatte Elani angelächelt. »Willkommen in unserem Haus, Elli. Ich hoffe, du wirst dich schnell bei uns einleben.«

Ein eisiger Schauer war Elani über den Nacken gelaufen. Sie kannte die Stimme der Frau.

VIER

Inverness

Alison war überrascht gewesen, als Violet ihr von der Trennung von ihrem Mann erzählte. Dass die beiden nicht unbedingt eine romantische Liebe verband, hatte sie schon damals durchschaut. Broderick Thompson war fünfzehn Jahre älter als Violet, nicht gerade ein Adonis und in Alisons Augen ein ziemlicher Langweiler, der sich nur für sein Unternehmen und den Golfplatz interessierte.

Aber Alison hatte immer den Eindruck gehabt, dass das Violet ziemlich egal war. Sie genoss den Reichtum ihres Mannes und das Leben unter Gleichgesinnten. Sie kam aus einer Adelsfamilie – verarmter Adel, wie Sam ihr damals verraten hatte.

Broderick betrieb ein Schiff-Charterunternehmen. Er nannte eine kleine Flotte Ausflugs- und Partyboote sein Eigen, zudem vermietete er Luxusyachten inklusive Personal an zahlungskräftige Urlauber.

Warum Violet ihren Mann verlassen wollte, hatte sie nicht rausgelassen. Sie wolle nicht darüber reden, sie sei zu aufgewühlt und wisse gar nicht, was sie jetzt machen solle. Alison hatte Mitleid mit der Millionärsgattin bekommen und ihr spontan angeboten, ein paar Tage bei ihr zu bleiben. Der Zweisitzer im Wohnzimmer ließ sich zu einer Schlafstätte umfunktionieren.

Violet hatte ihr Angebot zu Alisons Überraschung dankbar angenommen. Seither hatte sie die Wohnung nicht mehr verlassen. Sie wirkte verstört, ja geradezu verängstigt, und Alison fragte sich, was zwischen den Eheleuten vorgefallen war. Aber sie versuchte nicht, Violet auszufragen. Wenn sie reden wollte, würde sie reden, und wenn nicht, dann eben nicht. Was gingen sie die Luxusprobleme reicher Leute an? Es war weitaus wichtiger, dass sie ihr eigenes Leben in den Griff bekam.

Während Violet sich in ihrem Wohnzimmer vom Fernsehprogramm berieseln ließ, durchstöberte Alison die Jobbörsen. Welche Arbeit passte zu ihr? Aus dem Informatikbereich war sie zu lange raus – die Firmen wollten Mitarbeiter, die auf dem aktuellsten technischen Stand waren.

Ihr Blick glitt zum Fenster. Sollte sie es doch noch einmal mit ihrer Detektei versuchen? Treulose Ehepartner zu beschatten, das bekam sie hin. Auch die Observierung illoyaler Mitarbeiter hatte sie schon erfolgreich übernommen. Ihr mangelte es an Erfahrung mit dem wirklich kriminellen Milieu. Das war ihr bei ihrer letzten Ermittlung zum Verhängnis geworden und hatte Jeana in Gefahr gebracht.

Sie müsse noch einiges lernen, aber sie habe Potenzial, hatte Detective Chief Inspector Una MacLeod von der Police Inverness gesagt, als sie sich im Rahmen einer Ermittlung kennengelernt hatten.

Vielleicht sollte sie mit Una sprechen? Waren ihre Worte ernst gemeint gewesen? Una war ein Profi. Alison griff zum Telefon und wählte DCI Una MacLeods Nummer.

»Hi, Alison, wieder in der Stadt?«, grüßte die Polizistin, als wären sie alte Freundinnen.

»Woher weißt du, dass ich fort war?«

»Ich war gestern mit Hamish essen.«

»Ah.« Die Auskunft gab Alison einen Stich. Sie wusste, dass die beiden sich kannten, aber sie wusste nicht, woher und wie gut.

»Was kann ich für dich tun?«

»Können wir uns treffen?«

»Klar, wann?«

»Ginge es heute Abend? Vielleicht so gegen sieben im ›Uilebheist‹?«

»Gern.«

Die spontane Zusage überraschte Alison. Hatte Una an einem Samstagabend nichts Besseres vor? Andererseits: Sie selbst hatte ja auch keine Verabredung.

Alison ging ins Wohnzimmer. »Hey, Violet, ich bin heute Abend unterwegs. Hast du Pläne?«

Violet reagierte nicht. Sie hielt ihr Smartphone in der Hand, und mit Bestürzung bemerkte Alison, dass ihr Gesicht tränennass war. Eilig setzte sie sich neben Violet und legte den Arm um ihre Schultern. »Hey, was ist denn los?«

Die sonst immer vor Selbstbeherrschung strotzende Millionärsgattin weinte stumm vor sich hin.

»Willst du mir nicht sagen, was passiert ist? Vielleicht kann ich dir helfen?«

Violet hob gequält den Blick. »Ich kann nicht …« Sie zog ein Taschentuch hervor und tupfte sich über die Augen, aber die Tränen liefen weiter.

»Hat Brodie dir gedroht, weil du dich trennen willst? Lass dich von ihm nicht einschüchtern.« Sie erinnerte sich an den Tag, als sie Sam gesagt hatte, dass sie sich von ihm trennen würde. Erst hatte er sie ausgelacht, und als er merkte, dass sie es ernst meinte, hatte er gedroht. Sie würde keinen Job finden, sie käme allein nicht klar und würde in kürzester Zeit wieder vor seiner Tür stehen. Aber wenn sie einmal ginge, gäbe es kein Zurück mehr.

Sie war gegangen. Seither schlug sie sich mehr schlecht als recht durchs Leben, aber niemals würde sie bei ihm zu Kreuze kriechen.

»Nein, Brodie würde mir nie drohen. Es ist nur …« Violet verstummte wieder, dann schüttelte sie den Kopf. »Es tut mir leid, aber ich kann es dir nicht sagen.«

»Es hilft dir nicht, wenn du alles in dich reinfrisst. Und von mir erfährt keiner was.« Alison grinste schief. »Du weißt doch, dass ich nicht in deinen Kreisen verkehre. Wem sollte ich etwas erzählen?«

Ihr Versuch, Violet aufzumuntern, misslang. Die Frau verzog schuldbewusst das Gesicht. »Ich habe dich immer so schlecht behandelt, Ali, und jetzt bist du die Einzige, zu der ich gehen kann. Es tut mir so leid.«

Wow, was für ein Tag. Violet Thompson entschuldigte sich bei ihr! Gerührt zog Alison sie fester in ihre Arme. »Egal, was du für ein Problem hast, wir kriegen das hin. Du kannst bei mir bleiben, so lange du willst. Und wenn du reden willst – ich bin da.«

Einen Moment blieb Violet in der Umarmung, dann löste sie sich von ihr. »Danke, das ist so lieb von dir. Ohne dich wäre ich verloren.«

Das war zwar etwas melodramatisch, aber es wärmte dennoch Alisons Herz.

»Ich glaube, ich sollte mir das Gesicht waschen und mein Make-up auffrischen.« Violet lächelte unter Tränen und stand auf. An der Türschwelle wandte sie sich noch einmal um. »Alison?«

»Ja?«

»Bitte sag niemandem, wirklich niemandem, dass ich bei dir bin.«

Thurso

Kim drehte die Dusche aus und schlang das Handtuch um ihren Körper. Sie hatte sich im Training ordentlich ausgepowert, und es fühlte sich verdammt gut an, jeden einzelnen erschöpften Muskel zu spüren. Den nächsten Tag würde sie im Auto und im Flugzeug verbringen, da hatte ihr Körper Zeit, zu regenerieren.

Sie verließ den Duschraum und öffnete ihren Spind. Samstagabends war kaum noch jemand im Kampfsportclub. Alle hatten es eilig, loszukommen, um den Abend mit Freunden im Pub zu verbringen oder auf einer Party. Ein paar Jungs aus Wick waren an diesem Samstagnachmittag gekommen und hatten mit ihr trainiert.

Sie legte das Handtuch ab und zog ihren Slip an, als die Tür zur Umkleidekabine geöffnet wurde. Gordon Ballard kam herein.

»Du hast dich in der Tür geirrt«, erklärte sie ihm unbeeindruckt. Diese Spielchen kannte sie zur Genüge. Das hatten sie auch früher in manchen Boxclubs versucht, in denen sie als Gast trainiert hatte: Sie wollten sie nackt in der Umkleidekabine überraschen, in der Hoffnung, dass sie wie ein kleines Mädchen kreischen würde.

»Glaub ich nicht.« Gordon lehnte sich grinsend gegen den Türrahmen. Der Achtundzwanzigjährige war ein paar Zentimeter größer als sie. Er trug Jeans und ein dunkelgrünes T-Shirt, das rotblonde Haar war kurz geschoren. Er kam aus Thurso, wusste Kim, trainierte seit Jahren im Club Boxen und Judo.

Sie zog BH und T-Shirt an. »Genug gegafft?«

»Auf den Fotos siehst du nicht so sexy aus.«

Die Fotos, die von ihr in der Presse kursierten, zeigten sie als Boxerin. Die inzwischen etwas längeren blonden Haare waren damals raspelkurz und wasserstoffblond gewesen, das Make-up aggressiv, so wie ihre Miene und ihre Körperhaltung. Es ging nicht darum, sexy auszusehen, sondern ihre Gegnerinnen schon im Vorhinein einzuschüchtern.

»Warum machst du kein Sparring mit uns?«, fragte Gordon.

»Weil ich nicht mehr kämpfe.«

»Hast du Schiss?«

»Ja.« Sie hob spöttisch die Augenbrauen. »Dass ich dir wehtun könnte.«

Er schnaufte abfällig. »Aber zu Hause, in deinem Boxstall, da kämpfst du.«

Dort wusste sie, mit wem sie es zu tun hatte, wusste, dass ihre Gegnerinnen und Gegner sich an die Regeln halten würden. Die Boxer in Thurso kannte sie noch nicht lange, und ohne ihren Trainer Sergej am Rande des Ringes würde sie nicht gegen einen Unbekannten kämpfen, auch nicht, wenn es nur um Sparring ging.

Sie schlüpfte in ihre Hose, setzte sich auf die Bank und schnürte ihre Schuhe. »Gordon, du bist ein Mann und willst mit mir in den Ring steigen. Alle deine Kumpels würden zuschauen und sehen, dass du keine Chance gegen mich hast. Ich glaube nicht, dass dir das gefallen würde. Also entweder ich tue dir weh oder du mir. Beides will ich nicht.«

»Du hast keine Chance gegen einen Mann.«

Kim verstaute Trainingskleidung und Duschzeug in ihrer Sporttasche, ohne dem Kerl weitere Beachtung zu schenken. Sie würde sich nicht von ihm provozieren lassen. Entschlossen schnappte sie sich ihre Sachen und marschierte auf die Tür zu. Er stellte sich ihr in den Weg.

»Geh zur Seite, Mann.«

»Und wenn nicht?«

»Dann tret ich dir auf den Fuß.«

Er grinste abfällig, schnippte lässig eine Münze in die Luft und fing sie auf, ohne sie aus dem Blick zu verlieren.

Als sie eine minimale Bewegung andeutete, zuckte er zurück. Sie nutzte den Moment, stieß ihm die flachen Hände hart vor die Brust, sodass er aus dem Gleichgewicht kam und seitlich gegen den Türrahmen stolperte.

Sie trat in den Flur. »Du hast keine Chance, Mann«, erklärte sie selbstbewusst. »Du musst nicht nur deinen Gegner im Blick haben, du musst auch wissen, wo der Ring zu Ende ist, sonst hängst du in den Seilen.«

Er grinste nicht mehr.

»Gordon! Verflucht noch eins, wo bleibst du denn?« Andrew Wilson kam den Gang entlang.

Wilson war Finanzier des Kampfsportclubs. Ein krummes, mehrfach gebrochenes Nasenbein war ein Relikt seiner Karriere als Amateurboxer und gab dem Gesicht des Neunundvierzigjährigen einen aggressiven Ausdruck. Seiner Größe und Masse nach zu urteilen, hatte er in der Schwergewichtsklasse geboxt, vermutete Kim. Sie hatte bisher nicht viel mit ihm zu tun gehabt, wusste lediglich, dass er Inhaber einer Zeitarbeitsfirma war, die Pflege- und Reinigungskräfte vermittelte.

Seine blauen Augen wanderten prüfend zwischen ihr und Gordon hin und her. »Alles in Ordnung, ihr zwei?«

»Alles bestens. Schönen Abend.« Kim schulterte ihre Sporttasche und marschierte Richtung Ausgang.

Inverness

Das »Uile-bheist« lag in der Nähe des Stadtzentrums, idyllisch am River Ness. Die Brauerei mit Destillerie war erst vor wenigen Jahren erbaut worden. Von dem großen Biergarten sah man durch die hohen getönten Fensterfronten direkt auf die modernen Brennblasen. Auf weißem Holz prangten schwarz der Firmenname und das dazu passende Logo. Es zeigte das »Uile-bheist«, das Monster – ein Wesen mit Pferdekopf und Fischschwanz.

Una MacLeod saß bereits mit einem Ale an einem der zahlreichen Holztische des Biergartens. Sie trug dieselbe Kleidung, die sie auch im Dienst anhatte: einen dunkelbraunen Anzug, dazu flache Schuhe. Die langen braunen Haare waren zu einem strengen Zopf geflochten. Alison nickte ihr zu, ging ins Gebäude, bestellte sich ebenfalls ein Ale und setzte sich zu der DCI.

»Du bist ja heute gar nicht so bunt«, stellte Una fest. Bei ihrer ersten Begegnung hatte Alison Kleidungsstücke in kräftigem Orange und Grün getragen. Dieses Mal hatte sie sich für helle Bluejeans und ein graues T-Shirt entschieden.

»Mir war heute nach Himmelgrau.« Sie deutete nach oben. Noch immer hing eine dünne Wolkendecke über ihnen, aber es war knapp über zwanzig Grad warm.

Una hob ihr Glas und prostete ihr zu.

Es war ihr zweites Treffen, und Alison spürte eine unerwartete Befangenheit. Warum hatte sie sich mit Una verabredet? Sie kannte die Frau kaum und wollte sie um einen beruflichen Rat bitten. Was für eine absurde Idee. Außerdem hatte Una sich mit Hamish getroffen. Mit »ihrem« Hamish. War sie seine Neue? Hatte er Alison deswegen angerufen, um es ihr zu erklären?

»Wie geht es deiner Schwester?« Die DCI stellte ihr Glas auf den Tisch. Sie wusste von dem Überfall auf Jeana.

»Woher kennst du Hamish?«, ignorierte Alison die Frage.

Ihr Gegenüber grinste. »Hat er es dir nie erzählt?«

»Würde ich sonst fragen?«

Una deutete ein amüsiertes Schulterzucken an.

»Bist du seine Aktuelle oder seine Verflossene?«

»Wenn dir noch so viel an ihm liegt, warum triffst du dich dann nicht mit ihm?«

»Es ist kompliziert. Und es geht dich nichts an«, erwiderte Alison schroff.

Una lächelte unbeeindruckt. »Wolltest du mich deswegen treffen?«

Die eifersüchtige Ex-Geliebte. Alison schrumpfte innerlich zusammen. Das war zu armselig. Sie brauchte ein anderes Thema, etwas Unverfängliches. Etwas, das nichts mit ihr zu tun hatte.

»Sagt dir der Name Broderick Thompson etwas?«, fragte sie. »Er wohnt mit seiner Frau in Dornoch.«

»Ermittelst du also wieder?«

»Vielleicht.«

»Was soll mit Thompson sein?«

»Gab's da mal Meldungen? Häusliche Gewalt oder so?«

Una lachte kurz auf. »Alison, mal abgesehen davon, dass das nicht in meinen Zuständigkeitsbereich fällt, dürfte ich dir darüber nichts sagen, selbst wenn es da etwas gäbe.«

»Also ist nichts bekannt?«

»Das habe ich nicht gesagt.«

»Das heißt, da gibt es doch etwas?«

»Das habe ich auch nicht gesagt.«

Alison stöhnte entnervt auf.

Una streckte den Arm aus und legte ihre Hand kurz auf Alisons. »Ali, häusliche Gewalt ist nicht mein Ressort.«

»Kannst du dich nicht mal bei deinen Kollegen umhören?«

»Klar könnte ich das. Aber wenn ich das tun würde, dürfte ich dir trotzdem nichts sagen.« Die DCI lehnte sich wieder zurück und leerte mit einem kräftigen Zug ihr Glas. »Schade, ich dachte, wir könnten uns einen lustigen Abend zusammen machen.«

Alison starrte ihr Gegenüber entgeistert an. »Wir zwei?«

»Yep, wir zwei. Aber wenn es dir nur um Insiderinformationen geht, möchte ich meine Zeit nicht länger verschwenden.« Sie stand auf.

»Una, warte. Ich bin gerade …« Nein, sie war noch zu nüchtern, um dieser Frau ihr Herz auszuschütten. Alison lächelte versöhnlich. »Was hältst du von einem Gin Tonic?«

»Wenn du denkst, dass du mich unter den Tisch saufen kannst, um so an Informationen zu kommen, hast du dich geschnitten.«

Alison hob abwehrend die Hände. »Wir werden nur über das Wetter sprechen und auf die britische Regierung schimpfen.«

Una setzte sich wieder. »Da bin ich dabei.«

Thybster

Samstagabends war das JJ's gerammelt voll. Joyce Sandison hatte alle Hände voll zu tun, die Gäste am Tresen zu bedienen, während Jeana hinten in der Küche wirbelte. Kim und Marley zwängten sich an einen der Tische, an denen Marleys Kumpel Dave bereits vor seinem Ale saß.

»Na, ihr Turteltauben«, grinste Dave.

»Rasier dir mal die Fransen aus dem Gesicht, du siehst aus wie ein Zwerg«, stänkerte Marley und prostete ihm zu. Während er sich ebenfalls ein Bier gönnte, trank Kim Wasser. Sie mochte Alkohol nicht. Einmal hatte sie vom Whisky einen kleinen Rausch gehabt. Das hatte ihr nicht gefallen.

Zwei Tische weiter saßen vier Musiker mit ihren Instrumenten: Zwei Frauen spielten Fiddle, eine dritte Akkordeon, und ein Mann hatte seinen Dudelsack mitgebracht. Die Stimmung war ausgelassen, es wurde geklatscht und gelacht. Obwohl der Pub bereits seit zwei Wochen wieder geöffnet hatte, klopfte man Marley noch immer auf die Schulter, weil der Umbau so gut gelungen und jetzt alles viel schöner und gemütlicher sei.

»Wann fängst du mit der neuen Scheune für deinen Dad an?«, erkundigte sich Dave.

»Das Holz ist bestellt. Ich hoffe, es kommt nächste Woche.«

Douglas MacKeiths Schafstall war vor wenigen Wochen abgefackelt worden. Der Brandstifter war gefasst worden, aber bei ihm gab es nicht viel Geld zu holen. Da Douglas nicht versichert war, hatten Jeana und Joyce im Biergarten ihres Pubs eine Tombola zu seinen Gunsten organisiert, um Geld für das Holz zu sammeln. Die Dorfbewohner hatten großzügig gespendet. Douglas war Mitglied im Gemeinderat, und seine Bodenständigkeit machte ihn beliebt.

»Sag Bescheid, wenn's losgeht. Ich helfe dir, und Padreig hat auch zugesagt.«

»Danke, Mann.«

Kim bemerkte die Anspannung hinter Marleys Lächeln. Douglas MacKeith wollte nicht, dass Marley ihm eine neue Scheune baute, aber dem Schäfer blieb letztlich keine Wahl. Er brauchte sie für seine Tiere und um das Heu für den Winter zu lagern. Kim hoffte, dass sie in Thybster sein würde, wenn das Holz kam und Marley mit der Arbeit begann. Falls es zum Streit zwischen Vater und Sohn käme, würde sie versuchen zu vermitteln.

Aus den Augenwinkeln sah sie Marleys Schwester Grace in den Pub kommen. Sie hob winkend die Hand, und Grace bahnte sich ihren Weg durch die Menge. Sie hatte ihre Polizeiuniform gegen eine Bluse und einen kurzen Rock getauscht, der Sicht auf ihre kräftigen Oberschenkel gewährte. Ihre kurzen Haare waren vom Wind zerzaust. »Habt ihr noch Platz für mich?«

»Für dich immer.« Dave klopfte einladend auf seinen Schoß.

»Vergiss es, Kleiner.« Grace war fünf Jahre älter als Marley und sein Kumpel.

Marley stand auf. »Setz dich hierhin. Was willst du trinken?«

»Einen Whisky.«

»Musst du nicht fahren?«

»Du hast doch ein Sofa.«

Kim tauschte einen bedauernden Blick mit Marley. Sosehr sie seine Schwester mochte, die Aussicht, dass sie bei ihm übernachten wollte, bedeutete, dass sie nicht allein wären. Es war ihre letzte gemeinsame Nacht, bevor Kim am nächsten Tag nach Deutschland fliegen würde.

Marley holte den Whisky für Grace. Da es keine freien Stühle mehr gab, überließ Kim ihm ihren Stuhl und setzte sich auf seinen Schoß. Sie mochte die Pub-Abende, wenn heimische Musiker sich trafen und traditionelle Lieder spielten.

Anfang August waren die »Mey Highland Games« angekündigt, zu denen sie gehen wollte. Marley amüsierte sich über ihr Interesse an den schottischen Traditionen. Er hatte sie überreden wollen, sich mit einem von Douglas' Schafböcken für die Zuchtschauen anzumelden. Aber das wollte sie nicht. Sie war noch viel zu unerfahren im Umgang mit den Tieren. Und wenn sie an einem Wettkampf teilnahm, hatte sie auch die Ambition, zu gewinnen.

Als die Musiker eine Pause einlegten, ging Dave zum Tresen, um eine zweite Runde Getränke zu ordern.

»Ist alles in Ordnung?«, erkundigte Marley sich bei seiner Schwester, die bisher ungewohnt schweigsam bei ihnen gesessen hatte.

Grace zuckte die Achseln. »Wieso fragst du?«

»Du hast den Whisky ziemlich schnell runtergekippt.«

Sie presste die Lippen aufeinander und neigte sich zu ihrem Bruder. Kim kam nicht umhin, ihre Worte zu hören.

»Wir haben heute einen toten Jungen aus dem Meer gefischt.«

Der Schreck fuhr Kim in die Glieder, und sie spürte auch Marleys unwillkürliche Anspannung. Sofort sah sie Jamie Cook und seinen Freund Lewis vor ihrem inneren Auge. War eines der Kinder beim Spielen von den Klippen gestürzt?

***

Elani lag in ihrer Kammer und lauschte auf die Geräusche im Haus. Sie war beunruhigt. Der Sir und die Frau hatten vor ein paar Tagen gestritten. Seitdem hatte sie die Frau nicht mehr gesehen. Es war Elani recht. Sie traute der Frau nicht, sie war freundlich, aber sah ihr nie in die Augen. Doch seit sie gegangen war, hatte sich die Atmosphäre im Haus verändert. Elani spürte die schlechten Schwingungen zwischen den Wänden.

Sie versuchte, sich auf ihre Aufgaben zu konzentrieren und keine Fehler zu machen. Sie musste den Tisch für die Mahlzeiten decken und nach dem Essen wieder abräumen. Das Porzellan hatte einen dünnen Goldrand, darum durfte es nicht in die Spülmaschine, sondern musste von Hand abgewaschen werden. Elani mochte es, das edle Geschirr zu reinigen. Kleine Blumen waren am Rand aufgemalt.

Anne zeigte ihr, wie sie die Betten zu machen hatte, und Elani half ihr in der Küche beim Gemüseputzen und Kartoffelschälen. Sie musste die Empfangshalle wischen und die Teppiche saugen. Anne achtete darauf, dass sie von morgens bis abends zu tun hatte. Nur am Nachmittag gestattete sie ihr eine kleine Pause. Dann kochte Anne Tee und servierte selbst gebackene Plätzchen dazu – Shortbread nannte sie das buttrige Gebäck.

Elani arbeitete die ganze Zeit im Haus. Sie sehnte sich danach, hinauszugehen und draußen an der frischen Luft barfuß über den grünen Rasen zu laufen, der sich hinter dem Haus erstreckte. Von ihrem Fenster aus konnte sie das Grün sehen und die Büsche und Bäume, die den Rasen links und rechts umrahmten. Nach hinten hin war die Sicht offen auf die Felder, und in der Ferne ahnte sie das Meer.

Es gab noch weitere Bedienstete im Haus: einen Gärtner, eine Frau, die sich um die Wäsche kümmerte, und einen Mann, der manchmal am Vormittag mit einem Aktenkoffer kam und dann mit dem Sir in seinem Büro saß. Aber keiner von ihnen wohnte im Haus.

Sie wollte auch nicht in diesem Haus leben, unter Annes ständiger Kontrolle. Aber sie hatte keine Wahl. Boss hatte sie hergebracht, und er würde wiederkommen, um das Geld zu holen, das sie der Madam schuldete.

Sie hoffte, dass sie genug von den Leuten bekam, um ihre Schulden zu bezahlen. Diese Menschen, die sie bediente, waren reich. Wie viel sie wohl bekommen würde? Weder der Sir noch Anne hatten über Geld gesprochen, und sie hatte nicht gewagt zu fragen.

Wenn sie eigenes Geld hätte und Papiere, könnte sie gehen. Aber wohin sollte sie gehen? Sie wusste nicht, wohin Boss Zara, Najuma und Jomo gebracht hatte. Es gab niemanden, der ihr

Unterschlupf geben würde. Und dieses Land war so fürchterlich kalt. Sie konnte unmöglich draußen schlafen.

Sie sollte nicht undankbar sein, schalt sie sich selbst. Sie hatte es gut in diesem Haus. Sie hatte ein eigenes Zimmer. Ein eigenes Bett. Es war warm. Sie bekam zu essen.

Ein Poltern ließ sie zusammenzucken. Sie hörte Annes aufgeregte Stimme. Oh, wenn sie doch die Sprache schneller lernen könnte!

Energische Schritte hallten durch den Korridor. Sie kamen näher. Ein kalter Griff legte sich um Elanis Herz, ließ es heftiger schlagen. Die Tür flog auf. Sie zog die Knie zur Brust, machte sich ganz klein unter der Bettdecke.

Er riss die Decke zurück, zerrte sie heraus. Sie strauchelte, fiel auf die Knie. Er trat ihr in den Magen. Sie sank würgend auf alle viere. Er packte in ihre kurzen Locken, riss ihren Kopf brutal in den Nacken und zog ihren Oberkörper hoch. Sein Knie presste sich hart in ihren Rücken.

Ihr Herz raste, ihr war schlecht, sie rang nach Luft.

Er hielt ihren Schopf, griff mit der zweiten Hand unter ihr Kinn, seine Finger krallten sich in ihren Kiefer. Ein kräftiger Ruck, und er könnte ihr das Genick brechen.

Sie sah Annes entsetztes Gesicht.

Der Mann fixierte Elanis Kopf. »Ruf deine Chefin, oder ich bring die kleine Hure auf der Stelle um.«

FÜNF

Inverness

Alisons Schädel dröhnte, als sie am Morgen in ihrem Bett erwachte. Der Geschmack in ihrem Mund war grauenhaft. Sie trug noch das Shirt vom Abend zuvor, ihre Jeans lag auf dem Stuhl in der Ecke.

Die Vorhänge waren zugezogen. Sie entschied, es vorerst dabei zu belassen. Erschöpft sank sie zurück in ihr Kissen und schloss die Augen. Wann war sie nach Hause gekommen? Und vor allem: Wie?

Nachdem sie einige Gin Tonic intus hatten, war sie mit Una vom »Uile-bheist« in die Stadt gegangen. Sie konnte sich erinnern, dass sie erst im »Hootananny« und dann im »Highlander« gelandet waren. Eine Band hatte gespielt. Sie hatten weitergetrunken, Bier, Gin, zwischendurch hatten sie getanzt.

Und dann? Alison rieb sich über die schmerzende Stirn. Nur vage stieg die Erinnerung in ihr auf. Sie hatte mit Una über Jeana gesprochen und über die Schuldgefühle, die sie ihrer Schwester gegenüber hatte. Una war an die Theke gegangen und hatte zwei Gläser Wolfburn-Whisky geordert. Die Wolfburn Distillery stand in Thurso, nur wenige Meilen von Thybster entfernt.

»Auf deine Heimat und deine dich liebende Schwester.« Sie hatten angestoßen. War es bei dem einen Whisky geblieben? Alison konnte sich nicht erinnern.

Unas Vorfahren kamen von den Hebriden, hatte sie erfahren. Sie war stolz darauf, ihren Stammbaum weit zurückverfolgen zu können. Ihre Großeltern hatten auf der Insel Harris gelebt, die in früheren Zeiten zum Territorium der MacLeods gehört hatte. Die MacLeods waren tapfer, großherzig und standhaft, hatte sie erzählt und irgendeine Geschichte über einen Bullen. Aber die Story bekam Alison nicht mehr zusammen.

Sie hatte Durst und musste diesen fürchterlichen Geschmack

im Mund loswerden. Stöhnend rappelte sie sich aus dem Bett auf und schleppte sich ins Bad. Die Frau, die ihr im Spiegel entgegenblickte, sah verflucht fertig aus, stellte Alison fest. Dunkle Ränder umrahmten ihre braun-grünen Augen. Die langen Haare waren völlig zerzaust.

»Was ist aus dir geworden, Ali?«, fragte sie sich selbst. »Wo ist deine Fröhlichkeit hin? Dein Optimismus? Deine Leichtigkeit?«

Während sie sich wusch, grübelte sie, was sie Una alles über sich erzählt hatte. Verdammt, die DCI war gut. Hatte einen auf Freundin gemacht, sie abgefüllt und dabei ausgehorcht. Aber wusste sie das so genau? Vielleicht ging es Una genauso wie ihr, und sie kämpfte ebenfalls mit einem fetten Kater und konnte sich an kaum etwas erinnern.

Nach dem Zähneputzen war zumindest der Geschmack im Mund etwas besser. Sie ging in die Küche, schaltete den Wasserkocher ein und legte einen Teebeutel in eine Tasse. Es war bereits nach elf, verriet ihr die Küchenuhr.

Mit hängendem Kopf lehnte sie sich gegen die Küchenzeile. Sie brauchte Nahrung und Mineralien. Ob noch Orangensaft im Kühlschrank war? Sie hatte welchen gekauft, um Violet mehr als Tee und Wasser anbieten zu können.

Alison stutzte. Es war still in ihrer Wohnung. Viel zu still. Sie ging ins Wohnzimmer. Der Raum war leer. Das Sofa war nicht zum Bett ausgeklappt. Alison schaute sich um. Violets Koffer stand an der Wand. Aber ihre Handtasche und ihr Smartphone fehlten.

Sie kehrte zurück in die Küche, ging durch jeden Raum, als wäre es möglich, in der kleinen Wohnung eine erwachsene Frau zu übersehen. Dann stellte sie fest, dass der Ersatzschlüssel nicht da war, den sie für Violet in eine Schale auf dem Sideboard im Flur gelegt hatte.

Das Wasser kochte. Alison goss den Tee auf und setzte sich an den Tisch. Violet hatte sich seit vier Tagen in ihrer Wohnung verkrochen. Vielleicht brauchte sie einfach nur ein bisschen frische Luft.

Regen tröpfelte auf die Frontscheibe von Marleys Land Rover. Er war um halb fünf morgens aufgestanden und hatte Kim zum Aberdeen International Airport gebracht, um so lange wie möglich mit ihr zusammen zu sein. Um elf war ihr Flieger gestartet. Er vermisste sie schon jetzt.

Würde sie sich mit der Zeit in Thybster einleben? Sie kam aus Hamburg – einer Weltstadt. Was konnte das Dorf mit kaum dreihundert Einwohnern ihr bieten? Schafe, Klippen, das Meer, dazu einen lokalen Pub und verregnete Sommertage. Er selbst war auch kein Adonis, zwar groß und kräftig, aber nicht so durchtrainiert wie die Typen, mit denen sie in den Kampfsportclubs zu tun hatte, ganz zu schweigen davon, dass er nicht boxen konnte.

Es herrschte wenig Verkehr auf der A 96, sodass er Zeit hatte, seinen trüben Gedanken nachzuhängen. In anderthalb Stunden würde sie in Amsterdam landen und umsteigen. Da wäre er noch nicht einmal in Inverness. Er plante, dort einen Stopp einzulegen und bei Alison vorbeizuschauen. Von Grace hatte er erfahren, dass sie erst vor Kurzem für ein paar Tage in Thurso gewesen war.

Umgehend spürte er wieder den Schrecken, den er bekommen hatte, als seine Schwester ihm im Pub von dem Fund des toten Jungen berichtet hatte. Marley war mit Grace vor die Tür gegangen und hatte ihr von Jamie und Lewis erzählt.

»Es war niemand von hier«, hatte Grace ihn beruhigt. »In dem Fall hätte sich das doch längst herumgesprochen.«

Er war erleichtert gewesen, ein unangebrachtes Gefühl. Ein Kind war tot. Es war egal, ob es Jamie oder ein anderer Junge war.

»Wir wissen nicht, wer er ist und woher er kam. Es gibt keine passende Vermisstenmeldung«, hatte Grace ihm verraten. »Wir sind dabei, die Fähren und Schiffe zu überprüfen, die in den letzten Tagen in der Gegend unterwegs waren. Bisher leider ohne Erfolg. Es könnte gut sein, dass er sich als blinder Passagier versteckt hat und irgendwo unbemerkt über Bord gegangen ist. Das Meer ist kalt, das überlebt niemand lange. Die Flut hat ihn vielleicht an die Küste getrieben.«

Ein einsames Kind, das niemand vermisste. Der Gedanke trug nicht dazu bei, dass sich Marleys Laune hob. Er schaltete das Radio ein, um sich auf andere Gedanken zu bringen.

Nach zwei Stunden Autofahrt erreichte er Inverness. Es hatte aufgehört zu regnen. Er fuhr von der A 96 ab, überquerte den River Ness und parkte schließlich am Straßenrand vor dem Mehrfamilienhaus, in dem Alison wohnte. Er hatte ihr seinen Besuch nicht angekündigt und hoffte, dass sie zu Hause war.

Er hatte Glück. Sie öffnete, kaum dass er geklingelt hatte.

»Du?«, begrüßte sie ihn überrascht an ihrer Wohnungstür.

»Hast du jemand anderen erwartet?«

Sie hob die Schultern und nickte gleichzeitig.

»Neuer Lover?«

»Als ob ich die wechseln würde wie meine Unterwäsche!«, empörte sie sich. »Was machst du hier?«

»Ich habe Kim zum Flughafen gebracht und dachte mir, ich schau mal bei dir vorbei, wenn du es schon nicht schaffst, die paar Meilen von Thurso nach Thybster zu fahren.«

Sie verzog peinlich berührt das Gesicht. »Komm rein.«

Er folgte ihr in die Küche.

»Setz dich. Möchtest du einen Tee?«

»Hast du so viel Zeit?« Er zog einen Stuhl zurück und setzte sich an den kleinen Tisch.

»Ich habe alle Zeit der Welt.«

»Ich dachte, du erwartest Besuch?«

»Nein, ich … Ach, ich weiß auch nicht, wen ich erwartet habe«, wich sie einer Antwort aus. Sie schaltete den Wasserkocher ein und nahm Tassen und Teebeutel aus dem Schrank.

»Warum fährst du zu Grace und lässt dich nicht mal kurz bei Jeana blicken?«, platzte er heraus. Die Frage brannte ihm auf der Zunge.

Sie wandte sich zu ihm um, blieb an die Küchenzeile gelehnt stehen und strich sich die langen Haare aus dem Gesicht. Sie sah übermüdet aus, stellte er fest.

»Ich wollte ja …«

»Jeana würde sich sehr freuen.«

Ihr Blick schweifte zum Fenster. »Ich habe das Gefühl, es ist nichts mehr, wie es war.«

»Das ist es auch nicht«, stimmte er ihr zu. »Aber es sollte euch nicht auseinanderbringen. Jeana ist deine Schwester. Sie liebt dich, und sie braucht dich.«

Alison lächelte wehmütig. »Du hast ja recht.«

»Versprich mir, dass du bald wieder nach Thybster kommst.«

»Das kann ich nicht.«

Das Wasser kochte, Alison goss den Tee auf und setzte sich zu ihm an den Tisch.

»Wen hast denn du nun an der Tür erwartet?«, wechselte er hintergründig grinsend das Thema.

Alison senkte den Blick auf die Tasse zwischen ihren Händen. »Niemanden.«

»Du schwindelst.«

»Ich kann es dir nicht sagen.«

Er verzog das Gesicht. »Sag nicht, dass du schon wieder eine Affäre mit einem verheirateten Kerl hast.«

»Was du immer von mir denkst!«

Ihm kam ein anderer erschreckender Gedanke: »Du wartest aber nicht auf Samuel Dexter, oder?«

»Ganz gewiss nicht!«, erwiderte Alison mit inbrünstiger Bitterkeit.

Marley atmete auf. Er konnte Alisons Ex-Mann nicht leiden. »Kein neuer Freund, kein Ex-Lover. Ein Klient? Ermittelst du wieder?«

»Marley MacKeith, du bist verflucht neugierig. Es geht dich nichts an, wen ich erwartet habe.«

»Du machst es ja spannend. Ich frage Grace, wenn ich zu Hause bin, die wird es mir verraten.«

Alison bedachte ihn mit einem Kopfschütteln. »Hab ich dir schon mal gesagt, dass der kleine Bruder meiner besten Freundin eine verdammte Nervensäge ist?«

Er lachte auf. »Vor wenigen Wochen hast du Grace gegenüber behauptet, ich wäre sexy.«

»Nur, um sie zu ärgern.«

»Klingt jetzt nicht nach einem Kompliment für mich«, entgegnete Marley schmunzelnd. Er leerte seine Tasse. »Wie sieht's aus? Ich habe Stunden im Auto gesessen. Machen wir einen Spaziergang, bevor ich weiterfahre?«

Alison schien erst ablehnen zu wollen, dann überlegte sie es sich anders. »Ein Stündchen Bewegung an der frischen Luft kann ich gut gebrauchen. Wohin? Ness Islands?«

»Nein, zu viele Touris.«

»Dann Carnac Point.«

Die schmale Landzunge an der Mündung des River Ness in den Beauly Firth bot eine schöne Aussicht auf die Meeresbucht und die Kessock Bridge, die Inverness mit der Black Isle verband. Seit ihrer Fertigstellung Anfang der 1980er Jahre hatte die Schrägseilbrücke den Weg in die nördlichen Highlands enorm verkürzt.

Mit etwas Glück sah man manchmal Delphine im Firth. Und manch ein Kind hatte sicher auch schon Nessie dort vorbeischwimmen sehen, dachte Marley in Erinnerung an Jamies und Lewis' Geistergeschichte.

Alison stand auf und holte ihre Jacke. Auf dem Weg zur Tür bemerkte Marley einen eleganten Lederkoffer in ihrem Wohnzimmer. »Hast du Besuch?« Er deutete auf das Gepäckstück.

»Oh, das, ja ... eine alte Bekannte ... Sie ist unterwegs.« Alison öffnete die Wohnungstür und schob ihn hinaus.

Marley hatte sich nach ihrem Spaziergang zum Carnac Point auf den Weg zurück nach Thybster gemacht. Sein Besuch hatte Alison überrascht, aber zumindest für eine Weile abgelenkt. Allerdings hatte er ihr schlechtes Gewissen verstärkt, weil sie sich nicht bei Jeana hatte blicken lassen.

Seine Frage, als er Violets Koffer entdeckte, hatte sie in Erklärungsnot gebracht. So verkatert, wie sie war, fehlte es ihr an diesem Tag an Schlagfertigkeit, und ihr Gestammel hatte ihn neugierig gemacht.

Aber sie hatte Violet versprochen, dass niemand erfuhr, dass sie bei ihr war. Daher hatte sie Marley eine Story von einer früheren Bekannten erzählt, die für ein paar Tage aus Edinburgh zu ihr gekommen sei. Sie hasste es, ihm nicht die Wahrheit sagen zu können. Früher oder später würde herauskommen, wer ihr Gast gewesen war.

Alison stöhnte entnervt auf. Sie war einfach nicht in Form. Seitdem Jeana überfallen worden war, weil man ihr, Alison, einen Denkzettel verpassen wollte, hatte sie das Gefühl, dass alles, was sie tat, falsch war.

Was war mit Violet? Sie gab ihr ohne Wenn und Aber Unterschlupf, und nun verschwand die Frau ohne ein einziges Wort. Was dachte sie sich dabei? Oder war ihr etwas zugestoßen? Sie war am Tag zuvor so aufgewühlt gewesen.

Mit jeder Minute, die verging, wuchs Alisons Unruhe. Die Zeit für den High Tea war längst vorbei, aber Violet war noch immer nicht zurückgekehrt. Alison hatte versucht, sie auf ihrem Smartphone zu erreichen, war aber direkt auf die Mailbox umgeleitet worden.

Wohin war Violet gegangen? Wann hatte sie überhaupt die Wohnung verlassen? Am Morgen oder schon am Abend zuvor? Alison konnte sich nicht erinnern, ob sie Violet nach der Rückkehr von ihrer Sauftour – anders konnte sie den Abend mit Una nicht bezeichnen – gesehen und vielleicht sogar mit ihr gesprochen hatte.

Hatte Brodie am Abend angerufen, und Violet war zu ihm gefahren? Hatten die beiden sich wieder vertragen? Aber warum ging sie dann nicht ans Telefon? Versöhnungssex, gab Alison sich selbst die Antwort. Und der Koffer? Den würde Violet vermutlich am nächsten Tag abholen.

Das schlechte Gefühl wollte dennoch nicht weichen. Alison tigerte ins Wohnzimmer und ließ den Blick umherschweifen. Gab es einen Hinweis auf Violets Verbleib? Auf dem kleinen Tisch standen noch ein Glas und eine Karaffe, halb voll mit Wasser. Ein Abdruck von Violets pinkem Lippenstift haftete am Glasrand.

»Das hättest du ja noch aufräumen können, bevor du gehst«, rügte Alison ihren Gast aus der Ferne. Sie trug das Geschirr in die Küche.

Wenn sie ihr Wasserglas nicht wegräumt, hätte sie auch das Frühstücksgeschirr stehen lassen, überlegte Alison. Also war sie wohl schon am Abend zuvor gegangen. Verstimmt stellte Alison das Glas in die Spülmaschine. Auch wenn sie mit Violet keine enge Freundschaft verband, wäre es höflich gewesen, zumindest eine kurze Nachricht zu hinterlassen.

***

Elani saß auf der Bank, die an der Hauswand neben dem Hintereingang stand. Anne hatte ihr erlaubt hinauszugehen. Sie hatte am Morgen auch den Sir bedient, hatte ihm sein Frühstück bereitet und den Tisch gedeckt.

Elani war der Haushälterin dankbar dafür. Noch immer zitterte sie so sehr, dass sie sicherlich das teure Porzellan hätte fallen lassen. Sie solle sich ausruhen, sie solle vergessen, hatte Anne gesagt. Aber wie sollte sie vergessen, was geschehen war?

Sie hatte vom ersten Augenblick an gewusst, dass Boss kein guter Mensch war. Er hatte ihr Kleidung und Essen gegeben, ja. Er hatte sie mit dem kleinen Boot auf das sichere Festland gebracht. Aber er hatte sie nicht respektiert, hatte sie nie angesehen, wie man einen Menschen ansieht. Sie war Vieh, das man von hier nach da schob. Mit dem man machte, was man wollte.

Er konnte jederzeit wiederkommen. Er konnte sie töten. Sie hatte seine Kraft gespürt, als er sie festgehalten und gedroht hatte, sie umzubringen. Sie – die kleine Hure!

Hure. Jungfrau. Er könnte sie an einen anderen Ort bringen. An einen Ort, der weitaus schlimmer war als dieses Herrenhaus.

Sie presste die Augen zusammen, als könne sie so ihrem Schicksal entfliehen. Sie hatte gehofft, in diesem Land keine Angst mehr haben zu müssen. Aber sie war hier nicht sicher. Sie war der Gunst dieser Menschen schutzlos ausgeliefert.

Wo hatte er Zara und Najuma hingebracht? Die beiden waren so hübsch mit ihren langen dunklen Haaren und ihrer glatten schwarzen Haut. Junge, naive Mädchen. Wie sie gekichert hatten, sich über das Essen und die Kleidung gefreut hatten. *Virgin.* Jungfrau. Sie schlug die Hände vors Gesicht.

»In Europa ist alles gut. Die Menschen sind reich. Dort gibt es Jobs und gutes Geld. Du kannst arbeiten, als Hausmädchen oder als Friseurin, und mit dem Lohn, den du bekommst, kannst du die Reise bezahlen«, hatte die Madam beschwörend gesäuselt und dabei gelächelt. »Du bist jung und gesund. Vielleicht findest du einen reichen Mann.«

Elani hatte ihr alles Geld und allen Schmuck gegeben, den sie besaß. Die Anzahlung. Die Reise war weit und teuer. Zur Besiegelung des Vertrags hatte es eine Zeremonie gegeben. Sie hatte der Madam Gehorsam geschworen, sie würde alle Schulden begleichen, und sie würde niemandem etwas verraten. Nur so konnte sie nach Europa gelangen und ein gutes Leben führen.

Sie hatte eine eklige Flüssigkeit trinken und ein rohes Hühnerherz essen müssen. Die Madam hatte ihre Fingernägel und ihre Schamhaare abgeschnitten und in einen Schrein gelegt. Dann hatte sie ihr in den Finger geschnitten und eine Feder mit ihrem Blut getränkt.

»Du musst ehrlich sein und deine Schulden bezahlen. Wenn du nicht zahlst, werde ich dich und deine ganze Familie verfluchen. Dann werden deine Mutter und deine Geschwister Höllenqualen leiden. Das willst du nicht, oder?«

Nein, das wollte sie nicht. Die Madam hatte nicht mehr gelächelt, sie hatte gebetet und die Geister beschworen. Sie hatte sie für Elani um eine gute Reise und eine gute Arbeit gebeten. Dann hatte sie die Feder zu den Fingernägeln und Haaren in die Schachtel gelegt.

»Wenn deine Schuld bezahlt ist, schicke ich dir dieses Paket, und du wirst frei und glücklich sein, und auch deiner Familie wird es gut gehen.«

Solange die Feder mit ihrem Blut bei der Madam war, würde sie Macht über sie haben. Sie würde sie überall finden und verfluchen können. Sie musste auch an ihre Mutter denken und an ihre Geschwister. Sie war die Älteste und Stärkste. Alle verließen sich auf sie. Sie hatten sie nach Europa geschickt, damit sie arbeitete und Geld für die Familie verdiente.

»Hör auf zu weinen.«

Sie hatte nicht bemerkt, dass Anne aus dem Haus gekommen war. Nun fiel ihr Schatten auf sie. Elani wischte sich mit dem Handrücken über das Gesicht.

Anne zog mit einem angewiderten Blick ein Taschentuch aus ihrer Schürze und reichte es ihr. »Du darfst niemandem erzählen, was passiert ist. Niemandem, hast du verstanden?«

Das hatte Anne schon in der Nacht zu ihr gesagt. Was dachte sie denn, wem sie etwas erzählen sollte? Sie kannte doch niemanden. Sie wusste nicht einmal, wo genau in diesem Land sie war. Sie lebte in einem großen Haus mit fremden Menschen, deren Sprache sie kaum verstand. Sie musste tun, was diese Menschen ihr sagten.

Und sie musste der Madam Geld schicken. Boss würde wiederkommen, damit sie ihm Geld gab. Was würde er tun, wenn es nicht genug war?

SECHS

Inverness

Obwohl sie hundemüde gewesen war, hatte Alison schlecht geschlafen. Immer wieder war sie beunruhigt aufgewacht, hatte in die Stille ihrer Wohnung gelauscht. Mehrmals war sie aufgestanden, um nachzusehen, ob Violet zurückgekommen war. Aber das Wohnzimmer blieb verwaist.

Am Morgen versuchte Alison erneut, sie auf dem Smartphone zu erreichen. Auch dieses Mal landete ihr Anruf direkt auf der Mailbox.

»Hey, hier ist Ali, ruf mich bitte mal zurück«, hinterließ sie eine Nachricht. »Dein Koffer steht noch bei mir, und du hast meinen Ersatzschlüssel.«

Sie wartete bis zum Mittag, aber es kam kein Rückruf. Ärger stieg in ihr auf. Das war so typisch – erst nahm Violet ihre Hilfe dankbar und wie selbstverständlich an, tagelang schlich sie wie ein geprügelter Hund durch ihre Wohnung, und dann haute sie einfach ab und reagierte weder auf Anrufe noch auf Nachrichten. Einer Alison Dexter war man wohl nichts schuldig. Da kam und ging man, wie es einem passte.

Dann würde sie jetzt eben zu ihr fahren und sich wenigstens den Ersatzschlüssel zurückholen. Violet sollte nur nicht hoffen, dass Alison ihr den Koffer hinterhertrug. Den konnte sie selbst abholen – oder einer ihrer Bediensteten.

Dornoch

Bis nach Dornoch waren es gut fünfundvierzig Meilen. Erst auf halbem Weg fiel Alison ein, dass sie keine Adresse von Violet hatte. Sie hätte Sam anrufen und fragen können, er war mit den

Thompsons befreundet. Aber das verbot ihr der Stolz. Dornoch war keine Großstadt, sie würde das Haus der Thompsons auch ohne seine Hilfe finden.

Sie fuhr in den Ort und parkte in der Castle Street vor dem »Jail Dornoch«. Das ehemalige Gefängnis beherbergte heute einen Shop für Kleidung und Souvenirs. An der nahen Bushaltestelle fand sie einen Stadtplan. Der »Royal Dornoch Golf Club« war nicht weit entfernt, stellte sie fest. Ein paar Minuten zu Fuß Richtung Küste.

Sie wusste, dass Brodie, so wie Sam, leidenschaftlich gern Golf spielte. Wenn er hier wohnte, war er sicherlich Mitglied in dem Club. Das Personal würde ihr sagen können, wo die Thompsons wohnten.

Der Golfplatz lag direkt an der Küste des Dornoch Firth. Er war einer der ältesten der Welt und laut diverser Auszeichnungen einer der schönsten und beliebtesten in Schottland, erfuhr Alison, als sie das Clubhaus betrat. Mit ihrem bodenlangen rotorange gemusterten Kleid fiel sie auf wie ein bunter Hund. Aber sie bekam die Information, die sie gebraucht hatte.

Die Thompsons hatten ein Herrenhaus erworben, das nördlich von Dornoch in Richtung Embo lag. Eine einspurige Straße führte zu dem herrschaftlichen Gebäude. Hinter der von zwei Pfeilern flankierten Einfahrt umgab ein großer Platz mit gelbem Schotter ein üppig bepflanztes Rondell. Alison stellte den Wagen ab und stieg aus.

Das Haus war aus gelbem Sandstein gebaut. Die großen, meist bodentiefen weißen Sprossenfenster brachten sicherlich viel Licht in die Räume. Das dunkle schiefergedeckte Dach hatte zahlreiche Gauben und kleine Balkone. Säulen standen links und rechts des Eingangs mit einer doppelflügeligen Tür aus hellbraunem, mit Schnitzereien verziertem Holz.

Alles in allem wirkte das Anwesen imposant, aber nicht protzig, stellte Alison mit einem kleinen Anflug von Neid fest. Sie könnte in so einem Haus leben, wenn sie wollte. Sam würde es ihr kaufen, ohne mit der Wimper zu zucken. Selbst nach ihrer Scheidung hatte er ihr mehrfach angeboten, ihr ein Haus zu kaufen.

Auch wenn er immer behauptete, es sei ihm egal, was die Leute über ihn redeten, sollte doch niemand behaupten, dass er seine Frau nach der Scheidung schlecht behandelte. Aber sie wusste, dass noch ein anderer Wunsch dahintersteckte. Seine Großzügigkeit diente dem Ziel, sie wieder ins Bett zu bekommen.

Ärgerlich wischte sie die Erinnerung an ihren Ex-Mann zur Seite und schritt auf die Haustür zu. Sie schmunzelte, als sie an der altertümlichen Schnur für die Türglocke zog. Auch das gefiel ihr.

Sie musste nicht lange warten. Ein junges Mädchen in der Kleidung einer Dienstbotin öffnete ihr. Sie war schwarz, hatte kurze dunkle Locken und braune Augen. Ihre Gesichtszüge waren noch kindlich weich. Sie war fast so groß wie Alison, aber es fehlten die Rundungen, was ihr eine knabenhafte Erscheinung gab.

»Bitte?«, fragte sie.

»Hallo, ich bin Alison Dexter, ich möchte gern zu Violet.«

Einen Moment starrte das Mädchen sie fassungslos an, dann flog die Tür zu.

Etwas konsterniert schaute Alison auf das hölzerne Türblatt. Als ihr erneut geöffnet wurde, sah sie sich einer älteren Frau gegenüber, Mitte fünfzig, ebenfalls in schwarze Bluse und schwarzen Rock gekleidet, eine Schürze um die Taille gebunden, die ergrauten Haare hochgesteckt.

Die Frau war schon vor zehn Jahren im Dienst der Thompsons gewesen, erinnerte Alison sich, nur ihr Name wollte ihr nicht einfallen. Auch in den Augen der Haushälterin blitzte Erkennen auf.

»Bitte entschuldigen Sie, das Mädchen ist neu«, erklärte sie. »Was kann ich für Sie tun?«

Alison wiederholte ihr Anliegen.

»Es tut mir leid, aber Mrs Thompson ist nicht zu Hause.«

»Wann kommt sie denn wieder?«

»Das kann ich Ihnen nicht sagen.«

»Weil Sie es nicht wissen, oder weil ich Alison Dexter bin und Sie es mir einfach nicht sagen wollen?«

Die Frau musterte sie kühl. »Kann ich etwas ausrichten?«

»Sie möchte mich bitte dringend anrufen. Sie hat meine Nummer.«

Alison kehrte zu ihrem Wagen zurück. Sie hatte gerade die Fahrertür geöffnet, als ein dunkler Mercedes über den Schotter rollte. Sie beobachtete, wie das Auto neben dem Eingang hielt und ein Mann ausstieg: mittelgroß, lichter Haarkranz, Kugelbauch.

»Brodie?«, rief Alison über den Platz.

Der Mann drehte sich zu ihr.

»Ich bin's, Alison.« Sie ging auf ihn zu und versuchte, ins Wageninnere zu schauen. »Ist Violet bei dir?«

Er schnaufte abfällig. »Machst du Witze?«

Ups. Anscheinend hatte es doch keine Versöhnung mit heißer Liebesnacht gegeben.

Broderick Thompson hatte sich schnell wieder in der Gewalt und lächelte unverbindlich. »Alison, wir haben uns ewig nicht gesehen. Wie geht es dir?«

»Alles bestens, danke. Ich habe Violet letztens getroffen. Sie sagte mir, dass ihr jetzt in Dornoch lebt, und schlug vor, dass wir uns doch mal auf eine Tasse Tee treffen könnten«, improvisierte Alison. »Ich hatte in der Gegend zu tun und dachte mir, ich schau mal vorbei.«

»Ich wusste nicht, dass du mit Violet befreundet bist.«

Das konnte man so auch nicht behaupten. »Tja …«, erwiderte Alison unbestimmt. »Aber da ich jetzt schon mal hier bin: Bekomme ich einen Tee?«

»Ich komme gerade vom Golf«, zögerte Brodie, dann siegte seine gute Erziehung. »Aber … ja, natürlich.«

Sie gingen gemeinsam zur Tür.

»Elli!«, rief er in den Flur. Kurz darauf erschien das Mädchen.

»Führe Ms …« Er sah unschlüssig zu Alison.

»Immer noch Dexter, trotz Scheidung«, erwiderte sie nachsichtig.

»Aye. Elli, führe Ms Dexter bitte in den Salon und bringe uns einen Tee.« Er wandte sich zu ihr um. »Ich mache mich kurz frisch, dann bin ich bei dir.«

Elli ging ihr voran durch den Flur und öffnete am Ende des Ganges eine Tür. Sonne fiel durch eine breite Fensterfront und überflutete das Mobiliar mit Licht. Um einen niedrigen Couchtisch waren zwei ausladende dunkelgrüne Chesterfield-Sofas und Ohrensessel arrangiert.

Während Alison in das Zimmer ging, blieb das Mädchen an der Türschwelle stehen. »Bitte, Sie sitzen.« Sie sprach mit hartem Akzent.

»Danke.« Sie wollte Elli freundlich zulächeln, aber etwas im Blick ihres Gegenübers hielt sie davon ab. Stattdessen nickte sie lediglich, damit das Mädchen wusste, dass es gehen konnte.

Alison trat ans Fenster. Vor ihr erstreckte sich eine großzügige Rasenfläche, die links und rechts von üppigen Sträuchern gesäumt war. Nach hinten bildete eine Mauer den Abschluss. Weiden grenzten daran, auf denen bunte Kühe entspannt grasten, und ganz in der Ferne sah sie das Meer. Eine schöne Aussicht.

Sie wandte sich um, als die Tür wieder geöffnet wurde. Elli kam herein. Auf einem Tablett balancierte sie das Teeservice und einen Teller mit Gebäck. Die Tassen klimperten auf den Untersetzern, als das Mädchen das Geschirr auf den Tisch stellte. Alison bemerkte ein Zittern ihrer Hände.

»Ist alles in Ordnung?«

Elli sah erschreckt auf.

Dieses Mädchen ist zu jung, um hier zu arbeiten, ging es Alison durch den Kopf. »Wir haben ähnliche Namen«, erklärte sie nun doch mit einem Lächeln. Sie zeigte auf sich. »Ali.« Dann auf ihr Gegenüber. »Elli.«

Noch immer lag ein unsicherer Blick auf dem Gesicht des Mädchens.

»Wo kommst du her, Elli?«

Sie erhielt keine Antwort. Verstand sie die Sprache nicht? Aber Brodies Anweisung hatte sie befolgt.

»Woher kommst du?«, wiederholte Alison langsam.

Noch immer erhielt sie keine Antwort, sah nur in die schreckgeweiteten Augen. Brodies Erscheinen erlöste das Dienstmädchen aus der Starre.

»Danke, du kannst gehen«, wies er sie an und deutete auf einen der wuchtigen Ledersessel. »Alison, nimm bitte Platz.«

Sie setzte sich, rührte Zucker in ihren Tee. »Ist das Mädchen nicht ein bisschen jung, um hier zu arbeiten?«, sprach sie ihren Gedanken aus.

»Sie ist sechzehn, eine Au-pair.«

»Ah.« Sechzehn, das konnte möglich sein, überlegte Alison. »Woher kommt sie?«

Brodie zog missmutig die Stirn in Falten. »Bist du hergekommen, um mit mir über mein Personal zu reden? Um solche Sachen kümmert sich Violet.«

»Die leider gerade nicht zu Hause ist.«

»Exakt.«

»Wann kommt sie denn wieder?«, mimte Alison die Ahnungslose.

»Woher soll ich das wissen?«

»Na ja, sie ist deine Frau, da wird sie dir doch –«

»Nein, wird sie nicht«, unterbrach Brodie sie unwirsch. »Ich habe keine Ahnung, wo Violet steckt. Und es interessiert mich auch nicht.«

Alison hob fragend die Augenbrauen.

Brodie schnaufte grimmig. »Da du es mit deiner neugierigen Schnüffelnase vermutlich früher oder später ohnehin erfährst: Wir lassen uns scheiden.«

»Ihr …?«

»Du hast richtig gehört.«

»Ich dachte immer, ihr zwei seid so glücklich miteinander.«

»Alison, wir haben uns wie lange nicht gesehen? Fünf, sechs Jahre?«

Es mussten mindestens sieben Jahre sein, überschlug sie gedanklich. Sie schenkte ihm ein Lächeln zwischen Entschuldigung und Anteilnahme. »Es kommt für mich trotzdem überraschend. Warum trennt ihr euch, wenn ich fragen darf?«

»Darfst du nicht.« Brodie bedachte sie erneut mit einem unwilligen Blick. »Mein Privatleben geht dich nichts an, Alison.«

Sie trank nachdenklich einen Schluck Tee. »Seit wann …? Ich

meine, ich habe Violet erst vor einer Woche getroffen, da klang es nicht danach, dass ihr kurz vor der Scheidung steht.«

»Wo hast du sie getroffen?« Im Unterton seiner Stimme schwang etwas Lauerndes mit.

Sie musterte ihr Gegenüber. »Ich dachte, es interessiert dich nicht, wo Violet sich herumtreibt?«

Statt einer Antwort presste er nur wütend die Lippen zusammen.

Sie ließ den Blick zur Fensterfront schweifen. »Was hat dich bewogen, vom hippen Glasgow in ein Kaff an der Ostküste zu ziehen?«

»Die Luft ist hier besser«, knurrte Brodie.

Alison fragte sich, ob Broderick Thompson tatsächlich dem Smog von Glasgow hatte entfliehen wollen oder ob er mit seinen Geschäften bei jemandem in Ungnade gefallen war.

»Wenn du mich jetzt entschuldigst. Ich habe noch zu tun.« Er stellte seine leere Tasse mit Nachdruck zurück auf den Tisch.

»Oh ja, natürlich, ich will dich nicht von deiner Arbeit abhalten. Machst du noch in Charterbooten?«

»Nicht in deiner Preisklasse.«

»Unterschätze mich nicht, nur weil ich keine Gucci-Handtasche bei mir habe.«

»Alison, wir alle wissen, dass du ohne Sams Zuwendungen längst auf der Straße sitzen würdest«, erwiderte Brodie mit giftigem Lächeln.

Alison zog eine Grimasse. So dicke hatte er es auch nicht mehr. Sonst wäre er sicher nicht nach Dornoch gezogen. Sie stand auf. »Danke für den Tee.«

Thybster

Holzspäne hingen in Marleys Haaren und klebten auf seiner verschwitzten Haut. Er hatte den Tag damit verbracht, gebrauchte Whiskyfässer auseinanderzunehmen und die Dauben abzuschleifen, um aus dem alten Holz neue Fässer zu bauen. Er liebte seine Arbeit, und sie lenkte ihn davon ab, sich ständig zu fragen, ob Kim wieder zurück nach Thybster kommen würde. Diese unsinnige Sorge nervte ihn selbst. Sie würde zurückkommen, und wenn nicht, würde er das nicht ändern können.

Er überlegte, ob er vor dem Abendessen ein weiteres Fass in Angriff nehmen sollte, als er hörte, wie ein Auto auf den Hof fuhr. Er trat ans Tor der Scheune, in der er seine Werkstatt eingerichtet hatte. Grace stieg aus dem Wagen. Sie grüßte ihn mit einem angespannten Lächeln.

»Hey, Schwesterchen, schlechten Tag gehabt?«

»Yep.«

»Was machen wir denn da?«

»Pie?«

Er lachte. Grace liebte seinen vegetarischen Pie – »Marley's Special Pie«, der beste in ganz Caithness, wie er ohne falsche Bescheidenheit selbst behauptete.

»In der Truhe müsste noch was sein. Geh schon mal rein, ich räume schnell auf und komme dann zu dir.«

Eine Stunde später hatte er geduscht, und sie saßen in seiner Küche vor ihren Tellern.

»Hast du was von Kim gehört?«, fragte Grace zwischen zwei Gabeln Pie.

»Sie ist gut in Deutschland angekommen und hat ein volles Programm: Tägliches Training mit dem Nachwuchs, dann muss sie zu einer Wohltätigkeitsveranstaltung und hat noch irgendeinen anderen Pressetermin.« Marleys Blick verfinsterte sich. »Ihr Vater versucht, Kapital aus ihr zu schlagen, wo er nur kann.«

»Sie hat die Möglichkeit, zu allem Nein zu sagen, wenn sie etwas nicht möchte. Und so, wie ich sie einschätze, hat sie auch den Mumm dazu.«

»Aye.«

»Sie wird wieder nach Thybster kommen«, durchschaute Grace ihn. »Sie kommt gut mit Douglas klar, und sie liebt die Schafe.«

Das stimmte allerdings. Ganz besonders ein Schaf hatte es ihr angetan. Daisy. Sie hatte mitgeholfen, das Lamm mit der Flasche großzuziehen, und Douglas das Versprechen abgerungen, dass Daisy nicht geschlachtet werden würde.

»Ist Randall schon wieder fort?«, wechselte er das Thema.

Grace' Lebensgefährte Randall arbeitete als Erster Offizier auf einem Kreuzfahrtschiff und war die meiste Zeit des Jahres auf den Meeren unterwegs. Eigentlich hätte er am Sonntag nach Thurso kommen sollen. Eine Woche Urlaub, bevor er nach Griechenland flog, um im Mittelmeer das nächste Schiff sicher von Hafen zu Hafen zu bringen.

»Er war gar nicht hier, musste kurzfristig auf einem anderen Schiff einspringen.«

Marley legte anteilnehmend seine Hand auf ihren Unterarm. »Tut mir leid.«

Sie hob die Schultern. »Ich hab ja gewusst, worauf ich mich einlasse. Außerdem habe ich gerade viel zu tun.« Sie schob ihren leeren Teller ein Stück von sich und strich sich die kurzen Haare aus der Stirn. Ihr lag noch mehr auf der Seele.

»Darfst du drüber reden?«, fragte er.

Sie seufzte unschlüssig. »Der Junge … er ist nicht ertrunken.«

Er wusste, dass sie von dem toten Kind sprach, das ihre Kollegen am vergangenen Samstag aus dem Meer geborgen hatten.

Sie brauchte einen Moment, bevor sie weiterreden konnte. »Er war tot, als man ihn ins Wasser warf. Sein Genick war gebrochen.«

»Oh mein Gott.«

»Laut Obduktion hat er nicht besonders lange im Wasser gelegen, ein paar Stunden vielleicht.«

»Könnte er von den Klippen gestürzt sein?«

Grace schüttelte den Kopf. »Das passt anscheinend nicht zum Verletzungsmuster. Es besteht der Verdacht, dass der Leichnam vom Festland aufs Meer gebracht wurde. Allerdings hat der Täter vermutlich die Gezeiten falsch kalkuliert. Die Flut hat ihn statt aufs Meer in die Bucht getrieben. Wir versuchen, anhand der Strömungen herauszufinden, aus welcher Richtung er kam.«

Marley sah seine Schwester bestürzt an. »Das würde ja bedeuten, dass es jemand von hier war.«

»Nicht unbedingt, aber es ist auch nicht auszuschließen. Ich weiß nicht, wie viel von diesen Informationen an die Presse geht. Sprich bitte mit niemandem darüber.«

»Natürlich nicht.« Marley legte seine Hand auf die seiner Schwester und drückte sie sanft. Grace sprach immer sehr sachlich von ihrer Arbeit, aber so ein Tötungsdelikt ließ sie nicht kalt, schon gar nicht, wenn es dabei um ein Kind ging. Nicht zum ersten Mal wünschte er sich, sie hätte sich für einen anderen Berufsweg entschieden.

Inverness

Bis zum Abend war Violet weder in Alisons Wohnung zurückgekehrt, noch hatte sie auf ihre Anrufe reagiert. Falls sie doch ins Herrenhaus zurückgekehrt war, hatte Anne ihr Alisons Nachricht garantiert nicht überbracht.

Unschlüssig stand sie in ihrem Wohnzimmer vor dem geschlossenen Koffer ihres Gastes. Konnte sie darin etwas über den Verbleib der Millionärsgattin erfahren?

Brodie hatte nicht den Eindruck gemacht, als ob er sich in irgendeiner Weise um seine Frau sorgte. War sie ihm egal, weil sie sich von ihm scheiden lassen wollte? Was war zwischen den Eheleuten vorgefallen?

Und warum machte die Au-pair so einen verängstigten Eindruck? Natürlich konnte man als junges Mädchen verunsichert sein, wenn man neu in einem Job war, dazu in einem fremden Land. Aber die Angst saß tiefer, das war deutlich in ihrem Gesicht zu lesen gewesen.

Irgendetwas an Violets Verschwinden stimmte nicht. Warum war sie überhaupt zu ihr gekommen? Ausgerechnet zu ihr – Alison Dexter, die Außenseiterin, die unter ihrem Niveau war. Zu laut, zu bunt, zu wild. Sieben Jahre hatten sie sich nicht gesehen, und dann stand sie vor ihrer Tür: nervös und irgendwie verängstigt – oder verstört?

Alison raufte sich die Haare. Warum hatte sie nicht eindringlicher nachgehakt? Etwas Gravierendes musste vorgefallen sein. Etwas, das dazu führte, dass Violet sich von Brodie trennen wollte. Und verflucht noch eins, wohin war sie jetzt verschwunden?

Entschlossen zog Alison den Koffer aus der Ecke. Der Deckel war nur zugeklappt. Sie öffnete ihn und hoffte, dass ihre Besucherin nicht ausgerechnet in diesem Augenblick beschloss zurückzukehren.

Der Koffer war akkurat gepackt. Vorsichtig hob sie die edlen Kleidungsstücke heraus, durchsuchte jeden Winkel. Aber außer teuren Blusen, Röcken und Hosen befand sich kaum mehr darin. Ein paar Nylons, Unterwäsche, ein Pyjama. Keine streng geheimen Unterlagen, kein Schlüssel für ein Bahnhofsschließfach, kein Notizbuch mit irgendwelchen verschlüsselten Bemerkungen.

Alison packte alles wieder sorgfältig zurück. Sie ging ins Bad, schaute in Violets Kulturtasche – aber auch hier fand sie lediglich Hygieneartikel und Schminkutensilien.

»Wo steckt die Frau?«, fragte Alison ihr Spiegelbild. Es ließ ihr einfach keine Ruhe.

Sie ging in die Küche, setzte sich mit einem Block an den Tisch und ließ grübelnd den Kuli zwischen den Fingern kreisen. Sie musste die Fakten zusammentragen, um einen Anhaltspunkt zu finden, wo sie mit ihrer Suche weitermachen konnte.

Irgendwann in der Nacht von Samstag auf Sonntag musste Violet die Wohnung verlassen haben. Wenn sie Brodies Worten glaubte, war sie jedoch nicht zu ihm nach Dornoch gefahren.

Oder doch? Das erschreckte Gesicht des Au-pair-Mädchens, als sie nach Violet gefragt hatte, tauchte wieder vor ihrem inneren Auge auf.

War Violet doch zu ihrem Mann gefahren? Hatte es einen Streit zwischen den Eheleuten gegeben und Brodie hatte ihr etwas angetan? Vielleicht eine Tat im Affekt? Das las man doch immer wieder: Ein Streit eskaliert, ein Schlag und ein unglücklicher Sturz …

Nun, er hatte ihre Leiche zumindest nicht im Garten vergraben, dazu war die Rasenfläche zu akkurat gepflegt.

Alison schüttelte über ihre absurden Gedanken den Kopf. Andererseits – vielleicht war das der Punkt, an dem sie ansetzen konnte? Einer der gefährlichsten Orte für viele Frauen war ihr Zuhause, wusste sie aus der Kriminalitätsstatistik. Ob sie mal mit Una sprechen sollte? Zögernd nahm sie ihr Smartphone.

»Hey, Darling, wieder unter den Lebenden?«, schallte ihr Unas Stimme gut gelaunt entgegen.

»Du anscheinend auch«, konterte Alison. »Sag mal, ihr habt nicht zufällig in den letzten zwei Tagen eine Frauenleiche gefunden?«

Wieder erklang das Lachen der DCI. »Du bist ja göttlich. Nein, keine Frauenleiche. Ich konnte verhindern, dass du in den Fluss springst, und habe dich sicher in dein Bettchen gebracht.«

Unas Plauderton, als wären sie alte Freundinnen, brachte sie aus dem Konzept. »Du hast – was?«

»Ich habe dich nach Hause gebracht und ins Bett gelegt. Keine Sorge, ich bin dir nicht zu nahe getreten.«

»Warum wollte ich in den Fluss springen?«

»Selbstmitleid. Du wolltest dich ertränken«, erwiderte Una, als wäre das eine alltägliche Begebenheit.

Alison stöhnte auf. Sie wollte keine weiteren Einzelheiten hören. »Um wie viel Uhr war ich zu Hause?«

»Gegen halb vier.«

»War ich allein?«

»Wenn du mich nicht mitzählst, ja, du warst allein. Ich habe sämtliche Kerle in die Flucht geschlagen, die in dir ein williges, wehrloses Opfer gesehen haben.«

Wie betrunken war sie eigentlich gewesen? Alison verzog gepeinigt das Gesicht. »Danke.«

»Das war ein Scherz. Du warst so sturzbesoffen, das war abturnend genug.«

Die Auskunft war auch nicht sehr schmeichelhaft. »Und … war jemand in meiner Wohnung, als wir bei mir waren?«

»Nein.« Der lockere Ton in Unas Stimme verflog. »Wie kommst du darauf?«

»Ich … Also außer uns beiden war niemand in meiner Wohnung?«

»Mir ist niemand aufgefallen, und ich glaube, zu dem Zeitpunkt war ich nicht mehr so betrunken, dass ich einen Einbrecher übersehen hätte. Was ist los? Bist du wieder irgendeinem Gangsterboss auf die Füße getreten?«

»Nein, ich spreche nicht von einem Einbruch. Ich hatte Besuch. Eine Bekannte …«

»Und?«

»Die ist verschwunden.«

»Was heißt ›verschwunden‹?«

»Sie ist weg. Sie kam letzte Woche zu mir, und als ich Sonntagfrüh aufgewacht bin, war sie fort. Und seitdem habe ich sie nicht mehr gesehen.«

»Wer ist es?«

Alison sog die Luft zwischen den Zähnen ein. Sie hatte Violet versprochen, niemandem zu erzählen, dass sie bei ihr war. Aber galt dieses Versprechen unter den gegebenen Umständen noch?

»Hat es was mit diesen Thompsons zu tun, nach denen du mich Samstagabend gefragt hast?«, hakte Una nach.

»Liegt doch was vor?«

»Ich habe keine Ahnung, wer diese Thompsons sind, ich habe lediglich eins und eins zusammengezählt. Raus mit der Sprache, in was für eine Sache bist du verstrickt?«

»In gar keine. Ich mache mir einfach nur Sorgen um meine Bekannte.«

»Warum? Ist sie in etwas verstrickt?«

»Nein.« Oder vielleicht doch?

»Jetzt komm schon, Ali, um wen geht es?«

»Es muss aber unter uns bleiben.«

»Kann ich dir nicht versprechen. Wenn der Verdacht auf ein Verbrechen besteht, muss ich handeln.«

Alison haderte mit sich. Aber wenn Violet etwas zugestoßen war, zählte vermutlich jede Sekunde, falls es nicht längst zu spät war. »Thompsons Frau war bei mir. Ich kenne sie von früher, als ich noch mit Sam … Samuel Dexter verheiratet war.«

»Der Typ mit der Nummer im Ness Café?«

»Das habe ich dir auch erzählt?«

»Und ich habe herzlich gelacht. Also, Mrs Thompson kam zu dir. Wann?«

»Letzte Woche Mittwoch. Sie wirkte irgendwie verstört, sagte mir, dass sie sich von ihrem Mann getrennt hat, und ich habe ihr angeboten, dass sie ein paar Tage bei mir bleiben kann. Seitdem hat sie die Wohnung nicht verlassen. Aber irgendwann Samstagnacht muss sie gegangen sein.«

»Zu ihrem Mann?«

»Nein, den habe ich gefragt.«

»Und?«

»Er behauptet, dass er sie seit Tagen nicht mehr gesehen hat.«

»Und jetzt denkst du, er hat sie um die Ecke gebracht?«

»Nein, natürlich nicht.« Doch genau das hatte sie gedacht. Aber sie konnte nicht einfach aus einer Unsicherheit heraus einer Polizistin gegenüber Brodie des Mordes beschuldigen. »Könntest du nicht ihr Handy orten lassen?«

»Ganz so einfach ist das nicht. Sie ist eine erwachsene Frau. Sie kann ihren Aufenthaltsort selbst bestimmen und ist niemandem Rechenschaft schuldig.«

»Und warum hat sie ihren Koffer in meiner Wohnung gelassen?«

»Keine Ahnung. Ich kenne die Frau nicht. Vielleicht ist sie sprunghaft oder spontan und hat sich einfach in den nächsten Flieger gesetzt, um ein paar Tage irgendwo auszuspannen. Ist sie so ein Typ?«

»Das weiß ich nicht. Eigentlich kenne ich sie kaum.«

»Alison, so wie du es schilderst, ist niemand in deine Wohnung eingedrungen und hat die Frau mit Gewalt verschleppt. Ihr Mann macht sich keine Sorgen. Niemand sonst hat sie als vermisst gemeldet. Es gibt keinen Hinweis darauf, dass sie Opfer eines Verbrechens wurde oder sich selbst etwas angetan haben könnte. Ich kann nicht nur wegen deines schlechten Gefühls eine Handyortung beantragen. Vermutlich gibt es einen ganz banalen Grund dafür, dass sie sich nicht meldet.«

Unas Worte beruhigten Alison nicht. »Ich glaube, da steckt mehr dahinter.«

Einen Moment blieb es still in der Leitung.

»Wenn du so besorgt bist«, ergriff Una schließlich wieder das Wort, »warum recherchierst du nicht selbst ein wenig? Das ist doch dein Job.«

»Es war mein Job.«

»Ach, Ali«, seufzte Una. »Dann komm zu uns in die Dienststelle und gib eine offizielle Vermisstenanzeige auf.«

***

Die Bank hinter dem Haus war für Elani schon fast ein vertrauter Platz, ein Zufluchtsort. Sie hatte Anne gebeten, hinausgehen zu dürfen. Sie hielt es nicht aus, tagein, tagaus nur drinnen zu sein. Sie brauchte Licht und Sonne. Schließlich hatte Anne ihr erlaubt, durch die Hintertür hinauszugehen.

Auf die Bank durfte sie sich setzen und in den Garten schauen. Aber sie sollte dort bleiben, damit man sie von der Einfahrt aus nicht sah. Und Elani durfte auch nicht durch den Garten gehen, weil sonst der Sir sie sehen könnte, und sie war da, um zu arbeiten, und nicht, um in der Sonne zu spazieren.

Sie saß ganz still, beobachtete einen kleinen Vogel, der über das Gras hüpfte und Insekten jagte. *»Robin«*, hatte Anne ihr erklärt. Ein Rotkehlchen.

Ihr Platz lag windgeschützt, die Hauswand strahlte noch etwas Wärme des Tages ab. Dennoch war ihr kalt. Die untergehende Sonne tauchte den Himmel in sanftes Orangerot. Die Farben erinnerten sie an die Frau in dem bunten Kleid. Das Kleid hatte ihr gefallen. Fröhliche Farben.

Aber dann hatte sie nach Violet gefragt.

Violet. Die Frau des Sirs. Die Chefin.

Anne mochte die Besucherin nicht. Das hatte Elani gespürt.

Die Frau hieß Ali. Sie war nicht so wie die Frau des Sirs. Sie lächelte nicht falsch. »Wir haben ähnliche Namen«, hatte sie gesagt. Ali und Elli. Aber sie hieß nicht Elli. Ihr Name war Elani.

Nachdem sie gegangen war, hatte der Sir den ganzen Nachmittag in seinem Büro gesessen und telefoniert – seine Stimme war so laut, dass sie durch die geschlossene Tür drang, aber ihr Englisch war noch immer so schlecht, dass sie die Worte nicht verstehen konnte.

Abends war er mit seinem Auto weggefahren. Damit hatte er Anne verärgert. Sie hatte für ihn gekocht, und er fuhr einfach weg. Aber statt ihnen selbst das gute Essen zu servieren, hatte sie es weggeworfen. Die leckeren Köstlichkeiten! Elani war zum Weinen. So viele Menschen hungerten, und Anne warf einfach alles weg.

Sie vermisste ihre Mutter, ihre Geschwister, ihre Freundinnen. Sie vermisste die Hitze, den Staub, das wilde Stimmengewirr in den Straßen. Sie wollte zurück in ihre Heimat. Auch wenn es da nicht genug zu essen gab und keine Arbeit, verstand sie dort die Sprache. Die Kultur war ihr vertraut. Die Menschen in diesem Land machten ihr Angst.

Aber sie konnte nicht zurück. Sie musste arbeiten, um der Madam das Geld für die Reise zu bezahlen, damit sie ihre Familie nicht verfluchte.

Sie wollte die Sonne sehen. Und Licht. Und fröhliches Lachen und Singen hören. Hier waren alle ernst. Auch wenn sie lächelten, waren die Menschen nicht froh. Dabei hatten sie doch alles!

Elani zog die Strickjacke enger um sich. Sie fror. Der Sommer in Europa war kalt. Wie sollte sie den Winter überleben? Das Rotkehlchen flatterte auf und verschwand in den Büschen. Sie wünschte sich, sie hätte Flügel. Dann würde sie davonfliegen.

SIEBEN

Inverness

Una MacLeods Worte hatten in Alison nachgehallt. »Warum recherchierst du nicht selbst?« Sie hatte ja längst mit der Suche begonnen. Und nach dem Telefonat mit der DCI hatte sie das Internet nach Informationen über Violet und Broderick Thompson durchforstet. Sie hatte sich Notizen gemacht, die sie am Morgen auf dem Küchentisch erwarteten.

Alison kochte Tee, toastete zwei Scheiben Weißbrot und nahm Butter und Marmelade aus dem Kühlschrank. Während sie aß, studierte sie das Ergebnis ihrer nächtlichen Arbeit.

Besonders viele Informationen hatte sie nicht gefunden. Werbeanzeigen für Brodies Charterunternehmen, vor elf Jahren eine Auszeichnung in Glasgow als vorbildlicher Arbeitgeber. Violet fand Erwähnung in ein paar Berichten über Wohltätigkeitsveranstaltungen, die sie und ihr Mann unterstützt hatten.

Nichts davon erklärte Alison, warum Violet bei ihren letzten Begegnungen so nervös und verunsichert gewirkt hatte. Wenn Brodie Geschäfte mit irgendwelchen zwielichtigen Leuten machte, hatte er das zumindest bis jetzt gut unter dem Deckel gehalten. In den Medien gab es keinerlei Gerüchte oder Spekulationen über ihn und seine Firma.

Das einzig Bemerkenswerte war, dass Brodie während der Pandemiejahre anscheinend in finanzielle Schwierigkeiten geraten war und einen Teil seiner Flotte abgestoßen hatte. Inzwischen schien sich sein Unternehmen wieder erholt zu haben.

Es klopfte an ihrer Wohnungstür. Alison sah kritisch an sich herab. Sie trug Jogginghose und T-Shirt. Die langen dunklen Haare hatte sie am Morgen nur zu einem nachlässigen Pferdeschwanz zusammengebunden, und sie war noch ungeschminkt. Egal, sie wollte ja nicht den Postboten verführen.

Sie ging in den Flur, öffnete die Tür und stoppte auf halbem Weg.

»Haltet ein, holde Maid«, rief Samuel Dexter eilig aus und hob bremsend die Hände. »Gewährt mir einen Moment Eurer kostbaren Zeit.«

Alison stöhnte genervt auf. »Sam, hau ab.«

»Nun hört doch erst, was ich zu sagen habe. Es soll Euer Schaden nicht sein.«

»Das wäre ja mal ganz was Neues.«

»Möget Ihr mir Einlass gewähren, so könnte ich meine Botschaft überbringen, Verehrteste.« Er neigte sich zu einem formvollendeten tiefen Diener herab.

Gelenkig war er auch mit vierzig Jahren noch, das musste man ihm lassen. Gegen ihren Willen stahl sich ein Schmunzeln auf ihre Lippen, das sie eilig zurückdrängte, als er sich wieder aufrichtete. Sie mochte diese alberne Seite an ihm, und das wusste er genau, daher fiel ihre Reaktion umso ruppiger aus.

»Was für eine Botschaft soll das sein? Hast du einen Steckbrief mit meinem Foto als gesuchte Juwelendiebin in Inverness verteilen lassen?«, knurrte sie ihn an.

Er hob die Augenbrauen. »Was Ihr mir zutraut, meine Herzallerliebste.«

»Sam, spar dir dein blasiertes Gesülze. Was willst du?«

»Liebreizende, wunderbare Frau, wenn Ihr mir nur einen klitzekleinen Moment Eurer teuersten Zeit schenken würdet und Einlass in Euer formidables Domizil gewährtet …« Er machte einen Schritt auf sie zu, um in ihre Wohnung zu gehen.

Instinktiv stellte sie den Fuß von innen gegen die Tür und versperrte ihm den Weg. »Sam, es reicht. Sag, was du zu sagen hast, und dann verschwinde.«

»Nun denn, ich sehe, Ihr zürnt mir noch immer, was mein Herz mit Schmerz und Trauer füllt.« Er griff sich theatralisch an die Brust. »So lasst mich Euch mitteilen: Mich ereilte jüngst ein Anruf meines alten Freundes Broderick Thompson.« Er hielt inne, musterte sie mit lauerndem Blick, ob sein Köder zog.

Alison schnaufte unschlüssig. Sie wollte Sam nicht in ihre

Wohnung lassen. Andererseits war sie neugierig, was Brodie ihm so Wichtiges mitgeteilt hatte, dass es ihren Ex dazu bewog, den weiten Weg von Edinburgh nach Inverness auf sich zu nehmen und dieses Theater vor ihrer Tür aufzuführen.

»Ein Tässchen Tee würde meine Zunge beflügeln.« Er lächelte gewinnend.

Dieses Lächeln hatte er drauf – Alison spürte ein leichtes Kribbeln im Unterleib. Kurz überlegte sie, ob sie seiner Bitte nachgeben sollte. Aber sie befürchtete, dass sie den Avancen ihres Ex-Mannes nicht viel entgegenzusetzen hatte. Vermutlich hatte sie gerade ihren Eisprung, wenn ihr Körper so auf ihn ansprang.

»Gib mir zehn Minuten, dann können wir in der Stadt einen Tee trinken.« Ohne seine Antwort abzuwarten, schloss sie die Tür und eilte ins Bad.

Alison hatte ein leichtes Sommerkleid und Sandalen angezogen. Der weiche Stoff umschmeichelte ihren Körper. Sie war sportlich schlank, hatte einen wenn auch nicht üppigen, aber wohlgeformten Busen. Die Kleidung hatte sie mit Bedacht gewählt. Sie wollte Sam provozieren, damit er nicht vergaß, was er verloren hatte.

Sams Chauffeur Mike fuhr sie ins Zentrum. Sie stiegen am Bahnhof aus, und Alison marschierte zielstrebig Richtung Fußgängerzone in die Inglis Street zum »Wild Pancakes«. Sam zog eine angewiderte Grimasse. »Was willst du denn hier?«

»Frühstücken.«

»Im Ernst? Du willst mich leiden sehen.«

Alison lächelte kalt. »Ja, da will ich gar nicht widersprechen. Du möchtest mit mir reden. Ich habe Hunger, und hier gibt es die besten Pancakes. Du zahlst.«

Mit einem abgrundtiefen Seufzen folgte er ihr in das Café. Statt an einem der Vierertische Platz zu nehmen, wählte sie die Barhocker neben dem Eingang vor dem bodentiefen Schaufenster. Ein massiver Holzbalken diente als Tisch, der Blick ging auf die Einkaufsstraße. Sie wusste, dass Sam es hasste, derart auf dem Präsentierteller zu sitzen, insbesondere in einem Lokal, das seiner Meinung nach unter seinem Niveau war.

Sie bestellte für sich Pfannkuchen mit Erdbeeren, Schokosoße und Sahne, dazu einen großen Kaffee.

»Das verstehst du unter Frühstück?«

»Ist ja schon fast Mittag.«

»Mit dieser Ernährung wirst du eines Tages dick sein wie ein Walross«, giftete Sam. Er hatte lediglich einen Espresso geordert.

»Das befreit mich vielleicht von deiner Gesellschaft«, erwiderte sie ungerührt. »Was hat Brodie gesagt?«

»Er berichtete mir, dass du in Dornoch aufgetaucht wärst und nach Violet gefragt hättest.«

»Ja, und?«

»Was hast du mit Violet zu schaffen? Ihr seid euch doch noch nie grün gewesen.«

»Tja, die Zeiten ändern sich.«

»Verkauf mich nicht für dumm.« Kurz zeigte sich eine verärgerte Falte zwischen Sams Augenbrauen. »Was willst du von Violet?«

»Ich denke nicht, dass dich das etwas angeht.«

»Brodie hat mich gebeten, dafür zu sorgen, dass du deine Nase nicht in seine Angelegenheiten steckst.«

»Deswegen ruft er dich extra an?«

»Ja, und das hat mich hellhörig gemacht. Warum stört es Brodie, dass du mit Violet sprechen willst?«

»Keine Ahnung, frag ihn.«

»Das werde ich. Ich treffe ihn morgen zum Golf.«

»In Edinburgh?«

»In Dornoch. Dort gibt es einen ganz wunderbaren Golfplatz, direkt an der Küste.«

»Ich weiß.«

»Weißt du auch, dass in Dornoch die letzte Hexenverbrennung auf schottischem Boden stattgefunden hat?«

Sie neigte den Kopf zur Seite und sah Sam stirnrunzelnd an. »Was willst du mir damit sagen?«

»Dass du auf dich aufpassen sollst, meine Liebste. Ich möchte nicht, dass dir etwas passiert.« Tatsächlich schwang ein Hauch Besorgnis in seiner Stimme mit. Er strich ihr sanft eine Haarsträhne hinter das Ohr. »Habe ich dir heute eigentlich schon gesagt, wie bezaubernd du aussiehst?«

»Hör auf, Sam. Der Zug ist abgefahren.« Sie wich ein Stück zur Seite, als die Kellnerin ihren Pfannkuchen brachte. Sie aß ein paar Bissen, bemerkte Sams hungrigen Blick. »Willst du ein Stück probieren?«

Er seufzte hadernd.

»Die sind köstlich.« Sie hielt ihm lockend ihr Besteck hin.

»Nun denn, ein klitzekleines Eckchen wird mich vermutlich nicht umbringen.« Er schnitt sich großzügig von ihrem Pfannkuchen ab.

»Hat Brodie Dreck am Stecken?«

»Das weiß ich nicht.« Sam gönnte sich eine weitere »klitzekleine« Ecke von ihrem Pfannkuchen.

»Warum ist er von Glasgow nach Dornoch gezogen?«

»Schulden. Kam eins zum anderen«, erwiderte Sam, während der nächste Bissen in seinem Mund verschwand. »Der Lockdown hatte seine Flotte lahmgelegt, und er hatte sich an der Börse verspekuliert. Er musste seine Villa und auch einen Teil seiner Flotte verkaufen. Mit dem Geld hat er seine Schulden bezahlt und das Häuschen in Dornoch gekauft.«

»Da war Violet sicher begeistert«, bemerkte Alison sarkastisch.

»Angeblich war sie die drängende Kraft, die aus Glasgow fortwollte.«

»Aber sicher nicht in ein verschlafenes Nest an der Ostküste.«

»Wenn das Geld knapp wird, müssen wir alle kleinere Brötchen backen, nicht wahr, Ali-Schatz?« Sein beißender Spott war wieder zurück.

»Und du gönnst mir nicht einmal den letzten Bissen meines Frühstücks.« Sie deutete auf den leeren Teller.

»Ich bestell dir einen neuen.« Er hob die Hand, um die Aufmerksamkeit der Bedienung zu erlangen.

Geld war für Sam nie ein Problem. Da musste viel passieren, bis er am Hungertuch nagen würde. Wie war das bei Brodie und

Violet? Steckten die beiden noch immer in finanziellen Schwierigkeiten?

Sie hatten nicht nur ein kleineres Haus als früher – wobei das Herrenhaus in Dornoch immer noch größer war als alles, was Alison sich je würde leisten können –, sie hatten auch weniger Personal. Eigentlich hatte sie nur Anne gesehen und das junge Au-pair-Mädchen. Einen Chauffeur hatte es nicht gegeben, Brodie hatte selbst am Steuer gesessen, als er vom Golfspielen kam.

Sie stutzte. Sie hatte, eine halbe Stunde bevor sie vor Brodies Haus gestanden hatte, im Golfclub nach den Thompsons gefragt. Wenn er dort gewesen wäre, hätte es die Dame an der Rezeption doch gewusst und ihr gesagt.

»Du warst gar nicht auf dem Golfplatz«, erklärte sie sich selbst. Sie schnaufte verärgert, weil ihr das erst jetzt auffiel.

»Ähm – wann?« Sam sah sie verdutzt an. Offensichtlich hatte sie den Gedanken laut ausgesprochen.

»Nicht du.« Wo war Brodie gewesen? Und warum hatte er ihr diese Ausrede aufgetischt? Sie sah Ellis verängstigten Blick vor sich, als sie nach Violet gefragt hatte. Brodie hatte etwas zu verbergen. Vielleicht wusste das Mädchen etwas? Sie musste unbedingt ungestört mit ihr reden. »Wann gehst du mit Brodie Golf spielen?«

»Morgen.«

»Wann genau?«

»Gegen zehn.«

»Okay.«

Sam sah sie forschend an. »Was hast du vor?«

»Hat Brodie dir erzählt, dass Violet sich scheiden lassen will?«

»Er sprach von Trennung, äußerst bedauerlich, ja.«

»Hat er dir auch verraten, warum?«

»Selbst wenn, wäre ich nicht so indiskret, es dir zu verraten.«

»Von uns beiden bist ja wohl du das Klatschmaul.«

»Ali-Schatz, ich bin die Diskretion in Person. Wenn du nicht immer so neugierig wärst, wären wir zwei heute noch das Traumpaar von Schottlands High Society.«

Er strich zärtlich über ihren Handrücken. Eine sanfte Berührung, die erneut Gefühle in ihr auslösten, die sie auf keinen

Fall zulassen wollte. Sie zog energisch ihren Arm zurück. Die Kellnerin, die ihnen gerade den zweiten Teller mit Pfannkuchen servieren wollte, wich geistesgegenwärtig zurück.

»Dafür haben Sie ein Extra-Trinkgeld verdient«, lobte Sam ihre Reaktion.

»Der Herr zahlt, ich muss los.« Obwohl es Alison um das Essen leidtat, ließ sie ihren Ex allein. Sollte er doch kugelrund wie ein Walross werden.

Alison fischte ihren Wohnungsschlüssel aus der Handtasche, als die Melodie ihres Smartphones erklang. Sie war verärgert über Sams unaufhörliche Anmachversuche und auch über ihren eigenen Körper, der immer noch auf seine Zärtlichkeiten reagierte.

Wahre Gefühle nahm sie ihm nicht ab. Dazu war er zu oberflächlich und selbstverliebt. Er wollte sie rumkriegen. Dinge – oder Menschen –, die für ihn nicht erreichbar schienen, weckten seinen Jagdtrieb. Aber den Triumph würde sie ihm nicht lassen.

Das Problem war, dass er über eine verdammt gute Menschenkenntnis verfügte und genau wusste, was sie mochte. Schon allein sein gepflegtes Aussehen gefiel ihr. Männer in Anzügen hatten eine besondere Anziehungskraft auf sie. Ein Psychologe würde darin wahrscheinlich eine Rebellion gegen ihre Hippie-Eltern diagnostizieren.

Und sie mochte seinen Humor. Zudem wusste er, wie er sie anschauen, wo und wie er sie berühren musste. Ein sanftes Streichen seiner Finger über ihre Haut ließ sie innerlich wohlig erschauern.

Alison stöhnte entnervt über sich selbst. Sam war Geschichte. Ein Mann aus einem anderen Leben, der ihr wehgetan hatte und es ohne das geringste Schuldbewusstsein wieder tun würde.

Sie ging in ihre Wohnung und nahm ihr Handy aus der Tasche. Der Anrufer war nicht Sam gewesen, sondern Kim. Sie drückte auf die Rückruftaste.

»Hey, Kim, sorry, ich war nicht schnell genug. Bist du schon zurück aus Deutschland?«

»Nein, ich bin noch bei meinen Eltern.«

»Wie ist das Wetter in Hamburg?«

»Lausig.«

»Dann komm schnell nach Schottland, hier scheint die Sonne.« Alison linste zum Küchenfenster. Die Wolken, die gerade vorüberzogen, straften sie Lügen.

»Deswegen rufe ich an. Ich wollte eigentlich am Sonntag wiederkommen, aber mein Rückflug verschiebt sich auf nächsten Dienstag. Ich komme gegen drei Uhr nachmittags in Inverness an. Wenn du Zeit hast, können wir uns treffen, dann fahre ich erst am Mittwoch weiter nach Thybster.«

»Für dich habe ich immer Zeit, Darling. Ich hole dich am Flughafen ab.«

»Brauchst du nicht, ich kann mit dem Zug nach Inverness reinfahren.«

»Unsinn, ich hole dich ab! Warum bleibst du länger in Deutschland? Hat dein Dad wieder ungefragt PR-Termine mit dir geplant?«

»Nein, ich treffe am Wochenende einen Coach, der Selbstverteidigungskurse für Frauen anbietet.«

»Den du unbedingt nötig hast«, flachste Alison.

»Jeana will lernen, sich zu verteidigen, aber ich weiß nicht, wie ich ihr das beibringen soll. Ich hoffe, der Coach kann mir ein paar Tipps geben, wie ich sie aus ihrer Komfortzone locken kann.«

Die Erinnerung an ihre Schwester verursachte Alison sogleich wieder ein schlechtes Gewissen. »Weiß Marley schon, dass du erst später zurückkommst?«

»Nein, ich wollte erst klären, ob ich am Dienstag oder Mittwoch weiter nach Thybster fahre. Er wird nicht glücklich sein.«

»Ich sage Grace Bescheid, dann kann sie ihn aufmuntern.«

»Die hat, glaube ich, gerade gut zu tun.«

»Ach ja? Was ist passiert?«

Direkt im Anschluss an das Gespräch mit Kim rief Alison die »Highland News« auf ihrem Smartphone auf. Sie musste nicht lange suchen. Zu dem Leichenfund vom letzten Samstag gab es bereits mehrere kurze Presseartikel.

Die Identität des Jungen konnte bisher nicht geklärt werden. Die Polizei wollte sich nicht festlegen, ob es sich um einen tragischen Unfall oder um ein Verbrechen handelte. Es gab Vermutungen, dass der Junge vielleicht ein illegaler Flüchtling war, der sich als blinder Passagier an Bord eines Schiffes aufgehalten hatte. Zum aktuellsten Artikel gab es ein Bild des kindlichen Gesichts, mit großen Augen, vollen Lippen und einer breiten Zahnlücke zwischen den oberen Schneidezähnen. Er war einen Meter zweiundfünfzig groß, schlank. Das Alter wurde auf vierzehn bis fünfzehn Jahre geschätzt. Die Polizei bat die Bevölkerung, sich zu melden, wenn jemand den Jungen kannte oder schon einmal gesehen hatte.

Ellis Gesicht schob sich vor Alisons inneres Auge. War sie ein Flüchtling? Aber wie kam sie dann als Bedienstete in Brodies Haushalt? Sie konnte sich nicht vorstellen, dass der Unternehmer illegal eingewanderte Menschen bei sich beschäftigte.

Doch nur weil sie ängstlich geguckt hatte, musste sich Elli nicht illegal in Schottland aufhalten. Ein Au-pair-Mädchen, hatte Brodie ihre Anwesenheit in seinem Haus erklärt. Hatte er dabei gezögert? Engagierte man eine Au-pair nicht eher als Kinderbetreuung? Aber Brodie und Violet hatten keine Kinder.

Sie versuchte, sich ihren Besuch in Dornoch ins Gedächtnis zu rufen. Stattdessen erinnerte sie sich an die Gespräche mit Violet. Sie hatte wissen wollen, ob es außer Sams Untreue einen anderen Grund gab, warum Alison sich von ihm getrennt hatte. Welchen Grund hatte Violet, Brodie zu verlassen? Machte Brodie krumme Geschäfte und sie war ihm auf die Schliche gekommen?

Sie musste Violet finden, und sie musste unter vier Augen mit Elli sprechen.

Thurso

Marley war auf dem Rückweg von Thurso nach Thybster. Er hatte einen Termin in der regionalen Brennerei gehabt – ein neuer

Auftrag, der ihm gutes Geld bringen würde. Das war die gute Nachricht des Tages. Nicht so erfreut war er über Kims Anruf gewesen. Sie würde nicht wie geplant am Sonntag zurückkommen, sondern erst am Mittwoch darauf. Sie hatte einen guten Grund für die Verlängerung ihres Aufenthalts, dennoch war er enttäuscht.

Er verspürte keine Lust auf einen einsamen Abend in Francis Cottage und hielt am JJ's. Es war noch früh und nicht viel los, als er den Pub betrat. Ein Touristenpärchen saß draußen und genoss zu Fish & Chips ein Pint und den noch strahlend blauen Abendhimmel. Im Schankraum saßen die ersten Einheimischen beim Feierabendbier.

»Hey, Marley«, grüßte Joyce ihn mit strahlendem Lächeln. Jeanas Lebensgefährtin war ein herzlicher Mensch, etwas kleiner als Jeana, kräftiger, mit üppigen weiblichen Rundungen. Über ihrem ausladenden Dekolleté baumelten lange Perlenketten, die gegen den Tresen schlugen, als sie sich vorbeugte. »Was darf's sein? Alkoholfrei, wie immer?«

»Nein, gib mir bitte ein Ale.«

Sie sah ihn stirnrunzelnd an. »Bist du mit dem Auto da?«

»Ich lass den Wagen stehen.«

Während sie das Bier zapfte, musterte sie ihn genauer. »Alles okay?«

»Aye.«

»Warum nehme ich dir das nicht ab, Marley MacKeith?« Sie stellte das volle Glas vor ihm auf den Tresen.

Er nahm seine Brieftasche, um zu zahlen. Sie winkte ab. »Du weißt, dass wir kein Geld von dir nehmen.«

»Ich will nicht, dass ihr mir immer umsonst ausschenkt.«

»Ich würde da nicht Nein sagen.« Arran Fletcher war hereingekommen und stellte sich neben ihn.

»Du bist ja auch ein Banker«, konterte Marley.

»Mach mir auch eins, bitte«, wandte Arran sich an Joyce. Er war so groß wie Marley, jedoch schmaler in den Schultern. Zur grauen Anzughose trug er ein pastellrosafarbenes Hemd.

Arran war der Letzte, in dessen Gesellschaft Marley sein

Bier trinken wollte. Sie kamen aus demselben Ort, sie waren zusammen zur Schule gegangen, begegneten sich mit Respekt, aber Freunde würden sie nie werden.

Er hatte gehofft, Dave zu treffen, aber sein Kumpel war nicht da. Vielleicht hatte er Spätschicht im Fischereihafen. Marley legte eine Fünf-Pfund-Note auf den Tresen und nahm sein Glas. »Ich setz mich draußen hin.«

Er hörte Joyce empört nach Luft schnappen. Da er jedoch bereits auf dem Weg zur Tür war, würde sie sein Geld nehmen müssen.

Er setzte sich auf die freie Bank rechts vom Eingang. Hier hatte er Kim vor gut zwei Monaten kennengelernt. Eigentlich hatte er nur freundlich zu einer Touristin sein wollen, die in Jeanas und Joyce' Bed & Breakfast abgestiegen war, aber ihr Lächeln hatte ihn direkt ins Herz getroffen. Seither war viel passiert.

Arran kam mit seinem Bier heraus und setzte sich ungefragt zu ihm. »Wann fängst du mit dem Bau der neuen Scheune für deinen Vater an?«

»Sobald das Holz da ist.«

»Kommt ihr mit dem Kreditrahmen klar? Ich kann sonst schauen, ob ich noch was für deinen Dad rausschlagen kann.«

»Spekulierst du auf eine höhere Provision?«

Arran hob die Augenbrauen. »Ich biete nur meine Unterstützung an. Hier im Ort helfen wir uns, wenn jemand in Not ist.«

»Aye.« Vielleicht war es wirklich nur ein aufrichtiges Angebot gewesen, räumte Marley seinem Gegenüber im Stillen ein. Arrans Eltern waren ebenfalls Farmer, wollten sich aber zur Ruhe setzen und hatten ihre Tiere verkauft. Der Investor, der ihr Weideland kaufen wollte, war jedoch vor vier Wochen abgesprungen.

Sie würden das Land dennoch gut verkaufen können, war Marley sich sicher. Wind- und Solarfarmen schossen an der Nordküste wie Pilze empor. Es war eine Frage der Zeit, bis die ersten Windräder auf Fletchers Weiden stehen würden. So wichtig die erneuerbaren Energien auch waren, veränderten sie doch die gesamte Küstenlandschaft. Ganz zu schweigen von den kilometerlangen Stromtrassen, die derzeit mitten durch die Highlands gezogen wurden.

Douglas würde sein Farmland nie verkaufen. Es war seit Generationen im Besitz der MacKeiths. Die Erträge seiner Farm ließen allerdings keinen höheren Kreditrahmen zu – die Raten mussten schließlich bezahlt werden.

»Es heißt, der Junge, den sie bei den Stacks aus dem Wasser gefischt haben, sei ein Flüchtling gewesen«, wechselte Arran das Thema.

Marley hob die Schultern.

»Ob er auf einer der Fähren war? Vielleicht hatte er sich in einem Lkw versteckt?«

Marley antwortete erneut mit einem Achselzucken.

»Ich frag mich, wo der hinwollte. Ich meine – die Orkneys oder Shetland, da fällt er doch sofort auf. Wenn ich illegal in ein Land einwandere, dann in eine große Stadt, wo ich untertauchen kann.«

Arrans Gedanken waren nicht so abwegig, musste Marley ihm zugestehen. Hier in der Region kannte man sich. Auf den Inseln, die größtenteils noch dünner besiedelt waren als Caithness oder Sutherland, würde ein allein reisender schwarzer Junge vermutlich noch schneller auffallen.

»Vielleicht kannte er sich nicht aus«, überlegte Marley. Der Junge war noch ein Teenager. Was wusste ein so junger Mensch eines anderen Kontinents – wenn er denn tatsächlich aus Afrika gekommen war – über Großbritannien und Europa?

Arran leerte sein Glas und stand auf. Er blieb jedoch zögernd am Tisch stehen. »Marley, ich denke, du solltest das wissen …«

Marley hob fragend den Blick. Hatte Arran eine Information über den toten Jungen, die er an Grace weitergeben sollte?

»Gordon Ballard brüstet sich damit, dass er Kimberly nackt gesehen hat.«

»Was?« Marley riss die Augen auf.

»Ich war letzten Samstag in Thurso in der ›Comm Bar‹, da hat er's laut rumposaunt.«

»Was hat er erzählt?«

Arran zog eine abschlägige Grimasse. »Ballard ist ein Spinner, ich geb nichts darauf, was er sagt.«

In Marleys Adern kochte das Blut. »Was hat er erzählt?«

»Sie hätte die Tür der Umkleidekabine offen stehen lassen. Als er vorbeiging, wäre sie aus der Dusche gekommen und hätte absichtlich das Handtuch fallen lassen. Das wäre ja praktisch eine Einladung gewesen …«

Das halb volle Bierglas flog in hohem Bogen gegen die kleine Mauer, die den Biergarten von der Straße trennte. Das Touristenpärchen sah erschreckt zu ihnen herüber.

»Hey, bleib cool, Mann.« Arran hob beschwichtigend die Hände. »Der Pisser ist ein Wichtigtuer.«

Marley durchsuchte seine Taschen nach seinem Autoschlüssel.

Joyce kam aus dem Pub. »Was ist denn hier los?«

Arran hatte die Hände noch erhoben. »Ich denke, Marley sollte jetzt besser nicht Auto fahren.«

Endlich hatte er seinen Wagenschlüssel gefunden, doch Joyce stand bereits vor ihm und streckte fordernd die Hand aus.

»Wenn ich dir 'nen Rat geben darf«, wandte Arran sich noch einmal an ihn. »Klär das erst mit Kimberly, bevor du ihm eine reinhaust.«

Als ob er von einem Arran Fletcher einen Rat brauchte! Er würde sich Ballard, dieses Arschloch, vorknöpfen.

ACHT

Dornoch

Die Sonne schien von einem strahlend blauen Himmel. Perfektes Golfwetter, stellte Alison zufrieden fest. Um sicherzugehen, dass Sam seine Verabredung mit Brodie nicht kurzfristig abgesagt hatte, war sie bereits am frühen Morgen nach Dornoch gefahren. Sie parkte in der Kennedy Avenue, sodass sie die Straße, die zum Parkplatz des Golfclubs führte, gut im Blick hatte.

Statt knallig bunter Farben trug sie heute eine Hose in dezentem Schlammgrün, dazu ein dunkelblaues Shirt und bequeme Sneaker. Die dunklen Haare hatte sie zu einem Zopf zusammengebunden. Eine Sonnenbrille verdeckte die obere Hälfte ihres Gesichts.

Um Viertel vor zehn sah sie Mike mit Sams dunklem Rolls-Royce an der Kreuzung vorbeifahren. Durch die getönten Scheiben konnte sie nicht erkennen, ob Sam der einzige Fahrgast war oder ob er Brodie abgeholt hatte. Ihre Frage wurde beantwortet, als wenig später Brodies Limousine vorüberglitt.

Sie startete den Motor und machte sich eilig auf den Weg zum Herrenhaus der Thompsons. Nachdem sie das Zentrum von Dornoch hinter sich gelassen hatte, ebbte der Verkehr ab. Knapp einen Kilometer vor ihrem Ziel kam ihr ein Kleinwagen auf der schmalen Straße entgegen. Im letzten Augenblick erkannte sie Anne hinterm Steuer. Alison hoffte, dass die Haushälterin sie nicht bemerkt hatte.

Sie parkte das Auto etwas entfernt von dem Anwesen in einem Seitenweg und ging das letzte Stück zu Fuß. Auf ihr Läuten hin regte sich nichts im Haus. Alison fluchte. Hatte Elli bei Anne im Auto gesessen?

Sie trat ein paar Schritte zurück, musterte die Hausfassade. Hinter den Fensterscheiben starrte sie gähnende Leere an. Ihr Blick glitt über den Vorplatz. Keine Menschenseele weit und breit. Sie spazierte am Haus entlang, bog am Ende ab, um in den Garten zu gelangen. Es gab keinen Zaun, der sie abhielt weiterzugehen. Wenn das keine Einladung war.

Als sie um die nächste Hausecke bog, erstreckte sich der weitläufige Garten vor ihr. Ein paar Vögel zwitscherten in den Büschen, der Wind strich sanft durch die Zweige. Ansonsten umgab sie angenehme Ruhe.

Sie wandte sich dem Haus zu. Eine breite Terrasse mit wuchtigen Korbstühlen war von Blumenkübeln umrahmt. In ihnen steckten Palmengewächse, die der Sitzecke zusammen mit den Terrakottaplatten einen mediterranen Touch gaben. Alison bedauerte den Gärtner, der die schweren Töpfe im Herbst ins Winterquartier wuchten musste.

Sie schritt an der Terrasse vorbei. Hinter einer der zwei doppelflügeligen Glastüren, die sich über die Fassade erstreckten, musste sich der Raum befinden, in dem sie vor zwei Tagen mit Brodie Tee getrunken hatte. Ganz am Ende der Hauswand stand eine dunkle massive Holzbank. Und dort saß Elli!

Sie hatte das Gesicht mit geschlossenen Augen der Sonne entgegengestreckt. Elli würde sich erschrecken, wenn Alison sie jetzt ansprach. Aber sie hatte keine Wahl. Sie musste mit ihr reden.

Sie ging ein paar Schritte näher heran. »Hallo, Elli.«

Das Mädchen sprang wie von der Tarantel gestochen auf.

»Stopp, stopp, stopp!« Alison hob beschwichtigend die Hände. »Alles ist gut.«

Ellis Brustkorb hob und senkte sich mit ihrem aufgeregten Atem, die Augen waren vor Angst weit aufgerissen.

»Ich bin es, Alison. Ali. Du erinnerst dich an mich?«

Elli schüttelte den Kopf.

»Ich war vor zwei Tagen hier. Du hast mir Tee gebracht.« Sie schob ihre Sonnenbrille hoch in die Haare.

Noch immer stand das Mädchen vor ihr, starrte sie an wie ein verschrecktes Kaninchen die Schlange.

»Hab keine Angst, Elli. Ich tue dir nichts.« Innerlich verdrehte Alison die Augen über ihre Worte. Das waren genau die Sätze, mit denen jeder Serienkiller seine Opfer in Sicherheit wiegte. Sie überlegte, wie sie Elli die Angst nehmen konnte. »Ich möchte dir nur ein paar Fragen stellen.«

Das Mädchen regte sich nicht. Alison ging ein Stück auf sie zu. Sie öffnete ihre Handtasche; da ihr nichts Besseres einfiel, zog sie eine Visitenkarte heraus und hielt sie Elli so hin, dass sie sie sehen konnte. »Das ist mein Name: Alison Dexter.« Sie strich mit dem Finger der anderen Hand unter den Worten entlang. »Kannst du lesen?«

Elli nickte.

»Wie ist dein Name?« Sie sah dem Mädchen in die Augen. »Dein richtiger Name?«

Sie zögerte, wisperte schließlich: »Elani.«

»Elani«, wiederholte Alison. Sie nahm auf der Bank Platz, auf der das Mädchen zuvor gesessen hatte, und klopfte einladend auf die Fläche neben sich. »Setz dich zu mir, Elani.«

Das Mädchen hockte sich neben sie auf die äußerste Kante der Bank, zum Sprung bereit.

»Verstehst du mich?«

Elani deutete ein zaghaftes Nicken an.

Alison suchte nach einfachen Worten. »Seit wann arbeitest du für die Thompsons?«

Elani sah sie fragend an.

»Die Thompsons – der Mann und die Frau, die hier wohnen.«

Das Mädchen nickte erkennend. Hatte sie den Namen ihrer Arbeitgeber nicht gekannt, fragte Alison sich verwundert. »Seit wann bist du hier?«

Elani musterte sie misstrauisch. Sie wunderte sich vermutlich, warum Alison ihr diese Fragen stellte. Vielleicht dachte sie, sie käme von einer Behörde. Wie konnte sie Vertrauen zu ihr aufbauen? Alison wusste nicht, wie viel Zeit ihr blieb, bis Anne wieder zurückkäme.

»Ist deine Familie auch in Schottland?«

»Nein«, flüsterte Elani. Sie senkte den Blick wieder auf den Boden.

»Das heißt, du bist ganz allein hier?«

»Ja.«

»Wer hat dich hergebracht? Violet?«

Sie schüttelte den Kopf.

»Wer dann?«

Wieder war die Antwort ein Kopfschütteln. Sie wollte nicht darüber reden.

»Ich vermute, du bist illegal hier, oder?«

Elani riss den Kopf hoch. Sofort war die Panik wieder in ihren Augen.

»Keine Angst. Von mir erfährt niemand etwas«, erklärte Alison beruhigend. »Wirst du gut behandelt?«

Sie nickte. Aber das würde sie wahrscheinlich auch tun, wenn es nicht der Fall wäre.

»Elani, ich suche Violet. Ich mache mir Sorgen um sie. Hast du sie in den letzten Tagen gesehen?«

In Elanis Reaktion lag ein Zögern, dann schüttelte sie wieder den Kopf. »Muss gehen, Arbeit.« Sie stand auf.

»Warte noch«, bremste Alison das Mädchen. Ihr war ein Gedanke gekommen. Sie nahm ihr Smartphone aus der Tasche. »Ich möchte dir etwas zeigen.«

Sie rief den letzten Presseartikel über den toten Jungen auf.

»Kennst du diesen Jungen?« Sie hielt ihr das Display mit der Zeichnung hin.

Elanis Augen wurden groß. Sie sah auf das Bild, dann zu Alison, wieder auf das Bild. Alisons Herzschlag beschleunigte sich. Es war nur ein Schuss ins Blaue gewesen, aber ein Volltreffer!

»Wie heißt er?«

Elani beugte sich näher über das Display. Ihre Lippen formten einzelne Worte. Sie versuchte, den Artikel zu lesen. Frustriert hob sie nach einer Weile den Kopf. »Ich verstehe nicht.«

»Der Junge wurde vor fünf Tagen gefunden.« Sie hob die Hand, um die Zahl mit ihren Fingern zu untermalen. »Er ist tot.«

Die Augen des Mädchens füllten sich mit Tränen.

»Du kennst ihn, ja?«

Sie weinte stumm.

»Wie heißt er?« Sie deutete auf die Zeichnung. »Sein Name?«

Elani wischte sich mit dem Handrücken über die Augen. »Und die Mädchen? Auch tot?«

»Welche Mädchen?«

Von der anderen Seite drang Motorengeräusch zu ihnen. Schotter knirschte unter den Autoreifen. Umgehend kehrte die Angst wieder in Elanis Augen zurück. »Muss gehen.«

»Elani, auf der Karte steht meine Telefonnummer. Ruf mich an, wenn du Hilfe brauchst. Egal wann, Tag oder Nacht. Hast du verstanden?«

Elani sah sie mit gepeinigter Miene an, dann eilte sie ins Haus. Alison fluchte innerlich. Hätte Anne nicht ein paar Minuten später zurückkommen können? Ihr Blick glitt über den Rasen. Wie konnte sie unauffällig von dem Grundstück verschwinden?

Thybster

Marley war mit den Vögeln aufgestanden und hatte in der Werkstatt gearbeitet. Im Nachhinein war er froh, dass Joyce und Arran ihn daran gehindert hatten, wie ein tollwütiger Pitbull nach Thurso zu fahren, um diesem Arschloch die verlogene Fresse zu polieren. Stattdessen hatte er noch ein Bier getrunken und war nach Hause gegangen.

Er hatte versucht, Kim anzurufen, aber sie nicht erreicht. War irgendetwas an Ballards Story dran? Warum hatte sie ihm nichts davon erzählt? Wut und Eifersucht fochten einen Kampf in ihm.

Am Nachmittag hatte er das Pensum, das er sich für den Tag vorgenommen hatte, geschafft. Als er ins Haus ging, verkündete ihm ein Blinklicht an seinem Smartphone, dass er zwei Anrufe verpasst hatte. Der erste kam von dem Lieferanten, bei dem er das Holz für Douglas' neue Scheune bestellt hatte. Er würde zum Wochenende liefern.

Marley überlegte, zur Farm rüberzugehen und mit seinem

Vater über den Bau zu sprechen. Aber es war besser, wenn wenigstens Grace dabei wäre, sonst würde es am Ende nur wieder Streit geben, weil er seinem alten Herrn nichts recht machen konnte.

Er schickte Grace eine Nachricht aufs Handy und bat sie, nach Feierabend zu Francis Cottage zu kommen. Der zweite unbeantwortete Anruf war von Kim. Er kochte Tee, setzte sich mit einer Tasse auf die Bank vor seinem Haus und rief sie zurück.

Die Sonne schien ihm ins Gesicht, der Himmel hüllte sich in wolkenloses Blau. Vielleicht würde es doch noch ein schöner Sommer werden, nachdem es den halben Juli geregnet hatte.

»Hey«, meldete sie sich atemlos. »Hab nicht viel Zeit. Ich hab gesehen, dass du gestern Abend noch mal angerufen hast.«

»Aye.« Es tat so gut, ihre Stimme zu hören. Er schloss die Augen, wollte ihr Gesicht vor sich sehen.

»Gibt es was Wichtiges, oder hast du ein schlechtes Gewissen, weil du so grantig zu mir warst?«

»Ich war grantig?«

»Ja, warst du.«

»Ich war allenfalls enttäuscht, weil du länger als geplant in Deutschland bleibst.«

»Drei Tage, Marley.«

»Du solltest froh sein, dass es mir nicht egal ist, ob du da bist oder nicht.«

»Kim, wir wollen weitermachen«, erklang eine männliche Stimme im Hintergrund.

»Bin gleich bei euch.« Kim wandte sich ihm wieder zu. »Sorry, ich muss auflegen. Die Jungs warten auf mich.«

Die Jungs. Der Teufel Eifersucht stach ihm mit Gewalt ins Herz. »Kim, hast du was mit Ballard?«

»Bitte?«

»Gordon Ballard. Er erzählt, er hätte dich nackt gesehen …«

»Er – was?«

»Er sagt, du hättest es drauf angelegt. Und jetzt denken alle, du hättest mit ihm geschlafen.«

»Alle?« Ihre Stimme wurde hart. »Wer sind alle? Du?«

»Hast du?« Die Worte waren unüberlegt über seine Lippen gerutscht. Er verfluchte sich. Wie konnte er sie das fragen? Kurz blieb es still in der Leitung. Marley spürte seinen Pulsschlag bis zum Hals.

»Nein!«, zischte sie mühsam beherrscht und legte auf.

Inverness

Alison befand sich in der Zwickmühle. Sie hatte sich aus dem Garten der Thompsons gestohlen und war zurück nach Inverness gefahren. Seither schlich sie in ihrer Wohnung von einem Raum in den anderen. Sie musste Grace sagen, dass sie jemanden gefunden hatte, der die Leiche, die bei den Duncansby Stacks gefunden worden war, kannte.

Aber damit würde sie Elani in Schwierigkeiten bringen, denn offensichtlich war sie nicht – wie Brodie behauptet hatte – ein Au-pair-Mädchen. Sie war illegal in Schottland. Sie besaß keine Aufenthaltsgenehmigung, vermutlich nicht einmal mehr eigene Papiere. Kontakt zur Polizei würde ihre Abschiebung bedeuten. Das konnte Alison mit ihrem Gewissen nicht vereinbaren.

Und was hatte Elani mit der Frage nach den Mädchen gemeint? Würden demnächst weitere Leichen an der Küste angeschwemmt werden? Hatte all das irgendetwas mit Violets Verschwinden zu tun?

Ein Klingeln an der Tür unterbrach ihre nervöse Wanderung zwischen Küche und Wohnzimmer. Sie ging in den Flur und linste durch den Türspion. Samuel Dexter stand im Treppenhaus. Er trug noch sein Golfoutfit: karierte Hose, helles Hemd, darüber eine Weste. Lediglich die Golfschuhe hatte er gegen elegante Sneaker getauscht.

Sie öffnete ihm. »Was willst du?«

»Fürs Erste wäre eine Tasse Earl Grey ein guter Einstieg.«

»Ich kann dir maximal einen Spaziergang am River Ness anbieten.«

»Vergiss es«, erwiderte Sam ungewohnt schroff. »Du hast mich in Erklärungsnot gebracht. Brodie ist mächtig sauer.«

Verflucht! Hatte Anne sie doch auf dem Grundstück umherschleichen sehen? »Wieso das?«, stellte Alison sich dumm.

»Hättest du die Güte, mich hereinzubitten?«

Widerwillig trat sie einen Schritt zur Seite, um ihn in die Wohnung zu lassen. Sie führte ihn in die Küche, schaltete den Wasserkocher ein und nahm zwei Keramiktassen aus dem Schrank. In dem Kästchen mit Teebeuteln fand sie sogar noch einen Earl Grey. Sie bevorzugte den klassischen Breakfast Tea.

»Was habe ich damit zu tun, dass Brodie sauer auf dich ist?«, fragte sie.

»Jetzt spiel doch nicht die Ahnungslose!« Sam setzte sich auf einen der Holzstühle an ihrem Küchentisch.

Das Wasser kochte. Sie füllte es in die Tassen, stellte sie auf den Tisch und gesellte sich zu ihrem Ex-Mann.

»Was hast du heute in Brodies Haus gemacht?« Noch immer schwang die Verärgerung in seiner Stimme mit.

»Gar nichts.«

»Jetzt lüg mich nicht an. Du warst dort!«

»Sagt wer?«

»Sage ich. Und die Aufzeichnungen seiner Überwachungskameras.«

Autsch. Alison zog eine Grimasse. Daran hatte sie nicht gedacht. »Brodie lässt sein Haus mit Kameras überwachen?«

»Nur die Hauseingänge. Du hast gegen halb elf dort geklingelt, und Brodie denkt jetzt, ich hätte mich mit ihm zum Golfspielen verabredet, um ihn aus dem Haus zu locken.«

Also hatte Anne sie doch nicht erkannt. Aber eine Videoaufnahme war nicht zu widerlegen. Vermutlich wurden auch die Türen auf der Hausrückseite überwacht, und Brodie wusste, dass sie mit Elani gesprochen hatte. Alison hoffte, dass die junge Hausangestellte keinen Ärger bekam.

»Ich hatte gehofft, Violet dort anzutreffen.«

»Was hast du seit Neuestem dauernd mit Violet zu schaffen?«

»Das geht dich nichts an.«

»Du kannst es dir zukünftig sparen, zu Brodie zu fahren. Du wirst Violet dort nicht mehr antreffen. Er hat sie vor die Tür gesetzt.«

»Er hat sie – ich dachte ... Wann?«

»Vor gut einer Woche.«

Vor gut einer Woche hatte Violet verstört vor ihrer Tür gestanden. »Hat er dir auch verraten, warum?«

Der ärgerliche Zug um seinen Mund wich einem überheblichen. Er genoss ihre offensichtliche Unwissenheit. »Weil sie ihn betrogen hat.«

»Ernsthaft? Deswegen schmeißt er sie raus?« Ein anderer Mann. Eifersucht kam als Mordmotiv durchaus in Frage, überlegte Alison. Aber warum war Violet dann zu ihr gekommen und nicht zu ihrem Geliebten gegangen?

Sam nippte an seinem Tee.

»Das ist mal wieder typisch Mann. Ihr könnt herumhuren, wie ihr wollt, aber wenn eine Frau sich ein bisschen Abwechslung verschafft, spielt ihr gleich den gekränkten Pfau.«

»Deine Vorurteile gegenüber der Spezies Mann sind bemerkenswert.«

Seine Süffisanz brachte ihr Blut in Wallungen. »Das sind keine Vorurteile, sondern Erkenntnisse aus Erfahrung.«

»Ich hätte dich nicht des Hauses verwiesen, nur weil du dich mal mit einem anderen Mann vergnügst. Freie Liebe, ist es nicht das, was deine Eltern dir vorgelebt haben?«

»Das Wort ›Liebe‹ ist für dich doch nur ein Wort mit fünf Buchstaben«, schnaufte sie verbittert.

»Und du verwechselst Liebe mit Sex.«

Sie stand auf und trat ans Fenster. »Du weißt, wo die Tür ist. Verpiss dich einfach und verschone mich mit deiner verfluchten Selbstgefälligkeit.«

Ihre deftigen Worte ließen Sam missfallend mit der Zunge schnalzen. »Danke für den Tee.«

Sie hörte, wie er den Stuhl zurückschob und in den Flur ging. Erschöpft senkte sie den Kopf. Warum ließ sie sich nur immer wieder von Sam aus der Reserve locken? Warum konnten sie nicht ganz normal miteinander reden? Andere Paare schafften es doch auch, nach einer Trennung wenn nicht in Freundschaft, so wenigstens respektvoll miteinander umzugehen.

»Sam, warte.« Sie folgte ihm in den Flur.

Er stand an der Wohnungstür und wandte sich ihr mit fragendem Blick zu.

»Tut mir leid, dass du meinetwegen Ärger mit Brodie hattest.« Videoüberwachung. Daran hätte sie wirklich denken sollen. »Hat er dir zufällig gesagt, wie der Neue von Violet heißt?«

»Nein, sie hatte die Beziehung wohl auch bereits beendet.«

Alison zog verständnislos die Nase kraus. »Und warum schmeißt er sie dann trotzdem raus?«

Sam lehnte sich mit verschränkten Armen gegen ihre Wohnungstür und musterte sie grübelnd. »Weißt du, was für mich einfach keinen Sinn ergibt? Dass du dir so viele Gedanken über Violet und Brodie machst. Zwei Menschen, die dich in der Vergangenheit nicht im Geringsten interessiert haben.«

»Weil ich mir Sorgen um Violet mache.«

»Warum das denn?«

Wie viel konnte sie Sam anvertrauen? »Als ich sie das letzte Mal sah, schien sie mir etwas … verloren«, begann Alison zögernd.

»Violet?«

»Ja. Mir hat sie gesagt, dass sie sich von Brodie getrennt hat. Und nun behauptet er dir gegenüber, er hätte sie rausgeschmissen. Na ja, und jetzt ist Violet seit Tagen spurlos verschwunden, und Brodie lässt das völlig kalt.«

»Sie ist ein freier Mensch und hat Geld. Sie kann sonst wo sein.«

»Warum reagiert sie dann nicht auf Anrufe?«

»Du meinst: auf *deine* Anrufe?« Sam hob die Augenbrauen. »Kannst du dir das nicht denken?«

»Dann ruf du sie an. Wenn du sie erreichst und sie dir sagt, dass es ihr gut geht, werde ich mich bei Brodie entschuldigen und ihn nicht mehr belästigen. Ich gebe dir ihre Nummer.«

»Ich habe ihre Nummer.« Mit herablassender Miene nahm er sein Smartphone zur Hand, steckte sich einen Stöpsel seines

Headsets ins Ohr und durchsuchte seine Kontakte. Zuversichtlich lächelnd wählte er die Nummer.

»Hey, Violet, meine Süße, ich bin's, Sam. Ich bin gerade in der Gegend und suche nette Gesellschaft beim Abendessen. Schade, dass ich dich nicht erreiche. Ruf mich zurück. Ich würde mich freuen, dich mal wiederzusehen.«

Er legte auf.

»Anrufbeantworter?«, fragte Alison triumphierend, obwohl ihr Sams flirtender Ton überhaupt nicht gefallen hatte.

Er steckte das Telefon zurück in seine Westentasche. »Ali-Schatz, da ich die gute Violet nicht erreicht habe, wirst du mir heute beim Essen Gesellschaft leisten müssen. Sicher meldet sie sich noch im Laufe des Abends.«

Alison musterte ihn überrascht. »Du willst in Golfkleidung essen gehen?«

»Natürlich nicht. Ich werde ins Hotel fahren, mich erfrischen und umziehen. In einer Stunde hole ich dich ab. Und eines kannst du dir gleich abschminken, meine Liebe: Wir gehen weder in dein Pfannkuchenhaus noch in irgendein Fast-Food-Restaurant. Ich zahle. Ich entscheide.«

»Ich habe nicht gesagt, dass ich mit dir essen gehe.«

»Eine Stunde.« Er verließ ihre Wohnung.

Alison haderte mit sich. In Anbetracht ihres leeren Kühlschranks war eine Einladung zum Essen in einem Sternerestaurant allerdings durchaus eine attraktive Alternative.

Thurso

Dieses Mal war niemand bei ihm gewesen, der ihn hätte bremsen können. Nachdem Kim aufgelegt hatte, war Marley wutentbrannt in seinen Wagen gesprungen und nach Thurso gefahren. Er wusste nicht, wo Gordon Ballard wohnte, und fuhr daher zu dem Kampfsportclub, in dem Kim trainierte.

Ein Judokurs für Kinder fand gerade statt, als er in die Trainingshalle stürmte. Der Trainer sah ihm verstimmt entgegen. »Kann ich helfen?«

Mit Mühe schluckte Marley einen Kraftausdruck herunter. »Ich suche Gordon Ballard.«

»Der ist nicht da.«

»Wo finde ich ihn?«

»Bei der Arbeit vermutlich. Und jetzt entschuldige mich, ich bin mitten im Training.« Er wandte sich wieder seiner Gruppe zu.

»Wo arbeitet Ballard?«

»Keine Ahnung, frag den Boss. Und jetzt …« Er wedelte mit der Hand, um Marley aus der Halle zu scheuchen.

Iain Barclay, der Inhaber des Kampfsportclubs, blickte erstaunt auf, als Marley, ohne anzuklopfen, in sein Büro stürmte.

»Ich suche dieses Arschloch Gordon Ballard!«

Barclay lehnte sich in seinem mächtigen Bürostuhl zurück. Der Mann war Mitte fünfzig, kein muskelbepackter Bulle, aber groß und drahtig und sicher immer noch schnell genug, sich gegen einen aufgebrachten Zimmermann zu wehren. Er musterte ihn aufmerksam. »MacKeith, oder? Marley MacKeith, du bist Kims Freund, oder?«

»Aye«, knurrte Marley.

»Gordon ist nicht hier, und du wirst verstehen, dass ich seine private Adresse nicht einfach herausgeben kann, oder?«

Marley schnaufte wütend.

»Dir wäre es sicherlich auch nicht recht, wenn ich Kims Adresse einfach so herausgeben würde, oder?«

Dieses nachgesetzte »oder?« ging Marley gehörig gegen den Strich. Er trat näher an Barclays Schreibtisch.

»Ballard ist ein elender Spanner, und es macht sich ganz bestimmt nicht gut, wenn sich bei den Eltern der kleinen Jungs und Mädels in deinem Studio herumspricht, dass er jungen Frauen hier beim Duschen auflauert und sie begafft, oder?«

***

Elani wischte sich mit dem Handrücken über das Gesicht. Sie konnte nicht aufhören zu weinen. Sie saß in ihrer Kammer. Anne hatte sie dorthin geschickt, weil sie ihr Geheule nicht mehr ertrug.

Jomo war tot, hatte die fremde Frau gesagt. Elani hatte Jomo nicht lange gekannt, aber die gemeinsame Reise hatte sie zu Vertrauten gemacht, zu Verbündeten. Ihr war, als wäre jemand aus ihrer Familie gestorben. Hatte die Madam sie schon verflucht, weil sie noch kein Geld geschickt hatte?

Sie kamen beide aus Nigeria, sprachen dieselbe Sprache, waren gemeinsam in dieses Land gekommen. Und nun war Jomo tot.

Jomo-Johnny, dachte sie in zärtlicher Erinnerung. Er hatte Geld verdienen wollen! Boss hatte es ihm versprochen. Er hatte ihm Zigaretten gegeben. Jomo hatte gelacht, wenn er sie geraucht hatte. Gehustet und gelacht. *»Money, money, money«*, hörte sie seine fröhliche Stimme.

Elani konnte nicht begreifen, was geschehen war. Und noch schlimmer war die Ungewissheit, was mit Zara und Najuma geschehen war. Die kichernden Mädchen waren wie kleine Schwestern für sie. Wohin hatte Boss sie gebracht? Waren sie auch tot? Und was würde mit ihr geschehen? Boss hatte schon einmal gedroht, sie umzubringen.

Als Anne mit den Einkäufen zurückgekehrt war und gesehen hatte, dass sie weinte, war sie erst besorgt gewesen. Elani hatte Heimweh vorgetäuscht. Sie wollte Anne nicht sagen, dass die Frau noch einmal da gewesen war und mit ihr gesprochen hatte.

Am Nachmittag war der Sir zurückgekehrt. Er war in sein Büro gegangen, und eine halbe Stunde später hatte er sie zu sich gerufen. Er war wütend. Er zeigte auf seinen Computer, und da sah sie sich. Sie saß auf der Bank. Dann kam die fremde Frau ins Bild. Er wollte, dass sie ihm alles sagte, was die Frau von ihr gewollt hatte.

Aber Elani hatte nicht gewusst, was sie sagen sollte. Sie hatte vor Angst nicht denken können, und sie traute niemandem. Der Sir hatte ihr zwar noch nie etwas getan, doch sie spürte, dass ihm ihre Anwesenheit in seinem Haus nicht gefiel.

Aber warum hatte er sie dann zu sich geholt? Sie verstand es nicht. Sie verstand überhaupt nichts von dem, was in diesem Land vor sich ging.

Anne hatte geschimpft. Sie sei undankbar. Sie dürfe nicht mit der Frau reden. Sie würde sie alle in Gefahr bringen. War die Frau so gefährlich?

Sie hatte versucht, den Zeitungsartikel zu lesen, den die Frau ihr gezeigt hatte. Warum hatte sie ihr all die Fragen gestellt? Elani zog die Visitenkarte hervor, die sie ihr gegeben hatte. Mit den Fingern glitt sie die Buchstaben entlang, formte tonlos den Namen: Alison Dexter. Aber was stand da noch? Sie las die Buchstaben, reihte sie aneinander. Private Ermittlungen. Sie kannte das zweite Wort nicht.

Sie sollte anrufen, wenn sie Hilfe brauchte. Was dachte diese Alison denn? Sie hatte kein Handy und auch kein Geld, um eines zu kaufen. Wo hätte sie auch eines kaufen sollen? Sie kannte nur das Haus und die Holzbank im Garten.

Und wozu sollte sie die Frau anrufen? Was sollte Alison für sie tun können? Sie würde sicher nicht nach Nigeria reisen und ihre Schulden bei der Madam begleichen.

NEUN

Inverness

Der Abend mit Sam hatte Alison wider Erwarten gefallen. Das Restaurant am River Ness gegenüber dem Schloss war teuer, aber nicht überkandidelt. Das Personal war freundlich. Die Portionen auf den Tellern waren überschaubar, erlaubten ihr dadurch, auch Vor- und Nachspeise ohne schlechtes Gewissen zu genießen.

Sam hatte sich von seiner besten Seite gezeigt. Er war charmant gewesen, ohne aufdringlich zu sein. Das Essen war vorzüglich, und sie hatten sich gut unterhalten. Sie blieben bis zum Geschäftsschluss, danach fuhr sein Chauffeur sie wieder zu ihrer Wohnung, ohne dass Sam versucht hatte, sie zu überreden, die Nacht mit ihm zu verbringen. Wenn Samuel Dexter wollte, konnte er ein anständiger, netter Mann sein.

In Ermangelung anderer Nahrungsmittel in ihrer Küche bereitete sie sich zum Frühstück eine Portion Porridge mit Wasser zu. Sie musste unbedingt einkaufen gehen.

Während sie den Brei aus dem Topf löffelte, überlegte sie ihre nächsten Schritte. Sie hatte am Abend nicht mehr mit Sam über Violet gesprochen. Er hatte von früheren gemeinsamen Bekannten erzählt und sie nach ihrer Schwester und dem Leben in Thybster gefragt.

So oberflächlich und arrogant er auch immer daherkam, das Interesse an ihrem Leben schien ihr nicht aufgesetzt gewesen zu sein. Aber vielleicht suchte er auch nur nach Schwachpunkten, um sie zu einem späteren Zeitpunkt damit zu piesacken.

Violet hatte auch Sam nicht zurückgerufen, was Alisons Verdacht verstärkte, dass irgendetwas an ihrem Verschwinden nicht stimmte. Und dann war da noch Elani. Wo mochte das Mädchen herkommen? Aus irgendeinem Land in Afrika, schätzte Alison. Sie war scheu, nein, nicht nur scheu. Sie war verängstigt. Was hatte sie nach Schottland gebracht? Oder besser gefragt: Wer? Brodie?

Broderick Thompson – ein Menschenhändler? Nein, das konnte nicht sein. Oder doch? Warum störte es ihn, dass sie mit dem Mädchen sprach? Warum störten ihn ihre Fragen nach Violet?

Alison nahm ihren Laptop und begann, über Menschenhandel zu recherchieren. Sie las von Schleuserbanden, von Voodoo-Zauberinnen, von jungen Mädchen, die Träume hatten, die in einem Bordell und in sexueller Ausbeutung endeten. Die Berichte trieben Alison die Tränen in die Augen.

Sie nahm ein Küchentuch, putzte sich die Nase und starrte zum Fenster.

»Du hast gar kein Telefon«, erkannte sie. Wenn Elani tatsächlich illegal mit Hilfe einer Schleuserbande nach Schottland gekommen war, besaß sie weder Geld noch Telefon noch sonst irgendetwas. Die Schleuser versuchten, ihre Opfer abzuschirmen und in völlige Abhängigkeit zu zwingen. »Ruf mich an, wenn du Hilfe brauchst.« Erst jetzt verstand sie den gepeinigten Ausdruck im Gesicht des Mädchens.

Wenn sie mit ihrer Vermutung richtiglag, dass Elani sich illegal in Schottland aufhielt, brauchte das Mädchen dringend Hilfe. Sie musste ihr ein Handy besorgen und Geld. War Brodie so ein kranker Typ? Missbrauchte er Elani? War es das, was Violet so verstört hatte und worüber sie nicht reden konnte?

Sie musste mit Sam sprechen. Er kannte die Thompsons seit Jahren. Sie nahm ihr Smartphone und rief ihn an.

»Ali-Schatz«, grüßte er sie gut gelaunt. »Ist es die Sehnsucht nach mir, die mich mit deinem Anruf beglückt?«

»Hat Violet dich inzwischen zurückgerufen?«

»Bedauerlicherweise nicht.«

Vielleicht ist sie aus Angst untergetaucht, überlegte Alison. »Sam, ich möchte, dass du mit mir zusammen zu deinem Freund Brodie fährst.«

»Wieso dieses betonte ›dein Freund‹?«, echauffierte er sich.

»Soll ich dich abholen?«, ignorierte sie seinen Einwand.

»Hältst du mich für lebensmüde? Ich setze mich bestimmt nicht in deine alte Klapperkiste. Komm ins Hotel. Wir trinken einen Tee, und dann sehen wir weiter.«

Das Sternehotel, in dem Sam residierte, befand sich direkt am River Ness. Als Alison ihren Kleinwagen zwischen den Luxuslimousinen parkte, wirkte er wie das hässliche Entlein zwischen stolzen Schwänen. Eine Hotelmitarbeiterin führte sie zu Sams Suite.

Zwei Sessel und ein kleiner Tisch waren vor den großen Erkerfenstern arrangiert, die Aussicht auf den Fluss boten. Sam erhob sich, als sie das Zimmer betrat. Er trug eine helle sommerliche Leinenhose, dazu ein weißes Hemd, der kurze Bart war frisch gestutzt.

»Ali-Schatz, wie schön, dass du da bist. Das Kleid steht dir ausgesprochen gut, es unterstreicht dein fröhliches Naturell.«

Sie hatte sich für ein knielanges Kleid in kräftigem Grün und Gelb entschieden. In Businessgrau würde sie das Vertrauen von Elani nicht gewinnen.

»Ich habe mir erlaubt, ein paar Scones zu bestellen. Die magst du doch so gern.« Er deutete mit einladender Geste auf den mit teurem Porzellan gedeckten Tisch.

Eigentlich war sie satt von dem Porridge, aber sie liebte Scones mit Clotted Cream und Marmelade, und die hier waren noch warm und rochen verführerisch. Sie nahm Platz und bediente sich an dem leckeren Gebäck, während Sam ihr Tee eingoss.

»Was möchtest du denn so Dringendes mit ›meinem Freund‹ Brodie besprechen?«, erkundigte er sich, nachdem sie eine Hälfte des Scones verspeist hatte. »Und warum benötigst du dazu meine Unterstützung?«

»Ich will, dass er Violet als vermisst meldet.«

»Warum sollte er das tun? Er hat sie schließlich rausgeschmissen.«

»Hat er das tatsächlich genauso gesagt? Warum erzählt Violet mir dann was anderes?«

»Weil es ihr vermutlich peinlich ist, dass er sie vor die Tür gesetzt hat. Letztendlich spielt es doch keine Rolle, wer wen verlassen hat. Eine Trennung ist immer schmerzhaft.« Er drückte die Hand theatralisch auf seine Brust. »Wer weiß das besser als ich.«

»Es muss Brodie sehr verletzt haben, dass sie eine Affäre hatte, wenn er deswegen gleich die Scheidung einreicht.«

»Was soll ich sagen? Nicht jeder Mann ist so tolerant wie ich.« Er bedachte sie mit einem affektierten Augenaufschlag. »Hast du eigentlich noch diese kleine Liaison mit Mr Brannigan?«

Hamish. Er würde ihre Sorgen ernst nehmen, ging es ihr durch den Kopf. Aber er würde ihr auch raten, den Fall der Polizei zu melden und die Suche »den Profis« zu überlassen, weil es zu gefährlich oder sie zu unerfahren war. Sie schüttelte unwillig den Kopf. Sie wollte nicht an Hamish Brannigan denken.

»Nein?«, interpretierte Sam ihre Geste.

»Es geht dich nichts an, ob ich noch mit Hamish zusammen bin oder nicht!«

»Ich dachte nur, weil ich gestern –«

»Hast du schon mal jemanden für dich arbeiten lassen, der keine Papiere hatte?«, unterbrach sie ihn unwirsch.

»Wie kommst du denn darauf?« Sam schnalzte abschlägig mit der Zunge. »Natürlich nicht. Meine Weste ist blütenrein.«

Alison bedachte ihn mit einem zweifelnden Stirnrunzeln. Sie kannte seine Insidergeschäfte am Aktienmarkt. Mit Nettigkeit und Korrektheit machte man keine Millionen.

»Was du von mir denkst, meine Liebe.« Sam beugte sich vor und kniff ihr sanft in die Wange – eine Geste, die sie hasste.

Sie entwand sich ihm. »Warst du gestern nach dem Golfspielen noch bei Brodie zu Hause?«

»Nein, wir waren nach dem Spiel zum Lunch im ›Greenshaw's‹. Ali-Schatz, worauf willst du eigentlich hinaus?«

»Nenn mich nicht immer Ali-Schatz!«, erwiderte sie gereizt. »Ich heiße Ali.«

Sam lächelte süffisant. »Gestern Abend hat es dich nicht gestört.«

»Hilfst du mir, oder hilfst du mir nicht?«

»Ali-Schatz, ich helfe dir immer.«

»Dann lass uns jetzt zu Brodie fahren.« Sie steckte sich den letzten Bissen des Scones in den Mund und stand auf.

»Stets zu Euren Diensten, Verehrteste.«

Dornoch

Ohne Sams Begleitung wäre Alison bereits an der Haustür gescheitert, das verriet der kühle Blick, mit dem Anne sie am Eingang empfing. »Mrs Thompson ist nicht zu Hause«, blaffte sie Alison ins Gesicht.

»Na, na«, tadelte Sam sie ungehalten. »Anne, Contenance, bitte. Melde uns freundlicherweise bei Mr Thompson an. Wir haben wichtige Dinge mit ihm zu besprechen.«

Sams Rüffel schickte eine leichte Röte auf die Wangen der Haushälterin, stellte Alison mit Genugtuung fest.

Die Frau wagte nicht, sie – oder zumindest Sam – draußen vor der Tür warten zu lassen, und ließ sie grollend in den Vorraum eintreten. »Warten Sie bitte einen Moment.« Hocherhobenen Hauptes stolzierte die Haushälterin davon.

Während Alison neben Sam in der Empfangshalle stand, ließ sie den Blick umhergleiten, in der Hoffnung, Elani zu entdecken. Von der Halle zweigten zwei Flure ab, eine Treppe führte in die obere Etage, die an der langen Seite eine Galerie hatte, von der mehrere Zimmer abgingen. Ölgemälde mit Küstenlandschaften säumten den Treppenaufgang. Dicke Teppiche dämpften die Schritte.

Wie konnte sie es schaffen, allein mit dem Mädchen zu reden und ihr unbemerkt das Handy zuzustecken, das sie mitgenommen hatte? Es hatte eine Prepaidkarte, die Alison – dank Sams finanzieller Zuwendung auf ihrem Konto – großzügig aufgefüllt hatte. Das Telefon lief unter dem falschen Namen Agatha Simpson. Alison hatte es in der Vergangenheit genutzt, wenn sie verdeckt ermittelt hatte. Sie würde sich ein neues Handy zulegen.

Nach kurzem Warten kehrte Anne zurück und erklärte mit verschnupfter Miene: »Ich bringe Sie in den Salon. Mr Thompson ist gleich bei Ihnen.«

Sie führte sie in den Raum mit den mächtigen Chesterfield-Polstermöbeln, in dem Alisons erstes Treffen mit Brodie stattgefunden hatte. Anne wollte gleich darauf wieder gehen, aber Sam bremste sie. »Anne, bitte lass uns einen Tee bringen.«

Sein Ton war freundlich, aber sein Blick duldete keinen Widerspruch. Alison hoffte, dass Elani die Getränke bringen würde.

Nachdem die Haushälterin gegangen war, trat Sam zu ihr ans Fenster. »Ein nettes Anwesen. Soll ich es für dich kaufen?«

Sie warf ihm einen Seitenblick zu. »Warum kaufst du es dir nicht selbst?«

»Ali-Schatz! Ich auf dem Land – kannst du dir das ernsthaft vorstellen?«

Nein, konnte sie nicht. Das Höchstmaß an Landleben war für Samuel Dexter eine Runde auf dem Golfplatz, ansonsten bevorzugte er teure Restaurants und Bars und benötigte zur Zerstreuung Theater, Konzertsäle und Museen.

»Aber zu dir würde es passen und zu diesem wunderschönen Kleid.« Er legte sanft seine Hand in ihren Nacken.

Bevor sie ihn von sich stoßen konnte, ließ er den Arm wieder sinken, als die Tür geöffnet wurde und Broderick Thompson hereinkam.

»Sam, Alison.« Er nickte ihnen mit finsterer Miene zu und setzte sich in einen der Sessel. »Erst taucht ihr einzeln auf, jetzt zusammen. Was wollt ihr von mir?«

»Ich habe gerade überlegt, dein Haus zu kaufen«, erwiderte Sam nonchalant. Er nahm auf einem der Sofas Platz. Alison gesellte sich neben ihn.

»Was willst du in Dornoch?«

»Ein kleines Landhaus stünde mir gut, findest du nicht?«

Kleines Landhaus. Alison fragte sich, ob Sam ihn absichtlich beleidigte.

Die Tür wurde erneut geöffnet, und Anne kam mit dem Tee herein. Beim letzten Mal hatte Elani sie bedient. Gab es einen

Grund dafür, dass dieses Mal Anne den Service übernommen hatte? Widerwillig stellte die Haushälterin die Tassen auf den Couchtisch und goss ein.

»Ich habe nicht den ganzen Tag Zeit«, erklärte Brodie ungeduldig, nachdem Anne gegangen war. »Also raus mit der Sprache: Warum seid ihr hier?«

»Wo ist Elani?«, ignorierte Alison seine Frage.

»Wer?« Brodie sah sie befremdet an.

»Elani, dein Au-pair-Mädchen. Sie hat uns beim letzten Mal den Tee serviert.«

»Du meinst die Neue, Elli?«

»Aye.«

»Keine Ahnung. Sie wird in der Küche helfen.« Brodie musterte sie mit misstrauischem Blick. »Was willst du denn jetzt auch noch von dem Mädchen?«

»Nichts, ich habe mich nur gewundert, dass Anne uns heute bedient hat.«

»Dann wird Elli wohl gerade anderes zu tun haben.« Er schnaufte ungehalten. »Alison, was willst du eigentlich von mir? Schleichst dich hinter meinem Rücken heimlich in mein Haus! Was soll das?«

Brodies aggressiver Ton gefiel Alison überhaupt nicht. Sie bemühte sich, ruhig zu bleiben, und zwang sich zu einem entschuldigenden Lächeln. »Ich schleiche mich nicht in dein Haus. Ich war lediglich in deinem Garten. Ich hatte gehofft, dich zu treffen, und dachte, du hättest mein Klingeln nicht gehört. Ich wollte noch einmal mit dir über Violet reden.«

»Du wusstest doch, dass ich mit Sam auf dem Golfplatz bin.«

»Woher hätte ich das wissen sollen?«, erwiderte sie mit Unschuldsmiene. Sie bedachte ihren Ex mit einem flüchtigen Seitenblick. »Wir pflegen keinen Umgang mehr miteinander.«

»Und trotzdem seid ihr heute zusammen zu mir gekommen.« Brodie wandte sich Sam zu. »Worum geht es hier eigentlich?«

»Oh, das habe ich selbst noch nicht so ganz durchschaut. Aber wenn ich es richtig verstehe, möchte Ali ihre nach all den

Jahren wiedergewonnene Freundschaft mit deiner Frau durch persönliche Zusammenkünfte vertiefen.«

Was schwafelte Sam denn da für einen Quatsch? Alison hatte Mühe, ihren Ärger im Zaum zu halten. »Ich mache mir Sorgen um Violet. Du hast Sam gesagt, dass ihr euch getrennt habt. Wann war das? Wann hast du sie zuletzt gesehen?«

»Alison, ich habe es dir schon einmal gesagt: Mein Privatleben geht dich nichts an.«

»War sie letzten Samstag hier?«, ignorierte sie seinen Einwand.

Die Antwort war ein genervtes Schnaufen.

»Warst du schon bei der Polizei?«

»Wozu?«

»Um Violet als vermisst zu melden.«

»Das ist blanker Unsinn!« Er schüttelte erneut den Kopf. »Alison, was bezweckst du eigentlich? Denkst du, ich engagiere dich als Ermittlerin und überweise dir ein fürstliches Honorar für deine Hirngespinste?« Er sah zu ihrem Begleiter. »Sam, zahl deiner Ex-Frau einen ordentlichen Unterhalt, dann muss sie hier nicht so einen Affenzirkus veranstalten.«

Alison kannte Sam gut genug, um zu wissen, dass Brodie einen wunden Punkt bei ihm getroffen hatte. »Es geht mir nicht ums Geld. Ich mache mir Sorgen um Violet. Und ich bin etwas verwundert, wie wenig dir an ihrem Verbleib liegt.« Ihr Ton war schärfer geworden. Verdammt, sie musste Ruhe bewahren, sonst würde sie Brodie noch mehr gegen sich aufbringen. »Entschuldigt mich, der Tee.« Sie stand auf.

»Den Gang runter, links neben der Eingangstür.«

Sie trat in den Flur und sah sich nach allen Seiten um. Wo konnte sie Elani finden? Sie konnte schlecht nach dem Mädchen rufen.

Sie ging zur Gästetoilette. Auf der Toilettenpapierrolle waren nur noch wenige Blätter. Alison rollte sie eilig ab, dann verließ sie den Raum und machte sich auf die Suche nach der Küche. Sie fand den Raum im hinteren Teil des Hauses. Anne stand am Herd, Elani war dabei, Gemüse zu schneiden.

»Entschuldigung, Anne, auf der Gästetoilette ist leider kein Toilettenpapier mehr.«

Anne warf ihr einen unleidigen Blick über die Schulter zu. »Danke, da kümmere ich mich später drum.«

»Das nützt mir jetzt aber wenig«, erwiderte Alison mit schmallippigem Lächeln.

Anne stöhnte genervt auf. »Elani, bring bitte neues Toilettenpapier in die Gästetoilette, damit sich die Dame den Hintern abwischen kann.«

»Ganz herzlichen Dank, liebste Anne.« Alison wandte sich ab und marschierte zurück zum Eingang. Elani folgte ihr wenig später mit einer Rolle Toilettenpapier, die sie ins Gäste-WC brachte. Alison huschte hinter ihr in den engen Raum und schloss die Tür. Sie legte einen Finger auf ihre Lippen und zog eilig das Smartphone aus ihrer Handtasche. »Hier, versteck das gut«, wisperte sie. »Damit kannst du mich anrufen. Hast du verstanden?«

Da das Mädchen nur stocksteif vor ihr stand, nahm Alison ihre Hand und legte das Telefon hinein. »Versteck es. Es ist deins.«

Zögernd schob Elani den Apparat in die Tasche ihrer Schürze.

»Ich habe dir meine Nummer eingespeichert. Ruf mich an, Elani. Wir müssen reden.«

Das Mädchen starrte sie noch immer verschreckt an.

»Verstehst du, was ich sage? Wir müssen miteinander reden.«

Doch Elani schwieg weiter.

»Das Bild, das ich dir gezeigt habe – der Zeitungsausschnitt. Du kennst den Jungen, nicht wahr? Wer ist er?«

»Kann nicht«, flüsterte sie kaum hörbar.

Die tief sitzende Angst, die in der Stimme mitschwang, schnürte Alison das Herz zu. »Ich helfe dir, Elani. Ich kann dich mitnehmen. Jetzt sofort. Elani, willst du mitkommen?«

Das Mädchen schüttelte entsetzt den Kopf. Dann flüchtete sie aus dem engen Raum.

Hatte Sam in Brodies Haus noch den amüsierten Ex-Mann gespielt, war es damit vorbei, als Alison mit ihm in seinem Auto saß. Er schloss die Scheibe, die die Vordersitze vom Fond des Wagens trennte.

»Wie kannst du Brodie nur derart angehen? Es klang fast so, als würdest du ihm unterstellen, etwas mit Violets Verschwinden zu tun zu haben.«

»Ich habe ihm lediglich ein paar Fragen gestellt. Und falls es dir nicht aufgefallen ist: Er hat keine meiner Fragen konkret beantwortet.«

»Welchen Grund sollte er auch haben, dir sein Privatleben zu offenbaren?«

»Er interessiert sich einen Scheißdreck dafür, was mit seiner Frau passiert ist. So gleichgültig kann man doch nicht sein!«

»Du verrennst dich in eine fixe Idee!«

»Das neue Hausmädchen ist völlig verängstigt.«

»Wann hast du mit ihr gesprochen?«

»Als ich zur Toilette war.«

»Herrgott, Ali! Sie ist ein junges Mädchen in einem fremden Land. Vermutlich ist sie einfach nur schüchtern. Und du machst aus ihr gleich eine Haussklavin!«

»Mach die Augen auf, Sam: Brodie hat Dreck am Stecken.«

»Ali.« Sam presste die Fingerkuppen gegen seine Stirn. »Ali … bitte lass die Thompsons in Frieden. Sie hatten einen Ehekrach, das kommt in den besten Familien vor. Violet ist nicht zum ersten Mal nicht aufzufinden. Es ist anscheinend eine schlechte Angewohnheit von ihr, dass sie von Zeit zu Zeit ein paar Tage ohne ein Wort verschwindet. Dann taucht sie wieder auf, als wäre nichts gewesen, und das Leben geht weiter.«

»Hat Brodie dir das erzählt, ja?«

»Ja, das hat er, als du hinter seinem Rücken in seinem Haus herumgeschnüffelt hast!«

»Und was ist, wenn er sie umgebracht hat?«

»Ali!« Sam starrte sie fassungslos an. »Du bist paranoid. Wenn du mit dieser Behauptung zur Polizei gehst, lasse ich dich entmündigen.«

»Das kannst du gar nicht.«

»Oh, ich kann einiges, meine Liebe, unterschätz mich nicht.«

Die Kälte in seinen Worten kannte sie sonst nur, wenn er geschäftlich telefonierte. Aber sie würde sich nicht von Samuel Dexter einschüchtern lassen. »Ich werde Violet auf jeden Fall als vermisst melden.«

»Tu, was du nicht lassen kannst«, seufzte Sam grimmig. »Aber, es tut mir leid, Ali, da bin ich raus. Du machst dich lächerlich, und in diesen Unsinn lasse ich mich nicht mit hineinziehen. Ich möchte meine Freunde gern behalten.«

»Seit wann hast du Freunde?«

Die bissige Frage brachte ihr einen weiteren eisigen Blick ihres Ex-Mannes ein.

»Hier trennen sich unsere Wege, mein Schatz.« Sam ließ die Scheibe zum Fahrersitz wieder herunter. »Mike, mach bitte einen Stopp am Dornoch-Busbahnhof. Ms Dexter verlässt uns dort.«

Thybster

Marley hatte die Arbeit in seiner Werkstatt beendet und war dabei, die Hühner zu füttern, als ein dunkler SUV auf den Hof fuhr. Er stellte die Schale mit den Küchenabfällen zur Seite und sah seinem Besucher entgegen.

Ein bulliger Typ stieg aus. Obwohl der Anzug, den er trug, gut saß, wirkte er darin verkleidet. Kurz geschorene Haare, das Gesicht einer Bulldogge. Er ließ den Blick über Haus, Hof und Werkstattscheune gleiten, bis er schließlich bei Marley hängen blieb. »Mr MacKeith?«

»Aye.«

Der Mann kam zu ihm herüber. »Andrew Wilson.« Er reichte ihm freundlich lächelnd die Hand. »Ich kenne Ihre Freundin.«

Nachdem Marley nur wortlos den Händedruck erwidert hatte, fuhr Wilson fort: »Ich bin Sponsor des Boxclubs, in dem sie trainiert. Dass eine Weltmeisterin bei uns trainiert, ist ein großer Gewinn für uns.«

»Aye.« Was sollte er dazu sagen? Ein toller Club ist das, in dem Arschlöcher wie Gordon Ballard trainieren. Er biss sich auf die Zunge.

»Ich habe erfahren, dass Sie Handwerker sind. Ich bin immer auf der Suche nach guten Leuten.« Wilson zog eine Brieftasche aus der Innenseite seines Jacketts und reichte ihm die Visitenkarte einer Zeitarbeitsfirma.

Marley warf nur einen flüchtigen Blick darauf. »Tut mir leid, kein Interesse. Ich arbeite lieber in meine eigene Kasse.«

Seine Abfuhr brachte den Mann nicht aus dem Konzept, im Gegenteil, er nickte zustimmend. »Das ist eine gute Einstellung.« Er sah sich um. »Haben Sie viele Aufträge?«

Marley bedachte Wilson mit einem Stirnrunzeln. Seine Auftragslage ging den Kerl einen Scheißdreck an.

»Oh.« Wilson hob verstehend die Hände. »So war die Frage nicht gemeint. Ich hätte vielleicht einen Auftrag für Sie. Nichts Großes, es geht um den Innenausbau eines Hauses. Können Sie so etwas?«

»Aye.« Einen zusätzlichen Auftrag konnte er gut gebrauchen. Marley deutete auf die Visitenkarte. »Warum kommen Sie damit zu mir? Sie haben doch sicher günstigere eigene Leute.«

»Nein, leider nicht. Ich vermittle in der Hauptsache Servicekräfte. Die können hinterher putzen, wenn Sie mit der Arbeit fertig sind.« Er lachte kurz auf. »Marley – darf ich Marley sagen? Ich könnte mit irgendeinem großen Betrieb aus dem Süden zusammenarbeiten. Die schicken mir ein paar ausländische Leiharbeiter und machen das für den halben Preis. Aber ich bin ein Mann aus dem Norden. Ich bin erfolgreich im Geschäft und versuche, das an die Region weiterzugeben. Da halte ich es wie unsere selige Queen Mum: Lokale Aufträge vergebe ich an lokale Unternehmen.«

Die Mutter von Queen Elizabeth II. hatte Anfang der 1950er das Castle of Mey in Caithness gekauft und das damals zur Ruine verkommene Schloss von regionalen Handwerkern wieder herrichten lassen. Bis zu ihrem Tod war sie regelmäßig dort zu Besuch und bei den Einwohnern sehr beliebt gewesen.

Marley bezweifelte allerdings, dass die Steigerung seiner Beliebtheit Wilsons Intention war. Was war es dann? Ein gutes Netzwerk? Loyalität? Oder machte er das Angebot Kim zuliebe, damit sie sich weiterhin verpflichtet fühlte, in dem Kampfsportclub zu trainieren, in den er anscheinend investiert hatte?

»Ich habe zurzeit gut zu tun«, schob er vor, auch wenn es nicht ganz der Wahrheit entsprach.

»Das ist erfreulich zu hören und zeugt davon, dass Sie gute Arbeit leisten.«

»Danke.«

Wieder nickte Wilson wohlwollend. »Melden Sie sich bei mir, wenn Sie Zeit haben, machen Sie sich ein Bild von dem Projekt. Ich bin mir sicher, dass wir ins Geschäft kommen.«

»Okay.« Das gab ihm Zeit, erst mit Kim über das Angebot zu sprechen.

»Ich freue mich auf Ihren Anruf. Sie sind ein guter Mann, kein Schwätzer, das weiß ich zu schätzen.« Wilson verabschiedete sich und stieg wieder in seinen Wagen.

Marley sah ihm nachdenklich hinterher. Wenn Wilson Sponsor des Kampfsportclubs war, kannte er mit Sicherheit Iain Barcley. Hatte der ihn gebeten, ihm einen Auftrag zu geben, um ihn nach seinem Auftritt am Tag zuvor zu besänftigen?

Inverness

Alison hatte gerade ihre Schuhe ausgezogen, als es an ihrer Wohnungstür klopfte. Sie stöhnte auf. Sie hatte keine Lust, irgendjemanden zu sehen. Sie war müde und zermürbt.

Von Dornoch hatte sie den Bus nach Inverness genommen und war vom Busbahnhof zu Sams Hotel gelaufen, um ihren Wagen abzuholen. Sams Worte nagten an ihr. Er musste überzeugt davon sein, dass sie völlig überreagierte, sonst hätte er sie nicht einfach in Dornoch ausgesetzt, sondern zumindest noch nach Inverness zu ihrem Wagen gebracht.

Es klopfte erneut. Alison schlich auf Zehenspitzen in ihr

Wohnzimmer und kuschelte sich auf ihrem Sessel unter eine Decke. Verrannte sie sich in eine fixe Idee? Sie hatte Violet sieben Jahre lang nicht gesehen, und selbst in der Zeit davor, als sie noch mit Sam zusammen war, hatte sie keine Freundschaft mit der Frau verbunden.

Stimmte die Aussage von Brodie, dass Violet hin und wieder mehrere Tage wortlos verschwand und dann zurückkam, ohne ein Wort darüber zu verlieren, wo sie gewesen war? Warum ließ er sich das gefallen? Und wohin verschwand sie? Zu ihrem Geliebten, beantwortete sie sich selbst die Frage. Sie hatte ein Verhältnis gehabt, hatte Brodie Sam anvertraut.

Es klopfte erneut an ihrer Wohnungstür, lauter dieses Mal. »Ali, mach auf, ich weiß, dass du zu Hause bist.«

Hamish Brannigan. Alison fluchte tonlos. Er würde nicht gehen, bevor er gesagt hatte, was auch immer er ihr zu sagen hatte. Missmutig schleppte sie sich zur Tür. »Hatte ich nicht gesagt –«

»Bist du wieder mit Dexter zusammen?«, unterbrach er sie barsch.

Sie zog eine irritierte Grimasse. »Hä?«

»Ob du wieder mit deinem Ex zusammen bist, will ich wissen.« Er sah übernächtigt aus. Ein Bartschatten zeichnete sich an seinem Kinn ab.

»Ich kann dir gerade nicht folgen«, murrte sie. »Wie kommst du darauf?«

»Du hast mich nicht bemerkt, oder?« Bitterkeit legte sich in seinen Blick. »Ich saß gestern Abend im Restaurant mit meinen Kollegen nur ein paar Tische weiter.«

»Oh.«

»Dein Ex hat mich gesehen. Hat er dir das nicht ins Ohr gezwitschert, als er dir so zuvorkommend den Stuhl zurechtgerückt hat?« Hamishs Stimme triefte vor Zynismus.

»Nein, hat er nicht!«. In Alison brodelte es. Sam hatte Hamish gesehen und es ihr gegenüber mit keinem Wort erwähnt. Deswegen war er auch den ganzen Abend so charmant gewesen. Sein freundliches Getue war lediglich Kalkül gewesen. Er hatte sie bei Laune halten wollen, um Hamish eins auszuwischen. Schau her, wie gut Ali und ich uns wieder verstehen.

»Hast du dich deshalb von mir getrennt? Um zu diesem Arsch zurückzugehen?«

»Nein, ich … Ach, verdammt, komm rein.« Sie wollte ihr Privatleben nicht im Hausflur besprechen.

Hamish marschierte schnurstracks in ihre Küche. Er setzte sich an den Tisch, während sie mit verschränkten Armen gegen den Türrahmen gelehnt stehen blieb. »Ich mag eifersüchtige Männer nicht, Hamish. Und noch weniger mag ich es, wenn du hier auftauchst und wetterst wie ein gehörnter Ehemann.«

»Ausgerechnet Samuel Dexter! Hättest du dir nicht einen anderen Kerl suchen können?«

»Das Essen war geschäftlich.«

»Danach sah es nicht aus.«

»Er hilft mir bei einer Ermittlung.«

Die Auskunft verblüffte ihn. »Du ermittelst wieder? Ich dachte, du wolltest damit aufhören.«

»Bedank dich bei deiner Freundin Una.« Sie löste sich vom Türrahmen.

»Was hat Una mit deinen Ermittlungen zu tun?«

»Eine Bekannte von mir ist verschwunden, und Una hat gesagt, ich solle erst mal selbst rumschnüffeln, bevor ich die Polizei damit behellige.« Das war nicht ganz ihr Wortlaut gewesen, aber Alison war nicht nach Diplomatie, und die Botschaft war dieselbe. Sie füllte den Wasserkocher.

»Ist der Fall gefährlich?«

»Oh, Hamish!« Sie fuhr wütend zu ihm herum. »Ich habe keine Ahnung, was geschehen ist. Und selbst wenn es gefährlich ist: Das ist mein Job, verdammt noch mal!«

»Du hast dich also entschieden, weiter als private Ermittlerin zu arbeiten?«

»Na ja«, erwiderte sie zögernd. Bezahlt wurde sie für den Job nicht. Irgendwie war sie in den Fall hineingerutscht und kam jetzt nicht mehr davon los.

Einen Moment lang ließ Hamish schweigend den Blick durch

ihre Küche gleiten. Alison wartete auf den üblichen Sermon: Ich will nicht, dass dir was passiert. Überlass das den Profis. Bla, bla, bla, ging es ihr grimmig durch den Kopf. Sie hatte Potenzial, das hatte DCI Una MacLeod ihr bescheinigt, wappnete sie sich innerlich.

»Dann brauchst du ein Büro«, erklärte Hamish unvermittelt.

»Bitte?«

»Ein Büro. Ein Ort, an dem du deine Klienten empfängst und wo du wichtige Unterlagen sicher in einem Safe aufbewahren kannst.«

»Bisher habe ich mich mit meinen Klienten bei ihnen oder in Cafés oder Parks getroffen.«

»Du solltest deine Unterlagen aber nicht zu Hause aufbewahren. Ich vermute, deine Küchenschublade ist nicht datenschutzrechtlich konform.«

»Spricht da der Sicherheitsexperte?«, spottete sie.

»Aye.«

»Sobald ich was Adäquates gefunden habe, werde ich deine Expertise vertrauensvoll in Anspruch nehmen.«

»Ich meine es ernst, Ali. Wenn du als private Ermittlerin arbeiten möchtest, musst du dich professionalisieren: Erwirb eine Lizenz, miete ein Büro, schreib deinen Namen an die Tür.«

»Ich kann mir kein Büro leisten.« Sie konnte ja nicht einmal die Miete für ihre Wohnung aufbringen. »Für den Fall, an dem ich arbeite, werde ich kein Geld bekommen. Und überhaupt. Ich hatte einen Scheißtag und will meine Ruhe.«

Einen Moment lang sahen sie sich schweigend an, dann neigte Hamish den Kopf zur Seite und musterte sie mit seinen dunklen Augen nachdenklich. »Aye, den Eindruck habe ich auch.«

Sein Blick, dazu seine dunkle, warme Stimme ließen ein sehnsüchtiges Verlangen in ihr aufsteigen.

Er lächelte versöhnlich. »Wie wär's mit Pizza, einem guten Glas Rotwein, dazu eine Nackenmassage? Und dann sehen wir weiter.«

Die Schmetterlinge in ihrem Bauch gerieten in Aufruhr. Sie liebte Hamish, und viel zu lange hatte sie ihn aus ihrem Leben verbannt. »Können wir das Essen überspringen und gleich mit der Massage beginnen?«

Sie wartete seine Antwort nicht ab, nahm seine Hand und zog ihn in ihr Schlafzimmer.

***

Es war dunkel in ihrem Zimmer. Elani hatte sich unter ihrer Bettdecke verkrochen. Noch immer ungläubig hielt sie das Smartphone in den Händen. Sie hatte ein Telefon! Sie konnte ihre Mutter anrufen. Aber sie durfte ihr nicht sagen, wie sie hier lebte, dass Jomo tot war und wie viel Angst sie hatte. Ihre Familie verließ sich auf sie. Sie war hier, um Geld zu verdienen.

Und wenn ihre Mutter herumerzählte, dass sie angerufen hätte, würde die Madam es erfahren. Und dann würde die Madam denken, Elani würde ihr nicht genug Geld schicken und alles für sich ausgeben. Und dann würde Boss kommen und Geld verlangen. Oder er würde sie wieder treten und schlagen. Noch immer tat ihr Bauch weh von dem Tritt, und ihre Kopfhaut schmerzte beim Kämmen, weil er so fest an ihren Haaren gezogen hatte. Alles tat weh. Ganz besonders ihr Herz.

Die Freiheit war so nah gewesen. Die Frau – Alison – hätte sie mitgenommen. Aber was wäre dann mit ihr geschehen? Wie hätte sie der Madam die Schulden bezahlen sollen, wenn Boss nicht wusste, wo sie war? Und dann würde sie verflucht werden. Und ihre Mutter und ihre Geschwister. Sie konnte nicht gehen. Erst musste sie ihre Schulden bezahlen.

Aber würde der Sir sie weiter bei sich behalten? Er war so wütend gewesen, nachdem Alison und der Mann gegangen waren – ein schöner Mann, so groß, so elegant und selbstbewusst. Die beiden waren ein schönes Paar. Ob sie auch so einen Mann finden konnte?

Anne hatte gesagt, es sei ihre Schuld, dass der Sir böse war. Alles sei ihre Schuld. Sie war auch schuld daran, dass die Frau des Sirs fort war. Die gute Frau, hatte Anne gesagt und kummervoll die Hände vor der Brust gefaltet, als wollte sie beten.

»Was habe ich denn getan?«, wisperte Elani hilflos unter ihrer Decke. Sie war nach Schottland gekommen, um zu arbeiten, um Geld zu verdienen für die Familie. Das war alles, was sie wollte.

Bald war wieder Samstag. Würde Boss wiederkommen? Sie musste den Sir fragen, ob er ihr ein Gehalt zahlen würde, damit sie Boss sagen konnte, wie viel Geld sie ihm für die Madam geben konnte. Nein, besser, sie fragte Anne. Sie wollte nicht, dass der Sir noch einmal böse mit ihr wurde.

Er sollte sie nicht wegschicken. Der nächste Ort, an den Boss sie bringen würde, würde schlimmer werden, ahnte sie.

ZEHN

Inverness

Alison hatte die Nacht mit Hamish genossen. Der Sex war wild und hungrig gewesen. Sie hatten sich nacheinander verzehrt. Und es war wunderbar gewesen, neben ihm aufzuwachen. Sie hatte ihm von Violets Verschwinden erzählt, und er hatte sie darin bestärkt, eine Vermisstenmeldung aufzugeben.

Was Elani anging, war er skeptisch: Er konnte sich nicht vorstellen, dass ein angesehener Geschäftsmann wie Broderick Thompson tatsächlich illegale Flüchtlinge in seinem Haus beschäftigte. Sie solle vorsichtig mit ihren Verdächtigungen sein, damit man sie nicht wegen übler Nachrede verklagte.

Nach dem gemeinsamen Frühstück gestern Morgen war Hamish zur Arbeit gefahren, und sie war zur Polizei gegangen und hatte Violet als vermisst gemeldet. Sie würde Hamish erst in einer Woche wiedersehen, weil er das Wochenende in Edinburgh bei seinen Kindern verbrachte und auch die Woche über dort bleiben wollte, da er geschäftlich im Süden zu tun hatte. Die Auskunft hatte ihr einen Stich versetzt. Sie war nicht Teil seines Lebens in Edinburgh.

Um sich das Wochenende zu versüßen, backte Alison am Samstagvormittag eine große Portion Scones. Während das Gebäck abkühlte, kochte sie Tee und räumte den Küchentisch frei, um Platz für ihre Notizen zu schaffen. Sie wollte den Tag nutzen, um Ordnung in ihre Suche zu bringen.

Sie schrieb Namen auf einzelne Post-its: Violet, Brodie, Elani, Anne. Sie klebte die Zettel nebeneinander auf die Tischplatte, dann schrieb sie die Wochentage auf einen Zettel, die sie links von den Namen auf einer vertikalen Achse anbrachte.

Es war mittlerweile zehn Tage her, dass Violet vor ihrer Tür gestanden hatte, an einem Mittwochnachmittag. In der Nacht von Samstag auf Sonntag war sie verschwunden. Das war vor einer Woche gewesen, und es gab seither nicht ein einziges Lebenszeichen der Millionärsgattin.

Alison starrte auf den Tisch. In dieser einen Woche, in der Violet verschwunden war, hatte sie nicht viel erreicht. Eigentlich nichts, außer dass sie die Vermisstenmeldung aufgegeben, Elani ein Handy zugesteckt und sowohl Broderick Thompson als auch Sam gegen sich aufgebracht hatte.

Das Mädchen hatte sich bisher nicht bei ihr gemeldet. Alison überlegte, ihr eine Nachricht zu schicken. Aber was sollte sie schreiben? Wie konnte sie Elani dazu bringen, Vertrauen zu ihr zu fassen? »Kann nicht«, echoten die geflüsterten Worte des Mädchens in ihren Ohren.

Hatte tatsächlich eine Schleuserbande sie nach Schottland gebracht? Hatte sie ein Schweigegelübde den Männern und Frauen gegenüber ablegen müssen, die sie aus ihrer Heimat geholt hatten? Über welche Route war ihre Reise verlaufen, und wie war sie ins Land gekommen? Über den Seeweg? Ein Frachter? Eine Fähre? Ein privater Segler?

Bei dem Gedanken an die vermutlich ruppige Überfahrt fiel ihr noch jemand ein, den sie bisher nicht bedacht hatte. Der unbekannte Junge, der bei den Duncansby Stacks angespült worden war. Elani kannte ihn. Aber bisher hatte sie den Namen des Jungen nicht verraten.

Vielleicht hatten Grace' Kollegen in Thurso oder Wick seine Identität inzwischen klären können? Alison griff zum Telefon und rief ihre Freundin an.

»Hi, Ali, wie ist die Lage in Inverness?«

»Gab schon schlechtere Tage. Sag mal, wisst ihr inzwischen, wer der ertrunkene Junge ist?«

»Er ist nicht ertrunken, und nein, wir haben noch immer keinen Namen.«

Verflucht. Sie konnte Grace nicht von Elani erzählen, solange nicht klar war, ob das Hausmädchen eine offizielle Aufenthalts- und Arbeitserlaubnis hatte.

»Warum fragst du?«, hakte Grace nach.

»Du sagst, er ist nicht ertrunken?«

»Er war tot, als man ihn ins Wasser warf.«

»Woran ist er gestorben?«

»Dazu darf ich dir nichts sagen, Ali. Wir vermuten, dass ihn jemand mit einem Boot entweder von Wick oder von John O'Groats rausgefahren hat.«

»In der Zeitung stand, er war dunkelhäutig?«

»Aye.«

»Könnte er ein Flüchtling gewesen sein?«

»Er war anscheinend nirgends registriert, aber wir gehen sehr stark davon aus. Er hatte deutliche Anzeichen von Mangelernährung. Außerdem würde ihn sonst irgendjemand vermissen oder zumindest erkennen. Aber unsere Öffentlichkeitsfahndung hat bisher nichts gebracht.«

»Haben wir denn aktive Schleuserbanden im Norden?«

Grace seufzte frustriert. »Die sind überall. Im letzten Jahr konnten die Kollegen einen Teil eines Schleuserrings sprengen, der Flüchtlinge von Norwegen über das Meer zu den Shetlands gebracht hat. Dort hat man ihnen falsche Papiere gegeben, sie als Touristen aufs Festland gebracht und dann im Land verteilt.«

»Was heißt verteilt? Wohin?«

»Was denkst du wohl? Viele junge Mädchen landen in der Prostitution, die Jungs haben manchmal mehr Glück, werden auf Farmen eingesetzt, wo sie für einen Hungerlohn arbeiten müssen.«

»Werden Mädchen auch als Hausmädchen genommen?«

»Manchmal, wobei das nicht besser sein muss als Prostitution. Da gibt es schlimme Geschichten.« Grace unterbrach sich selbst. »Ali, wieso fragst du mich das alles?«

»Kann ich dir nicht sagen.«

»Ali!«

»Ich bin da an einer Sache dran …«

»An was für einer Sache?«

Alison zögerte. Was konnte sie Grace verraten? »Ich hatte dir doch von Violet erzählt?«

»Aye, die High-Society-Tussi, die du in Thurso getroffen hast.«

Thurso! Alison schlug sich mit der Hand vor die Stirn. Dort war ihr Violet vor zwei Wochen unvermittelt zum ersten Mal wiederbegegnet. Wie hatte sie das so ausblenden können? »Du musst mir einen Gefallen tun. Ich muss wissen, ob Violet oder Broderick Thompson ein Haus oder eine Wohnung irgendwo in Caithness haben.«

»Frag die beiden doch einfach.«

»Das kann ich nicht.«

»Warum nicht?«

»Es ist kompliziert.«

»Ich hoffe, dein Auftraggeber zahlt dir ein ordentliches Honorar.«

Alison sog die Luft ein. »Ähm … ich ermittle auf eigene Kosten.«

»Wieso das denn?«

»Das hat sich irgendwie so ergeben …«

»Oh Mann, Ali! Und wovon willst du deine Miete bezahlen?«

»Krieg ich schon hin.« Sie konnte Grace auf keinen Fall sagen, dass Sam ihr das Geld dafür überwiesen hatte. Allerdings sollte sie besser mal auf ihr Konto schauen. Vielleicht hatte er es in seinem Ärger am vergangenen Donnerstag von seiner Bank wieder zurückholen lassen. Dann wäre ihr Konto heillos überzogen. »Was ist nun? Hilfst du mir?«

»Ich schau, was ich herausfinden kann.«

»Danke, du bist die Beste.«

Alison beendete das Gespräch und ergänzte ihre Zettel um den Montag, an dem sie Violet getroffen hatte. Sie sei auf der Durchreise, hatte sie behauptet, und so, wie sie gestammelt hatte, war es mit Sicherheit eine Lüge gewesen.

Hatte sie sich in Thurso mit ihrem heimlichen Liebhaber getroffen? Ohne einen Namen würde der schwer zu finden sein. Allerdings musste eine Frau wie Violet im Norden aufgefallen sein. Sie war attraktiv, und selbst in Jeans und T-Shirt versprühte sie Eleganz.

Sie könnte die Hotels und Pensionen an der Küste abklappern, überlegte Alison. Das war besser, als darauf zu warten, dass Violet zurückkam, um ihren Koffer abzuholen.

Thybster

Bretter und Balken stapelten sich auf Douglas MacKeiths Farm. Das Holz war am Freitagabend angeliefert worden. Marley war am frühen Samstagmorgen von Francis Cottage herübergegangen, doch sein Vater war schon fort. Er hatte es vorgezogen, den Tag mit seinem Hund auf den Weiden zu verbringen. Es fiel dem Mann schwer, das Holz anzunehmen, das von den Spenden der Dorfbewohner bezahlt worden war. Und noch schwerer fiel es ihm, die Hilfe seines Sohnes anzunehmen.

Der Streit mit Kim hing Marley nach. Sie hatte nicht auf seine Anrufe und Kurznachrichten reagiert. Seine unbedachte Frage hatte sie ernsthaft verletzt. Er verfluchte sich und sein Misstrauen. Sogar Arran hatte gesagt, dass Gordon ein Spinner und Aufschneider war. Nie im Leben würde Kim sich mit so einem Idioten einlassen.

Aber er hatte sich selbst wie ein Idiot aufgeführt. Sein Auftritt in Barcleys Kampfsportclub hatte die Sache vermutlich nicht besser gemacht. Unweigerlich kam ihm die Erinnerung an Andrew Wilsons seltsamen Besuch in den Sinn. Er hatte den Mann bisher nicht angerufen, obwohl er für den Herbst noch einige Lücken in seinem Auftragsbuch hatte. Aber ihn ließ das Gefühl nicht los, dass dieses Angebot mit seinem Besuch bei Iain Barcley zusammenhing.

Marley war froh, als Dave auf den Hof der Farm fuhr und sie mit der Arbeit an der Scheune beginnen konnten. Mit ihm waren ein paar Kollegen vom Fischereihafen sowie ein paar Männer aus dem Dorf gekommen. Sie alle opferten ihr freies Wochenende, um beim Bau der neuen Scheune zu helfen. Marley hoffte, dass das Wetter hielt und sie es in den zwei Tagen schafften, das Grundgerüst zu errichten.

Jeana kam vom Pub rausgefahren und brachte Sandwiches und Tee zum Lunch, und die Männer legten eine Pause ein. Hauptgesprächsthema war der tote Junge, der bei den Duncansby Stacks gefunden worden war. Marley fragte sich, ob Dave seine Kumpel gebrieft hatte, dass sie ihn nicht auf Ballards Geschwätz über Kim ansprechen sollten.

»Weiß Grace was Neues über den Jungen?« Padraig biss in sein Sandwich. Der Neunundzwanzigjährige war ein Hüne mit rotem Schopf und Sommersprossen. Er lebte mit seiner Frau am anderen Dorfende von Thybster.

»Nichts, was nicht auch in der Zeitung stand«, wiegelte Marley ab.

»Aye.« Der Rest des Sandwichs verschwand in Padraigs Mund. Kauend fuhr er fort. »Warum brauchen die so lange, um herauszufinden, wer der Junge ist? Kann doch nicht so schwer sein.«

»Die Polizei tut, was sie kann.«

Ethan Cook gesellte sich zu ihnen. »Hab gehört, dass du letztens in Fresgoe warst. Warum bist du nicht vorbeigekommen?«

»Ich war mit Kim unterwegs«, erwiderte Marley. »Woher weißt du, dass ich dort war?«

Ethan lachte rau. »Du hast doch meinen Jungen da erwischt. Du warst so streng, dass er ein schlechtes Gewissen bekam und meiner Frau abends gebeichtet hat, dass er mit Lewis in Sandside Harbour war und durch die Fenster des alten Lagerhauses am Hafen gelinst hat.«

Marley zog eine Grimasse. Nicht nur, dass er ein eifersüchtiger Hornochse war, jetzt war er auch noch ein Kinderschreck. So hart war er doch gar nicht mit den beiden Buben ins Gericht gegangen.

»Ist schon okay«, beruhigte Ethan ihn. »Ich will nicht, dass die Jungs da allein herumlungern.«

»Ja, ist nicht ganz ungefährlich.«

»Mhm.« Ethan schien noch mehr sagen zu wollen, aber er überlegte es sich anders und stand auf. »Wie sieht's aus? Bevor das Holz wieder Wurzeln schlägt, sollten wir weitermachen.«

Auch die anderen Männer erhoben sich. Marley hielt Ethan an der Schulter zurück und sah ihm prüfend ins Gesicht. »Wolltest du noch was loswerden?«

Ethan haderte mit sich, er senkte seine Stimme: »Wird viel geredet, aber man sagt, es kämen hin und wieder nachts Boote in den Hafen. Und ich spreche nicht von den Fischern, die von ihrer Tour zurückkommen.« Er blickte Marley beschwörend in die Augen. »Aber von mir hast du die Info nicht.«

Inverness

Alison hatte den Nachmittag damit verbracht, die Adressen sämtlicher Hotels und Bed & Breakfasts entlang der Küste von Caithness herauszusuchen. Sie würde sich am nächsten Tag von Wick über John O'Groats nach Thurso durcharbeiten, dann bei Grace übernachten und den folgenden Tag ihre Suche weiter Richtung Durness fortsetzen. Sie war dabei, ihre Tasche zu packen, als unvermittelt Una MacLeod vor der Tür stand.

»Du hast Violet Thompson als vermisst gemeldet«, grüßte die DCI.

»War doch dein Vorschlag. Bearbeitest du den Fall?« Alison fragte sich, ob Una privat oder dienstlich zu ihr gekommen war. Sie trug wie immer einen Hosenanzug. Wahrscheinlich besaß sie überhaupt keine andere Kleidung.

»Nein, ich bin nur neugierig.« Una schnupperte in den Flur. »Wonach riecht es hier?«

»Ich habe Scones gebacken.«

»Oh, lecker. Bisschen spät für den Afternoon Tea, aber Scones schmecken ja immer. Bekomme ich einen?«

Alison ließ die Polizistin eintreten. In der Küche sah Una interessiert auf die Post-its, die noch auf dem Küchentisch klebten. »Was ist das?«

»Ich brauchte einen Überblick.«

»Ah, kreative Methode. Was sind deine nächsten Schritte?«

»Ich dachte, du wolltest einen Scone?«

»Aye.« Una lächelte mit Unschuldsmiene. »Darf ich den hier essen, oder packst du ihn mir ein?«

»Ich koche Tee. Geh schon mal ins Wohnzimmer.«

»Nein, hier ist es viel interessanter.« Una schob sich einen Stuhl zurück und setzte sich an den Tisch. »Ich krümle auch nicht auf deine laufende Ermittlung.«

Alison legte zwei Platzsets auf den Tisch und stellte das Geschirr darauf.

»Du solltest das nicht für jedermann so sichtbar liegen lassen.«

»Ich wollte es gerade wegräumen«, log Alison. Hamish hatte recht. Sie brauchte ein Büro.

Una biss von ihrem Scone ab. »Hmm, die sind lecker. Ich wusste nicht, dass du backen kannst.«

»Habe ich dir das bei unserer Pub-Tour nicht erzählt? Wenn ich etwas kann, dann ist es Scones backen.«

»Sollte es also mit deiner Detektei nicht klappen, könntest du einen Tee-&-Scone-Laden eröffnen. Ich wäre deine Kundin.«

»Wie kommst du darauf, dass ich meine Detektei wieder eröffnen möchte?«

»Ich habe gestern mit Hamish gesprochen.«

»Du … er … Wann?«

»Wir haben uns zum Lunch getroffen, bevor er nach Edinburgh gefahren ist.«

Ein kleiner Stachel Eifersucht pikte Alison ins Herz.

»Was habe ich noch gleich gesagt?« Una tat, als müsse sie überlegen. »Du sollst erst mal selbst rumschnüffeln, bevor du die Polizei mit deinen Sorgen behelligst?«

Hamish, diese Tratschtante! Alison fluchte innerlich. »Wieso sprecht ihr über mich? Und woher kennt ihr euch überhaupt?«

Una grinste. »Du kannst dich wirklich nicht mehr an viel von unserem gemeinsamen Abend erinnern, oder?«

Alison wollte nicht an das Besäufnis denken. »Hilf meinem Gedächtnis auf die Sprünge.«

Una schien mit dem Gedanken zu spielen, Alison im Ungewissen zu lassen, doch sie erbarmte sich. »Hamish ist mein Cousin.«

»Ah.«

»Darf ich noch einen?« Sie deutete auf den Teller mit den Scones. »Die sind wirklich sehr lecker.«

Alison nickte. »Das erklärt, warum ihm so viel daran liegt, dass ich mich bei meinen Ermittlungen an Recht und Gesetz halte. Er will keinen Stress mit dir.«

»Nein, das hat einen anderen Grund.«

»Welchen?«

»Oh, da mische ich mich nicht ein. Seine Geschichte soll er dir selbst erzählen.« Una musterte sie fragend. »Du weißt nicht viel über ihn, oder?«

Alison hob unbestimmt die Schultern. Die dreijährige Affäre mit ihm hatte aus heimlichen Treffen mit gutem Essen und leidenschaftlichem Sex bestanden. Sie hatten nie viel geredet. Damit hatten sie erst begonnen, seit seine Scheidung im Raum stand.

»Ich finde es jedenfalls gut, dass du deine Zweifel überwunden hast und wieder als private Ermittlerin arbeiten willst. Du solltest eine offizielle Lizenz erwerben, das schafft Vertrauen bei deiner Kundschaft.«

Jetzt fing sie auch noch damit an. »Das mache ich, wenn ich mal Zeit und Geld habe.«

»Das Geld kommt mit der Lizenz.« Una leckte sich die Krümel von den Fingern. »Kommen wir zum Fall Thompson. Was hat es mit dieser Elani auf sich?«

Alison sah die DCI konsterniert an. Sie hatte bei ihrer Vermisstenmeldung kein Wort über das Dienstmädchen verloren. »Woher weißt du … Hamish?«

Una grinste verschmitzt. »Ich bin gut darin, Leute auszufragen.«

Alison beschloss, ein ernstes Wort mit Hamish zu reden. Auch wenn sie ihm von Elani erzählt hatte, gab es ihm nicht den Freifahrtschein, seiner bei der Polizei arbeitenden Cousine beim Lunch alles ungefiltert weiterzugeben.

»Okay, Darling, Hamish hat mir etwas verraten, das ich nicht wissen sollte. Quid pro quo: Jetzt sage ich dir etwas, das ich dir nicht sagen sollte: Die Kollegen aus Tain waren heute Vormittag in Dornoch, um mit Broderick Thompson über seine Ehefrau zu sprechen. Laut seiner Aussage leben in seinem Haus außer ihm nur seine säuerlich dreinschauende Haushälterin Anne, die seit vierzehn Jahren bei ihm im Dienst steht, und, wenn sie nicht gerade ins Unbekannte verreist ist, auch seine Ehefrau. Ansonsten lebt keine weitere Person in seinem Haus. Er hat noch einen Gärtner und eine Putzfrau, die nach Bedarf kommen, aber nicht bei ihm wohnen.« DCI Una MacLeod taxierte sie. »Und doch hast du dort ein junges schwarzes Dienstmädchen gesehen.«

Edinburgh

Samuel Dexter war nach dem Intermezzo mit seiner Ex-Frau in sein Haus nach Edinburgh zurückgekehrt und hatte Zerstreuung gesucht. Was ihm auch hervorragend gelungen war. Edinburgh war seine Heimat. Hier kannte er sich aus, hier konnte er atmen. Selbst wenn die Stadt in den Sommermonaten von Touristenmassen überflutet wurde, gab es Orte, an denen er ungestört unter seinesgleichen weilen konnte.

Glasgow versuchte zwar immer wieder, der Landeshauptstadt als Kulturstadt den Rang abzulaufen, aber es würde nie gelingen. In Edinburgh standen das Castle und der Palace of Holyroodhouse – der Königspalast. Das Edinburgh Festival Fringe war das größte Kleinkunstfestival der Welt. Dazu kamen das Tattoo, Schottlands größtes Musikfestival, und nicht zuletzt das National Museum of Scotland und das Scott Monument – eines der weltweit größten Denkmäler zu Ehren eines Autors.

In Edinburgh pochte aber nicht nur das kulturelle, sondern auch das politische und wirtschaftliche Herz Schottlands, was sich für ihn schon manches Mal als vorteilhaft erwiesen hatte.

Am Aktienmarkt hatte er – durch ein paar gut gepflegte Freundschaften – ein Vermögen gemacht.

Zudem gab es zahlreiche traditionelle und avantgardistische Theater, Kinos, Pubs, Restaurants und so viele hinreißend hübsche junge Frauen. Was interessierte ihn da eine übergeschnappte Mittdreißigerin aus dem Norden?

Und dennoch: Seit Alison ihn verlassen hatte, gab es eine kleine Lücke in seinem Leben, die er als eine allgegenwärtige leichte Unruhe verspürte. Sie war seine Verbündete gewesen, seine Gefährtin, ein verrückter Hippie, die sich nicht um Konventionen seiner Klasse scherte, und vor allem eine Frau, mit der er wunderbar hemmungslose Stunden in seinem Schlafzimmer verbracht hatte – und nicht nur da.

Allerdings hatte ihn schon damals ihre tiefe Verbundenheit zu diesem Nest, in dem sie aufgewachsen war, irritiert. Thybster. Kein Mensch kannte dieses Dorf!

Und dann diese enge Beziehung zu den Freunden aus ihrer Kindheit und vor allem zu ihrer Schwester, die er damals nur flüchtig kennengelernt hatte – ein zauberhaftes Wesen, aber sie mochte ihn nicht, das hatte er schnell bemerkt.

Sam hatte weder Kontakt zu seiner Familie noch zu alten Schulfreunden. Das Wort Freundschaft war für ihn ein Synonym für nützliche Geschäftsbeziehungen. Seine Bekanntschaften waren oberflächlich und bargen nicht die Gefahr, verletzt zu werden oder Gewissensbisse wegen einer kleinen Mauschelei oder eines amourösen Abenteuers zu erzeugen.

Dann waren da noch Alisons Gerechtigkeitssinn und – was ihn am stärksten verwundert hatte – ihr altertümliches Beziehungsbild. Gute Güte, was hatte sie ihm für Szenen gemacht, wenn er mit einer anderen Frau die Nacht verbracht hatte. Dabei bestand nie die Gefahr, dass er sich von ihr hätte trennen wollen. Die anderen Frauen waren nette Abwechslungen. Nicht dass es ihm mit Ali langweilig gewesen wäre, aber schöne Frauen weckten in ihm Bedürfnisse, die befriedigt werden wollten.

Sam schüttelte die ärgerlichen Gedanken ab. Alison war Geschichte. Sie war sechsunddreißig. In wenigen Jahren würde sie

Falten und graue Haare bekommen. Dass er selbst die vierzig überschritten hatte und sich zarte Linien um die Augenwinkel bildeten, ignorierte er geflissentlich.

Mike, sein Chauffeur, lenkte den Rolls in die Einfahrt zu seinem Haus. Sam hatte am Abend eine junge Dame zum Essen ausgeführt und war mit ihr ins »Traverse Theatre« gegangen. Dort spielten sie ein modernes Stück, das seine Begleiterin unbedingt hatte ansehen wollen. Es hatte Sams Geschmack nicht getroffen, sie indes war begeistert gewesen und wollte hinterher unbedingt noch mit den Schauspielern feiern. Daraufhin hatte er beschlossen, die Nacht ohne sie zu verbringen.

Er trat in die Empfangshalle seiner viktorianischen Villa. Er hatte das alte Haus aufwendig restaurieren lassen und liebte den Gedanken, dass er, der er auf keinen weitreichenden Stammbaum zurückblicken konnte, zwischen diesen Wänden lebte, die schon so viele Schicksale erlebt hatten.

Seine Haushälterin Lizzy hatte in den zwölf Jahren, die sie für ihn arbeitete, gelernt, ihn nicht persönlich zu erwarten, wenn er am Abend von einem Date nach Hause kam. Nicht selten waren die Damen, mit denen er die Nacht zu verbringen gedachte, verheiratet. Da war äußerste Diskretion vonnöten, damit sich die Frauen wohlfühlten.

Nun, heute Abend war er allein in sein Haus zurückgekehrt. Er blieb in der Halle stehen. Ein altmodischer Kronleuchter verströmte warmes Licht. Die Teppiche waren neu, aber nicht zu modern, ein dunkles Rot mit eingewebten Ornamenten an den Seiten. Die Wände des Treppenaufgangs zierten Ölgemälde mit Porträts ehrwürdiger Herren und Damen. Dass es nicht seine eigenen Ahnen waren, hatte Alison damals amüsiert.

Schon wieder Ali! Er schüttelte ärgerlich den Kopf. Er wollte nicht an sie denken. Und doch reizte es ihn, sie anzurufen, ihre Stimme zu hören, sie mit der einen oder anderen Bemerkung aus der Reserve zu locken.

Als hätte das Universum ein Einsehen, vibrierte das Smartphone in seiner Anzugjacke. Er zog es in romantischer Stimmung heraus. Es war nicht Alison.

»Aye?«

»Dexter, krieg deine verfluchte Ex-Frau in den Griff!«, brüllte ihm Broderick Thompson entgegen.

Sam hielt den Apparat ein Stück von seinem Ohr entfernt. »Aber, aber, mein Freund. Was hat meine Herzdame denn jetzt wieder angestellt?«

»Deine durchgeknallte Schnüfflerfreundin hat mir die Bullen auf den Hals gehetzt!«

Die romantische Stimmung war vollständig verflogen. Sams Blick verfinsterte sich. »Achte bitte auf deine Wortwahl, wenn du über meine geschiedene Frau sprichst.«

»Das Biest hat Violet als vermisst gemeldet. Und die verdammten Bullen waren hier und haben mich in die Mangel genommen, als hätte ich etwas damit zu tun.«

»Hast du?«, fragte Sam ungerührt.

»Ich habe Violet rausgeschmissen, das ist alles. Ich bin fertig mit ihr. Das Miststück hat mich betrogen. Es ist mir scheißegal, wohin sie gegangen ist.«

»Dann ist doch alles gut.«

»Ich will nicht, dass die Bullen hier in meinem Haus herumschnüffeln, verfluchte Scheiße!«

»Brodie, deine Ausdrucksweise schmerzt in meinen Ohren. Wenn du nichts zu verbergen hast, worüber regst du dich so auf?«

»Was soll das denn heißen? Willst du mir jetzt auch unterstellen, ich hätte etwas mit Violets Verschwinden zu tun? Du sagst dieser Amateurschnüfflerin, dass sie sich ab sofort aus meinem Leben heraushalten soll!«

»Darum habe ich Ali bereits gebeten.«

»Offensichtlich nicht mit genug Nachdruck.«

Wollte Brodie ihm vorschreiben, wie er mit seiner Ex-Frau zu sprechen hatte? Sams Stimme wurde eine Spur härter. »Alison ist eine erwachsene Frau, und ich bin nicht ihr Vormund. Sie kann tun und lassen, was sie will. Behellige mich bitte nicht weiter mit deinen privaten Problemen.«

»Du sorgst dafür, dass deine Ex aufhört, hier herumzuschnüffeln, sonst …« Brodie schnaufte bebend.

»Sonst was?«, fragte Sam eisig. »Broderick Thompson, wage es nicht, mir zu drohen. Kleine Fische wie dich verspeise ich noch vor dem Frühstück.«

Er drückte das Gespräch weg. Was bildete sich der Kerl ein, in so einem Ton mit ihm zu sprechen? Wütend marschierte Sam durch den Flur in den Salon. Er trat an das antike Büfett, goss sich einen Scotch ein und trank einen kräftigen Schluck. Der starke Islay Whisky glitt ihm warm durch die Kehle und beruhigte sein Gemüt ein wenig.

Grübelnd betrachtete er das Kristallglas in seiner Hand. Was sollte er von dem Anruf halten? So aufgebracht hatte er Broderick Thompson noch nicht erlebt. Menschen, die in die Enge getrieben wurden, reagierten derart ausfällig.

Konnte an Alisons Befürchtungen etwas dran sein? Er sollte mit ihr sprechen. Er wollte nicht, dass sie sich in Gefahr begab, nicht wegen der Frau dieses Cholerikers. Aber seine Anrufe würde sie – nachdem er sie in Dornoch so schmählich am Busbahnhof ausgesetzt hatte – nicht annehmen.

Er hörte seinen Chauffeur ins Haus kommen und trat zurück in die Eingangshalle.

»Mike, wir fahren morgen noch einmal nach Inverness. Frag bitte in dem Hotel nach, in dem wir zuletzt waren, ob sie noch zwei Zimmer frei haben, und sag Lizzy Bescheid. Sie soll mir einen Koffer packen.«

***

Bumm-bumm-bumm-bumm-bumm. Elanis Herz schlug wild. Ihre Atmung ging flach und hektisch. Um sie war alles dunkel. Sie fror entsetzlich, da half auch die alte, kratzige Decke nichts, die sie eng um ihren Körper geschlungen hatte. Die Angst ließ sie zittern.

Sie wusste nicht, wie sie hierhergekommen war. Sie wusste auch nicht, warum sie hier war, in diesem kalten, dunklen Raum. Was hatte sie falsch gemacht? Sie hatte doch alles befolgt, was Anne und der Sir ihr gesagt hatten.

Am Vormittag war ein Polizeiauto gekommen. Sie hatte es als Erste gesehen und es Anne gesagt. Jetzt holen sie mich, hatte sie angstvoll gedacht. Anne hatte sie eilig durch die Hintertür aus dem Haus geschickt.

»Lauf und versteck dich. Geh nicht an der Straße entlang«, hatte Anne befohlen. »Komm erst am Abend zurück. Erst, wenn du dort oben Licht im Fenster siehst.« Sie hatte auf eines der Fenster in der oberen Etage gezeigt. Es war das Büro des Sirs.

Im Schatten der Hecke war sie ans Ende des Gartens gelaufen und durch die kleine Pforte hinaus. Sie war über die Weiden gerannt, wo Kühe grasten. Die Tiere hatten sie nicht beachtet. Sie lief, bis sie das Meer erreichte. Ein schmaler feiner Sandstrand lag zwischen Dünen und den Felsen, über die die Wellen rauschten. Möwen schrien, es roch nach Seetang, in der Ferne sah sie ein Segelboot. Der Wind wehte in kräftigen Böen. Außer ihr war keine Menschenseele am Strand.

In den Dünen lag eine alte Holzpalette. Dort hatte sie gesessen, die Knie zur Brust gezogen, und aufs Meer gestarrt. Unaufhörlich glitten die Wellen über die Steine. Das Segelboot verschwand. Dann kam eine Frau mit einem Hund. Sie rief das Tier zu sich, als es auf Elani zulief, und setzte ihren Weg fort, ohne sie weiter zu beachten.

Sie versuchte, anhand des Sonnenstandes zu erkennen, an welcher Küste sie saß. Aber die Sonne war hinter Wolken versteckt, nur hin und wieder blitzte sie hervor. Mittags wusste sie, wo Süden war. Irgendwo dort, in weiter Ferne, lag ihre Heimat.

Sie hatte einen kleinen Spaziergang gemacht, Muscheln und Federn betrachtet, die sie im Sand fand, einen winzigen Augenblick so etwas wie Freiheit verspürt.

Sie hatte das Handy bei sich, das Alison ihr gegeben hatte. Sie trug es immer bei sich. Es war ihr kleiner Schatz. Sie hatte es herausgeholt und überlegt, was sie damit machen sollte. Hatte Alison die Polizei informiert, damit sie sie holten?

Sie hatte keine Papiere. Man würde sie verhaften, sie käme in ein Lager, hatten die Leute, die sie nach Schottland gebracht hatten, gesagt. Dort würde sie vergewaltigt und geschlagen und getötet. Jomo war tot. Die Polizei war überall schlecht.

Der Tag war lang. Sie hatte weder zu essen noch zu trinken. Selbst wenn es irgendwo einen Laden gegeben hätte, hätte sie ohne Geld nichts kaufen können. Sie hatte auf dem harten, strohigen Gras herumgekaut, um den Hunger zu vertreiben.

Irgendwann war die Sonne am Horizont verschwunden, und sie war zum Haus zurückgekehrt. Hinter einem Gebüsch versteckt hatte sie das Fenster in der oberen Etage beobachtet. Sie hatte lange warten müssen, bis endlich das Zeichen kam.

Durch den Hintereingang schlich sie ins Haus. Anne saß in der Küche. Sie hatte sie mit müden Augen angesehen und ihr eine Schüssel Haferbrei hingestellt. Elani hatte gegessen. Ausgehungert vom Tag hatte sie die Löffel gierig in den Mund geschoben und das Wasser getrunken, das Anne ihr gab.

Und dann?

Sie wusste es nicht. Als sie erwachte, lag sie in dem dunklen, kalten Raum auf einer alten, speckigen Matratze. Eingesperrt, wie ein Stück Vieh.

ELF

Wick

Alison war keine Frühaufsteherin, doch an diesem Sonntagmorgen zwang sie sich zeitig aus den Federn. Sie hatte ein straffes Programm für den Tag geplant. Die Straßen waren leer, als sie sich auf den Weg in den Norden machte.

Das Wetter war umgeschlagen. Dicke Wolken türmten sich am Himmel und ließen Regen befürchten. Als sie die Abfahrt nach Dornoch passierte, überlegte sie kurz, zum Herrenhaus der Thompsons zu fahren. Aber vermutlich waren sowohl Brodie als auch Anne im Haus und würden ihr keine Chance geben, mit Elani zu sprechen.

Sie fragte sich, wo die beiden das Mädchen versteckt hatten, als die Polizei bei ihnen gewesen war. Andererseits – die Polizisten hatten das Haus nicht durchsucht. Brodie hatte ihnen lediglich gestattet, einen Blick in Violets Schlafzimmer zu werfen – die Eheleute nächtigten getrennt, hatte Alison von Una erfahren. Aber bei Violets persönlichen Habseligkeiten hatte es keinen Hinweis auf ihren Verbleib gegeben.

In Wick fuhr sie von der A 9 ab. Sie parkte auf dem großen Parkplatz zwischen St. Fergus Road und Wick River und begann, die Hotels abzuklappern. Der Wick River, der die Stadt in zwei Hälften teilte, trug jetzt im Sommer nicht viel Wasser.

Über die Telford Bridge gelangte sie auf die andere Uferseite und zum Mackays Hotel. Der Ebenezer Place, an dem die schmale Seite der Hausfassade lag, galt als kürzeste Straße der Welt. Die Eingangstür trug stolz die Nummer eins, allerdings lag der offizielle Hoteleingang um die Ecke an der Union Street. Die Rezeptionistin erklärte, sie habe Violet noch nie gesehen.

Alison ging weiter, vorbei an Häuserfronten aus grauem Stein. Einige Straßennamen erinnerten an Honoratioren der damaligen »British Fisheries Society«, Bilder und Reliefs an Mauern und Hauswänden zeigten Motive aus der glorreichen Zeit der »Silver Darlings«. Wick war einst Hauptstadt der europäischen Heringsfischerei gewesen. Doch das war lange vorbei. Heute war der Ort hauptsächlich durch die Pulteney Distillery bekannt. Die Whiskybrennerei lag im gleichnamigen Stadtteil, der nach dem Direktor der britischen Fischereigesellschaft Sir William Johnstone Pulteney benannt war.

Alison versuchte ihr Glück im Queens Hotel, im MacArthur und im Harbour House. Aber nirgendwo schien Violet zu Gast gewesen zu sein. Auch die Besuche der anderen Hotels und Pensionen verliefen erfolglos.

Sie schlenderte am Hafenkai entlang. Die weiß verputzte Front des Gästehauses »Wickers World« mit dazugehörigem Café & Take-away zierte ein rot-weiß gestreifter Leuchtturm. Eine willkommene Abwechslung zwischen den grauen Steinfassaden. Zu Alisons Bedauern hatte das Café sonntags geschlossen, ebenso der nahe Fish-&-Chips-Shop.

Wick war der Hauptort von Caithness und neben Thurso die einzige größere Gemeinde in der Grafschaft. Von den rund siebentausend Einwohnern waren ihr jedoch an diesem Sonntagvormittag nur wenige begegnet. Das trübe Wetter lud nicht zu einem Spaziergang ein. Dabei hatte der Sommer gut begonnen. Mai und Juni waren warm und sonnig gewesen, während sich der Juli meistenteils kühl und regnerisch präsentierte.

Sie überquerte die Straße und starrte grübelnd auf das Hafenbecken. Die dunkle Wasseroberfläche kräuselte sich leicht. Die Segelboote, die im inneren Hafen vertäut lagen, schaukelten im Wind, das Schlagen der Takelage bildete mit dem Plätschern der Wellen seine eigene Melodie, unterbrochen vom Kreischen der Möwen. Sie schloss die Augen und sog die kühle Meeresluft ein.

»Schöne Frau«, erklang eine kratzige Stimme. »Hast du ein bisschen Geld für einen armen Freund? Armen Freund?«

Der Geruch nach ungewaschenem Mann, Zigaretten und Alkohol kroch ihr in die Nase. Sie öffnete die Augen. Ein mageres

Kerlchen stand rechts neben ihr. Er trug verdreckte, ausgefranste Kleidung, die grauen Haare hingen dem Greis strähnig ins faltige Gesicht. Als er grinste, offenbarte er eine lückenhafte Reihe gelbbrauner Zahnstumpen.

»Wofür willst du's verprassen? Zigaretten oder Alkohol?«

»Och, kommt drauf an, wie viel du mir gibs, gibs«, nuschelte er.

»Tja …«, erwiderte Alison gedehnt. Sie musterte den Mann genauer. Ein wettergegerbtes Gesicht mit rot geäderter Nase und dicken Tränensäcken unter den blassen Augen, die Haut schien dünn wie Pergamentpapier. Das Kinn zierte ein lückenhafter Fünf- oder Sechstagebart. Anscheinend gab es hin und wieder Momente, in denen er sich rasierte und vielleicht sogar wusch.

»Wer bis'n überhaupt? Hab dich hier noch nie nich' gesehen.«

»Ich bin Ali. Und du?«

»Ich bin der Geist von Wick Harbour.«

Alison lachte amüsiert auf. »Das gefällt mir. Und seit wann lebst du hier, Geist von Wick Harbour?«

»Seit einhundertsiebenundzwanzig Jahren«, antwortete er im Brustton der Überzeugung. »Ich seh alles und kenn jeden im Hafen, kenn ich. Aber nee, dich kenn ich nich'.«

»Bin auch nicht oft hier.«

»Du wars' noch nie hier. Nie nich'.«

»Vielleicht hast du meinen letzten Besuch verpennt.«

»Ich bin ein Geist. Ich schlafe nie.«

Wieder stahl sich ein Schmunzeln auf Alisons Lippen. »Kannst du dich an alle erinnern, die du hier gesehen hast?«

Er straffte stolz seine Schultern. »Ich vergess' nie nich' nix, was ich gesehen hab. Vergess' nix.«

Sie nahm ihr Smartphone und zeigte ihm ein Bild von Violet. »Hast du diese Frau schon mal gesehen?«

Er schaute mit zusammengekniffenen Augen auf das Display. Alison fragte sich, ob der Alte eine Brille brauchte. Schließlich schüttelte er den Kopf. »Nö, nie nich'.«

»Sicher?«

Er deutete auf das Display. »Schöne Frau«, er tippte sich mit dem Zeigefinger an die Stirn, »da nich' drin. Wär' drin, wenn ich se gesehen hätt'. Wär' drin.«

Es war einen Versuch wert gewesen. Sie nahm ihre Geldbörse aus der Tasche und drückte ihm zehn Pfund in die Hand.

Ein Strahlen legte sich auf sein Gesicht. »Danke, danke, liebe Freundin.« Er nahm das Geld und stopfte es in seine Hosentasche.

Alison hoffte, dass er das Geld nicht verlor, und wandte sich wieder dem Hafenbecken zu. Ihr kam ein Gedanke. »Sag mal, Geist von Wick Harbour, wenn du nie schläfst, dann kriegst du doch auch mit, was hier nachts so los ist, oder?«

»Ich seh immer alles. Immer.«

»Vor einer Woche, in der Nacht von Freitag auf Samstag, hast du da irgendetwas Ungewöhnliches am Hafen bemerkt?«

Er neigte sich zu ihr und schnupperte geräuschvoll. »Aye, aye. Bist du nich' von den Bullen nich'. Warum fragste?«

»Ich suche jemanden.«

»Die schöne Frau?«

»Aye.«

Der Himmel hatte sich zugezogen, die ersten Tropfen fielen. Der Mann zog die Schultern zu den Ohren. »Die war nich' hier. Nie nich'.«

»Aber vielleicht jemand anders? Jemand, der mit einem Boot rausgefahren ist?«

Er kratzte sich am Gesäß und schürzte grübelnd die Lippen. »Viele fahren mit dem Boot. Viele, viele.«

Da hatte der »Geist von Wick Harbour« recht. Auch wenn die goldenen Zeiten der Heringsfischerei lange vorbei waren, gab es noch immer ein paar wenige Berufsfischer, die regelmäßig in der Hoffnung auf einen guten Fang hinausfuhren. Zudem lagen in dem kleinen Hafen einige private Segelyachten und Motorboote.

»War da vielleicht auch mal einer dabei, der sonst nicht mit dem Boot nachts rausfährt?«, hakte Alison nach.

»Viele fahren, viele, jeden Tag. Alle fahren, alle kommen wieder. Wieder.« Der Geist starrte eine Weile auf das Wasser, die Arme um den schmächtigen Körper geschlungen. Dann hob er die schmalen Schultern. Er entblößte wieder grinsend die maroden Zähne, hob die Hand zum Gruß und tapste davon.

So viel dazu, dass er alles sah. Aber acht Tage und Nächte waren eine lange Zeitspanne. Vermutlich hatte der Geist in den Tagen einige geistige Getränke konsumiert, sodass er gar nicht wusste, wann er vielleicht was gesehen hatte.

Alison wandte sich erneut dem Hafenbecken zu. Am Handelskai zu ihrer Linken stapelten sich Reusen und Taue. Ein Fischerboot lag wenige Meter entfernt vertäut im Wasser. Sie schaute zu dem kleinen Yachthafen rechts von ihr und zuckte zusammen, als unvermittelt die kratzige Stimme des Alten von der anderen Seite erklang.

»Kam einer in den Hafen, aber nur mit ohne Fang.« Der Geist von Wick Harbour stand erneut neben ihr.

»Wer kam?«

»War dunkel die Nacht.«

»Ich denke, du kennst hier jeden und siehst alles?«

»Och.« Er sah sie aus seinen blutunterlaufenen Augen treuherzig an.

»Wann genau hast du das Boot denn beobachtet?«

»Als der Mond nich' schien nich'.«

Alison überlegte, ob es in der Nacht, bevor der tote Junge bei den Duncansby Stacks angespült worden war, bewölkt gewesen war. Oder war vielleicht Neumond? Sie deutete auf den Yachthafen. »Welches Boot war es?«

Er sah hinüber, schürzte wieder die Lippen. »Nich' da nich'.«

»Liegt es nur heute nicht im Hafen oder schon länger nicht?«

»Och, manchmal da, manchmal weg.«

Alison schnaufte ärgerlich. »Du erzählst mir doch einen vom Pferd. Nix hast du gesehen.«

»Ha!«, empörte sich der Geist von Wick Harbour. »Wenn das Boot da ist, da ist, ich ruf an. Ruf an!«

»Du rufst mich an?« Alison hätte fast spöttisch gelacht. Doch da zog der Mann zu ihrer Überraschung ein modernes Smartphone aus der Tasche seiner zerlumpten Jacke.

»Woher hast du das Handy?«

»Ein Geist hat alles, was er brauch', hat er, was er brauch'.«

»Na, wenn das so ist.« Sie diktierte ihm ihre Telefonnummer. »Ruf mich an, damit ich deine Nummer habe und weiß, wenn ein Anruf von dir kommt.«

Er tippte auf die Anruftaste.

»Wie ist dein richtiger Name, Geist von Wick Harbour?«

Der Alte sah ihr ein paar Sekunden stumm in die Augen, als könne er sich an seinen Namen nicht mehr erinnern. Vielleicht dachte er sich auch einen neuen aus.

»Sionn.«

Sionn – das war gälisch für »Fuchs«. Sie speicherte den neuen Kontakt. »Sionn, wenn das Boot wieder im Hafen liegt, mach ein Foto davon und schick es mir.«

Von Wick aus tingelte Alison die Küste weiter nordwärts hinauf bis nach John O'Groats. Nach dem Gespräch mit Sionn hatte sie eigentlich zu den Stacks wandern wollen, um sich die Stelle anzuschauen, an der der tote Junge gefunden worden war. Aber der Regen hatte zugenommen, daher beschränkte sie sich darauf, lediglich die Hotels und Pensionen anzufahren.

Sie überlegte, ob sie Grace von dem Gespräch mit dem alten Kauz erzählen sollte, wenn sie am Abend in Thurso war. Aber vermutlich war er nur eine verlorene Seele, die gern Geschichten erzählte.

Wenn sie mit Grace sprach, würde sie nicht länger umhinkommen, ihr von Elani zu berichten und zu sagen, dass das Mädchen den toten Jungen kannte. Warum meldete sich das Dienstmädchen nicht bei ihr? Sie hätte doch am Vormittag in Dornoch vorbeifahren sollen, ärgerte Alison sich über sich selbst.

Bis zum Abend hatte sie sich bis Dunnet vorgearbeitet. Castletown und Thybster lagen noch vor ihr. Sie könnte bei ihrer Schwester im JJ's anhalten, überlegte sie. Sie hatte Marley versprochen, bei ihrem nächsten Besuch im Norden bei Jeana vorbeizuschauen. Aber sie hatte jetzt nicht den Kopf, ihrer Schwester zu erklären, warum sie ihr seit Wochen aus dem Weg ging. »Feigling!«, schimpfte sie sich.

Kurz vor dem Caravan-Campingplatz am Dunnet Bay lenkte sie den Wagen von der A 836 auf einen kleinen Parkplatz. Sie parkte so, dass sie auf den hellen Sandstrand und die Küste schauen konnte. Der Regen hatte sich verzogen. Ein paar hartgesottene Touristen spazierten im nassen Sand. Sie sah ein Pärchen Hand in Hand an der Wasserkante entlangschlendern. Die Frau drehte sich zu ihrem Partner, küsste ihn.

Sie dachte an Hamish, der vermutlich noch bei seinen Kindern in Edinburgh war. Nachdem seine Frau die Scheidung eingereicht hatte, hatte er eine kleine Wohnung in Inverness bezogen, mit dem Gedanken, näher bei ihr, Alison, zu sein. Sie rief ihn auf dem Handy an.

»Hey, Ali«, meldete er sich. Er sprach leise, so wie früher, wenn sie heimlich telefoniert hatten.

»Was machst du gerade?«

»Kochen, und nebenbei sortieren Shona und ich unsere Sachen auseinander.«

Shona – seine Frau. Vor Alisons Auge tauchte ein Bild auf, wie Hamish mit ihr alte Fotoalben durchblätterte. Vielleicht kamen sie sich dabei wieder näher – die beiden hatten sich erst vor knapp zwei Monaten getrennt.

»Warte kurz.« Seine Stimme entfernte sich vom Apparat, und sie hörte ihn mit jemandem tuscheln. Eine weibliche Stimme. Sie wollte nicht eifersüchtig sein, aber verflucht, sie war es. »Sehen wir uns am Wochenende?«, wandte er sich ihr wieder zu.

»Musst du da nicht zu deinen Kindern?«

»Doch, aber ich könnte erst Samstagfrüh fahren, dann hätten wir den Freitagabend.«

»Freitag … ja.« Sie versuchte, unbeschwert zu klingen. »Ich freu mich.«

»Ich freu mich auch. Tut mir leid, Ali, ich muss mich ums Essen kümmern, die Kinder haben Hunger und werden unleidig.«

seinen Füßen. Ohne ein Wort zu sagen, schenkte Douglas die Gläser großzügig ein und sah ihn abwartend an.

Marley ging von der Baustelle zum Haus und setzte sich neben seinen Vater. Douglas reichte ihm ein Glas, sie stießen an und tranken einen Schluck. Es war ein guter Dram von der lokalen Brennerei. Ein zehnjähriger, in Ex-Sherryfässern gereift, weich und fruchtig. Ideal für diesen Sommerabend, nach getaner Arbeit.

Schweigend saßen sie auf der Bank, den Blick auf das Gerippe der neuen Scheune gerichtet. Vom Meer wehte kühler Wind ins Land, der Geruch von feuchter Erde hing nach dem Regen in der Luft. Er konnte sich nicht erinnern, wann er je mit seinem Vater in stiller Eintracht einen Whisky genossen hatte.

»Ich hätte nicht gedacht, dass du so etwas kannst«, durchbrach Douglas ihr Schweigen.

Die Worte sollten ihn nicht beleidigen. Es war das Höchstmaß an Lob, das sein Vater über sich brachte, um ihm zu danken, ahnte Marley. Er erwiderte nichts, trank den Whisky und genoss den Moment.

»Kim kommt erst am Mittwoch zurück«, nahm Douglas nach einer Weile erneut das Gespräch wieder auf.

»Aye.« Kim. Die Arbeit hatte ihn von seinen Grübeleien abgelenkt. Nachdem sie am Abend zuvor seinen Anruf wieder ignoriert hatte, hatte ihn selbst die körperliche Erschöpfung nicht davon abgehalten, nach Thurso in den Pub zu fahren. Er hatte gehofft, Gordon Ballard dort anzutreffen. Aber der Kerl war nicht in der »Comm Bar« aufgetaucht.

Im Nachhinein war er froh darüber. Der Pub war voller Touristen gewesen – eine amerikanische Reisegruppe hatte einen Stopp in Thurso eingelegt. Der Wirt hatte ein paar Musiker, die sonst immer mittwochs dort spielten, motiviert zu kommen. Es herrschte ausgelassene Stimmung. Wenn Marley Streit mit Ballard angefangen hätte, hätte er sich vermutlich nicht nur ein Hausverbot eingehandelt, sondern auch mächtig Ärger mit Grace, da die Thurso Police mit Sicherheit Wind davon bekommen hätte.

»Sie muss fahren lernen. Wenn sie mal allein die Weiden kontrollieren soll, kann sie das nicht zu Fuß machen.« Douglas lachte trocken auf. »Sie ist so mutig, aber sie hat Angst, mit dem ATV zu fahren.«

»Ernsthaft?«

»Aye. Ich konnte sie nicht überreden.«

»Soll ich es mal versuchen?«

»Du hast deine Arbeit und baust die Scheune. Wann willst du das machen?«

»Ich werde Zeit dafür finden.« Sofern Kim ihm eine Chance gab, fügte Marley im Stillen hinzu, während er Gordon Ballard verfluchte.

Fresgoe

Grace hatte darauf bestanden, Alison zu begleiten. Da der Weg nach Fresgoe ohnehin durch Thurso führte, hatte Alison ihre Freundin zu Hause abgeholt. Statt Polizeiuniform trug sie Jeans und T-Shirt. Die kurzen Haare steckten unter einem Basecap.

»Du bist ganz sicher?«, fragte Alison, nachdem Grace eingestiegen war. Sie konnte es noch immer nicht glauben.

»Das Haus ist auf ihren Namen eingetragen.«

»Wieso kauft sie ein Haus hier oben im Norden?«

»Weil es hier so schön ist«, erwiderte Grace leichthin.

»Für uns ist es hier schön, aber doch nicht für eine Violet Thompson. Es gibt keine Shops, keine edlen Restaurants, kein Theater. Nichts!«

»Bei Reay gibt's einen Golfplatz. Spielt sie Golf?«

»Mit wem soll sie hier Golf spielen?« Alisons Blut war in Wallungen. Da machte sie sich weiß Gott was für Sorgen, verscherzte es sich mit Sam und Brodie, gab eine Vermisstenanzeige auf, verbrachte den ganzen verdammten Sonntag damit, Hotels und Pensionen abzuklappern, und die feine Dame vergnügte sich in ihrem Ferienhaus und hielt es nicht für nötig, Alison zumindest eine kurze Nachricht zu schicken. »Wenn das Biest dort untergetaucht ist, dann ziehe ich ihr die Ohren lang.«

»Sei froh, wenn sie dort ist. Dann weißt du, dass es ihr gut geht, kannst den Fall zu den Akten legen und dich um Aufträge bemühen, für die du auch ein Honorar in Rechnung stellen kannst«, versuchte Grace, der Situation etwas Positives abzugewinnen. »Und immerhin weißt du durch diese Geschichte, dass du weiter als private Ermittlerin arbeiten möchtest.«

Alison bog von der A 836 rechts ab und folgte der schmalen Straße, bis sie zu einem Parkplatz kamen. Ein Metallgatter versperrte den Weg zum Sandside Harbour und verbot die Weiterfahrt mit dem Auto. Sie parkte den Wagen und stieg aus. Gemeinsam mit Grace ging sie durch das Gatter.

In dem kleinen Hafenbecken lag ein einzelnes Fischerboot. Reusen und Taue stapelten sich auf dem Kai. Am Ufer stand ein zweigeschossiges Doppelhaus mit einem lang gezogenen niedrigen Anbau.

Ein Stück abseits davon war ein weiteres Haus in den Deich hineingebaut. Grace marschierte darauf zu und blieb vor dem viereckigen Klotz stehen.

»Das hier?«, fragte Alison verblüfft.

»Aye.«

Alison betrachtete das zweistöckige Gebäude. Es war kein Herrenhaus, aber auch keine kleine Hütte. Von Grace erfuhr sie, dass es einst ein Fischerhaus war, das in den letzten Jahren zu einem Lagerhaus verkommen war. Die Grundfläche bot Platz für eine Großfamilie.

Die Mauern aus grauem Stein waren nicht verputzt, aber hier und da ausgebessert worden. Die Fenster waren neu eingesetzt, doppelverglast, mit weißen Rahmen. Auch die Haustür war ausgetauscht, das Dach neu gedeckt worden.

Die Vorhänge vor den Fenstern waren zugezogen. Dahinter brannte kein Licht. Das Haus wirkte abweisend und verlassen. Alison klopfte an die Haustür. Nachdem niemand reagierte, probierte sie die Klinke. Die Tür war verschlossen. Sie blickte die Fassade entlang. Hinter den Gardinen regte sich nichts.

Es gab keinen umzäunten Garten, sodass sie freien Zutritt zum Grundstück hatten. Sie umrundeten das Gebäude. Auf der Rückseite fanden sie eine Hintertür, die zu Alisons Bedauern ebenfalls verschlossen war.

»Bist du wirklich sicher, dass dieses Haus Violet gehört?«, fragte sie zweifelnd.

»Sie wurde vor achtzehn Monaten als neue Besitzerin eingetragen«, wusste Grace.

»Das Haus passt überhaupt nicht zu ihr. Es ist nicht repräsentativ, nicht einmal ansatzweise hübsch. Was will sie mit so einem hässlichen Kasten hier in der Einöde?«

»Vielleicht ist es drinnen ganz nett. Obwohl …« Grace grinste. »Ich habe gehört, dass es in diesem Haus spukt.«

»Bitte?«

»Marley hat letztens zwei Jungs hier beim Fenstergucken erwischt. Die beiden haben behauptet, sie hätten einen Geist gesehen.«

»Einen Geist?« Unwillkürlich erinnerte Alison sich an die Begegnung in Wick. Sionn – der Geist von Wick Harbour. Spukte er auch im Hafen von Fresgoe herum?

»Aye, ein einäugiger dunkler Schatten.«

»Okay, dann gehen wir mal auf Geisterjagd.« Alison nahm das Schloss der Hintertür genauer in Augenschein.

»Du wirst da jetzt nicht hineingehen!«

»Warum nicht?«

»Weil das ein Einbruch wäre.«

»Ich will ja nur –«

»Vergiss es! Ich bin Polizistin und möchte es bleiben. Wenn du versuchst, das Türschloss zu knacken, werde ich dich verhaften.«

»Grace, warum gehst du nicht einfach ein bisschen am Hafen spazieren?«

»Erstens: Ich steh garantiert nicht für dich Schmiere, während du in dieses Haus einsteigst. Und zweitens: Es ist dir anscheinend bisher entgangen, aber die Eingänge sind videoüberwacht.«

Alison hob den Blick und entdeckte unter dem Dachvorsprung das rote Lämpchen einer Kamera. »Mist.« Sie würde sich etwas anderes überlegen müssen, um sich Zutritt zu diesem Gebäude zu verschaffen.

***

Elani saß auf der Matratze, die Knie zur Brust gezogen. Der Raum war dunkel, obwohl es noch Tag sein musste. Das verrieten die winzigen Lichtstrahlen, die durch die Ritzen der Holzbretter schimmerten, die von außen vor das Fenster genagelt waren. Sie malten ein fahles Muster auf den kahlen Steinboden.

Sie hatte die kratzige Decke, mit der sie sich in der Nacht zugedeckt hatte, zwischen Rücken und Mauer gedrückt, damit die Kälte nicht noch mehr in ihren Körper kroch. Der Raum, in dem sie saß, war karg. Raue, unverputzte Steinmauern, außer der Matratze, einem kleinen Tisch mit einer Schüssel Wasser und einem Eimer gab es nichts in dem Zimmer. Neben dem Eimer lag eine Rolle Toilettenpapier. Sie sollte ihn wohl für ihre Notdurft benutzen.

Es gab eine Tür, aber die war verriegelt, und sie hatte nichts, womit sie sie öffnen konnte. Sie hatte nicht gewagt, an die Tür zu schlagen und um Hilfe zu rufen. Zu groß war ihre Angst vor demjenigen, der sie tatsächlich hören und kommen würde.

Irgendwann in den Stunden, in denen sie eingesperrt war, hatte jemand die Tür einen Spaltbreit geöffnet. Elani hatte sich zitternd in den hintersten Winkel des Zimmers verkrochen. Die Person – Elani sah nur den Arm – hatte wortlos ein Tablett hineingeschoben. Haferbrei und Tee. Sie hatte Angst gehabt, wieder das Bewusstsein zu verlieren, wenn sie davon aß und trank. Aber der Hunger war zu groß.

Sie hatte gegessen, getrunken, geschlafen, geweint, bis keine Tränen mehr kamen. Sie zog das Handy hervor, das man ihr wie durch ein Wunder nicht abgenommen hatte. Sie hatte es schon bei sich gehabt, als Anne sie fortgeschickt hatte. Sie trug es versteckt unter ihrem Kleid, eingeklemmt in ihren Slip. Es war ganz warm, obwohl sie selbst so fror.

Warum hatte sie nicht, als sie allein an dem Strand saß, diese Alison angerufen? Warum war sie in das Haus des Sirs zurückgekehrt? Warum war sie nicht fortgelaufen, als sie die Chance dazu hatte?

Sie schaltete das Handy ein. Es blinkte. Auf dem Display erschien eine Nachricht. Sie brauchte einen Moment, bis sie die Buchstaben aneinandergereiht und die Worte verstanden hatte. Sie solle sich bei Ali melden. Ali. Alison.

Aber warum sollte sie die Frau anrufen? Sie würde ihr nicht helfen können. Elani wusste nicht, wo sie war und warum sie an diesem Ort war. Vielleicht war die Nachricht eine Falle. Erst war diese Alison aufgetaucht, und dann kam die Polizei. Sie wollten sie verhaften.

In Elanis Kopf schwirrten wieder die mahnenden Worte der Schleuser. Ohne Papiere würde sie verhaftet werden, man würde sie in ein Lager stecken, foltern, vergewaltigen und töten. Sie schaltete das Handy aus und versteckte es unter der Matratze.

Sie dachte an ihre Heimat, versuchte, sich an die warme Sonne zu erinnern, das Flirren der Hitze, den Staub in den Straßen, an das Lachen ihrer Geschwister. Sie spürte die Hand ihrer Mutter, die ihr zum Abschied über die Wange strich und sie in den Arm nahm.

Nun würde ihre Mutter nie erfahren, wo sie war. Sie würde ihr kein Geld schicken können. Sie würde die Schulden bei der Madam nicht zahlen können. Die Madam würde sie und ihre Familie verfluchen. Konnte sie die Schuld mit ihrem Leben bezahlen?

Aber selbst wenn sie ihr Leben opfern wollte, wie sollte sie das tun? Sie hatte nichts, womit sie sich verletzten konnte. Kein Messer, um sich die Adern aufzuschneiden, keinen Strick, um sich zu erdrosseln. Wenn sie mit dem Kopf so lange vor die Wand schlug, bis er blutete, würde sie dann verbluten?

Schon wieder wollten Tränen kommen. Ihre Augen waren ganz wund. Sie vergrub das Gesicht in den Händen. Sie betete und flehte zu allen Geistern, bat um Gnade für ihre Familie, damit sie nicht verflucht wurde. Dass sie glücklich lebten und sie in ihren Herzen liebevoll in Erinnerung behielten.

Irgendwann war sie erschöpft eingeschlafen.

Als sie in der Dunkelheit erwachte, wusste sie, was sie tun konnte. Sie trug noch immer ihre Dienstkleidung. Sie löste die Schnüre der Schürze um ihre Taille, hielt die Enden straff zwischen den Händen.

ZWÖLF

Dornoch

Alison hatte bei Grace übernachtet und sich nach dem Frühstück auf den Weg nach Dornoch gemacht. Entschlossen lenkte sie den Wagen auf die Einfahrt des Herrenhauses. Das Abklappern der restlichen Hotels konnte sie sich sparen. Wenn Violet tatsächlich eine Affäre mit jemandem aus dem Norden hatte, vergnügte sie sich vermutlich in diesem hässlichen Kasten am Hafen von Fresgoe mit ihm.

Ein Liebesnest mit Sadomaso-Kettenraum und anderen Sexspielvarianten, um das Leben der gelangweilten Millionärsgattin aufregender zu gestalten, stellte Alison sich grimmig vor. Sie fragte sich, ob Violet bei ihren amourösen Ausflügen Herrin oder Sklavin war.

Schon war sie gedanklich wieder bei Elani. War sie wirklich nur als Hausmädchen im Dienste der Thompsons? Alisons Magen verkrampfte sich bei den Bildern, die vor ihrem inneren Auge aufstiegen. Sie parkte direkt vor der Treppe zum Hauseingang, stampfte hinauf und zog so energisch an der altmodischen Klingelschnur, als würde sie Kirchenglocken läuten.

Anne öffnete ihr mit säuerlicher Miene. »Mr Thompson ist nicht –«

»Erzähl doch keinen Mist!« Alison stieß die Haushälterin zur Seite und marschierte in die Vorhalle. Mit vornehmer Freundlichkeit würde sie bei ihr nichts erreichen. »Brodie!«

»Mr Thompson geht es nicht gut.« Anne folgte ihr auf dem Fuß. »Bitte gehen Sie!«

»Ich will jetzt mit Mr Thompson sprechen.«

»Verlassen Sie bitte umgehend das Haus!«, beharrte die Haushälterin.

»Anne?«, erklang es von der Galerie. »Was ist denn das für ein Radau?«

»Ich muss mit dir reden, Brodie.« Alison sah hinauf und hob erstaunt die Augenbrauen. »Was ist denn mit dir passiert?«

»Nichts.«

»Das sehe ich«, erwiderte sie sarkastisch. Brodie hatte einen Morgenmantel über seinen Pyjama geworfen, den er mit der linken Hand zuhielt. Seine rechte Hand war bandagiert. Ein Pflaster zierte seine Augenbraue, die Haut um das Auge herum war geschwollen und blauschwarz verfärbt.

»Ich bin die Treppe hinuntergestürzt.«

»Aber nicht freiwillig«, knurrte Alison. »Komm runter. Wir haben ein paar Dinge zu klären!«

»So lasse ich nicht mit mir reden!«

»Entweder so, oder in fünf Minuten ist die Polizei hier! Ich habe beste Beziehungen.«

Brodie zögerte, gab dann aber nach. »Ich ziehe mir kurz etwas an.«

»Mach dir meinetwegen keine Umstände. Je eher du hier unten bist, desto schneller bist du mich wieder los.«

Ergeben seufzend hinkte Brodie die Treppe herab. Anscheinend hatte er sich bei dem Sturz – oder was immer ihm widerfahren war – auch den Oberschenkel angeschlagen oder einen Fuß verknackst.

»Anne, sei bitte so gut und bringe uns einen Tee«, bat er seine Haushälterin im Vorübergehen und humpelte an Alison voran in den Salon mit den wuchtigen Chesterfield-Sofas. Erschöpft ließ er sich in einem Sessel nieder.

»Was ist passiert?«, fragte Alison erneut.

»Ich bin unglücklich gestürzt, mehr nicht.«

»Das sagen mir sonst immer die Frauen, die von ihren Männern verprügelt werden.«

Brodie verzog grimmig das Gesicht und wandte den Blick zum Garten. »Sag, was du zu sagen hast, und dann verschwinde.«

Alison atmete tief durch, um wieder etwas ruhiger zu werden. »Violet hat ein Haus in Fresgoe. Wusstest du davon?«

Er sah sie mürrisch an. »Wo ist Fresgoe?«

»An der Nordküste, bei Reay.«

»Reay?«

»Kennst du doch – da steht der alte Reaktor Dounreay.«

»Ja, natürlich kenn ich Dounreay. Warum sollte Violet da ein Haus haben? Die Gegend ist doch völlig verseucht.«

Der Reaktor war seit seiner Stilllegung immer wieder in Verruf gekommen, weil auf dem Gelände radioaktive Verbindungen entdeckt worden waren. Schilder am nahen Sandside Beach warnten davor, Steine, Sand oder Muscheln vom Strand mitzunehmen.

»Sie hat es vor achtzehn Monaten gekauft und herrichten lassen.«

»Unsinn.«

»Du weißt also nichts davon?«

Brodie verlor etwas von seiner ablehnenden Haltung. Grübelnd senkte er den Blick auf die bandagierte Hand in seinem Schoß. »Ist sie da?«

»Das weiß ich nicht. Ich war gestern Abend dort, aber es hat niemand geöffnet, und es erweckte nicht den Anschein, als ob jemand im Haus gewesen wäre.«

Anne kam mit dem Tee herein. Sie stellte das Geschirr auf den Tisch, füllte die Tassen, gab in Brodies etwas Milch und Zucker hinzu und rührte für ihn um. Abwartend blieb sie vor dem Tisch stehen.

»Danke, Anne.« Brodie lächelte matt.

Die Haushälterin machte keine Anstalten, den Raum zu verlassen.

»Lass uns bitte allein.«

Mit einem unzufriedenen Schnaufen und einem giftigen Blick in Alisons Richtung verließ Anne den Raum.

»Wo ist Elani?«, fragte Alison.

»Fort.«

»Was heißt fort? Wohin?«

»Ich habe sie entlassen. Ich wusste nicht, dass sie sich illegal in Schottland aufhält. Damit will ich nichts zu tun haben.«

»Und darum hast du sie einfach vor die Tür gesetzt?«

»Das hat sie dir zu verdanken! Wer hat mir denn die Bullen ins Haus geschickt?«

»Du hast mir gesagt, sie wäre ein Au-pair-Mädchen. Ich war lediglich bei dir, weil ich mir Sorgen um Violet mache. Und jetzt sind beide verschwunden?«

Brodies Gesichtszüge verschlossen sich wieder. »Alison, mein Leben geht dich nichts an, und ich werde dir ganz sicher kein Geld dafür geben, dass du nach Violet suchst, falls du noch immer darauf spekulierst. Wenn du Geld brauchst: Dein Ex-Mann hat mehr als genug. Geh ihm auf die Nerven. Und jetzt verlasse bitte mein Haus und lass dich hier nicht wieder blicken. Wenn du dich nicht daran hältst, schicke ich dir meine Anwälte auf den Hals. Habe ich mich klar genug ausgedrückt?«

Thurso

Marley spürte jeden einzelnen Muskel, als er am Nachmittag die Maschinen ausschaltete und seine Werkstatt aufräumte. Die harte Arbeit am Bau der Scheune machte sich schmerzhaft bemerkbar.

Er ging ins Haus, wusch die Sägespäne von den Armen und durchsuchte seine Küchenschränke nach Essbarem. Toast und ein paar Nudeln waren die spärliche Ausbeute. Er musste unbedingt seine Vorräte auffüllen. Kurz entschlossen schnappte er sich den Wagenschlüssel und fuhr nach Thurso.

Das JJ's lag verlassen zu seiner Linken, als er daran vorbeikam. Jeana und Joyce hatten mit der Wiedereröffnung ihres Pubs nach der Renovierung beschlossen, montags einen Ruhetag einzuführen. Er gönnte den beiden Frauen die gemeinsame Zeit. Unweigerlich wanderten seine Gedanken zu Kim. Noch zwei Tage, dann war sie wieder in Thybster – hoffte er.

Verdammt, ihn hatte es mächtig erwischt. Es war ihm ein Rätsel, wie er sich in diese kleine, kämpferische Frau verlieben konnte. Sein Leben lang hatte er die sanfte, elfengleiche Jeana angebetet, und dann hatte er Kim getroffen. Eine mehrfache Boxweltmeisterin, ein Energiebündel mit einem umwerfenden, neckischen Lächeln.

Wie konnte er seinen Fehler wiedergutmachen? Noch immer spukte die Idee in seinem Kopf, ihr einen Trainingsraum einzurichten. Der Herbst würde bald kommen, die Tage würden kürzer, das Wetter kalt und unbeständig werden. Sie brauchte einen Ort, an dem sie trainieren konnte, ohne dass sie dazu jedes Mal nach Thurso fahren musste.

Er konnte auf Francis Cottage das Gästezimmer umfunktionieren, oder er musste mit seinem Vater sprechen, ob er Kim auf der Farm ein Zimmer einrichten durfte. Er würde sie gern damit überraschen, aber er wusste nicht, was sie für ihr Training benötigte. Wen konnte er fragen?

Iain Barcley kam ihm in den Sinn. Aber er hatte keine Lust, mit dem Mann zu sprechen. Andrew Wilson? Er hatte ihn gegoogelt. Auf der Firmenseite stand ein kurzer Lebenslauf. Er hatte früher selbst geboxt, war nun der Hauptsponsor des Clubs. Er kam aus Thurso und vermittelte Arbeitskräfte an namhafte Firmen in ganz Schottland.

Marley fuhr auf den Parkplatz des Supermarktes und erledigte seine Einkäufe. Der Einkaufswagen war bis zum Rand gefüllt, als er das Geschäft wieder verließ. Er öffnete die Heckklappe seines Rovers, um die Waren zu verstauen.

»Erwartest du eine Naturkatastrophe, oder wirst du zum Prepper?«, erklang lachend eine Frauenstimme hinter ihm.

Er drehte sich um. Grace stand in Uniform vor ihm und strahlte ihn fröhlich an.

»Man sollte nicht mit hungrigem Magen einkaufen gehen«, erwiderte er grinsend.

»Wie recht du hast.« Sie fischte eine Tafel Schokolade zwischen den Lebensmitteln hervor und riss sie auf.

»Bedien dich ruhig.«

»Kauf nächstes Mal die mit ganzen Nüssen, die mag ich lieber.«

»Die habe ich extra ganz unten im Wagen versteckt. Bist du gerade auf dem Weg zum Dienst?«

»Nein, hab Feierabend.«

»Essen wir zusammen?«

»Wenn ich nicht kochen muss.« Grace aß gern, was man ihrer Figur ansah, aber Kochen zählte nicht zu ihrer Leidenschaft.

»Soll ich mit zu dir kommen, oder fahren wir nach Thybster?«

»Lass uns was vom Take-away holen und an den Strand gehen.«

»Grace, mit einer etwas gesünderen Ernährung hättest du mehr Geld auf dem Konto und weniger Gold auf den Hüften.«

Sie knuffte ihn empört gegen den Oberarm. »Pass auf, was du sagst, kleiner Bruder, sonst konfisziere ich deine Einkäufe.«

Marley verstaute den Rest der Waren in seinem Wagen, eine halbe Stunde später saß er mit Grace auf der Kaimauer mit Blick auf den Sandstrand von Thurso Beach. Drei Mädchen, deren Tops und Shorts kaum etwas bedeckten, waren über die Mauer gestiegen und kletterten auf der Suche nach einem sonnigen, windgeschützten Platz über die Felsen. Eine Möwe ließ sich wenige Meter entfernt von Marley und Grace nieder, in der Hoffnung, dass etwas von dem Junkfood für sie abfiel.

»Wisst ihr inzwischen, wer der tote Junge ist?«, erkundigte sich Marley, während er mit einer Holzgabel Gemüsecurry aus einer Pappbox fischte.

Grace seufzte frustriert. »Nein, niemand hat ihn gesehen, niemand hat etwas Ungewöhnliches bemerkt. Auch auf unseren Zeitungsaufruf hat kein Mensch reagiert. Es gab zumindest keine Meldung, die man ernst nehmen könnte. Es scheint, als hätte der Junge nie existiert.«

»Dann wird es sich wohl tatsächlich um einen illegalen Flüchtling handeln, der irgendwo über Bord gegangen ist.«

Grace hob ratlos die Schultern.

Die Erinnerung an das Gespräch mit Ethan Cook kam Marley in den Sinn. »Ich hatte dir doch von dem Geist erzählt, den Jamie Cook und sein Freund in dem Haus am Sandside Harbour gesehen haben wollen.«

»Aye.«

»Es gibt anscheinend Gerüchte, dass in dem Hafen nachts Boote anlanden. Und das wären keine Fischer, die vom Fang zurückkehrten.«

Grace musterte ihn aufmerksam. »Wer hat dir das erzählt?«
Marley hob die Schultern. »Weiß ich nicht mehr.«

»Red keinen Unsinn!«

»Grace, du weißt doch, wie das mit Gerüchten ist. Der eine erzählt dies, der andere das …«

»Und was hast du sonst noch so für Gerüchte gehört?«

»Das ist schon alles.«

»Hm.« Grace starrte grübelnd aufs Wasser. »Es kann ja nur jemand aus der Gegend gewesen sein, der dir das erzählt hat.«

»Meinst du, da ist was dran?«

»Vielleicht.« Sie wandte sich ihm wieder zu. »Ali und ich waren gestern draußen in Fresgoe.«

»Ali war hier?«

»Beruflich, sie arbeitet an einem Vermisstenfall. Eine Bekannte von ihr ist seit gut einer Woche verschwunden.«

Kurz poppte die Erinnerung an den Koffer auf, den Marley bei seinem Besuch in Alisons Wohnung bemerkt hatte. Hatte sie diese Bekannte erwartet, als er geklingelt hatte?

»Dieses Haus«, fuhr Grace fort, »in dem die Jungs einen Geist gesehen haben, gehört genau dieser verschwundenen Bekannten von Ali.«

Inverness

Alison saß in der Küche. Die Dämmerung brach langsam herein, aber sie ließ das Licht ausgeschaltet, damit niemand sah, dass sie zu Hause war. Ihre Nachbarin hatte ihr verraten, dass ein gut aussehender Mann mit einem überbordenden Rosenstrauß vor ihrer Tür gestanden hätte. Obwohl sie wusste, dass Hamish in Edinburgh war, hatte sie im ersten Moment hoffnungsvoll gedacht, er wäre es gewesen. Aber Karen sagte, er hatte rotblonde Haare. Also war es Sam.

Wenn er dachte, er bräuchte nur mit seinem sexy Lächeln und einem Arm voller Rosen zu ihr zu kommen und sie würde ihm vergeben, hatte er sich geschnitten. »Du solltest mich besser kennen, Samuel Dexter«, knurrte sie in den leeren Raum.

Ihr Smartphone verkündete den Eingang einer Nachricht. Kim hatte geschrieben: »Nicht vergessen: Morgen, 14:50 Uhr lande ich in Inverness.« Bussi-Smiley.

Alison lächelte und tippte eilig eine Antwort. »Wie könnte ich dich vergessen? Ich hole dich am Flughafen ab. Freu mich!«

Die Vorfreude auf Kims Besuch währte kurz. Ihre Gedanken kehrten zu Violet zurück. Was war im Hause Thompson vorgefallen? Brodie war ganz sicher nicht die Treppe hinuntergestürzt. Jemand hatte ihm ordentlich zugesetzt. Aber wer? Und warum?

Die Auskunft, dass Violet ein Haus im Norden besaß, schien ihn tatsächlich überrascht zu haben. Warum hätte Violet heimlich ein Haus kaufen sollen? Hatte sie die Trennung von Brodie von langer Hand geplant und wollte nicht mittel- und obdachlos dastehen?

Aber warum dieser alte Klotz in Fresgoe? Und warum war sie, nachdem sie sich von Brodie getrennt hatte, zu ihr nach Inverness gekommen, anstatt in ihr eigenes Haus zu fahren?

Und wo war Elani? Wenn Brodie das Mädchen ebenfalls aus dem Haus geworfen hatte, warum hatte sie sich nicht bei ihr gemeldet? Sie hatte ihr doch Hilfe angeboten. Aber Elani hatte nicht einmal auf Alisons Nachricht reagiert.

Sie konnte versuchen, das Smartphone zu orten. Alison schaltete ihren Laptop ein und startete ein Trackingtool. Sie kannte sowohl Nummer als auch IMEI des Smartphones. Bevor sie es Elani gegeben hatte, hatte sie das GPS an dem Gerät eingeschaltet. Wenn Elani es nicht deaktiviert hatte, sollte es möglich sein, den aktuellen Standort herauszufinden.

Sie gab die Daten in das Programm ein, aber es gab keinen Treffer. Doch so leicht gab Alison nicht auf. Sie bemühte ihr Wissen aus ihrem viel zu lange zurückliegenden Informatikstudium, durchsuchte Programmierforen im Internet und bastelte ein Programm, das in ständiger Schleife die Abfrage erneut startete. Wenn Elani irgendwann in nächster Zeit das Handy einschaltete, würde sie einen Hinweis bekommen, wo sich das Mädchen aufhielt.

Ein Fluss plätscherte neben ihr dahin. Ein sanfter Strom, umgeben von hohen Bäumen und Sträuchern. Alison spazierte über einen schmalen Pfad, der direkt am Ufer entlangführte. Außer dem Fließen des Wassers war es still um sie herum, kein Vogel zwitscherte, sie hörte nicht einmal ihre Schritte. Alles schien fremd und vertraut zugleich.

Sie entdeckte eine hagere Gestalt. Sie hockte auf einem Fels am Wasser, den Rücken gebeugt. Sionn? Wie kam der hierher? Alison näherte sich der Gestalt. Sie trug ein weißes Cape und hatte die Kapuze über den Kopf gezogen. Unter den Ärmeln des Capes sah Alison die Hände und ein Stück der Arme. Helle, fast durchscheinende, von dunklen Adern durchzogene Haut, dürre, knochige Finger.

Das war nicht Sionn. Es waren die Hände einer alten Frau. Alison lief ein eisiger Schauer über den Rücken. Sie sollte umkehren. Jetzt sofort. Aber sie konnte nicht. Sie starrte wie gebannt auf diese kleine, gebeugte Frau am Fluss.

Die Frau wandte sich zu ihr um. Dünnes weißes Haar fiel ihr in das faltige Gesicht. Die Augen waren blutunterlaufen vom Weinen. Sie drückte ein Stück Stoff in das Wasser. Der Fluss färbte sich rot.

Mit einem Schrei erwachte Alison aus dem Albtraum. Kalter Schweiß lag auf ihrer Haut, ihr Herz raste. Sie starrte zum Fenster, durch das die Dunkelheit der Nacht hereinschaute.

»Verfluchter Mist, was war das denn?«, stöhnte sie auf. Es tat gut, ihre eigene Stimme zu hören. Die Stille um sie herum war gespenstisch. Sie nahm ihr Smartphone vom Nachttisch. Es war kurz vor Mitternacht. Wen konnte sie anrufen? Hamish. Sie wählte seine Nummer, aber ihr Anruf wurde auf die Mailbox umgeleitet. Sie legte auf, ohne eine Nachricht zu hinterlassen.

Wen gab es noch? Jeana? Nein, sie konnte ihr nicht wochenlang aus dem Weg gehen und sie dann mitten in der Nacht wegen eines Albtraums anrufen. Grace? Die musste am nächsten Tag früh zur Arbeit. Sam? Nie im Leben!

»Ali, reiß dich zusammen!«, schalt sie sich selbst. Wie albern war es, sich wegen eines schlechten Traums so zu ängstigen! Sie war doch kein Kind mehr, das am Rockzipfel der Mutter hing. Sie legte das Smartphone zurück auf den Nachttisch und starrte an die Decke.

Die Gestalt auf dem Felsen war die Bean Nighe. Die Wäscherin an der Furt. Sie saß am Fluss und wusch ein Totenkleid. Alisons Herzschlag beschleunigte sich sogleich wieder. Sie atmete tief durch. Es war nur ein Traum. Nur ein blöder Traum.

Es war ihr Kleid.

DREIZEHN

Inverness

Alison hatte das Gefühl, gerade erst eingeschlafen zu sein, als sie erneut aus dem Schlaf schreckte. Irgendetwas hatte sie geweckt. Ein Geräusch. Benommen sah sie sich um. Der Albtraum hing ihr noch nach. Fast erwartete sie, die Fratze der Bean Nighe am Fenster hereinschauen zu sehen.

Da war wieder dieses Geräusch. Ein Piepen. Ihr Smartphone.

Sie tastete nach dem Apparat. Drei Uhr morgens. Ein blinkendes Lämpchen zeigte den Eingang einer Nachricht an. Vielleicht hatte Hamish ihren Anruf gesehen? Im Nachhinein war ihr die panische Reaktion peinlich. Sie würde sich eine gute Ausrede einfallen lassen müssen.

Sie nahm den Apparat vom Nachttisch. Ihr Herzschlag setzte aus, als sie den Namen der Person las, die ihr eine Chatnachricht geschickt hatte: Agatha Simpson.

Es war eine Nachricht von dem Handy, das sie Elani gegeben hatte! »Kannst du helfen?«

Aber natürlich! Alison tippte eilig eine Antwort: »Wo bist du?«

Sie musste sich gedulden, bis eine Antwort kam. »Weiß nicht. Altes Haus. Berge. Weiden.«

Oje, das konnte überall sein. Aber halt – das Smartphone war eingeschaltet!

»Lass das Handy an. Bleib dort. Ich kann dich orten. Ich komme zu dir.«

Alison sprang aus dem Bett und eilte in die Küche, um ihren Laptop aus dem Stand-by zu wecken. Das Programm, das sie am Abend zuvor geschrieben hatte, arbeitete noch im Hintergrund. Sie notierte die Koordinaten, die es anzeigte, und gab die Daten in eine Online-Karte ein.

Ratlos sah sie auf den Monitor. Wenn die Angaben stimmten,

war das Mädchen irgendwo mitten in den nördlichen Highlands.

Forsinain

Nachdem Alison ein gutes Stück über die A 9 Richtung Norden gefahren war, bog sie auf die A 897 ab. Die Straße verengte sich zu einer Single Track Road. Die Fahrt zog sich. In der morgendlichen Dämmerung bekam die Landschaft um sie herum allmählich Konturen. Links und rechts erstreckte sich größtenteils eingezäunte Moor- und Heidelandschaft. Drum herum erhoben sich die Berge der Highlands.

Sie überquerte den schmalen Bahnübergang an der Haltestelle Forsinard. Alison fragte sich flüchtig, ob Elani mit dem Zug in die Region gekommen war. In dieser einsamen Gegend gab es kaum Häuser und nur wenig Verkehr.

Sie folgte der schmalen Straße weiter. Nur ein einziges Mal kam ihr ein anderes Auto entgegen, ein Kleintransporter, der es sehr eilig hatte. Handwerker, vermutete Alison. Im gefühlten Nirgendwo wies ein Schild auf ein Bed & Breakfast hin, das auch einen Tearoom betrieb. Wenig später kam sie an einem Wanderparkplatz vorbei.

Sie fuhr über eine Brücke, sodass der Halladale River, der sich in der Dämmerung wie eine dunkle Schlange parallel zur Straße durch die Landschaft wand, jetzt zu ihrer Linken lag. Es konnte nicht mehr weit sein. Alison reduzierte die Geschwindigkeit.

»Herrje, Elani, wie bist du hierhergekommen?«, murmelte sie ratlos, während sie die Umgebung nach einem alten Haus absuchte. Dann entdeckte sie etwas vom Straßenrand zurückgesetzt ein von hohem Gras und Sträuchern umgebenes marodes Cottage. War das Elanis Versteck?

Alison parkte den Wagen am Straßenrand und sah sich um. Außer ihr war keine Menschenseele weit und breit zu entdecken. Sie folgte dem kurzen Trampelpfad zu dem Haus. Die Luft war kühl, sie hätte sich eine wärmere Jacke anziehen sollen. Es war so still um sie herum, dass ihr das Knacken der trockenen Zweige unter ihren Schuhen viel zu laut vorkam.

Sie blieb vor dem aus grobem Stein gebauten Gebäude stehen. Das Wellblechdach war alt, aber schien intakt. In der dicken Steinmauer gab es Auslassungen für Fenster, aber sie hatten keine Scheiben.

»Elani?«, rief sie in die Stille.

Als keine Reaktion kam, trat sie näher ans Haus. Ein seichter Wind raschelte durch die Zweige. Sie schaute durch die Öffnung. Im matten Licht erkannte sie Bretter und Paletten, die von Gestrüpp überwuchert waren. Es roch nach Urin, Schafskot und feuchter Erde. Wo hatte sich das Mädchen verkrochen? Alison umrundete das Gebäude.

Sie bog um die Ecke zur Rückseite des Hauses und erstarrte. Vor ihr lag ein Mensch bäuchlings ausgestreckt am Boden. Hinter ihr knackte ein Zweig. Sie fuhr herum. Ein Schlag traf sie mit ganzer Wucht an der Schläfe.

Inverness

Der Cityhopper aus London landete pünktlich um kurz vor drei am Nachmittag auf dem Inverness Airport. Das Flughafengelände war überschaubar, die Wege waren kurz, und Kim musste nicht lange warten, bis ihr Gepäck über das Förderband rollte. Sie schulterte den Rucksack und marschierte an den Autovermietungen und zwei kleinen Shops vorbei in die Eingangshalle.

Das kleine Flugzeug war zwar voll besetzt gewesen, aber die Reisenden hatten sich schnell zerstreut. Ein paar Passagiere gingen in die Cafeteria, um sich nach der Reise zu stärken, auch die Toiletten waren beliebt, der Rest strebte dem Ausgang oder den Autovermietungen entgegen.

Suchend glitt Kims Blick durch die kleine Halle, aber sie entdeckte Alison nicht. Sie machte einen Schlenker zur Cafeteria, deren hinterer Bereich nicht von der Eingangshalle aus einsehbar war, aber auch dort fand sie ihre Freundin nicht. Sie zückte ihr Smartphone, schaltete den Flugmodus aus und das Internet ein. Keine Nachricht. Vielleicht wartete Alison draußen im Auto?

Kim trat vor das Gebäude und sah sich um. Doch Alisons Wagen stand weder auf dem Kurzparker noch auf dem Langzeitparkplatz oder wartend an der Zubringerstraße. Sie nahm erneut ihr Smartphone und rief ihre Freundin an. Der Anruf wurde auf die Mobilbox umgeleitet. Ratlos sah sie auf den Apparat. Unzuverlässigkeit war eigentlich nicht Alisons Art.

Vielleicht war sie gerade auf den letzten Metern, überlegte Kim. Müde setzte sie sich auf eine der Bänke vor dem Flughafengebäude. Sie war seit fünf Uhr morgens auf den Beinen, hatte in London mehrere Stunden Aufenthalt gehabt, bevor ihr Anschlussflug nach Inverness ging, und sehnte sich nach einer Dusche und einer guten Tasse Tee.

Sie wählte noch einmal Alisons Nummer. »Ali, ich bin es, Kim. Ich vermute mal, dass dir was dazwischengekommen ist. Ich laufe rüber zur Bahn und nehme den Zug nach Inverness. Wir sehen uns dann in deiner Wohnung.«

Ein Fußweg führte am Flughafengelände vorbei zur Bahnhaltestelle. Kim erreichte gerade noch den Zug um fünfzehn Uhr siebenundvierzig. Gut zehn Minuten später stieg sie am Hauptbahnhof in Inverness aus. Sie gönnte sich ein Taxi für den Weg zu Alisons Wohnung. Zu ihrer Enttäuschung öffnete jedoch niemand auf ihr Klingeln.

Sie wusste, dass Alison einen Notfallschlüssel bei ihrer Nachbarin Karen deponiert hatte, und klingelte bei ihr. Dieses Mal hatte sie Glück. Karen war zu Hause und gab ihr den Schlüssel. Sie hatte Alison den ganzen Tag noch nicht gesehen.

Kim stellte den Rucksack in Alisons Flur ab, machte sich im Bad frisch und ging in die Küche. Auf dem Tisch stand eine halb volle Tasse Tee, daneben lag ein Notizblock, auf dem Alison Zahlen notiert hatte. Der Laptop war nur halb zugeklappt.

»Na, wo bist du denn so eilig hin?«, fragte Kim in den Raum. Sie leerte den Inhalt der Tasse in den Ausguss, stellte sie in die

Spülmaschine und schaltete den Wasserkocher ein. Sie hatte den Tee gerade aufgegossen, als es an der Wohnungstür klopfte. Kim ging in den Flur und sah sich kurz darauf einem Rosenstrauß auf zwei Beinen gegenüber.

»Ah, sie öffnet. Wunderbar«, erklang eine männliche Stimme erfreut hinter den Blumen.

Kim räusperte sich. »Wer sind Sie?«

Ein Kopf neigte sich seitlich an den Rosen vorbei. Rotblonde Haare, blaue Augen, erstaunter Blick. »Wer bist du denn?«

»Ich hab zuerst gefragt.«

Der Mann senkte den Blumenstrauß. »Samuel Dexter. Und mit wem habe ich das Vergnügen?«

»Kimberly Hart.«

Erkennen zeichnete sich auf dem Gesicht ihres Gegenübers ab. »Ah, Alison hat sich schlagkräftige Unterstützung geholt.«

»Solche Sprüche kann ich überhaupt nicht leiden«, erwiderte Kim humorlos.

»Oh, entschuldige vielmals«, erwiderte er zerknirscht. »Du bist die Boxerin. Ich habe viel von dir gehört.«

Sie musterte den Mann mit hochgezogenen Augenbrauen. Das also war Alisons Ex-Mann. Samuel Dexter. Sie hatte sich den Kerl anders vorgestellt. Er sah gut aus und wirkte eigentlich gar nicht mal so unsympathisch. Die Rosen waren allerdings ziemlich einfallslos und viel zu klischeehaft, befand sie.

»Hat Ali dich an die Tür geschickt, weil sie noch sauer auf mich ist?«

»Ali ist nicht da.«

»Wo ist sie denn?«

»Das ist eine gute Frage.«

»Dürfte ich vielleicht einen Moment hereinkommen? Die Blumen benötigen dringend Wasser.«

Kim zögerte. Sie kannte den Mann nicht. Wäre es Alison recht, wenn sie ihn in ihre Wohnung ließ? »Mr Dexter –«

»Sam«, unterbrach er sie. »Alis Freunde sind auch meine Freunde.«

»Ich suche mir meine Freunde gern selber aus.«

»Aber natürlich.« Er lächelte charmant. »Trotzdem bitte: Sam. Sonst fühle ich mich so alt.«

Nun ja, er war sicher zehn, fünfzehn Jahre älter als sie, schätzte Kim. Anfang vierzig vielleicht?

»Ich komme in Frieden«, fuhr er mit bubenhafter Unschuldsmiene fort. »Ali ermittelt gerade in einem Vermisstenfall, ich unterstütze sie ein wenig, und ehrlich gesagt mache ich mir gerade Sorgen.«

Leute, die in ihre Sätze ein »ehrlich gesagt« einstreuten, logen oder hatten etwas zu verbergen, hatte Kim die Erfahrung gelehrt. Sie musterte ihn streng. »Warum?«

»Weil sie anscheinend den richtigen Riecher hatte und es um mehr geht als nur um eine gelangweilte Millionärsgattin, die sich rarmacht. Es ist wirklich wichtig, dass ich mit ihr rede.«

Kim haderte mit sich. Sollte sie sich ebenfalls Sorgen machen? Alison hatte ihr am Abend zuvor noch geschrieben, dass sie sie abholen würde, und dann tauchte sie nicht auf und war nirgendwo zu finden.

»Okay, komm rein.«

Sie ging ihm voran in die Küche und suchte eine Vase für den gigantischen Rosenstrauß. Als sich für die Ausmaße kein passendes Gefäß fand, nahm sie kurzerhand einen Putzeimer aus dem Bad, füllte ihn mit Wasser und stellte die Blumen hinein.

»Vielleicht ist sie bei diesem Brannigan.« Sam hatte sich an den Küchentisch gesetzt.

»Wer ist das?«

»Ihr Freund.«

Das musste Hamish sein, kombinierte Kim. Sie kannte lediglich den Vornamen des Mannes und war ihm bisher nicht persönlich begegnet. Hatte Alison sich nicht von ihm getrennt?

»Wir sollten ihn anrufen«, überlegte Sam. »Ich gebe dir seine Nummer.«

»Wieso hast du die Nummer von Alis Freund?«

»Das ist eine lange Geschichte.«

»Und warum rufst du ihn dann nicht selbst an?«

Er zog eine Grimasse, als wäre sie debil. »Ich rufe doch den Liebhaber meiner Ex-Frau nicht an!«

Kim nahm seufzend ihr Handy. »Nummer?«

»Stell auf Lautsprecher, damit ich mithören kann.« Sam diktierte ihr Hamish Brannigans Telefonnummer. Kurz darauf meldete sich eine sonore Männerstimme am anderen Ende.

»Hey, hier spricht Kimberly Hart. Ich bin eine Freundin von Alison Dexter. Ist sie vielleicht gerade bei Ihnen?«

»Kimberly Hart?«, wiederholte er ihren Namen.

»Ja.«

»Hm«, kam es ratlos vom anderen Ende. »Ali hatte gesagt, sie wäre heute mit Ihnen verabredet.«

»Das stimmt, aber sie ist nicht da.«

»Wo sind Sie?«

»In ihrer Wohnung.«

Einen Moment lang hörte sie den Mann schweigend atmen. »Ich habe zuletzt am Sonntag mit ihr gesprochen. Allerdings … Sie hat heute Nacht versucht, mich zu erreichen.«

»Das heißt, Sie wissen nicht, wo sie sein könnte?«

Vom Flur her drang ein Geräusch zu ihnen. Die Wohnungstür wurde geöffnet. Kim sprang auf. »Oh, ich glaube, da kommt sie gerade. Entschuldigen Sie bitte, dass ich Sie gestört habe.«

»Kein Problem, ich bin …«

Den Rest seiner Worte bekam Kim nicht mit. Sie stand im Flur und sah sich einer Frau gegenüber, die definitiv nicht Alison war. Die Fremde war groß, wirkte sportlich und trug einen Anzug. Die Haare hatte sie zu einem strengen Zopf im Nacken zusammengebunden.

»Wer sind Sie denn jetzt schon wieder?«, fragte Kim perplex.

»DCI Una MacLeod, und Sie sind?«

»Una?«, erklang Hamishs Stimme aus dem Telefon.

»Ähm … Sorry, ich muss erst mal klären, was hier los ist.« Kim drückte das Gespräch weg, um sich auf den neuen Gast zu konzentrieren. »Sind Sie eine Freundin von Ali?«

»Ich bin dienstlich hier.«

»Dann möchte ich bitte Ihren Dienstausweis sehen.« Polizisten – mit Ausnahme von Grace – zählten nicht zu Kims bevorzugten Gesprächspartnern.

Una zog die Augenbrauen hoch, folgte jedoch ihrer Bitte. »Kimberly Hart, wenn ich mich nicht irre?«

»Ja.« Kim warf einen Blick auf den Ausweis.

»Wieso haben Sie einen Schlüssel zu Alisons Wohnung?«, erklang Samuel Dexters Stimme hinter ihr.

»Oh, Mr Dexter, Sie sind auch hier. Gehen wir kurz in die Küche.« Die DCI scheuchte sie beide vor sich durch den Flur zurück, als wäre sie hier zu Hause. »Setzen Sie sich, bitte.«

Una MacLeods Blick glitt über den Tisch und blieb an dem Notizblock hängen. Sie stützte sich mit einer Hand auf dem Tisch ab, zog die Zettel zu sich heran und studierte die Zahlen, die Alison notiert hatte.

»Koordinaten, wenn Sie mich fragen«, erklärte Sam eifrig.

Die DCI bedachte ihn mit einem kühlen Blick. »Ich habe Sie aber nicht gefragt.«

Kim hatte den Eindruck, dass Una MacLeod nicht die beste Meinung von Samuel Dexter hatte.

Sam nahm sein Smartphone zur Hand.

»Wollen Sie Ihren Anwalt anrufen?«

»Besteht dazu eine Notwendigkeit?«

Kim rollte genervt mit den Augen. »Jetzt spielen Sie hier keine Spielchen mit uns! Warum haben Sie Alis Wohnungsschlüssel?«

Der kühle Blick wich einer ernsten Miene. »Weil wir den Schlüssel gefunden haben.«

Kim spürte einen unangenehmen Druck in der Magengegend. »Wo?«

»Wann haben Sie Alison zuletzt gesehen?«, fragte Una, statt die Frage zu beantworten.

»Vor gut drei Wochen.«

»Und Sie?«, wandte sich die Polizistin an Sam.

Sam schluckte trocken. »Letzte Woche Donnerstag.«

»Wo?«

»In Dornoch. Was ist mit Ali?«

»Hatten Sie seither Kontakt zu Ihrer Ex-Frau?«

»Nein.«

»Das heißt, Sie wissen nicht, mit wem sie heute verabredet war?«

»Mit mir«, mischte Kim sich wieder ein. »Sie hat mir gestern Abend noch geschrieben, dass sie mich heute am Flughafen abholt. Ich bin mit der Drei-Uhr-Maschine aus London gekommen.«

»Und Alison hat Sie abgeholt?«, fragte Una überrascht.

»Nein. Ich bin mit dem Zug hergefahren und hab den Ersatzschlüssel von der Nachbarin geholt.«

»Dürfte ich die Nachricht bitte einmal sehen, die Alison Ihnen geschickt hat?«

»Wozu soll das gut sein?«

»Bitte«, ignorierte die DCI erneut ihre Frage.

Kopfschüttelnd rief Kim den Chatverlauf in ihrem Smartphone auf. Una las die Zeilen, dann glitt ihr Blick grübelnd zum Fenster.

»Was ist mit meiner Frau?«, fragte Sam mit Nachdruck.

»Ex-Frau«, korrigierte sie ihn, erbarmte sich jedoch zu einer Auskunft. »Alisons Wagen wurde heute Vormittag bei einem alten Cottage in den Highlands gefunden. Der Wagen war ausgebrannt, als die Einsatzkräfte eintrafen, daher hat es etwas gedauert, den Halter zu identifizieren.«

Kims Herzschlag verdoppelte sich. Ihre Finger wurden kalt. Sie sah zu Sam, dessen Gesichtszüge sich versteinert hatten.

»Wo genau haben Sie den Wagen gefunden?«, fragte er. Seine Stimme klang sachlich, aber Kim bemerkte die Anspannung, die in den Worten mitschwang.

»Forsinain, an der A 897. Haben Sie eine Idee, was Alison in der Gegend wollte?«

»Sie sagten, der Wagen brannte. Was ist mit Ali?«

»Das wissen wir nicht.« Una MacLeod holte tief Luft. »Allerdings lag im Kofferraum des Wagens eine Leiche.«

Marley hatte die Hühner gefüttert und einen Korb voll Eier eingesammelt, als er Schritte auf der Einfahrt zu Francis Cottage hörte. Jeana kam den Weg entlanggestampft. Ihr sonst so entspanntes hübsches Gesicht war zorngerötet. Sie hatte die langen rotblonden Haare zu einem Zopf geflochten, aus dem sich jedoch zahlreiche Strähnen befreit hatten. Das bunte, knielange Kleid flatterte im Wind ihres energischen Schrittes.

»Hast du gewusst, dass Ali bei Grace war?«

»Ähm …«

»Du hast es gewusst!« Sie stemmte wutschnaubend die Hände in die Hüften. »Joyce wusste es, du wusstest es. Alle haben es gewusst, nur ich nicht!«

»Sorry, ich …« Ihm fiel nichts zu seiner Verteidigung ein.

»Nicht nur, dass sie nicht zu mir kommt! Keiner von euch hat den Anstand, mir zu sagen, dass sie in der Nähe ist!«

Zu seiner Bestürzung sah er eine Träne über ihre Wange laufen. Er stellte den Korb mit den Eiern zur Seite und legte tröstend den Arm um ihre Schultern. Wenn er etwas nicht ertrug, war es, Jeana leiden zu sehen.

»Sie … ich, ähm …«, stammelte er unbeholfen. »Es tut mir leid, Jeana.«

»Warum kommt sie nicht mehr zu mir?« Sie lehnte ihren Kopf gegen seine Schulter. »Ich verstehe es einfach nicht, Marley.«

»Sie fühlt sich noch immer schuldig an dem Überfall auf dich.«

»Aber es war nicht ihre Schuld.«

»Ich habe mit ihr geredet. Sie hat versprochen, dich ganz bald zu besuchen.«

Jeana löste sich abrupt aus der Umarmung. »Wann hast du mit ihr gesprochen? Als sie hier war? War sie bei dir?«

»Nein! Nein, war sie nicht. Ich war vor zehn Tagen bei ihr, an dem Sonntag, als ich Kim zum Flughafen gebracht hatte.«

»Und warum sagst du mir das nicht, verflucht noch mal? Steht hier irgendwo auf meiner Stirn: ›Erwähne Alis Namen nicht‹?« Sie wedelte aufgebracht mit der Hand vor ihrem Gesicht. »Verdammt, ich habe es satt, dass mich jeder behandelt, als wäre ich total labil!«

Sie war nicht labil, sie hatte lediglich ein sensibles Gemüt, und er hatte ihr keinen Kummer bereiten wollen. Aber er wollte auch nicht Jeanas Zorn abbekommen. Es war nicht seine Schuld, dass Alison sich vor ihr versteckte.

»Dann ruf deine Schwester an oder fahr zu ihr und sprich dich mit ihr aus«, schlug er vor. »Aber mach mich nicht zum Punchingball, nur weil du sauer auf Ali bist.«

»Ich bin nicht sauer, ich bin traurig.«

»Im Moment wirkst du eher wütend.« Er grinste versöhnlich. »Schade, dass Kim jetzt nicht hier ist. Es würde ihr gefallen.«

Sie lächelte betrübt, zog ein Taschentuch aus ihrer Rocktasche und tupfte sich die Tränen aus dem Gesicht. »Ich habe versucht, Ali anzurufen. Aber ich habe sie nicht erreicht.« Sie sah ihn beunruhigt an. »Ich habe ein ganz blödes Gefühl.«

»Das schlechte Gefühl kommt vermutlich eher daher, weil du sie so vermisst«, versuchte er, ihr die Sorge zu nehmen.

»Das sagt Joyce auch. Aber irgendetwas stimmt nicht.« Sie klopfte mit der Hand auf ihr Herz. »Ich spüre das!«

»Ich rufe sie mal an.« Er nahm sein Smartphone. Vermutlich war Alison einfach nur zu feige gewesen, die Anrufe ihrer Schwester anzunehmen.

»Du wirst sie nicht erreichen.«

Er wählte dennoch Alisons Nummer. Sein Anruf landete umgehend auf der Mobilbox.

»Kim kommt heute aus Deutschland zurück und wollte sich mit Ali treffen«, fiel ihm ein. Er sah auf die Uhr. »Sie müsste eigentlich längst bei ihr sein.«

»Ruf sie an!«, forderte Jeana.

Marley zog eine Grimasse. »Sie ist gerade sauer auf mich.«

Für einen Moment vergaß Jeana ihren Kummer und sah ihn verdutzt an. »Was hast du angestellt?«

»Lange Geschichte.« Er wählte Kims Nummer. Hatte sie in den letzten Tagen seine Anrufe und Nachrichten ignoriert, nahm sie dieses Mal zu seiner Überraschung das Gespräch an.

»Hey, Marley.«

»Hey …« Er fühlte sich einen Moment lang überrumpelt, obwohl er es war, der sie angerufen hatte. Im Hintergrund hörte er Motorengeräusch. »Seid ihr unterwegs?«

»Kommt drauf an, wen du mit ›ihr‹ meinst.«

»Hör zu, Kim, das mit Ballard … Es tut mir leid. Ich hab das nicht –«

»Darum geht es gerade nicht«, unterbrach sie ihn.

Erst jetzt fiel ihm ihre angespannte Stimme auf. Er machte den Fehler, zu Jeana zu schauen, die sofort alarmiert näher kam, um mitzuhören. Er hob die Hand, um sie auf Abstand zu halten. »Bist du mit Ali unterwegs?«, fragte er hoffnungsvoll.

»Nein. Wir … wir sind auf dem Weg nach … wie heißt das?«

»Forsinain«, erklang eine männliche Stimme im Hintergrund.

»Forsinain«, wiederholte Kim. »Kennst du das?«

»Aye.« Wer war »wir«? Mit wem war sie unterwegs? Schon wieder kroch ihm die Eifersucht in den Nacken.

Kim räusperte sich. »Vielleicht kannst du ein paar Leute zusammentrommeln? Wir suchen Ali.«

»Wie bitte?«

»Grace ist auf dem Weg zum JJ's, um mit Jeana zu reden. Alis Wagen wurde in der Gegend von diesem Forsinain bei einem alten Cottage gefunden. Der Wagen ist ausgebrannt. Das ist die letzte Spur von ihr.«

Marley wurde heiß. Forsinain war eine Hochmoorlandschaft in den Highlands. »Ich organisiere einen Suchtrupp. Schick mir die Koordinaten, wo wir hinkommen sollen.«

Er legte auf und starrte in Jeanas erbleichtes Gesicht. Er wusste nicht, was er sagen sollte.

Forsinain

Die Welt war dunkel. Vor ihren Augen sah Alison nur schemenhaft graue Schatten. Lag sie in ihrem Bett? Unter einer Decke? Aber dafür war es zu unbequem und zu kalt. Ihr Schädel brummte, und ihr war speiübel. Sie konnte kaum die Augen offen halten, und ihre linke Gesichtshälfte pochte und fühlte sich so geschwollen an, als wollte die Haut platzen.

Sie versuchte, sich zu bewegen. Ihre Glieder waren steif, die Schultern schmerzten, ihre Finger kribbelten unangenehm. Es dauerte eine Weile, bis ihr Verstand ihr erklärte, dass ihre Hände hinter dem Rücken gefesselt waren und ihr Kopf in einem Sack steckte.

»Fuck«, wisperte sie. Sie lauschte in die Umgebung, ob jemand bei ihr war. Doch um sie herum regte sich nichts. Anscheinend war sie allein.

Was war passiert? Sie war mit dem Auto nach Forsinain gefahren, um Elani zu finden. Sie hatte bei einem alten Cottage geparkt. Sie war dorthin gelaufen. Hinter dem Haus lag eine Leiche. Ali erschauerte bei der Erinnerung. Sie stoppte die Gedanken. Über das, was geschehen war, konnte sie später grübeln, jetzt musste sie sich zuallererst aus der Situation befreien.

Sie tastete suchend mit den Fingern nach dem Strick, der um ihre Handgelenke geschlungen war. Ein Strick war gut, redete sie sich Mut zu, Kabelbinder wären schlecht, die zogen sich zusammen, wenn man daran zerrte. Aber Strick gab nach, war dehnbar.

Sie fuhr zusammen, als es in ihrer Nähe raschelte. Dann hörte sie Vogelgezwitscher. Lag sie etwa draußen in der freien Natur? Sie glitt mit den Fingerspitzen über den Boden. Trockenes Gestrüpp, darunter feuchte Erde.

Sie versuchte, den Knoten an ihren Handgelenken zu lösen, aber es gelang ihr nicht. Erneut wurde ihr schlecht. Sie sollte sich nicht bewegen. Es war besser, nur dazuliegen, bis die Übelkeit verging. Sie bemühte sich, ruhig zu atmen. Sie durfte nicht in Panik verfallen. Aber sie konnte nicht tatenlos auf dem Boden liegen bleiben und hoffen, dass jemand kam und ihr half. Was war, wenn derjenige, der sie hierhergebracht hatte, zurückkam? Oder war er da? Beobachtete er sie?

Das Denken mit dem schmerzenden Schädel fiel ihr schwer, der Drang, die Augen zu schließen und zu schlafen, war überwältigend. Sie durfte dem nicht nachgeben. Wie konnte sie sich befreien? Sie war gelenkig. Tanzen, Klettern, Yoga seit frühester Kindheit.

Sie zog vorsichtig die Füße zur Brust heran, machte sich ganz klein, rüttelte Millimeter um Millimeter ihre verknoteten Handgelenke unter ihrem Gesäß entlang. Der Strick schnürte sich enger um ihre Gelenke und scheuerte die Haut wund. Sie zwängte die Füße nacheinander durch den Armring, bis ihre Hände vor ihrem Körper waren.

Erschöpft verharrte sie eine Weile schwer atmend. Ihr war schwindelig, und die Übelkeit hatte wieder zugenommen. Es dauerte, bis sie so weit war, dass sie sich in eine aufrechte Sitzposition bringen konnte. Das Hämmern in ihrem Kopf war unerträglich. Sie versuchte, es zu ignorieren. Atmen, ruhig atmen. Sie hob die Arme, tastete mit den gefesselten Händen an ihrem Hals an der Unterkante des Sacks entlang. Sie fand den Knoten, pfriemelte ihn auf. Erleichtert zog sie das Ding von ihrem Kopf.

Mattes Tageslicht blendete ihre Augen. Sie blinzelte benommen und sog die frische Luft ein. Ihr Blick glitt über die Umgebung. Die Leiche war nicht mehr da. Und auch das Cottage war verschwunden. Stattdessen erstreckten sich um sie herum moorige Flächen mit verblühtem Wollgras, Heidesträuchern, hier und da sprossen ein paar junge Birken und Nadelbäume, dazwischen lagen Brachflächen von abgeholzten Waldstücken. Wo war sie?

Es war egal, sie musste hier weg. Das war das Wichtigste. Sie mühte sich, mit den Zähnen den Knoten des Stricks zu lösen, der noch immer ihre Handgelenke einschnürte. Endlich waren ihre Hände frei. Sie rieb sich über die schmerzende Haut, schüttelte das Kribbeln aus Fingern und Armen. Aber jede Bewegung ließ die Schmerzen in ihrem Kopf und die Übelkeit wieder schlimmer werden.

Sie tastete ihre Hosentaschen ab. Kein Handy, kein Schlüssel, kein Garnichts. Wenigstens trug sie ihre Kleidung noch am Leib, suchte sie etwas Positives an der Situation.

Sie war in den Highlands, so viel stand fest. Aber wo genau?

In welche Richtung sollte sie gehen? Wo bestand die Chance, möglichst schnell jemandem zu begegnen, der ihr helfen konnte?

Sie mühte sich auf alle viere, versuchte aufzustehen, um sich einen besseren Überblick über die Umgebung zu verschaffen. Die Kopfschmerzen wurden so heftig, dass sie wieder vornübersank und sich übergab. Ihr Körper wollte nicht. Sie sollte sich noch etwas ausruhen.

Sie schnaufte schwer, hob vorsichtig den Kopf. Wo war die Sonne? Nach dem Sonnenuntergang blieb ihr nicht mehr viel Zeit, bis es Nacht wurde, dann würde sie sich gar nicht mehr orientieren können. Sie hatte keine Wahl. Sie musste jetzt aufstehen und losgehen.

Es war ein Kampf, bis sie es auf die Beine geschafft hatte. Ihr war schwindelig, ein Schleier legte sich vor ihre Augen. Es kostete sie Kraft, den Blick zu fokussieren und die Umgebung abzusuchen. Sie sah auf bewaldete Täler, in der Ferne erhoben sich Bergkuppen. Aber dahinten, an der Brachfläche, war da nicht ein Pflock? Ein Wegweiser?

Auf wackeligen Beinen bewegte sie sich darauf zu. Einen Schritt nach dem anderen. Alison hatte das Gefühl, sich im Zeitlupentempo durch eine wabernde Masse zu bewegen. Immer wieder drohten ihre Knie nachzugeben. Sie wollte die Augen schließen und sich hinlegen. Aber sie verbot es sich. Sie musste an einen öffentlichen Weg gelangen. Dort würde man sie am ehesten finden. Falls überhaupt jemand nach ihr suchte.

Sie kämpfte sich mühsam weiter voran. Das Pochen in ihrem Kopf nahm mit jedem Schritt weiter zu, wurde lauter und lauter. Sie hatte das Gefühl, es war überall. In ihr, um sie herum, über ihr. Ihr Schädel wollte zerspringen.

Das Klopfen wurde schier unerträglich. Sie presste die Hände auf die Ohren, hob trübe den Blick. Da war ein großer, lauter Schatten über ihr. Ihre Knie versagten. Sie streckte die Arme in die Luft. Dann verlor sie erneut das Bewusstsein.

Inverness

Der Wartebereich des Raigmore Hospitals in Inverness musste irgendwann im letzten Jahrhundert mal modern gewesen sein, sinnierte Kim. Grauer Boden, beige Wände, auch die abstrakten Kunstdrucke, die vereinzelt in den Fluren hingen, verströmten keine Fröhlichkeit.

Das Krankenhaus war ein riesiger Komplex. Samuel Dexter hatte sie im Wartebereich der Notaufnahme abgesetzt und war seither verschwunden. Marley war mit Jeana kurz nach ihr dort eingetroffen.

Jeana saß neben ihr und klammerte sich so fest an ihre Hand, dass Kim sie bereits mehrfach daran erinnern musste, dass sie ein Mensch aus Fleisch und Blut war und ihre Finger absterben würden, wenn sie ihren Griff nicht etwas lockerte. Marley hatte sich auf die Suche gemacht, um Kaffee, Tee und ein paar Sandwiches für sie zu besorgen.

Kim versuchte, die Geschehnisse der letzten Stunden zu verarbeiten. Während sie befürchtet hatte, bei der Leiche im Kofferraum des ausgebrannten Wagens handele es sich um Alison, hatte Samuel Dexter das bei dem Gespräch in Alisons Wohnung sofort vehement verneint. »Das ist nicht Ali«, hatte er gegenüber der DCI voller Überzeugung erklärt.

»Wissen Sie, wo sie ist?«, hatte Una MacLeod gefragt.

Nein, er wusste es nicht.

»Dann müssen wir die Obduktion abwarten«, hatte die Polizistin nüchtern erwidert. Das war der Grund, warum sie überhaupt in die Wohnung gekommen war. Sie brauchten etwas Persönliches von Alison, um die DNA-Spuren abzugleichen.

»Sie verschwenden kostbare Zeit!«, monierte Sam. »Wenn Alis Auto dort steht, muss sie auch irgendwo dort sein. Haben Sie ihr Smartphone geortet?«

»Natürlich haben wir das!«

»Und?«

»Es liegt in dem ausgebrannten Wagen.«

Die Auskunft hatte ihn kurz verunsichert, dann hatte er sich wieder in der Gewalt. »Ali ist da draußen in den Highlands, und wir müssen sie so schnell wie möglich finden. Dazu brauchen Sie jeden verfügbaren Mann!« Sam hatte zu Kim gesehen. »Und jede Frau.«

Kim war alles lieber gewesen, als abzuwarten, was die nächsten Schritte der Polizei sein würden. Sie war mit Samuel Dexter gegangen. Sein Chauffeur raste in einem Tempo über die schmalen Straßen, dass Kim befürchtet hatte, nicht lebend am Ziel anzukommen.

Sam hatte die Koordinaten, die Alison auf ihrem Block notiert hatte, in sein Smartphone eingegeben. Sie führten zu dem verfallenen Cottage, von dem Una gesprochen hatte. Das Gelände war abgesperrt, Menschen in Schutzanzügen waren mit der Spurensicherung beschäftigt.

Police Chief Inspector Kenneth Campbell aus Thurso war mit ein paar Leuten ebenfalls vor Ort. Kim kannte ihn von einem Vorfall in Thybster. Er bedachte sie mit einem Stirnrunzeln. »Was machen Sie hier?«

»Ich suche Ali.«

»Zivilisten haben hier nichts verloren.«

»Was ist mit Hubschraubern?«, ignorierte Sam Campbells Hinweis. Er schlug einen Ton an, als wäre der Chief Inspector ihm zu einer Auskunft verpflichtet. »Ist die Bergwacht informiert?«

»Wir wissen noch nicht …«

Sam hatte ihm nicht bis zum Ende seines Satzes zugehört. Er hatte sein Handy genommen und seine Beziehungen spielen lassen. Es hätte Kim nicht gewundert, wenn die Armee mit ein paar Mannschaften angerückt wäre. Dexter mochte ein arroganter Snob sein, aber er verstand es zu handeln und wusste, wen er ansprechen musste, um zu bekommen, was er wollte.

Marley war mit Jeana gekommen. Einige Einwohner von Thybster begleiteten die beiden. Kim hatte befürchtet, Jeana würde vor Sorge zusammenbrechen, aber sie wirkte relativ ruhig und konzentriert. Sie hatten sich in Gruppen aufgeteilt und waren in alle Himmelsrichtungen ausgeschwärmt.

Der Abend war bereits fortgeschritten. Kim war froh um die langen Sommertage im Norden Schottlands, sodass sie noch etwas Tageslicht gehabt hatten. Die Taschenlampe ihres Smartphones war für eine Suchaktion zu schwach.

Dann erhielt Sam einen Anruf. Kim stand wenige Meter von ihm entfernt. Sie sah seine ernste Miene und ging zu ihm. Das Telefonat war kurz, seine Stimme sachlich.

»Danke.« Er hatte aufgelegt und einen Moment schweigend zum Himmel gesehen. Dann hatte er sich ihr zugewandt. »Wir haben sie gefunden. Sie lebt.«

Schlafen. Das Einzige, was Alison wollte, war schlafen. Die Infusion, die man ihr gelegt hatte, ließ mit jedem Tropfen die Schmerzen erträglicher werden, die Übelkeit ging langsam zurück. Sie hatte einige kleinere Blessuren am Körper, Schrammen, Abschürfungen, hier und da blaue Flecken.

Die schlimmsten Verletzungen waren ein kräftiges Veilchen um ihr linkes Auge herum sowie eine Gehirnerschütterung. Die Ärzte hatten gesagt, sie brauche Ruhe. Warum akzeptierte Una MacLeod das nicht?

Die DCI stand neben ihrem Bett. Der strenge Zopf saß adrett, ohne ein widerspenstiges Härchen, das aus der Reihe tanzte, der Anzug war faltenfrei.

»Ali, wir haben keine Zeit zu warten, bis es dir besser geht. Sag mir, was geschehen ist. Ich will alles wissen. Jedes noch so winzig kleine Detail, an das du dich erinnerst.«

»Ich kann kaum klar denken.« Alison hatte das Gefühl, als hätte jemand ihr Hirn gegen eine Portion verkochtes Porridge ausgetauscht. »Ich war bei diesem alten Cottage, dahinter lag eine Frau, und dann bin ich mitten im Moor wieder aufgewacht.«

»Bei dem Cottage lag keine Frau.«

»Als ich da war, lag da jemand.«

»Jemand? Gerade hast du gesagt, es war eine Frau.«

»War es ja auch … glaub ich.« Alison versuchte, sich an die Situation zu erinnern, aber ihr Hirn verweigerte den Dienst.

»Warum warst du bei dem Cottage?«, fuhr Una fort.

»Elani hatte mich um Hilfe gebeten. Sie hat mir eine Nachricht geschickt. Sie wusste nicht, wo sie war, aber ich habe ihr Handy geortet und bin dorthin gefahren.«

»War es Elani, die dort vor dem Cottage lag?«

»Die Frau lag hinter dem Cottage«, korrigierte Alison penibel. »Ich kann dir nicht sagen, ob es Elani war. Ich habe sie nur einen flüchtigen Augenblick lang gesehen.«

»Könnte es eventuell auch Violet gewesen sein?«

Alison schnaufte ratlos. War die Frau, die sie gesehen hatte, hell- oder dunkelhäutig gewesen? Hatte sie die schmale Figur von Violet oder eher die kantige von Elani? Hatte überhaupt jemand vor ihr am Boden gelegen? Sie traute ihrer eigenen Erinnerung nicht. »Ich kann es dir nicht sagen. Es ist alles völlig verschwommen.«

»Aye.« Enttäuschung schwang in Unas Stimme mit. »Gehen wir noch mal ein Stück zurück: Woher wusstest du, dass es Elani war, die sich bei dir gemeldet hat?«

»Es war mein Handy. Ich hatte es ihr gegeben, als sie noch bei Brodie war.«

»Und du bist sicher, dass es tatsächlich Elani war, die dir die Nachricht gesendet hat?«

»Das habe ich in dem Augenblick nicht hinterfragt.«

»Also klang ihre Nachricht plausibel?«

»Ja … ich meine, es waren nur ein paar Worte.«

»Dir kam nichts seltsam vor?«

»Nein. Es war mitten in der Nacht. Ich war müde … Ich war einfach nur froh, dass sie sich gemeldet hat. Ich wollte helfen.« Alison hielt grübelnd inne. »Ich hab mich unterwegs gefragt, wie sie mitten in die Einöde der Highlands gekommen ist.«

»Und bist nicht auf den Gedanken gekommen, dass die Nachricht vielleicht eine Falle sein könnte?«

Ihr die eigene Unfähigkeit vorzuhalten, war genau das, was sie jetzt brauchte. Alison seufzte erschöpft. »Offensichtlich nicht«, erwiderte sie bitter.

»Wir haben bei dem Cottage keine Leiche gefunden. Allerdings …« Una zögerte. »In deinem Auto lag eine.«

»Das kann nicht sein.« Die Übelkeit kehrte mit Wucht zurück. Sie kämpfte dagegen an, atmete schwer. »Wer …?«

»Das wissen wir noch nicht. Die Leiche war bis zur Unkenntlichkeit verbrannt. Der Täter hat sich einen guten Ort ausgesucht. Bis die Feuerwehr eintraf, war dein Wagen völlig ausgebrannt. Die Kollegen sind zu Broderick Thompson gefahren, um Vergleichsmaterial von Violet und Elani zu besorgen. Aber der DNA-Abgleich braucht ein bisschen Zeit.«

Alison schloss die Augen.

»Hey, schlafen kannst du später. Wir sind noch nicht fertig.«

»Was denn noch?«

»Auf dem Weg zu dem Cottage – ist dir da etwas aufgefallen? Parkte irgendwo in der Nähe ein Auto?«

»Nein.«

»Sicher?«

»Ich habe kein Auto gesehen. Aber ich habe auch nicht darauf geachtet. Ich habe nach Elani Ausschau gehalten.«

Una stöhnte frustriert auf. »Als Zeugin bist du wirklich eine Niete.«

Würg mir ruhig noch eins rein, dachte Alison deprimiert. Sie hätte DCI Una MacLeod zum Mond schießen können. »Hast du noch mehr aufmunternde Worte für mich?«

»Entschuldige. Es war nicht böse gemeint.« Una lächelte bedauernd. »Hältst du noch ein bisschen durch?«

»Habe ich eine Wahl?«

»Dann machen wir weiter. Die GPS-Daten haben dich zu dem Cottage geführt. Dort wurdest du niedergeschlagen. Von wem? Mann? Frau? Groß? Klein?«

»So wie es sich anfühlt, würde ich auf einen Mann tippen.«

»Du hast dich umgedreht. Du musst ihn gesehen haben.«

»Das ging innerhalb von Millisekunden. Ich hatte überhaupt keine Zeit, irgendetwas zu sehen.«

»Was geschah, nachdem du niedergeschlagen wurdest?«

»Ich erwachte irgendwo in diesem Moor.«

»Nein, das kann nicht sein.« Una schüttelte rigoros den Kopf. »Du hast kein schweres Schädel-Hirn-Trauma, mit dem du ins

Koma gefallen wärst. Ein Knock-out dauert keine fünf Stunden. Du musst zwischendurch aufgewacht sein.«

Alison starrte an die Decke. »Ich weiß es nicht, Una. Ich weiß es wirklich nicht. In meinem Kopf ist nur Brei. Ich kann mich an nichts erinnern. Hast du eine Ahnung, wie fürchterlich sich das anfühlt? Was ist passiert? Was haben die mit mir gemacht? Warum haben die jemanden in meinem Wagen verbrannt?«

»Die?«

»Hä?«

»Du sprichst von ›die‹, Mehrzahl. Waren es mehrere?«

»Keine Ahnung. Das habe ich nur so gesagt. Una, mir geht's echt beschissen.«

Unas Miene wurde weicher. Sie drückte sanft Alisons Hand. »Ich fasse mal für dich die Fakten zusammen, die wir bisher haben: Jemand hat dich k.o. geschlagen, gefesselt und auf einer Brachfläche beim Forsinain Trail ausgesetzt. Du wurdest nicht missbraucht, und außer dass man nicht gerade zimperlich mit dir umgegangen ist, weist dein Körper keine weiteren Verletzungen auf. Der Drogenschnelltest war negativ.«

Die DCI gab ihr einen Moment Zeit, die Informationen zu verinnerlichen.

»Ich hätte vermutet, dass jemand versucht hat, dir einen Denkzettel zu verpassen«, fuhr sie schließlich fort. »Aber die Leiche in deinem Kofferraum passt nicht ins Bild. Ich glaube aber auch nicht, dass jemand versuchen will, dir etwas anzuhängen. Dann hätte er dich nicht verschleppt, sondern in der Nähe deines Wagens liegen gelassen. Diese ganze Aktion ist entweder perfide durchdacht, um uns zu verwirren, oder das unüberlegte Werk eines Amateurs.«

Alison war sich nicht sicher, welche Variante beunruhigender war.

Una strich ihr noch einmal freundschaftlich über den Arm. »Ich lasse dich jetzt in Ruhe. Mit etwas Glück kommt noch mehr Erinnerung zurück, wenn sich dein Kopf von dem Schlag erholt hat. Sobald dir etwas einfällt, rufst du mich bitte an.«

»Ja … Ähm, wie? Mein Handy wurde ja mitverbrannt.«

»Da steht ein Telefon auf deinem Nachttisch. Und hier ist meine Nummer.« Una legte eine Visitenkarte neben den Apparat. »Deine Schwester wartet draußen. Ich werde ihr sagen, dass sie dafür sorgen soll, dass du in den nächsten Tagen im Bett bleibst.«

»Keine Sorge, ich werde die kuscheligen Kissen und den guten Stoff hier genießen.« Alison deutete mit den Augen zu dem Tropf, der mit ihrem Arm verbunden war.

»Wie ich dich kenne, maximal bis morgen früh.« Una ging zur Tür, blieb dort noch einmal stehen und wandte sich zu ihr um. »Bevor ich es vergesse: Du wirst dich bei Samuel Dexter bedanken müssen. Er hat seine Beziehungen spielen lassen, um unseren Heli mit Wärmesuchkamera und die Bergrettung in Rekordzeit in die Luft zu bringen.«

Alison stöhnte auf. Dass er maßgeblich an ihrer Rettung beteiligt gewesen war, würde sie sich bis zum Ende ihrer Tage anhören dürfen. »Kannst du ihm bitte sagen, dass ich in ein Zeugenschutzprogramm aufgenommen wurde und du niemandem verraten darfst, wo ich bin?«

»Wird schwierig. Das Einzelzimmer, in dem du es dir gerade gut gehen lässt, hat er für dich bezahlt.«

VIERZEHN

Inverness

Marley hatte mit Kim und Jeana in Alisons Wohnung übernachtet. Nach der Suche und der langen Warterei im Raigmore Hospital hatten sie nur noch erschöpft die Betten hergerichtet und sich schlafen gelegt. Kim war noch immer distanziert ihm gegenüber und hatte mit Jeana in Alisons Schlafzimmer Quartier bezogen, während er das ausgeklappte Sofa im Wohnzimmer genommen hatte.

Am nächsten Morgen brachte er Jeana noch vor dem Frühstück ins Krankenhaus. Im Anschluss kehrte er in die Wohnung zurück. Eigentlich hätte er sofort nach Thybster fahren müssen. Dort wartete jede Menge Arbeit auf ihn. Aber er wollte erst mit Kim sprechen.

Sie hatte Tee gekocht und den Tisch gedeckt. Er setzte sich, doch statt mit dem Frühstück zu beginnen, sah er sie grübelnd an.

»Was ist?«, fragte sie irritiert.

»Du kannst ganz schön stur sein.«

Sie zuckte die Achseln.

»Lass uns miteinander reden, Kim.«

Sie starrte stumm auf ihren Teller.

»Kim, bitte.« Er streckte die Hand über den Tisch aus.

Sie lehnte sich zurück, verschränkte die Arme vor der Brust und fixierte ihn mit finsterer Miene. »Warum denkst du so schlecht von mir?«

»Ich habe überhaupt nichts gedacht. Ich war einfach nur sauer auf Ballard, weil der so einen Scheiß über dich erzählt.«

»Den du glaubst!«

Dem konnte er nicht mal widersprechen. Er hatte sich von seiner Eifersucht blenden lassen. Er schaute sie schuldbewusst an. »Das ist völlig falsch rübergekommen. Natürlich glaube ich den Scheiß nicht, den er erzählt. Ich hätte ihm einfach gleich eins aufs Maul geben sollen.«

»Das lässt du mal schön bleiben!«, erwiderte sie streng.

Marley konnte sich ein erfreutes Schmunzeln nicht verkneifen. Er war zwar groß und kräftig und kam bei einer Kneipenschlägerei klar, aber Ballard war ein Boxer. Wahrscheinlich käme er aus der Prügelei nicht ohne Blessuren heraus. »Du machst dir Sorgen um mich.«

»Das spielt keine Rolle. Ich regle meine Angelegenheiten gern selbst«, erklärte sie entschieden. »Ich brauche niemanden, der sich schützend vor mich stellt. Misch dich da also bitte nicht ein.«

Marley gefror das Grinsen. Er hatte sich längst eingemischt. Er sollte ihr das jetzt beichten.

Aber Kim war noch nicht fertig. »Und wenn du mir zutraust, dass ich mich bei der erstbesten Gelegenheit nackt zur Schau stelle, um die Jungs im Club aufzugeilen, dann hat das mit uns beiden einfach keinen Zweck.«

»Was?« Er starrte fassungslos in ihr entschlossenes Gesicht. »Das habe ich doch gar nicht … Was willst du denn damit sagen?«

»Du vertraust mir nicht.« Sie zögerte einen winzigen Moment. »Und ich kann nicht mit Menschen zusammen sein, die mir nicht vertrauen.«

»Kim …« Seine Gedanken fuhren Achterbahn. Nur wegen so einer blöden Geschichte konnte sie doch nicht gleich ihre Beziehung komplett in Frage stellen! »Natürlich vertraue ich dir.«

»Nein, das tust du nicht.«

»Aber –«

Sie bremste ihn mit einem Kopfschütteln. »Ich will nachher noch bei Ali vorbeischauen. Du musst nicht auf mich warten. Ich fahre mit dem Zug zurück nach Thurso.«

Alison hatte den größten Teil der Nacht in einem komatösen Schlaf verbracht, nur einmal war sie mit Herzrasen hochgeschreckt. Sie hatte einen Moment gebraucht, um sich zu orientieren.

Das Bett, in dem sie lag, war schmaler als das Queensize-Bett in ihrer Wohnung. Der Kleiderschrank fehlte. Die Gerüche waren fremd. Das Quietschen von eiligen Schritten über das Linoleum, das von der anderen Seite der Tür zu ihr drang, irritierte sie.

Sie hatte zum Fenster geschaut. Jeana hatte die Vorhänge zugezogen, bevor sie am Abend gegangen war. Alison hatte sie gebeten, einen Spalt offen zu lassen, damit ein klein wenig Licht von der Straßenbeleuchtung hereinschien. Sie wollte nach den Erlebnissen nicht in einem stockfinsteren Raum liegen. Ein schmaler, heller Schatten durchschnitt das Zimmer diagonal.

Dann war eine Erinnerung an die Oberfläche gekrochen, nur einen kurzen Moment, wie ein Flashback. Sie hatte in einem Auto gelegen. Sie konnte nichts sehen, weil ihr da schon jemand den Sack über den Kopf gezogen hatte, aber sie hörte das Brummen eines kräftigen Motors und spürte das Ruckeln des Wagens über den unebenen Grund.

Sie wusste nicht, ob sie im Kofferraum oder auf der Rückbank gelegen hatte. Sie hatte kaum denken können, weil sie fürchterliche Kopfschmerzen hatte, dazu kam die Angst.

Aber da war noch mehr. Sie hatte etwas gerochen. Aber was? Bei dem Versuch, den Geruch zu identifizieren, war sie weggedämmert.

Jeana saß neben ihrem Bett, als sie am nächsten Morgen erwachte. Das Hämmern in ihrem Schädel hatte nachgelassen, allerdings war sie nicht sicher, ob sich ihr Kopf von dem Schlag erholte oder es lediglich die Wirkung der Schmerzmittel war.

Alison hatte sich am Abend zuvor bei ihrer Schwester entschuldigt, weil sie sich so lange nicht gemeldet hatte. Aber das war Jeana egal. Wichtig war nur, dass sie lebte. Alles andere war vergeben.

Die zweite frühe Besucherin war DCI Una MacLeod. Sie trug wie üblich Zopf und Anzug, heute in Dunkelgrau mit heller Bluse.

»Guten Morgen, Ladys, gut geschlafen?«

»Wie ein Baby. Tolle Drogen haben die hier«, versuchte Alison, einen lockeren Ton anzuschlagen.

Una schüttelte nachsichtig den Kopf und wandte sich an Jeana. »Ich muss ein paar Minuten mit Ihrer Schwester unter vier Augen sprechen. Wenn Sie so lange bitte draußen warten würden?«

Nachdem Jeana das Zimmer verlassen hatte, öffnete Una ihre XL-Handtasche und entnahm ihr zwei Asservatentüten. »Bei deinem abgebrannten Wagen haben unsere Spurensicherer ein paar Gegenstände eingesammelt. Unter anderem die Überreste von zwei Smartphones, eines war auf dich zugelassen, das andere auf eine Agatha Simpson. Um keine wertvolle Ermittlungszeit zu verlieren, habe ich die Kollegen darüber aufgeklärt, dass das dein Deckname ist und das Smartphone vermutlich ebenfalls dir gehört.« Sie sah Alison fragend an.

»Das ist das Smartphone, das ich Elani gegeben hatte, damit sie sich bei mir melden kann.«

»Okay.« Unas Stimme blieb neutral. Sie reichte ihr die zwei Beutel. »Schau bitte, ob du einen dieser Gegenstände schon zuvor gesehen hast.«

Gleich in dem ersten erkannte sie den Stein. Ein unförmiges Ding mit einem Loch in der Mitte. Alison presste die Lippen zusammen und schluckte trocken. »Der gehört Elani. Sie trug den Stein an einem Lederband um ihren Hals.«

»Aye.«

»Wo habt ihr den Stein gefunden?«

»Im Kofferraum.«

»Oh nein.« Alison stiegen die Tränen in die Augen. Die Kopfschmerzen kehrten umgehend zurück. Sie wünschte sich, sie könnte eine ebenso professionelle Distanz zu diesem Fall halten wie die DCI. Aber Elani war nicht irgendwer. Sie hatte das Mädchen kennengelernt. Sie hatte mit ihr geredet. Sie hatte die Angst in ihren Augen gesehen. Warum hatte Elani ihre Hilfe nicht angenommen, als sie noch die Chance dazu hatte?

»Was ist mit dem anderen Beutel?«, fragte Una.

Alison sah sich den Inhalt an. In der Tüte lag etwas Rundes, Flaches, silberfarben mit Rußflecken vom Brand, ein kleines Loch in der Mitte. »Keine Ahnung. Was soll das sein?«

»Das ist eine Münze.«

»Oh. Habt ihr noch mehr Geld gefunden? Dann ist es sicherlich meins.«

»Ali, mach keine blöden Scherze«, erwiderte Una streng. »Das Ding lag in der Nähe deines Wagens. Wir wissen nicht, ob es etwas mit dem Vorfall zu tun hat.«

Vorfall. Das klang viel zu abstrakt.

»Ist noch irgendeine Erinnerung zurückgekommen?«

Alison zögerte. »Es ist nicht viel.«

»Das lass mich entscheiden.«

Sie erzählte ihr von dem kurzen Moment, als sie in der Nacht aufgewacht war.

»Was hast du gerochen?«

»Ich weiß es nicht … Aber ich glaube, ich würde es erkennen, wenn ich es wieder rieche.«

»Das ist doch schon mal was.«

»Habt ihr noch etwas herausgefunden?«

»Nichts, was uns überrascht hätte. Der Täter hat Benzin als Brandbeschleuniger verwendet. Mit etwas Glück hat er sich bei der Aktion die Finger verbrannt oder die Augenbrauen angesengt.«

»Was sagt Brodie zu der ganzen Geschichte?«

»Nichts. Die Kollegen konnten leider nur Spurenmaterial von seiner Frau sicherstellen. Er behauptet weiterhin, dass Elani nicht in seinem Haus gelebt hat und er keine persönlichen Gegenstände von ihr besitzt. Seine Haushälterin sagt das Gleiche.«

»Elani hat nicht nur für ihn gearbeitet. Sie hat auch in seinem Haus gelebt. Da bin ich mir ganz sicher!«

»Wenn du mir noch verraten könntest, in welchem Zimmer, könnte es einen Versuch wert sein, dort nach Spurenmaterial zu suchen, obwohl ich befürchte, dass Thompsons Hausdrachen alles penibel entsorgt hat.«

Der kleine Anflug von Unsachlichkeit entlockte Alison ein flüchtiges Schmunzeln. »Anne arbeitet für die Thompsons, seit ich sie kenne. Sie ist Brodie treu ergeben.«

»Die Befürchtung habe ich auch. Ich habe Mr Thompson heute Vormittag einbestellt. Wir können zwar bisher nicht beweisen, dass Elani für ihn gearbeitet hat, aber wir haben ja zumindest zwei Zeugen, die sie in Dienstkleidung in seinem Haus gesehen haben.«

»Zwei?«

»Du und Dexter.« Una sah zu einem kleinen quadratischen Tisch, der in der Ecke des Zimmers stand. »Sind die von ihm?«

»Nein, die hat Hamish geschickt.«

»Keine Blumen von Mr Dexter?«

»Doch, aber den Strauß habe ich der Nachtschwester geschenkt.«

»Wie nett von dir.«

»Ich war am Montag bei Brodie«, erinnerte Alison sich. »Er hatte ein Veilchen und trug eine Bandage an der rechten Hand. Er hat behauptet, er wäre gestürzt. Wenn du mich fragst, hat ihm jemand ordentlich zugesetzt.«

Una steckte die Asservatentüten wieder in ihre Handtasche. »Und du denkst, das hängt mit Violets Verschwinden zusammen?«

»Womit denn sonst?«

»Wenn es dafür keine Zeugen gibt und er die Körperverletzung nicht anzeigt, können wir nicht viel machen.«

»Brodie hat Überwachungskameras an den Hauseingängen«, fiel Alison ein. »Könnt ihr die Aufnahmen nicht sicherstellen? Darauf muss man doch sehen können, wer bei ihm ein und aus geht.«

Una grinste unfroh. »Ich befürchte, wenn Mr Thompson tatsächlich etwas zu verbergen hat, hat er längst jegliche verfängliche Aufnahme gelöscht.«

Samuel Dexter hatte sich das Frühstück in sein Hotelzimmer bringen lassen. Er hätte es an diesem Morgen nicht ertragen, unter Fremden zu sitzen. Die Sorge um Alison steckte ihm noch immer in den Knochen. Dieses grauenhafte Gefühl, das ihn erfasst hatte, als die DCI in der Wohnung seiner Ex-Frau aufgetaucht war, hätte ihn fast aus der Bahn geworfen.

Aber er hatte seine Mechanismen. Gefühle waren ein überflüssiger Luxus. Man musste die Zügel in der Hand halten, agieren statt reagieren. All seine Konzentration war darauf fokussiert gewesen, Alison zu finden, in der Hoffnung, dass es nicht ihre Leiche war, die im Kofferraum des Wagens lag.

Gedankenversunken saß er an dem kleinen Tisch in seiner Suite und starrte durch das Fenster auf den Ness. Im Gegensatz zu dem Aufruhr in ihm floss das Wasser gemächlich dahin. Ein paar Enten ließen sich mit der Strömung treiben.

Seine Gefühle verwirrten ihn. Er war niemand, der sich um andere sorgte. Moral, Anteilnahme, Gewissensbisse waren Vokabeln, die er nicht für sich beanspruchte.

Und dennoch. Auch wenn Alison sich vor Jahren von ihm getrennt hatte, gehörte sie zu seinem Leben. Er würde nicht zulassen, dass jemand sie verletzte.

Am Abend zuvor hatten die Ärzte ihm nicht gestattet, zu ihr zu gehen. Lediglich ihrer Schwester war der Zutritt zu Alisons Zimmer gewährt worden, nachdem die DCI Ewigkeiten bei ihr verbracht hatte. Er hatte Alison einen großen Strauß Sommerblumen schicken lassen. Er wusste, dass sie kräftige bunte Farben mochte.

Wer hatte sie in diese Falle gelockt? Warum? Ihm fiel nur ein Mensch ein, der ihm darauf eine Antwort geben konnte. Er nahm sein Smartphone zur Hand. »Mike, sattel die Pferde«, plauderte er in bemüht munterem Ton. »Wir machen einen kleinen Ausflug.«

Eine Stunde später parkte sein Chauffeur den Rolls-Royce in Dornoch vor dem Herrenhaus der Thompsons. Brodie kam gerade zur Tür heraus. Er hielt inne, als er Sam aussteigen sah.

»Ich habe keine Zeit«, rief er ihm zu und steuerte eilig seinen eigenen Wagen an.

»Die wirst du dir nehmen, mein Freund«, entgegnete Sam

scharf. Er war schneller an Brodies Wagen und stellte sich vor die Fahrertür.

»Geh zur Seite. Ich habe einen Termin.«

Sam registrierte verwundert Brodies bandagierte Hand und den Bluterguss auf seiner Schläfe. Die Verletzung schien schon ein paar Tage alt zu sein. »Kannst du mit der Hand überhaupt Auto fahren? Ich kann dich mitnehmen, wo auch immer du so dringend hinmöchtest.«

»Verschwinde, Dexter.«

Sam schnalzte missbilligend mit der Zunge. »Wer wird denn gleich unhöflich werden? Ich habe mit dir zu reden, Brodie.«

»Ich wüsste nicht, worüber.«

»Ali liegt im Krankenhaus. Sie wurde überfallen, und ihr Auto wurde abgebrannt.«

Sam meinte, ein kurzes Erschrecken in den Augen seines Gegenübers aufflackern zu sehen.

Dann mimte er wieder den Ahnungslosen. »Warum kommst du damit zu mir? Um solche Dinge kümmert sich die Polizei.«

»Verkauf mich nicht für dumm, Broderick Thompson!«, fuhr Sam ihn an. Auch seine Geduld hatte Grenzen. »Mit wem machst du Geschäfte? Was sind das für Leute, die jemanden in einen Kofferraum sperren und dann das Auto abfackeln? Die eine Frau zusammenschlagen und gefesselt irgendwo in den Highlands aussetzen?«

Wieder bemerkte er die Angst in Brodies Augen.

»Ich habe nichts damit zu tun.«

»Was ist mit Violet?«, bohrte Sam weiter.

»Was soll mit ihr sein?«

»Wie lange ist sie jetzt schon verschwunden? Zehn, vierzehn Tage?«

»Ich habe dir schon einmal gesagt, dass sie öfter einfach abhaut«, knurrte Brodie. »Ich habe keine Ahnung, wo sie ist. Und jetzt lass mich endlich in Ruhe.«

»Das kann dich doch nicht so kaltlassen!«

»Wirst du sentimental auf deine alten Tage, oder was?« Brodie funkelte ihn zornig an. »Violet ist eine verfluchte Hure. Selbst wenn sie tot in der Gosse liegt, interessiert es mich einen Scheißdreck! Und jetzt lass mich verdammt noch mal in Ruhe.« Brodie stieß ihn zur Seite und stieg in seinen Wagen.

Thurso

Der Zug nach Thurso war pünktlich in Inverness abgefahren. Er war nicht besonders voll, und Kim hatte einen Platz am Fenster bekommen. Die knapp vierstündige Fahrt führte ein Stück den Weg entlang, den sie am Tag zuvor mit Samuel Dexter zu dem alten Cottage gefahren war. Sie bemühte sich, nicht an die bangen Stunden zu denken, und starrte mit stumpfem Blick auf die vorbeiziehende Berglandschaft. Einsame Heide- und Moorflächen wechselten sich mit dichten Waldstücken ab. Einmal sah sie ein paar Hirsche über die Fläche galoppieren.

Vor ihrer Abfahrt hatte sie Alison im Krankenhaus besucht.

»Jetzt habe ich eine Ahnung davon, wie du dich im Ring fühlst«, hatte sie mit Galgenhumor gewitzelt, als Kim voller Respekt das satte Veilchen betrachtet hatte.

»Deshalb tragen wir Kopfschutz«, hatte Kim erwidert. »Wie lange musst du hierbleiben?«

»Sie wollen mich noch bis Samstag dabehalten. Aber vermutlich geht es dabei weniger um meinen Kopf als um die Kohle von Samuel Dexter.«

»Sam war sehr besorgt«, hatte Kim Partei für ihn ergriffen. »Er hat alle Hebel in Bewegung gesetzt, damit wir dich finden.«

»Lass dich davon nicht blenden. Ihm geht es nur um sein eigenes Seelenwohl, und er genießt es, sich als Retter aufzuspielen.«

Kim rief sich Sams Gesicht in Erinnerung, als die Polizistin ihnen von dem Fund des Wagens und der Leiche im Kofferraum berichtet hatte. Eine versteinerte Miene. Aber sie hatte in all den Jahren als Profiboxerin gelernt, minimalste Regungen in Gesichtern wahrzunehmen. Er war geschockt und besorgt gewesen. Er hatte nicht wild drauflosagiert, sondern getan, was getan werden musste. Und dabei war es ihm nicht um sich selbst gegangen, war Kim sich sicher.

Sie selbst war ebenfalls schockiert gewesen. Sie kannte Alison zwar erst wenige Monate, doch deren selbstlose Art, für andere Menschen da zu sein, hatte ihr in einer schweren Situation geholfen. Was Kim allerdings erst im Nachhinein bemerkt hatte.

Die Erinnerung an ihre erste gemeinsame Fahrt im vergangenen Mai nach Thybster poppte auf. Damals hatte sie das erste Mal seit gefühlten Ewigkeiten endlich einmal wieder herzlich lachen können. Alison hatte sie im JJ's untergebracht. Dort war sie Marley begegnet. Sie biss die Zähne zusammen. Sie wollte nicht an Marley denken.

Der Zug hielt an einer einsamen kleinen Bahnstation. »Forsinard Flows – National Nature Reserve«, las sie auf zwei Holzbrettern, die am ehemaligen Bahnhofsgebäude angebracht worden waren.

Um sich abzulenken, googelte sie den Ort auf ihrem Smartphone. In dem einstigen Bahnhofsgebäude befand sich heute ein kleines Museum, das Informationen zur Renaturierung der Moore in der Region bot. Die Bepflanzung mit fremden Baumarten hatte in den letzten Jahrhunderten die Landschaft verändert. Nun wurden ganze Waldstücke wieder gerodet, damit großflächige Moorlandschaften entstehen konnten und heimische Tiere und Pflanzen mehr Lebensraum fanden.

Torfmoore waren bessere Kohlenstoffspeicher als Wälder, las sie, und halfen so im Kampf gegen die Klimaerwärmung. Das Naturschutzgebiet Forsinard Flows umfasste mehr als einundzwanzigtausend Hektar. Es war mehr als Glück gewesen, dass sie Alison in dieser einsamen Region so schnell gefunden hatten.

Der Entführer hatte sie abseits eines Trails nahe einer Moorfläche abgelegt. Es hatte nicht die Gefahr bestanden, dass sie im Moor versunken wäre, aber durch die Gehirnerschütterung hätte sie sich übergeben und daran ersticken können.

Alison hatte gesagt, sie habe auf der Seite gelegen. Hatte der Täter sie in einer Art stabiler Seitenlage abgelegt? Das würde bedeuten, er verfügte zumindest über ein Basiswissen in Erster Hilfe. Aber vielleicht war es nur Zufall.

Alisons Hände waren hinter ihrem Rücken gefesselt gewesen. In Rückenlage wäre sie vermutlich auf die Seite gerollt. Hätte der Täter sie in Bauchlage abgelegt, mit dem Gesicht zur Erde, hätte die Gefahr bestanden, dass sie erstickte, wenn sie erbrochen hätte. War es dem Täter wichtig gewesen, dass sie überlebte?

Der Fausthieb, den Alison abbekommen hatte, war heftig gewesen. Sie hatte Glück, dass das Jochbein nicht gebrochen war. Hatte der Täter mit der bloßen Faust zugeschlagen? Dann müsste er ein paar gestauchte Fingerknöchel haben. Sie sollte Una oder zumindest Grace ihre Überlegungen mitteilen, beschloss Kim. Sie betrachtete ihre Hände. Die Stauchung, die sie sich vor zwei Monaten zugezogen hatte, war gut verheilt.

Und wieder wanderten ihre Gedanken nach Thybster und zu Marley. Hatte sie die richtige Entscheidung getroffen? In Deutschland, mit Abstand zu ihm, ohne ihm ins Gesicht sehen zu müssen, hatte sie gedacht, es sei das einzig Richtige, die Beziehung umgehend zu beenden.

Er hatte nicht versucht, sie zu beknien, ihre Entscheidung noch mal zu überdenken. Stattdessen war er aufgestanden und gegangen. Er hatte nicht einmal seinen Tee getrunken.

Sie hatte keine Ahnung, wie sie sich verhalten sollte, wenn sie sich wieder begegneten. Es war wohl besser, ihm in nächster Zeit aus dem Weg zu gehen. Sie könnte öfter im Kampfsportclub trainieren, versuchte sie, etwas Positives an der Situation zu finden. Allerdings sollte sie es ernsthaft angehen, ihren Führerschein zu machen, damit sie im Winter nicht bei Schnee und Eiseskälte mit dem Rad nach Thurso fahren musste.

Inverness

Sam kam am frühen Abend ins Krankenhaus. Trotz des regnerischen Wetters trug er einen sommerlichen hellen Leinenanzug, dazu ein sportliches Hemd und italienische Halbschuhe. Er reichte Jeana, die neben Alisons Bett saß, zur Begrüßung die Hand, dann neigte er sich zu Alison herunter und küsste sie auf die Wange.

»Ali-Schatz, du siehst grauenvoll aus.«

»Danke für die Blumen.«

»Gerne«, ignorierte Sam ihren Sarkasmus. Er sah sich suchend um. »Wo ist denn der Strauß?«

»Hab ich verschenkt«, antwortete Alison kalt.

Jeana warf ihr einen tadelnden Blick zu.

»Ach, Ali-Schatz, du bist immer so selbstlos«, erwiderte ihr Ex ungerührt. Er setzte sich zu ihr auf die Bettkante. »Ich war heute bei unserem Freund Brodie.«

»Zum Golfspielen?«

»Dazu hatte er leider keine Zeit. Außerdem ist er gerade, wie soll ich sagen – ein wenig indisponiert.«

Verdammt, sie wollte nicht mit Sam reden, aber ihre Neugierde war stärker. »Trägt er noch immer die Bandage?«

»Woher weißt du davon?«

»Ich war am Montag bei ihm.«

»Ach so?«

»Er hat gegenüber der Polizei behauptet, es gäbe keine Elani bei ihm. Du hast sie gesehen. Sie war in seinem Haus und hat für ihn gearbeitet.«

Sam hob die Augenbrauen. »Und du hast ihm vorgeworfen, nicht nur seine Frau, sondern auch Elani umgebracht zu haben?«

»Nein, ich wollte wissen, wo Elani ist, und ich habe ihn darüber informiert, dass seine Frau ein Haus im Norden gekauft hat.«

»Violet hat ein Haus? Ist sie dort?«

»Nein.«

»Wie bedauerlich.«

»Brodie hat behauptet, er wüsste nichts von dem Haus.«

»Interessant.« Sam grinste hintergründig. »Ein kleines, heimliches Liebesnest. Das erklärt einiges.«

Zumindest dem äußeren Anschein nach ein ziemlich unromantisches Liebesnest, überlegte Alison in Erinnerung an den grauen Klotz. »Was soll das erklären?«

»Bei meinem heutigen Besuch war Brodie etwas ungehalten. Er ging sogar so weit, Violet als ›Hure‹ zu bezeichnen.«

»Echt jetzt? Wegen einer einzigen Affäre?«

»Nun, so wie ich Violet kenne, meine ich, sagen zu können, dass die gegenwärtige Liaison nicht die einzige während ihres Ehelebens war.« Wieder legte sich ein verschmitztes Lächeln auf seine Lippen.

Alisons Blick verfinsterte sich. »Du hattest was mit ihr?«

»Ali-Schatz, das ist Jahre her.«

War also selbst Violet Thompson eines seiner Betthäschen gewesen. Der Gedanke, dass diese Affäre stattgefunden haben konnte, während sie noch mit Sam verheiratet war, stieß ihr bitter auf. Und sie hatte die Frau bei sich aufgenommen! Hatte sie tröstend in ihrem Arm gehalten. Es war erniedrigend.

»Wie dem auch sei«, tat Sam das Thema ab. »Ich habe eine Überraschung für dich. Nachdem dein Auto ja leider nicht mehr fahrtüchtig ist, habe ich mir erlaubt, dir einen neuen Wagen zu kaufen.«

»Du hast was?«, fuhr Alison auf.

»Deine alte Klapperkiste hat definitiv einen Totalschaden. Mit einer Dose Lackspray ist da nicht geholfen. Wie willst du als private Ermittlerin arbeiten, wenn du nicht mobil bist?«

»Oh ja, prima, eine Beschattung mit einem Rolls ist bestimmt total unauffällig«, höhnte sie.

»Aber, aber, wo denkst du hin? Ali-Schatz, du bekommst einen schnuckelig kleinen, diskret silbergrauen Vauxhall. Er wird morgen zugelassen.«

»Ich will kein Auto von dir.«

Sam sah mit gespielter Verzweiflung zu Jeana, die sich an den kleinen Ecktisch zurückgezogen hatte und so tat, als ginge sie die Unterhaltung nichts an.

»Jeana, meine Liebe«, säuselte Sam. »Rede du mit Ali. Sie braucht ein Auto. Selbst wenn ihr alter Wagen ausreichend versichert gewesen wäre – was er nicht war –, würde sie vermutlich ewig auf eine Zahlung warten.«

»Wenn Ali nicht möchte, dass du ihr ein Auto schenkst, dann musst du das akzeptieren«, kam Jeana ihr zu Hilfe.

»Das ist die Gehirnerschütterung. Und der Schock. Sobald es Ali besser geht, wird sie froh sein, dass das Auto vor der Tür steht.«

Erst die Miete für ihre Wohnung, dann die Bergrettung und dieses Krankenzimmer, nun auch noch ein Auto! Und nebenbei erfuhr sie von seiner Affäre mit Violet Thompson – die falsche Schlange. Der Ärger, der in Alison aufstieg, ließ das Pochen wieder spürbar ansteigen. »Sam, es reicht!«, schrie sie ihn an. »Ich lass mich von dir nicht kaufen!«

Er lächelte beschwichtigend. »Ali-Schatz, du solltest dich nicht aufregen.«

»Ich bin nicht dein Ali-Schatz, kapier das endlich! Und ich brauche weder dein verfluchtes Geld noch ein Auto noch sonst irgendetwas von dir.«

Für einen kurzen Moment verhärtete sich Sams Miene, dann verschanzte er sich wieder hinter seiner selbstgefälligen Ignoranz. »Als private Ermittlerin brauchst du ein Auto. Nimm es als großzügige Geste deines Klienten an, damit du weiterhin für mich arbeiten kannst.«

»Du bist nicht mein Klient!«

»Aber Ali-Schatz, wir sind immer noch auf der Suche nach Violet, nicht wahr?«

»Nein, sind wir nicht.« Ganz sicher würde sie nicht gemeinsam mit ihm nach seinem einstigen Betthäschen suchen.

»Ich habe dir bereits eine großzügige Anzahlung für diesen Auftrag überwiesen, wie du dich vielleicht erinnerst?« Er sah ihr eindringlich in die Augen. »Aber gut, wenn du das Geld nicht brauchst. Ich dränge mich nicht auf. Es gibt zahlreiche sehr gute private Ermittler. Ich kann jemand anderen beauftragen. Ich hätte dich nur allzu gern unterstützt.«

Als hätte er ihr je einen Auftrag gegeben, nach Violet zu suchen! Das war eine typische miese Samuel-Dexter-Nummer. Es kränkte ihn, dass sie seine Zuwendungen vor den Augen ihrer Schwester zurückgewiesen hatte. Sie ahnte, dass das Geld, das er ihr für die Miete überwiesen hatte, in Kürze von ihrem Konto verschwunden sein würde.

»Hau ab«, zischte sie kaum hörbar.

Er hob flüchtig die Augenbrauen, ein arrogantes Lächeln legte sich auf seine Lippen. »Das Zimmer ist bis Samstag bezahlt. Erhol dich gut, meine Liebe.« Er nickte in Jeanas Richtung. »Ich hoffe, wir sehen uns einmal wieder.«

Alison starrte ihrem Ex-Mann fassungslos hinterher. Wäre ihr nicht so elend gewesen, hätte sie auf der Stelle das Krankenhaus verlassen.

»Du arbeitest für deinen Ex?«, fragte Jeana verdutzt.

Alison sah zu ihrer Schwester. »Eher putze ich die Klos am Bahnhof.«

Thurso

Eine Regenfront zog von Westen die Nordküste entlang, als der Zug in den kleinen Kopfbahnhof von Thurso einfuhr. Mit ihr stiegen nur zwei weitere Backpacker aus. Kim zog die Kapuze ihrer Windjacke über den Kopf und schulterte ihren Rucksack. Sie durchquerte die trostlose Bahnhofshalle und marschierte die Princess Street entlang. Die Busse nach Thybster fuhren bei der Kirche in der Sir George Street ab.

Sie war gerade erst ein paar Meter gelaufen, als ein Jeep neben ihr bremste und der Fahrer das Seitenfenster herunterließ. »Hey, Kim, was machst du hier bei dem lausigen Wetter? Komm, steig ein.«

Iain Barcley saß hinterm Steuer. Wie immer trug er ein sportliches Poloshirt, unter dem seine muskulösen, sehnigen Arme zu sehen waren. Auch wenn er nicht mehr kämpfte, trainierte er regelmäßig, sodass man seinem Körper die fünfundfünfzig Jahre kaum ansah.

»Danke, aber nicht nötig. Ich nehme den Bus nach Thybster.«

»Unsinn, steig ein. Ich bring dich nach Hause.«

Damit Iain den Verkehr nicht noch mehr aufhielt, gab sie nach. Sie warf den Rucksack auf die Rückbank und stieg auf den Beifahrersitz.

»Kommst du gerade zurück aus Hamburg?«

»Ja.« Ihr Zwischenstopp in Inverness ging den Mann nichts an.

»Wie war's?«

»Gut. Du musst mich nicht nach Thybster fahren. Lass mich da vorne raus. Ich nehme den Bus.«

»Nein, ich bring dich. Thybster ist keine Weltreise, und ich wollte sowieso mit dir reden.«

Na toll, seufzte sie innerlich. Sie hatte es ja geahnt. Früher oder später würde er sie darum bitten, mit seinen Jungs in den Ring zu steigen. Dabei hatte sie klare Absprachen mit ihm getroffen, als sie zu ihm gekommen war. Sie würde in seinem Club trainieren, aber sie würde nicht kämpfen, kein Sparring, keine Showkämpfe. Lediglich Konditions-, Kraft- und Techniktraining, mehr nicht.

»Worum geht's?«

»Das schätze ich an dir. Immer geradeheraus.« Iain nickte ihr lächelnd zu, dann wurde seine Miene ernst. »Mir ist zu Ohren gekommen, dass du vor Kurzem in meinem Studio Ärger mit Gordon Ballard hattest.«

Das Thema war auch nicht besser, dachte Kim genervt. »Wer behauptet das?«

»Nun, dein Freund kam zu mir.«

Sie schaute eilig zum Seitenfenster, um die Wut unter Kontrolle zu bringen, die in ihr hochschoss. Sie atmete tief durch.

»Was ist dran an der Geschichte, Kim?«

Sie wandte sich Iain wieder zu. »Nichts ist dran.«

»Marley sagt, Gordon kam zu dir in den Umkleideraum.«

»Er hatte sich in der Tür geirrt.«

»Kim, ich will wissen, was vorgefallen ist.«

»Nichts ist vorgefallen. Ich habe ihm gesagt, dass er sich in der Tür geirrt hat, und das war's.« Sie sah Iain an, dass er ihr diese seichte Variante der Situation nicht abnahm.

»Dafür war dein Freund aber mächtig sauer.«

Ihr Freund. Wie konnte er nur hinter ihrem Rücken zu Iain gehen? Und dann erwähnte er es nicht einmal mit einem einzigen Wort ihr gegenüber!

»Kim, ich weiß, dass du dich wehren kannst«, fuhr Iain fort, nachdem sie sich nicht weiter äußerte. »Aber wenn so etwas in meinem Laden vorkommt, dann möchte ich darüber umgehend informiert werden.«

»Okay.«

»Ich gebe dir keine Schuld an der Sache. Die Jungs sind … na ja, wie Jungs halt manchmal sind. Aber bevor du zu deinem Freund gehst und er wutentbrannt in mein Büro rauscht, rede mit mir.« Iain warf ihr erneut einen flüchtigen Blick zu. »Ich dulde nicht, dass jemand in meinem Studio belästigt wird. Weder du noch sonst jemand. Es geht schließlich auch um meinen Ruf. Die Sportler und insbesondere die Sportlerinnen sollen sich bei mir sicher fühlen.«

Sie hätte Iain sagen können, dass es Gordon war, der sich im Pub mit angeberischen Halbwahrheiten gebrüstet, und Marley nur dadurch von der Sache erfahren hatte. Aber in ihr brodelte es zu sehr. Sie wollte weder ihr eigenes noch Marleys Verhalten rechtfertigen.

Sie hatten Thybster erreicht. Iain durchquerte den Ort und bog kurz nach dem Ortsausgang auf Douglas' Hof ein. Der Regen hatte nachgelassen. Kim sah Marley mit seinem Vater, Dave und Padraig auf der Baustelle der neuen Scheune arbeiten.

»Ich habe die Jungs ins Gebet genommen und hoffe, dass so eine Situation nicht noch einmal vorkommt.« Iain hatte sich ihr zugewandt. »Kim, sollte doch noch mal etwas sein, kommst du bitte als Erstes zu mir.«

Sie nickte. Aus den Augenwinkeln bemerkte sie, dass Marley zu ihnen herübersah.

»Kommst du am Samstag zum Training? Ein paar Boxer aus Wick haben sich angemeldet.«

»Ja.«

»Gut.«

Sie rang sich ein Lächeln ab. »Danke fürs Taxi.«

Sie stieg aus, nahm ihren Rucksack vom Rücksitz und marschierte schnurstracks auf den Hauseingang zu. Trevor kam ihr schwanzwedelnd entgegen. Sie tätschelte seinen Kopf. Der Hund war der Einzige, den sie jetzt ertrug.

FÜNFZEHN

Inverness

Zwei Nächte im Krankenhaus waren definitiv genug. Am liebsten hätte Alison die Klinik bereits am Abend nach dem Streit mit Sam verlassen. Sie wollte nicht in diesem Zimmer liegen und Behandlungen bekommen, die er bezahlte. Aber bei dem Versuch, aufzustehen, war ihr schwindelig geworden, und sie hatte sich zurück ins Bett gelegt.

Sie hatte Jeana nach Hause geschickt, nachdem Sam gegangen war. Hamishs Anruf hatte sie ignoriert. Sie musste mit sich allein sein und ihre Wunden lecken.

Elani war tot. Das Gefühl, versagt zu haben, nagte schwer an ihr. Hinzu kam ihre finanzielle Misere, die sich in den nächsten Tagen verschärfen würde. Sie wollte nicht mehr nach Violet suchen. Auch wenn sie sich vor Jahren schon von Samuel Dexter getrennt hatte, fühlte sie sich von den beiden gedemütigt.

Sie stand noch vor dem Frühstück auf, um sich anzuziehen, damit Jeana sie mitnehmen konnte, sobald sie kam. Alison war dabei, in ihre Jogginghose zu schlüpfen, als Una MacLeod das Krankenzimmer betrat.

»Was hast du denn vor?«, erkundigte sie sich.

»Ich will 'ne Runde joggen«, erwiderte Alison schlecht gelaunt.

»Sehr witzig.«

»Ich gehe nach Hause.«

»Was soll der Unsinn? Leg dich wieder hin.«

»Es geht mir gut.« Alison zog die Kordel stramm und machte eine Schleife. Ein leichter Schwindel überkam sie, als sie nach unten sah, und sie stützte sich an der Matratze ab.

»Dir geht es gut, ja?« Una stellte sich mit verschränkten Armen vor ihr auf.

»Alles bestens.«

»Wenn das so ist: Dann mach mal zehn Kniebeugen und zehn Liegestütze im Wechsel.«

»Ich habe nicht gesagt, dass ich für die Olympiade trainieren will.« Sie griff nach ihrem Sweatshirt, aber Una riss es in einer flinken Bewegung an sich.

»Ab ins Bett mit dir.«

»Una, du bist weder meine Mutter noch meine Ärztin.«

»Ins Bett. Ich habe Neuigkeiten, und die erzähle ich dir nicht, wenn du hier einen auf Superwoman machst.«

»Was für Neuigkeiten?«

Una gab ihr mit entschlossener Miene zu verstehen, dass mit ihr nicht zu verhandeln war.

»Jetzt erzähl schon«, drängelte Alison, nachdem sie sich wieder hingelegt hatte. Die Jogginghose hatte sie anbehalten.

Die DCI stellte sich mit dem Rücken vor das Fenster und sah zu ihr. »Wir können definitiv ausschließen, dass es sich bei der Leiche in deinem Kofferraum um Violet oder Elani handelt.«

»Wie das? Habt ihr doch DNA-Vergleichsmaterial in Brodies Haus gefunden?«

»Nein, das nicht.«

»Aber wie habt ihr dann herausgefunden, dass die Tote nicht Elani ist? Hattet ihr sie in eurer Datenbank?«

»Nein, auch das nicht.«

»Una! Jetzt spann mich nicht auf die Folter! Der Stein ihrer Halskette lag im Kofferraum. Ihr habt das Handy gefunden, das ich ihr gegeben hatte. Wie könnt ihr da sicher sein, dass sie es nicht ist?«

»Nun … Der Leiche fehlt ein Stück vom X-Chromosom.«

Wenn DCI Una MacLeod gehofft hatte, ihre Neuigkeit hätte Alison verleitet, sich entspannt ins Bett zu legen und ihrer Genesung zu harren, während sie die weitere Arbeit der Polizei überließ, war der Schuss nach hinten losgegangen.

Die Nachricht, dass Elani lebte, gab Alison neue Kraft. Sie zog sich an, sobald Una das Zimmer verlassen hatte. Ihre Gehirnzellen rotierten. Ungeduldig saß sie auf ihrem Bett und wartete auf Jeana.

»Warum kommst du so spät?«, blaffte sie ihre Schwester an, kaum dass sie die Tür geöffnet hatte.

»Es ist gerade mal halb zehn. Was machst du denn für einen Stress?«

»Ich bleibe nicht länger hier. Ich werde mich jetzt selbst entlassen, und du bringst mich nach Hause, damit ich mir was Anständiges anziehen kann.«

»Ich bin zu Fuß hergelaufen. Den weiten Weg schaffst du nicht.«

»Dann nehmen wir ein Taxi.«

»Weil du so viel Geld hast?«

»Dann eben den Bus.«

Jeanas sonst so gutmütiger Blick verdunkelte sich. »Gar nichts nehmen wir. Du hattest eine Gehirnerschütterung. Wenn du das nicht ordentlich auskurierst, kann das zu dauerhaften Schäden führen. Du gehörst ins Bett!«

»Elani lebt! Ich muss sie finden.«

Ihre Schwester sah sie bestürzt an. »Wie kommst du darauf? Die Polizistin gestern –«

»Sie war heute früh noch einmal hier. Die Leiche in meinem Kofferraum war männlich. Es kann unmöglich Elani sein.« Alison wiederholte, was sie von Una erfahren hatte. »Der Mann war bereits tot, bevor der Wagen angezündet wurde. Er wurde vermutlich mit einem stumpfen Gegenstand erschlagen, der Schädelknochen war verletzt.«

»Und wer ist der Mann?«

»Keine Ahnung.«

Auch Una hatte Alison darauf keine Antwort geben können. Die DNA des Mannes war nicht in ihrer Datenbank registriert.

»Das Problem ist«, fuhr sie fort, »dass Elanis Stein im Kofferraum bei der Leiche gefunden wurde. Nun besteht der Verdacht gegen sie, dass sie etwas mit dem Tod des Mannes zu tun haben könnte.«

»Ach herrje«, hauchte Jeana.

Alison sah ihre Schwester liebevoll an. Gewalt, Mord und Totschlag gehörten nicht in ihre Welt. Sie durfte Jeana nicht in die Geschichte hineinziehen. Sie würde es sich niemals verzeihen können, wenn sie noch einmal ihretwegen in Gefahr geriet. Aber Alison hatte nicht die Ruhe, im Krankenhaus zu liegen, während Elani vermutlich dringend Hilfe brauchte. Irgendjemand musste ihr das Handy und die Halskette abgenommen haben.

Sie musste noch einmal zu dem Ort fahren, wo sie niedergeschlagen worden war. Vielleicht kam die Erinnerung an den Täter dort zurück. Aber wie sollte sie ohne Auto nach Forsinain kommen?

»Wie bist du eigentlich nach Inverness gekommen?«, fragte sie ihre Schwester.

»Mit Marley.«

Das bedeutete, dass Jeanas Auto in Thybster stand. Verdammt. Einen Mietwagen konnte sie sich nicht leisten. Mit Bus und Bahn wäre sie ewig unterwegs und müsste dann trotzdem noch einige Meilen laufen, um zu dem alten Cottage zu gelangen. Sie fühlte sich zwar schon etwas besser, aber ihr Kreislauf war noch nicht stabil genug, um einen Gewaltmarsch durchzuhalten, ahnte sie. Ihr kam nur eine schnelle Lösung in den Sinn, die ihr allerdings gar nicht gefiel.

»Hat Sam schon das neue Auto gebracht?«, fragte sie dennoch.

»Ich dachte, du willst das Auto nicht?«

»Das spielt jetzt keine Rolle. Ich brauche einen fahrbaren Untersatz.«

»Ich denke nicht, dass du schon wieder Auto fahren solltest.«

Und sie sollte Jeana aus ihren Ermittlungen heraushalten. Hamish konnte sie nicht fragen. Er war bei der Arbeit, und garantiert würde er sich weigern, ihr zu helfen, weil es vernünftiger wäre, im Bett zu bleiben und die Gehirnerschütterung auszukurieren.

Alison nahm den Hörer des Telefons, das auf ihrem Nachttisch stand, und schickte ihren Stolz in den Urlaub. »Hey, Sam.«

»Ali-Schatz, wie schön, dass du anrufst«, meldete sich ihr Ex-Mann erfreut, als hätte es den Streit am Abend zuvor nicht gegeben.

»Ich …« Sie musste sich räuspern, um den Satz über die Lippen zu bekommen. »Ich brauche deine Hilfe.«

Thybster

Kim saß auf dem Fahrersitz des vierrädrigen Monstrums und starrte auf das Durcheinander von Knöpfen, Schaltern, Hebeln und Lämpchen. Douglas stand neben ihr.

»Das ist ein ATV – ein All-Terrain-Vehicle«, erklärte er. »Allrad, Einzylinder-Viertaktmotor, dreißig KW.«

»Mhm.« Sie konnte nichts mit den Begriffen anfangen, mit denen der Farmer um sich warf.

»Hier vorne, das ist der E-Starter. Der rote Knopf darüber ist der Not-Aus. Rechts ist der Gashebel.« Er deutete mit den Fingern auf die Elemente am Lenker. »Links ist die Handbremse, die musst du lösen, bevor du anfährst. Rechts der Hebel ist die Vorderradbremse, am Fuß ist die Hinterradbremse.«

»Okay.« Links, rechts, Vorderrad, Hinterrad. Sie hörte die Worte, aber sie konnte sich nichts davon merken.

»Zündung an, E-Starter drücken. Gib nicht zu viel Gas beim Anfahren.«

Sie tat nichts dergleichen und starrte gelähmt auf den Lenker. »Ich kann das nicht.«

»Sei nicht albern.«

»Was ist, wenn ich nicht bremsen kann?«

»Warum solltest du nicht bremsen können? Du kannst doch Fahrrad fahren, dann kannst du auch ein ATV fahren.«

»Aber …«

»Mädel!« Douglas schnaufte ungeduldig und stieg hinter ihr auf den Soziussitz. Er neigte sich vor, streckte die Arme links und rechts an ihr vorbei und startete den Motor. Sie spürte die Vibration der Maschine unter ihren Fingern, mit denen sie den Lenker umklammerte.

»Jetzt gibst du Gas.«

»Wie denn?«

»Mit dem Gashebel, und lass die Bremse los.«

Sie folgte zaghaft den Anweisungen. Das ATV fuhr ruckelnd an. Ihr Herz raste, als sie in Schrittgeschwindigkeit ein Stück über die Weide zockelten.

»Wir fahren eine Rechtskurve, du musst das Gewicht verlagern, sonst kommen wir nicht rum.«

Sie brauchte mehrere Anläufe, bis es ihr gelang, die Maschine in einem riesigen Bogen um die Kurve zu fahren. Als sie wieder am Ausgangspunkt waren, war sie schweißgebadet.

Douglas ließ sie anhalten und stieg ab. »Du übst weiter.«

»Aber ...«

»Ich will kein Aber mehr hören. Du musst lernen, mit dem ATV umzugehen, sonst bist du mir keine Hilfe auf der Farm! Du übst weiter. Und wenn du fertig bist, fährst du die Kiste zurück in den Unterstand.« Er stampfte davon.

»Dann kann Marley dir nicht nur eine neue Scheune, sondern gleich noch einen neuen Carport bauen«, murmelte Kim frustriert.

Sie löste die verkrampften Finger vom Lenker und starrte dem Schäfer trotzig hinterher. Sie verstand selbst nicht, wovor sie Angst hatte, aber die Maschine schien ihr so komplex und die Kraft des Motors so gewaltig. Zudem war die Weide fürchterlich uneben. Was, wenn sie mitsamt dem Gefährt umkippte? Sie überlegte, abzusteigen und das Ding einfach auf der Weide stehen zu lassen.

Marley hätte mehr Geduld mit ihr gehabt als Douglas. Sie erinnerte sich, wie er ihr seine Arbeit in der Werkstatt erklärt hatte. Wie er ihr gezeigt hatte, wie man ein Lamm fütterte, als sie sich gemeinsam um das Waisenlamm Daisy gekümmert hatten. Alles, was er tat, schien er mit Hingabe und Liebe zu machen. In diesem Augenblick vermisste sie ihn ganz fürchterlich.

Sie wandte sich der Maschine wieder zu. Wie großkotzig behauptete sie immer, dass Aufgeben für sie keine Option war. Sie ließ den Motor aus, berührte alle Knöpfe und betätigte die Hebel nacheinander. Bremse, Gas, so viele verschiedene Dinge waren es gar nicht, überlegte sie. Sie nahm all ihren Mut zusammen und drückte auf den E-Starter. Am liebsten wäre sie vom Sitz gesprungen, als das Monstrum zu vibrieren begann. Vorsichtig betätigte sie den Gashebel. Das ATV setzte sich langsam in Bewegung.

Sie bremste. Ihr Herz schlug aufgeregt in ihrer Brust. Sie fuhr noch einmal an, bremste. Es war gar nicht so schwer. Sie spürte ein klein wenig Stolz in sich aufsteigen. Sie würde fahren lernen. Es war ein weiteres Stück persönliche Freiheit.

Sie betätigte erneut den Gashebel. Wagte, etwas schneller zu fahren, bremste wieder, sah nach vorn. Jetzt musste sie nur noch am Ende der Weide das Vehikel irgendwie um die Kurve bringen.

Forsinain

Alison erwachte, als der Wagen bremste. Sie blinzelte, um den Blick zu fokussieren. Der Bluterguss an ihrer Schläfe pochte unangenehm, und die Kopfschmerzen waren wieder stärker geworden. Sie war froh, dass der Himmel bedeckt war. Grelles Sonnenlicht wäre ihr nicht bekommen.

»Gut geschlafen?«, erklang es vom Fahrersitz. Sam lenkte den Wagen in eine Einfahrt, die Reifen knirschten, als er auf einem geschotterten Platz parkte.

»Wo sind wir?

»›Forsinard Lodge‹, Lunchtime.«

Sie hatte, kurz nachdem sie Inverness hinter sich gelassen hatten, die Augen geschlossen und musste mindestens eine Stunde tief und fest geschlafen haben. Sie strich sich über die trockenen Mundwinkel.

Der Parkplatz gehörte zu einem weiß getünchten Gebäude. Das Haus war u-förmig gebaut. Auf dem kleinen geschützten Platz in der Mitte warteten Tische und Stühle auf Gäste.

»Du traust dich so mit mir in die Öffentlichkeit?«, fragte Alison. »Die Leute werden denken, dass du mich verprügelst.«

»Was kümmert es mich, was andere über mich denken, meine Liebe? Warte einen Moment, ich mache dir die Tür auf.«

»Ich habe ein Veilchen und keinen gebrochenen Arm.« Alison öffnete die Beifahrertür und stieg aus. Als sie sich aufgerichtet hatte, musste sie sich gegen den Wagen lehnen. Verfluchter Schwindel. Hoffentlich wurde das bald mal besser!

Eine Schmerztablette, eine Tasse Tee und etwas zu essen würden sicher helfen. Sie entdeckte ihre Handtasche im Fußraum des Wagens. Mist.

»Lass mich das machen.« Sam war um den Wagen herumgekommen, beugte sich vor und reichte ihr ihre Tasche.

»Hast du ein schlechtes Gewissen?«

»Wie kommst du darauf?«

»Dein ganzes freundliches Getue.«

»Ali-Schatz, das liegt in meiner Natur.« Er hielt ihr mit charmantem Lächeln den Arm hin.

Was soll's? Sie hakte sich bei ihm unter. Wenn es ihrem Kopf irgendwann endlich besser ging, würde sie auch ihre Selbstachtung wiederfinden.

Sie setzten sich an einen der freien Tische vor dem kleinen Tearoom. Sie waren an diesem Donnerstagmittag die einzigen Gäste. Sam studierte das Menü. »Was möchtest du? Panini, Suppe, Scones?«

»Die Tagessuppe und einen Cheese Scone. Haben die Irn-Bru?«

Sam zog angewidert die Nase kraus. »Das willst du nicht ernsthaft trinken?«

»Doch, ich glaube, das brauche ich jetzt.« Sie musste ihren Kreislauf in Schwung bringen. Reichlich Koffein und Zucker wären da sicher hilfreich.

»Du bist wirklich noch nicht wieder auf der Höhe.« Sam ließ sie allein, um drinnen die Bestellung aufzugeben.

Alison durchsuchte ihre Handtasche nach den Schmerztabletten, die sie vor ihrer Fahrt in die Highlands in Inverness gekauft hatte. Sie fand die Packung, legte sie auf den Tisch, damit sie die Tablette runterspülen konnte, sobald die Getränke kamen.

Ihr Blick ging zu dem Wagen, den Sam gekauft hatte. Dezent silbergrau. Ein Hybrid. Es hatte ihr gefallen, wie das Auto leise schnurrend durch den Stadtverkehr geglitten war. Sam hatte ihr die Papiere gegeben. Der Wagen war auf ihren Namen zugelassen.

Jeana war auf dem Weg zurück nach Thybster. Sams Chauffeur fuhr sie mit dem Rolls-Royce, während Sam es übernommen hatte, Alison mit dem neuen Auto zu dem Cottage zu fahren. Am Abend würde Sam sie zum JJ's bringen. Dann würde er mit Mike und seinem Rolls zurückfahren, und sie hatte einen Wagen vor Ort. Wobei sie sich im Moment nicht so fühlte, als ob sie am nächsten Tag schon wieder selbst hinterm Steuer sitzen könnte.

Alison plante, ihre Suche im Norden wieder aufzunehmen. Sie würde sich Violets Haus in Fresgoe ansehen. Wenn Violet nicht dort war, würde sie einen Weg finden, ins Haus hineinzukommen. Videoüberwachung hin oder her. Irgendwo musste es einen Hinweis auf ihren Verbleib geben, und vielleicht fand sie auf diesem Weg auch Elani. Unas Nachricht, dass das Mädchen nicht tot in ihrem Kofferraum gelegen hatte, gab ihr die Hoffnung, ihr doch noch helfen zu können.

Sam kehrte an ihren Tisch zurück, kurz darauf wurden die Getränke serviert. Unwillkürlich tat Alison das, was die meisten Frauen taten, die ein Veilchen hatten: Sie versuchte, die Gesichtshälfte unter ihren langen Haaren zu verbergen. Der Frau, die die Getränke auf den Tisch stellte, entging ihr Anblick dennoch nicht.

»Meine Frau ist vor zwei Tagen hier in der Gegend überfallen worden«, ergriff Sam das Wort. »Sie haben sicherlich davon gehört. Ihr Wagen ist ein paar Meilen nördlich von hier ausgebrannt.«

»Aye.«

»Haben Sie vielleicht etwas mitbekommen?«

»Die Polizei war schon hier und hat gefragt.« Die Frau schüttelte bedauernd den Kopf. »Tut mir leid, uns ist nichts Ungewöhnliches aufgefallen. Wir hatten in der Nacht zwei Gäste, die zum Wandern hier waren, aber die haben auch nichts mitbekommen. Es war ja noch sehr früh, nicht wahr?«

»Ja«, bestätigte Alison. »Könnten Sie uns vielleicht trotzdem die Namen der Gäste geben?«

»Oh, das darf ich leider nicht.«

»Vielleicht fällt den beiden im Nachhinein noch etwas ein.« Alison sah zu der Tearoom-Betreiberin auf. Der Anblick ihrer lädierten Schläfe war sicher mitleiderregend. »Es wäre wirklich sehr wichtig für mich.«

Die Frau zog grübelnd die Stirn in Falten. »Warten Sie einen Moment. Ich habe die Telefonnummer der beiden Männer. Ich rufe sie an und frage, ob ich ihre Nummer weitergeben darf. Ich bin gleich wieder bei Ihnen.«

Die Frau verschwand durch die dunkelgrüne Tür im Haus.

»Die Geschichte des Gebäudes geht bis 1870 zurück.« Sam schaute die Fassade entlang. »Es gehörte anscheinend mal zum Anwesen des Duke of Sutherland, diente als Fischerei- und Jagdhaus. Der Halladale River fließt hier entlang. Ob ich es mal mit Angeln versuche? Es soll sehr entspannend sein.«

»Meine Frau?«, ignorierte Alison Sams historischen Exkurs.

Sam wandte sich ihr zu. »›Meine geschiedene Frau‹ hätte irgendwie seltsam geklungen, findest du nicht?«

»Wie wäre es mit ›Bekannte‹ oder ›Freundin‹?«

»Freundin. Aber sicher: meine Freundin.« Er betonte das Wort anzüglich. »Das gefällt mir.«

Alison stöhnte genervt auf. »So habe ich das nicht gemeint.«

»Ich weiß. Es würde mir trotzdem gefallen.«

Die Frau brachte ihnen das Essen an den Tisch. »Es tut mir sehr leid. Ich habe die beiden Herren nicht erreicht.«

»Machen wir es doch so: Ich gebe Ihnen meine Telefonnummer, und wenn Sie mit einem der beiden sprechen, geben Sie ihm meine Nummer, damit er sich bei mir meldet«, schlug Alison vor.

»Aye. So können wir es machen.«

»Ali-Schatz, du erinnerst dich vielleicht daran, dass dein Smartphone vor zwei Tagen Opfer der Flammen wurde?« Sam bedachte sie mit einem nachsichtigen Lächeln. »Ich gebe Ihnen besser meine Nummer.« Er diktierte der Frau die Zahlen.

Das Essen und die Schmerztablette zeigten Wirkung. Ihrem Kopf ging es besser, als Alison sich mit Sam wieder auf den Weg machte. Sie fuhren die A 897 entlang, wenige Meilen hinter dem Wanderparkplatz entdeckte sie das alte Cottage.

Ein schwarzer Fleck war an der Stelle, an der sie ihr Auto abgestellt hatte. Das Wrack war abgeschleppt und zur forensischen Untersuchung gebracht worden. Das Gras in der näheren Umgebung war verbrannt.

Dem regnerischen Wetter der vergangenen Tage war es zu verdanken, dass das Feuer sich nicht zu einem Flächenbrand ausgeweitet hatte. Der Brand war erst spät bemerkt und gemeldet worden. Die nächsten Feuerwehren waren mehr als zwanzig Meilen entfernt. Zeit genug, dass die Leiche im Kofferraum bis zur Unkenntlichkeit verbrennen konnte. Una hatte recht. Von wem auch immer sie hierherbestellt wurde, er hatte einen guten Ort für sein Vorhaben gewählt.

An den Sträuchern flatterten Reste von Absperrband. Die Reifen der schweren Feuerwehrwagen hatten im vom Löschwasser aufgeweichten Boden tiefe Spurrinnen hinterlassen. Alison ließ den Blick über die Umgebung schweifen, in der Hoffnung, sich an ein auffälliges Detail zu erinnern. Sie war angespannt und von der langen Fahrt erschöpft gewesen, erinnerte sie sich. Sie hatte sich darauf konzentriert, Elani zu finden.

Sam blieb an ihrer Seite, als sie auf das Cottage zuschritt. Sie ging denselben Weg wie beim ersten Mal, schaute durch das Fensterloch in der Mauer. Die Aussicht hatte sich nicht verändert: alte Paletten und Holzbretter, dazwischen wucherte Gestrüpp.

Sie umrundete das Gebäude. Ihr Herz begann unsinnigerweise, mit jedem Schritt heftiger zu schlagen, je näher sie der Rückseite kam. Ihre Finger wurden feucht. Sie fuhr zusammen, als Sam auf einen trockenen Zweig trat. »Mann, pass doch auf«, herrschte sie ihn an.

»Ich gebe mein Bestes, Ali-Schatz.«

Sie bog um die Hausecke. Dort am Boden hatte eine Frau gelegen. Ratlos starrte Alison auf die Stelle. In ihrem Kofferraum hatte die Polizei eine männliche Leiche gefunden. Hatte sie tatsächlich eine Frau gesehen? Oder war es ein Mann gewesen? Konnte sie sich getäuscht haben? Verflucht, was genau hatte sie am Dienstagmorgen in der Dämmerung gesehen?

Frustriert wandte sie sich ab, schrak erneut zusammen, als Sam dicht hinter ihr stand. Sie zuckte zurück und kam ins Straucheln. Sam packte geistesgegenwärtig ihren Arm. Im ersten Impuls wollte sie sich losreißen, dann krallte sie sich haltsuchend an ihn. Durch die heftige Bewegung drehte sich plötzlich alles viel zu schnell.

»Ali-Schatz, alles in Ordnung?« Er hatte sie an den Oberarmen gefasst, um ihr Halt zu geben.

»Nur ein bisschen schwindelig.«

Sam sah sich vergebens nach einer Sitzgelegenheit um. »Ich trage dich zum Wagen, dann kannst du dich hinsetzen.«

Sie hob gequält den Blick. »Ich bin viel zu schwer für dich.«

»Stimmt auch wieder«, erwiderte er wenig charmant. »Reicht es, wenn ich dich stütze?«

Er führte sie zum Auto. Sie sank dankbar auf den Beifahrersitz zurück. Sam reichte ihr eine Flasche Wasser. »Was war das gerade?«

»Mir war schwindelig. Mehr nicht.«

»So sah es nicht aus.«

Was sollte sie sagen? Ein Déjà-vu, ein Flashback? Die Angst, noch einmal eine Faust ins Gesicht zu bekommen?

Sam ging vor ihr in die Hocke und sah ihr ungewohnt besorgt in die Augen. »Ali, ich glaube, für heute ist es genug. Ich bringe dich jetzt zu deiner Schwester.«

»Nein«, widersprach Alison. »Wir fahren zu Violets Haus. Ich will wissen, ob sie da ist.«

Die Scheune nahm langsam Gestalt an. Die lange Rückwand war fertig. Heute würden sie die kurze rechte Seite schaffen. Am nächsten Tag vielleicht die linke. So konnte Marley am Wochenende die Front mit den Toren angehen.

Er war überrascht, wie gut sie vorankamen. Dave und Padraig waren jeden Tag nach der Arbeit zu Douglas' Farm gekommen, um Marley und seinem Vater beim Bau zu helfen. Aufgrund der langen Tage hatten sie bis spät in die Abende hinein arbeiten können. An diesem Abend war auch Grace zum Helfen gekommen.

Marley war dankbar für die körperliche Arbeit. Sie lenkte ihn von seinem persönlichen Dilemma ab. Er hoffte, dass er, nachdem er den ganzen Tag in seiner Werkstatt Fässer gebaut hatte und nun am Abend noch ein paar Stunden an der Scheune zimmerte, später todmüde ins Bett fallen würde.

Die vergangene Nacht hatte er kaum ein Auge zugetan. Kim hatte ihn mit völliger Missachtung gestraft, als sie aus Inverness zurückgekehrt war. Ausgerechnet Iain Barcley hatte sie auf der Farm abgesetzt. Mit Sicherheit hatte er ihr von seinem Auftritt im Kampfsportclub erzählt. Sie war grußlos im Haus verschwunden und hatte sich nicht mehr blicken lassen.

Es war nicht zu leugnen: Er hatte vermasselt, was es zu vermasseln gab.

»Ich treffe Ali nachher noch«, erzählte Grace, während sie ihre Hände mit aller Kraft auf das Holzbrett drückte, um es zu fixieren, damit es beim Sägen nicht verrutschte. »Hast du Lust, mitzukommen?«

»Nach Inverness?«, fragte er irritiert.

»Quatsch, zu Jeana.«

»Ich denke, Ali liegt im Krankenhaus?« Marley brachte mit der Handkreissäge das Brett auf Maß.

»Kennst sie doch«, rief Grace gegen das Schrillen der Säge an. »Still liegen ist nichts für sie. Und? Kommst du mit?«

»Mal sehen.« Er war sich nicht sicher, ob er Lust auf Gesellschaft hatte. Ihm würden vermutlich ohnehin nach dem ersten Pint die Augen zufallen. Obwohl das gar nicht schlecht wäre. Einschlafen und an nichts mehr denken.

Er trug das Brett zur Scheunenwand, brachte es in Position. Hinter sich hörte er das Tuckern eines ATV. Es klang so, als würde es sehr langsam fahren. Während er sich mühte, das Brett in der Waage zu halten, bemerkte er, wie seine Kumpels interessiert zu Douglas' Haus sahen.

»Was meinst du, fährt sie gegen das Haus oder gegen die Seitenwand?« Padraig sah zu Dave, der abschätzend die Lippen schürzte.

»Seitenwand, aber so, wie es gerade aussieht, kriegt sie die Kurve gar nicht und fährt am Carport vorbei.«

»Grace, ich brauch den Hammer«, versuchte Marley, auf sich aufmerksam zu machen, aber auch seine Schwester schaute mit amüsiertem Grinsen zum Haus ihres Vaters.

»Grace!«

»Jetzt warte doch kurz. Eieiei, das sieht nach Ehrenrunde aus.«

Marley senkte das Brett ab und sah über seine Schulter zurück. Ein Schweißtropfen fiel ihm ins Auge.

Kim saß auf dem ATV seines Vaters und fuhr in einem viel zu flachen Winkel auf den Carport zu. Nie im Leben würde sie so die Kurve bekommen, um das Gefährt einzuparken. »Hört auf zu gaffen, ihr macht sie ganz nervös«, herrschte er seine Helfer an.

»Da muss sie jetzt durch«, erwiderte Grace ungerührt. »Dad, hast du ihr erklärt, dass der Hebel rechts zum Gasgeben ist?«

Douglas, der weiter hinten in der Scheune gestanden hatte, kam zu ihnen. »Aye«, seufzte er. Er reihte sich in die Gruppe der Schaulustigen ein.

»Können wir bitte weiterarbeiten?«, versuchte Marley, seine Mannschaft von der Show abzulenken. Aber keiner der vier reagierte.

»Douglas, ist dein Haus versichert?«, feixte Dave.

»Lass sie machen. Sie kriegt das hin.«

Die Zuversicht, die in der Stimme seines Vaters mitschwang, überraschte Marley. Für einen kurzen Moment fühlte er sich an seine Kindheit erinnert, als sie beide sich noch gut verstanden hatten. Douglas' Vertrauen zu ihm hatte ihm damals viel Selbstbewusstsein gegeben.

Vertrauen. Hatte er tatsächlich auch nur einen Moment geglaubt, dass etwas an Ballards dämlichem Geschwätz dran war? Auf jeden Fall hatte er Kim das Gefühl vermittelt. Er hätte sich selbst in den Hintern treten können. Er vertraute Kim. Wie konnte er ihr das nur beweisen?

»Wie viele Versuche wird sie brauchen?«, fragte Dave.

»Mindestens vier«, war Grace sich sicher.

»Mehr, sechs, sieben, und dann wird sie frustriert aufgeben«, hielt Padraig dagegen.

»Das Mädchen gibt nicht auf«, erwiderte Douglas.

Da hat Douglas recht, stimmte Marley ihm still zu. Er ahnte, dass Kim Blut und Wasser schwitzte. Sie hasste es, so auf dem Präsentierteller zu stehen – oder in diesem Fall, zu sitzen.

»Leute, ich will die Scheune noch vor dem Winter fertig haben«, bemühte er sich erneut, die Aufmerksamkeit seiner Helfer wieder auf die Arbeit zu lenken.

»Wenn du nicht zuschauen willst, dann hol uns ein Bierchen«, forderte Padraig. »Ich glaube, das dauert hier noch.«

»Alkohol gibt's erst nach Feierabend.«

Am Ende war es nicht die Anzahl der Versuche, sondern die unendliche Langsamkeit, die die Vorstellung in die Länge zog. Doch schließlich gelang es Kim, Douglas' ATV akkurat unter dem Carport abzustellen. Das Publikum applaudierte.

Kim deutete aus der Entfernung eine Verneigung an. Ihr Gesicht war hochrot, ihr Lächeln angespannt.

Grace stieß Marley in die Seite. »Nicht so schüchtern, kleiner Bruder. Ich finde, sie hat sich einen Kuss verdient.«

»Halte ich für keine gute Idee«, erwiderte Marley. Ihren fragenden Blick ignorierend, wandte er sich ab und brachte das Brett wieder in Position. »Reichst du mir jetzt bitte den Hammer?«

Alison lag im Kaminzimmer von Jeanas und Joyce' Haus, das sich hinter dem JJ's befand. Sie liebte das gemütliche Zimmer, das mit drei mächtigen, kuscheligen Sofas, die u-förmig vor dem Kamin angeordnet um einen niedrigen Tisch standen, mehr als voll war.

Im Pub war es ihr zu laut gewesen. Der Tag war anstrengend, und sie musste sich eingestehen, dass sie sich zu viel zugemutet hatte. Ihr Kopf schmerzte fürchterlich, und die Augen fielen ihr immer wieder zu.

Sie hatte mit Sam im Pub gegessen – so viel war sie ihm schuldig. Er hätte gern in Jeanas und Joyce' kleinem Bed & Breakfast übernachtet. Jeana hatte ihm gegenüber jedoch behauptet, dass beide Zimmer belegt wären.

Alison wusste, dass das nicht stimmte, doch die Lüge war ihr recht. Sam war nicht nur hilfsbereit, sondern auch sehr fürsorglich gewesen. Mit dieser freundlichen Seite ihres Ex-Mannes kam sie nicht zurecht. Sie kannte ihn lange genug, um zu wissen, dass hinter jeder freundlichen Geste Kalkül steckte.

Von dem alten Cottage aus waren sie nach Fresgoe zum Sandside Harbour gefahren. Sie musste schmunzeln bei der Erinnerung an Sams entsetzte Reaktion, als sie ihm Violets Haus gezeigt hatte.

»Du meine Güte! Das kann nicht dein Ernst sein.« Er hatte eine angewiderte Grimasse gezogen. »Welcher Teufel hat sie denn da geritten, Geld in so einen schrecklichen Kasten zu stecken? Und dann auch noch hier! Guck dir die Aussicht an – direkt auf diesen fürchterlichen Reaktor.« Er deutete auf die andere Seite der Bucht, wo der »schnelle Brüter« seit Mitte der 1950er Jahre thronte.

»Vom Untergeschoss aus sieht sie den nicht, da hat sie Aussicht auf das niedliche Hafenbecken.«

Aber das konnte Sams Meinung nicht ändern. Sie hatten geklopft, doch drinnen war alles still geblieben. Das Gebäude wirkte verlassen, so wie bei ihrem letzten Besuch. Sie waren um das Haus herumgegangen. Die Fenster waren verriegelt, die Vorhänge zugezogen.

Vorder- und Hintereingang wurden von einer Kamera überwacht. Wenn sie sich unbefugt Zutritt zu dem Haus verschaffen wollte, musste sie versuchen, nachts durch eines der Seitenfenster ins Haus einzusteigen.

»Wäre nicht schlecht, Zugriff auf die Aufzeichnungen zu bekommen«, hatte sie überlegt. »Ich wüsste zu gern, wer in diesem Haus so ein und aus geht.«

»Du willst den Kasten jetzt nicht ernsthaft observieren, oder? Darauf bin ich nicht eingestellt.« Er deutete auf seinen teuren Anzug.

»Ich auch nicht«, hatte sie Sam beruhigt. »Eine Kamera wäre nicht schlecht, dann könnte man das gemütlich vom Sofa aus machen.«

Sie hatte den Blick über das Gelände schweifen lassen. Im Hafenbecken hatten ein Fischkutter und ein kleines Motorboot gelegen. Ein Fischer war dabei, Taue und Netze zu sortieren. Alison hatte ihn angesprochen.

»Ab und zu kommt eine Lady. Hübsche Frau, aber …« Er hatte mit dem Zeigefinger von unten gegen seine Nase gestupst. »Zu fein, die Lady, um mit unsereins zu sprechen.«

»Wissen Sie, wann sie zuletzt hier war?«

Der Fischer hatte einen Moment lang überlegt. »Vielleicht vor zwei oder drei Wochen mal …«

»Und in den letzten Tagen?«

»Kann ich nicht sagen, ich hab niemanden gesehen.«

»War außer der Frau sonst mal jemand hier?«

»Aye, ihr Mann hat sie manchmal begleitet.«

»Ihr Mann?«, hatte Alison überrascht nachgehakt.

»Na, so ’n Kerl halt. Die kamen und verschwanden im Haus.« Er hob gleichgültig die Schultern. »Ich hab Besseres zu tun, als mich um die Leute da zu kümmern.«

Da Alison kein Smartphone mehr besaß, bat sie Sam, nach einem Foto von Violet und Brodie zu suchen, um es dem Mann zu zeigen. Der Fischer erkannte Violet auf den ersten Blick, bei Brodie wollte er sich nicht festlegen. Er habe den Mann nur flüchtig aus der Ferne und auch nur von hinten gesehen, erklärte er.

»Es gibt Gerüchte, dass es in dem Haus spuken würde«, hatte Alison sich an das Gespräch mit Grace erinnert, als sie das erste Mal hier gewesen war. Sam hatte die Augen verdreht.

Statt ihre Worte zu belächeln, hatte der Fischer sie grübelnd angesehen. »Spuken? Tja …«, hatte er schließlich achselzuckend gemeint und sich seinen Netzen zugewandt. »Da mögen Dinge vor sich gehen … Aber das geht mich nichts an, und da mische ich mich auch nicht ein.«

Alison hatte auf den kleinen Cabin Cruiser auf der anderen Seite des Hafenbeckens gedeutet. »Wissen Sie, wem das Boot da gehört?«

Der Mann hatte kurz herübergesehen und wieder die Schultern gehoben. »Nein«, erwiderte er wortkarg, und Alison beschlich das Gefühl, dass er sehr genau wusste, wem das Boot gehörte, aber der Meinung war, dass ihn auch das besser nichts anging.

Das Öffnen der Haustür unterbrach ihre Grübelei. »Wir sind's«, rief Grace vom Flur aus und kam ins Kaminzimmer. Marley war bei ihr. Er hielt ein Pint in der Hand, das er sich aus dem Pub mit herübergenommen hatte, und balancierte es vorsichtig zum Couchtisch.

Alison setzte sich aufrecht hin und goss Tee in ihre Tasse. »Wenn du auch Tee willst, musst du dir eine Tasse holen.«

Grace ging in die Küche und kehrte wenig später zurück. »Jeana hat erzählt, dass Sams Chauffeur sie zurückgebracht hat. Er hat sie sogar ein Stück mit dem Rolls fahren lassen.«

»Erzähl das nur nicht Sam. Ich will nicht, dass Mike deswegen Ärger bekommt.«

»Wie kommt ein Arsch wie Sam an einen netten Chauffeur?«, murrte Marley. Er saß Alison gegenüber. Er sah müde aus und nicht besonders glücklich. Von Jeana wusste sie, warum. Er hatte ihr von seinem Streit mit Kim erzählt.

»Um es mit Sams Worten zu sagen: Es ist alles nur eine Frage des Geldes«, erwiderte Alison.

»Apropos Geld: Was macht denn die Millionärsgattin?«, fragte Grace.

»Ist untergetaucht oder verschwunden oder was weiß ich.«

»Entführt?«, schlug Grace vor.

»Da bleibe ich eher bei der Vermutung, dass Brodie sie umgebracht hat.«

»Ernsthaft?« Ihre Freundin sah sie stirnrunzelnd an.

»Nein, vermutlich nicht«, relativierte Alison ihre Worte. »Ich krieg die Puzzleteile einfach nicht zusammen.«

»Lass uns den Fall noch mal von Anfang an durchgehen.«

Eigentlich war Alison zu müde, aber Grace war Polizistin. Sie hatte vielleicht einen anderen Blick auf die Geschehnisse.

»Alles fing damit an, dass Violet zu mir kam und mir erzählte, dass sie sich von Brodie trennen wolle«, begann Alison. »Ich hatte den Eindruck, dass es irgendetwas gab, das sie zutiefst verstörte. Sie wirkte verängstigt. Aber vielleicht hat sie mir auch nur etwas vorgespielt.«

»Wie kommst du darauf?«, hakte Grace ein.

Alison verzog schmollend den Mund. »Weil ich sauer auf sie bin. Sam hatte mal was mit ihr.«

»Bist du sicher?«

»Er hat es mir quasi ins Gesicht gesagt.«

»Muss ja nicht stimmen«, mischte sich Marley in das Gespräch ein.

»Warum?«

»Weil er ein eitler Fatzke ist und dir vielleicht einfach nur wehtun wollte.«

Alison musterte Marley prüfend. »Sprichst du von Sam oder von Gordon Ballard?«

»Was hat Ballard damit zu tun?« Grace sah irritiert von einem zum anderen.

»Nichts.« Marley warf Alison einen mahnenden Blick zu.

»Nichts«, bestätigte sie. »Zurück zu Violet. Als ich sie das letzte Mal sah, hatte sie anscheinend gerade eine Nachricht auf ihr Smartphone bekommen, die sie ziemlich aufgewühlt hat. Ich bin an dem Abend ausgegangen, und als ich wieder nach Hause kam, war Violet nicht mehr da.«

Alison führte aus, was sie unternommen hatte. Ihre unerfreulichen Besuche bei Brodie, das verängstigte Hausmädchen und schließlich auch deren spurloses Verschwinden.

»Diese Elani ist schwarz?«

»Aye. Ich glaube, sie war noch nicht lange in Schottland. Sie sprach nur sehr gebrochenes Englisch.«

»Das ist ein seltsamer Zufall ...«

»Was jetzt genau?«, fragte Alison. Sie musste sich gedulden, bis Grace ihre Gedanken geordnet hatte und eine Antwort gab. Marley trank derweil sein Pint und lehnte sich in die Sofakissen zurück.

»Wir finden bei den Duncansby Stacks die Leiche eines Jungen«, erklärte Grace. »Mutmaßlich ein Flüchtling vom afrikanischen Kontinent. Du entdeckst in Dornoch im Hause von diesem Brodie ein Mädchen, das anscheinend ebenfalls Afrikanerin sein könnte. Die Polizei taucht dort auf, das Mädchen verschwindet, dann wirst du in Forsinain überfallen. Alles spielt sich hier im Norden ab. Könnte es da einen Zusammenhang zwischen beiden Fällen geben?«

Alison sah zerknirscht zu ihrer Freundin. »Ich bin ziemlich sicher, dass Elani den Jungen kannte.«

»Wie bitte?«

»Ich habe ihr das Bild gezeigt, das ihr veröffentlicht hattet. Sie hat ihn erkannt ... Aber sie wollte mir nicht verraten, wer er ist.«

»Wieso sagst du mir das erst jetzt? Verflucht, Ali!«

»Grace, geht's ein bisschen leiser?«, murmelte Marley. Er hatte sich zurückgelehnt, den Kopf in den Nacken gelegt und die Augen geschlossen.

»Elani ist vermutlich illegal in Schottland. Denkst du, da ist sie scharf darauf, mit der Polizei zu sprechen?«, verteidigte Alison sich.

»Das hätten wir schon irgendwie regeln können, Mensch«, zischte Grace ärgerlich.

»Tut mir leid«, erwiderte Alison betreten.

»Stellt sich die Frage, wie die beiden ins Land gekommen sind«, überlegte Grace.

Alison kam das Gespräch mit dem Fischer wieder in den Sinn.

»Da mögen Dinge vor sich gehen …« Violets Haus lag an einem kleinen Hafen. Abseits und unbeachtet. Warum sollte eine Frau wie Violet sich ausgerechnet dort ein Haus kaufen? Sie sah zu Marley. »Was war das eigentlich für eine Geschichte mit dem Gespenst?«

»Was für ein Gespenst?«, fragte er schlaftrunken.

»Das, von dem dir die Jungs erzählt haben, als du sie beim Fenstergucken erwischt hast.«

»Das war ein Geist. Er war schwarz und hatte nur ein Auge.« Marley rieb sich müde über das Gesicht und reckte sich. »Mädels, ich muss ins Bett.«

Alison wandte sich Grace zu. »Die Kinder haben Elani gesehen oder den Jungen oder … Was ist, wenn Brodie und Violet sich mit einer Schleuserbande eingelassen haben?«

»Ernsthaft?« Grace verzog skeptisch das Gesicht.

»Es klingt vielleicht absurd, aber es könnte doch erklären, warum Violet sich diesen einsamen Kasten gekauft hat. Verflucht, ich muss in dieses Haus!«

Alison wollte aufspringen, aber Grace bremste sie. »Du gehst heute nirgendwo mehr hin, und ich verbiete dir, unbefugt dieses Haus zu betreten! Ich spreche mit meinem Boss.«

»Kenny ist viel zu langsam. Wir rufen Una an.« Alisons Blick glitt suchend über den Couchtisch, bis ihr einfiel, dass sie kein Smartphone mehr besaß. »Ich brauche unbedingt ein neues Telefon.«

Grace holte ihr Handy hervor und reichte es ihr. »Nimm meins.«

»Das brauchst du doch selbst.«

»Nur für dieses Telefonat. Danach möchte ich es gern wiederhaben.«

Alison fischte Unas Visitenkarte aus ihrer Handtasche und wählte die Nummer der DCI. Ihr Anruf wurde auf die Mobilbox umgeleitet.

»Hi, Una, ich bin es, Ali. Ich muss dich dringend sprechen.« Sie sah zu Grace und bat wortlos, ob sie das Telefon nicht doch eine Weile behalten könnte. Grace schüttelte den Kopf.

»Ich bin bei meiner Schwester in Thybster.« Alison diktierte Una Jeanas Handynummer aufs Band.

»Sollen wir nicht doch …?«, überlegte sie.

»Nein! Es ist nach elf. Du gehörst ins Bett. Komm Marley, ich bring dich nach Hause.« Grace stand auf. »Und ich warne dich, Ali, komm nicht auf die Idee, heute Nacht irgendeinen Alleingang zu unternehmen. Ich spreche morgen mit Kenny. Wir schauen uns das Haus mal genauer an.«

SECHZEHN

Elani sehnte den Sonnenaufgang herbei. In dem alten, aus dicken Steinbrocken errichteten Bau, in dem sie Zuflucht gefunden hatte, stank es nach feuchter Erde und Schafsdung. Aber sie hatte keinen besseren Ort gefunden. Die Nacht war kalt, und sie fror entsetzlich.

Sie hatte mühsam etwas Gras zusammengeklaubt, um sich in einer geschützten Ecke ein Lager zu bereiten. Sie hatte sich darauf ganz klein zusammengekauert, doch sie zitterte unaufhörlich. In ihr war keine Wärme mehr.

Ihr Körper schmerzte fürchterlich, auch ihr Hals, das Schlucken fiel ihr schwer. Das war der Fluch der Madam. Sie hatte ihre Schulden nicht bezahlt.

Das marode Gebäude stand verlassen am Rande einer steilen Küste. *»Keep out! Danger!«*, verbot ein Schild den Zutritt. Aber sie brauchte Schutz vor dem Wind, der hier ständig wehte.

Mit dem Morgengrauen wagte sie, aus ihrem Unterschlupf zu kriechen. Auf der Weide grasten ein paar Schafe. Unter ihr rauschten die Wellen in einem fort. Die Aussicht ging auf einen langen, breiten Sandstrand. Endloser heller Sand. Zwischen dem Strand und der Felsküste, auf der sie stand, schlängelte sich ein Fluss ins Landesinnere.

Sie hätte nicht sagen können, wie sie hierhergekommen war. Die vergangenen Tage waren grauenvoll gewesen, wie ein schrecklicher Albtraum, aus dem sie einfach nicht erwachte.

Sie hörte ein Motorengeräusch. Eilig suchte sie Schutz hinter der Mauer des Gebäudes. Kurz darauf parkte ein Wagen ein Stück entfernt von ihr am Rand der schmalen Straße. Zwei Männer stiegen aus, sie trugen dunkle Hosen, dunkle Jacken und Käppis. Einer rauchte und sah dabei schweigend aufs Meer.

Dann räumten sie Sachen aus dem Auto. Zwei Stühle, einen Eimer, eine Thermoskanne. Sie setzten sich auf die Stühle, gossen sich eine dampfende Flüssigkeit in die Becher. Tee? Kaffee?

Elanis Magen knurrte. Eilig presste sie die Hand darauf und lauerte wieder ängstlich um die Ecke. Die Männer stellten die Tassen ab. Einer machte sich am vorderen Ende des Wagens zu schaffen, kam mit langen Ruten wieder zum Vorschein. Angler.

Sie nahmen die Stühle, den Eimer, ihre Ruten und machten sich an den Abstieg. Ein schmaler Trampelpfad wand sich in die Tiefe. Elani wartete, bis sie hinter einer Biegung verschwunden waren, dann kroch sie zu dem Auto.

Sie hatten die Thermoskanne mitgenommen. Elani probierte vorsichtig den Türgriff. Die Beifahrertür war nicht verriegelt. Sie öffnete sie einen Spaltbreit, schlängelte sich ins Innere.

Auf dem Boden, dem Rücksitz, in der Mittelkonsole, überall lag Zeug: Kleidung, Schnüre, Kabel. Sie fand einen Müsliriegel, eine halbe Packung Toastbrot und eine Flasche Wasser. Sie nahm alles an sich, wollte schon aus dem Auto hinauskriechen, da fiel ihr Blick auf eine Jacke. Ein dickes, warmes Fleece.

Thybster

Jeana kam, ohne anzuklopfen, in Alisons Zimmer und hielt ihr mürrisch ihr Smartphone hin. »Für dich«, knurrte sie und rauschte wieder hinaus. Jeana war kein Morgenmensch.

Alison allerdings auch nicht. Verwirrt hielt sie den Apparat in der Hand, eine weibliche Stimme war zu hören. »Hallo? Jeana? Ali? Ist noch irgendjemand in der Leitung?«

Una.

Alison rieb sich mit der freien Hand den Schlaf aus den Augen, wobei sie etwas zu fest über die geschwollene Stelle an ihrer Schläfe strich und schmerzvoll das Gesicht verzog.

»Guten Morgen«, krächzte sie ins Telefon. Sie richtete sich auf und trank einen Schluck des erkalteten Tees, der auf dem Nachttisch stand.

»Hab ich euch geweckt?«

»Wie spät ist es?«

»Fünf nach sechs. Du hattest um Rückruf gebeten. Es klang dringend.«

Alison gähnte herzhaft, um ihr Gehirn mit Sauerstoff zu versorgen, dann berichtete sie Una von ihren Überlegungen vom Abend zuvor.

»Du denkst also, die Kinder haben Elani in Violets Haus gesehen?«

»Sie oder den toten Jungen, der bei den Stacks angespült wurde.«

»Du hast gesagt, dass Elani für die Thompsons gearbeitet hat, da ist es doch nicht ungewöhnlich, wenn das Mädchen mit Violet in ihrem Ferienhaus war.«

»Aber siehst du das denn nicht? Elani ist illegal in Schottland! Das Haus liegt direkt an einem kleinen, einsamen Hafen. Niemanden schert es, was da vor sich geht.«

»Du hältst Violet und Broderick Thompson also für Menschenhändler?«

»Das wäre doch möglich.«

»So ganz überzeugt bin ich von deiner Theorie nicht.«

»Warum nicht?«

»Weil – und das sage ich dir jetzt unter dem Siegel der Verschwiegenheit – die Ehe der beiden bereits seit Längerem zerrüttet ist.«

»Woher weißt du das?«

»Denkst du, wir machen unsere Hausaufgaben nicht? Du hast Violet als vermisst gemeldet. Ihr Ehemann zeigt sich wenig kooperativ und auskunftsbereit. Da haben wir natürlich mal in der Nachbarschaft und im Freundeskreis Nachforschungen angestellt. Die Eheleute gehen seit Längerem getrennte Wege, keiner scheint sich für den anderen zu interessieren.«

»Das ist in diesen Kreisen doch normal. Da wird wegen des Geldes geheiratet oder um Einfluss in irgendwelchen Kreisen oder einen Adelstitel zu bekommen. Mit Liebe hat das herzlich wenig zu tun.«

»Sprichst du aus Erfahrung?«

»Können wir meine Beziehung zu Sam bitte außen vor lassen?«

»Damit ich dich nicht frage, woher du so schnell ein neues Auto hast?«

»Una, hier geht es nicht um mich! Es geht um Elani! Brodie hat etwas zu verbergen. Er war stinksauer, dass ich Violet als vermisst gemeldet habe und deine Kollegen bei ihm aufgekreuzt sind.« Alison rief sich ihren letzten Besuch in dem Herrenhaus in Erinnerung. »Irgendjemand setzt ihn unter Druck. Ich war letzten Montag bei ihm. Er hat so ein hübsches Veilchen wie ich. Ich möchte meinen Arsch darauf verwetten, dass das von derselben Person stammt, die mich niedergeschlagen hat.«

»Ein Treppensturz, meines Wissens.«

»Das kaufst du ihm doch wohl nicht ab?«

»Nein. Also gut, ich spreche mit den Kollegen in Thurso. Sie sollen sich Violets Haus mal anschauen, kann ja nicht schaden. Und du legst dich wieder ins Bett und kurierst dich aus. Falls dir langweilig wird, melde dich mal bei Hamish. Er hat gestern versucht, dich zu erreichen.«

Zu ihrer eigenen Verwunderung war Alison nach dem Telefonat mit Una noch einmal eingeschlafen. Als sie um halb zehn mit Jeana und Joyce bei einem späten Frühstück saß, sah sie Sams Rolls auf den Hof fahren.

»Ich dachte, der hat sich zurück in sein Schloss kutschieren lassen?«, ätzte Joyce.

»Er hat kein Schloss, nur ein altes Herrenhaus.« Alison erinnerte sich daran, wie Sam sie zum ersten Mal mit zu sich genommen hatte. Staunend hatte sie in der großen Eingangshalle gestanden. Dicke Teppiche bedeckten den Boden, ein Kronleuchter strahlte warmes Licht aus, und den Treppenaufgang zierten nostalgische Ölgemälde, die Menschen aus anderen Jahrhunderten zeigten.

Sam hatte ihr Märchen über die Personen aufgetischt, die auf den Gemälden abgebildet waren. Seine Ahnen, behauptete er. Sie glaubte ihm, und er hatte herzlich gelacht. Dann hatten sie gemeinsam zu jedem Porträt Legenden erfunden, die sie ihren Gästen in den schillerndsten Farben erzählten.

Die Tür zu Jeanas und Joyce' Haus war nicht verschlossen, und Sam spazierte gut gelaunt herein. »Einen wunderschönen guten Morgen, meine Damen.«

»Was machst du noch hier?«, erwiderte Alison seinen Gruß weniger enthusiastisch. Sie musterte verwundert sein Outfit. Statt Anzug trug er Jeans und ein kurzärmliges dunkles Hemd. Sie konnte sich nicht erinnern, wann sie Samuel Dexter zuletzt in Bluejeans gesehen hatte.

»Nun, in erster Linie möchte ich mich nach deinem Befinden erkundigen, meine Liebe.« Er wandte sich lächelnd an die Hausherrinnen. »Ob es möglich wäre, einen Tee zu bekommen?«

»Der Pub öffnet erst um elf.«

»Jeana, bitte sei so lieb«, bat Alison. Sam hatte ihr immerhin am Tag zuvor klaglos geholfen.

»Earl Grey, oder tut's auch ein British Breakfast?«

»Wenn es keine zu großen Umstände macht, wäre ich über einen Earl Grey hocherfreut.«

Ihre Schwester stand auf und verschwand in der angrenzenden schmalen Küche. Joyce entschuldigte sich mit der Ausrede, dass sie im Pub noch einiges vorbereiten müsste.

Sam setzte sich neben Alison an den Tisch. »Was steht heute auf dem Programm, Chefin?«

»Nichts.«

»Ali-Schatz, das kann nicht dein Ernst sein. Mein Vorschlag wäre, wir observieren Violets Haus.«

»Deswegen diese Verkleidung?«

Er sah an sich herunter. »Das – nein. Ich dachte mir, ich passe mich ein wenig der Umgebung an, damit wir nicht so auffallen.«

Wir. Für ihn war es anscheinend selbstverständlich, dass sie gemeinsam weiter nach Violet suchen würden.

»Nach Fresgoe brauchen wir heute nicht zu fahren. Die Polizei schaut sich dort gerade um.«

»Ich wollte auch nicht dorthin fahren.« Er zauberte eine Schachtel mit einer roten Schleife hervor.

»Was ist das?«

»Mach's auf.«

»Ich will keine Geschenke von dir.«

»Es ist dienstlich.«

»Dienstlich?« Alison zog stirnrunzelnd die Schleife auf und öffnete die kleine Box. Darin lag ein nagelneues Smartphone. »Ich sagte, ich will keine Geschenke.«

»Und ich sagte: Es ist dienstlich. Schau.« Er nahm das Smartphone und schaltete es ein. Er wählte eine App aus, kurz darauf erschien der Eingang von Violets Haus auf dem Display. »Wildkamera, leider nur Schwarz-Weiß-Aufnahmen, aber funktioniert auch im Dunkeln. Mike hat sie heute Nacht aufgebaut.«

Alison starrte ihn entgeistert an.

»Da staunst du, was der gute Sam so alles draufhat, was?«

»Verflucht, Sam, so etwas musst du mit mir absprechen!« Sie schnaufte wütend. »Ich habe mit der Polizei telefoniert, die sind gerade auf dem Weg, um sich am Sandside Harbour umzuschauen. Oh Mann! Ich hoffe für dich, dass sie deine Kamera nicht finden. Die kriegen das doch ruckzuck raus, dass das Signal an dein Handy geschickt wird.«

»Oh, das …« Er sah betreten auf das Smartphone. »Das habe ich für dich gekauft. Es läuft auf deinen Namen.«

Thurso

Vielleicht hatte er tatsächlich etwas zu voreilig gehandelt, übte Samuel Dexter im Stillen ein klein wenig Selbstkritik. Dennoch gab es Alison nicht das Recht, ihn quasi als Volltrottel hinzustellen. Und das hatte sie, als sie ihre Freundin Police Sergeant Grace MacKeith anrief, um sie um einen kleinen Gefallen zu bitten. Er hatte das Gespräch mit angehört, ebenso ihre Schwester, als sie ihm den Tee brachte.

»Du bist ein undankbares Wesen«, hatte er mit aller Ruhe und Nonchalance, die er noch aufbringen konnte, gesagt und war gegangen.

Was dachte sie denn, wer er war? Ihr Lakai, den sie nach Belieben rufen und dann wieder mit Füßen treten konnte? Nicht mit ihm. Er war immer noch Samuel Dexter. Selfmade-Multimillionär, in der Geschäftswelt angesehen und gefürchtet zugleich, und von den Frauen – wenn man von den selbstgefälligen Xanthippen aus Thybster absah – vergöttert.

Er brauchte Alison Dexter nicht. Er würde eine richterliche Verfügung erwirken, dass sie seinen Namen ablegen musste. Sollte sie schauen, wie sie als Alison Johnson durchs Leben kam. Sein Nachname würde ihr keine Tür mehr öffnen.

Mike stoppte den Rolls vor dem Hotel in der Princess Street, in das er am Abend zuvor eingecheckt hatte.

»Sei so gut und pack bitte unsere Sachen«, bat Sam seinen Chauffeur. »Ich mache einen kleinen Spaziergang, und dann fahren wir zurück nach Edinburgh.«

Mike warf ihm über den Rückspiegel einen irritierten Blick zu, aber er arbeitete lange genug für ihn, um sich jegliche persönliche Frage zu verkneifen.

Sam stieg aus und sah an sich herunter. Noch immer trug er diese lächerliche Jeans. Kleider machen Leute, der Spruch kam nicht von ungefähr. Die Menschen behandelten ihn mit mehr Respekt, wenn er einen maßgeschneiderten Anzug trug.

Er hatte keine Lust, sich umzuziehen, und marschierte ziellos die Straße entlang. Hinter dem Kriegsdenkmal erhob sich der viereckige Turm der St. Peters and St. Andrews Church. Der gotische Bau war 1832 nach einem Entwurf von William Burn gebaut worden, las Sam auf einer Infotafel. Burn wurde auch der Bau der Kirche St. John the Evangelist in Edinburgh zugeschrieben.

Edinburgh. Wie sehr sehnte er sich zurück in die Stadt. In die Zivilisation, weg von diesem einfachen Leben in diesem einfachen Küstenörtchen. Sam schlenderte weiter und spazierte durch die kurze Fußgängerzone, an deren Ende das North Coast Visitor Centre samt Museum im neugotischen Bau des einstigen Rathauses Einzug gehalten hatte.

»Wer kommt hierher, um Urlaub zu machen?«, seufzte er verständnislos. Er lief hinunter zum Strand. Der Wind war an der Küste stärker und wehte ihm kalt ins Gesicht. Er zog die Schultern hoch und versteckte die Hände in den Hosentaschen. Die hellen Härchen auf seinen Unterarmen stellten sich auf. Er hätte eine Jacke mitnehmen sollen.

Weil er keinen Sand in den Schuhen haben wollte, spazierte er oben an der Promenade entlang. Die Wellen klatschten ans Ufer, eine Möwe saß auf dem Beton und kackte unbeeindruckt von seiner Anwesenheit auf den Boden. Er ging bis zum Rocking Chair, einem aus Bruchsteinplatten gebauten Kreis, in dessen Innerem sich eine steinerne Bank befand, die Aussicht auf den Pentland Firth und die Küste von Hoy bot.

Er setzte sich in den windgeschützten Kreis. Hier war es angenehmer. Einen Moment schloss er die Augen und ließ sich von der Sonne wärmen, die gerade zwischen den Wolken durchblitzte.

Das Smartphone in seiner Tasche vibrierte. Alison, vermutete er. Wahrscheinlich suchte sie wieder einen Idioten, der sie durch die Gegend kutschierte. Der kurze Moment der Entspannung war augenblicklich dahin. Auf ihn brauchte sie nicht mehr zu zählen. Er überlegte, den Anruf zu ignorieren, aber seine Neugierde siegte.

Die Nummer auf dem Display kannte er nicht. Er nahm das Gespräch an.

»Milow Adams«, meldete sich eine männliche Stimme. »Die Inhaberin der Forsinard Lodge gab mir Ihre Nummer. Mein Freund und ich waren vor ein paar Tagen dort zu Gast. Sie sagte, Sie wollten mit uns sprechen wegen des Überfalls auf Ihre Frau.«

Kurz war er versucht, den Anrufer abzuwimmeln. Er könnte ihm die Nummer von Alisons neuem Handy geben, das er in seiner Wut vergessen hatte wieder mitzunehmen. Doch sein Gesprächspartner hatte einen angenehmen britischen Akzent. Der Mann musste aus dem Süden kommen. Wie wohltuend!

»Ja, es wäre sehr wichtig, dass wir uns unterhalten«, erklärte Sam. »Wo sind Sie gerade?«

»Wir sind in Bettyhill.«

Bettyhill – wo war das schon wieder? Hatte er den Ortsnamen

nicht vorhin noch auf einem Verkehrsschild gelesen? »Das ist im Norden, oder?«

Milow lachte kurz auf. »Kann man so sagen, ja.«

»Könnten wir uns treffen? Ich bin gerade in der Gegend und könnte zu Ihnen kommen.« Hauptsache, fort aus diesem Ort.

»Ich kann mir zwar nicht vorstellen, dass wir Ihnen helfen können. Aber klar, kommen Sie her.«

Sie verabredeten sich zum Essen im »Bettyhill Hotel«. Sam reservierte einen Tisch und gleich noch zwei Zimmer für sich und Mike. Die Stimme des jungen Mannes hatte erfrischend fröhlich und aufgeschlossen geklungen. Er würde sich einen netten Abend in diesem Bettyhill machen und am nächsten Tag durch die Highlands zurück nach Edinburgh fahren.

Thybster

Grace MacKeith stampfte über den Platz zwischen JJ's und Wohnhaus. Sie trug Uniform und Mütze und sah sehr dienstlich und sehr schlecht gelaunt aus, stellte Alison fest. Sie saß auf der Bank vor dem Haus. Jeana und Joyce waren seit dem Vormittag im Pub beschäftigt.

Alison wäre gern nach Fresgoe gefahren, um sich bei Violets Haus noch einmal umzusehen. Sie wollte mit den Bewohnern der anderen beiden Häuser sprechen, falls jemand da war, und sich im nahen Örtchen Reay umhören. Da sie jedoch Grace und ihren Kollegen von der Thurso Police nicht in die Arme laufen wollte, hatte sie den Tag stattdessen mit Grübeleien verbracht.

Grace hatte sie entdeckt. Mit einem grimmigen Schnaufen setzte sie sich zu ihr auf die Bank. Sie nahm ihre Mütze ab, raufte sich durch die kurzen dunklen Haare. »Mach so eine Scheiße nie wieder, okay? Ich habe dir gesagt, du sollst dich von dem Haus fernhalten!«

»Ich habe mich ferngehalten«, verteidigte Alison sich, während sie Sam zum hundertsten Mal an diesem Tag verfluchte.

»Und wie kommt dein toller Sam auf die Idee, da eine Wildkamera aufzustellen?«

»Er ist nicht ›mein‹ toller Sam. Und ich vermute, er wollte einfach nur helfen«, verteidigte sie ihn. Nachdem sie am Vormittag mit Grace telefoniert und ihr von der Kamera erzählt hatte, war Sam gegangen. Als »undankbares Wesen« hatte er sie bezeichnet. Wäre die Situation nicht so ernst, hätte sie über seine versnobte Ausdrucksweise gelacht.

Doch je weiter der Tag vorangeschritten war, desto größer wurde ihr schlechtes Gewissen. Hatte Sam vielleicht ein klein wenig recht? War sie in ihrer Wut zu harsch gewesen? Er tat ja wirklich alles, um ihr zu helfen. Und auch wenn seine Gründe daher rührten, sie wieder ins Bett zu kriegen, hätte sie ihn vielleicht nicht Grace gegenüber als unterbelichteten Möchtegern-Columbo bezeichnen sollen – zumindest nicht in seiner Gegenwart.

»Habt ihr die Kamera gefunden?«, wagte Alison zu fragen. Sie hatte das Smartphone den ganzen Tag ausgeschaltet gelassen, in der Hoffnung, dass das die Ortung erschweren würde. Was völlig unsinnig war, da das Gerät zuletzt in Thybster eingeschaltet gewesen und damit beim nächsten Funkmast angemeldet war.

»Nein, wir haben die Umgebung nicht abgesucht, weil nichts darauf hindeutet, dass dort irgendein Verbrechen stattgefunden haben könnte.«

»Und hast du die Kamera –«

»Denkst du, ich bin bescheuert?«, fuhr Grace ihr über den Mund. »Ich muss meine Kollegen ja nicht mit der Nase darauf stoßen.«

»Danke.«

»Sieh zu, dass ihr die Kamera da wieder wegschafft. Du bringst mich in Teufels Küche.«

»Es ist doch nicht deine Schuld, wenn Sam unbefugt eine Wildkamera aufstellt, die fremdes Privatgelände filmt.«

»Erklär das meinem Boss. Kenny weiß, wer meine beste Freundin ist.« Grace beugte den Oberkörper vor und rieb sich kräftig durch das Gesicht. »Ich brauch was zu trinken.«

»Ich hol dir was. Ein Ale? Einen Scotch?«

»Beides. Und Fish & Chips.«

»Geht klar.« Alison ging durch den Hintereingang in die Küche zum Pub und gab die Bestellung an Jeana weiter. Wenig später balancierte sie zwei Biere und zwei Whiskys auf einem Tablett wieder heraus. »Der Fisch braucht noch ein bisschen.«

Grace runzelte skeptisch die Stirn. »Du solltest in deinem Zustand keinen Alkohol trinken.«

Alison zog die Nase kraus. »Das klingt, als wäre ich schwanger.« Sie stellte sich ins Profil. »Hab ich so zugenommen?«

»Du hast eine Gehirnerschütterung.«

»Die ist so gut wie verheilt.«

Grace nahm kopfschüttelnd die zwei Scotchgläser und stellte sie neben sich auf die Bank. »Den trinkst du jedenfalls nicht.«

»Und du musst noch fahren.« Alison stellte das Tablett ins Gras und reichte Grace ein Ale. Das andere vereinnahmte sie schnell für sich selbst.

»Ich penn bei Marley.« Grace prostete ihr zu. »Weißt du, was zwischen ihm und Kim vorgefallen ist?«

»Ein Typ aus dem Kampfsportclub, in dem Kim trainiert, hat wohl rumerzählt, er hätte mit ihr rumgemacht.«

»Dieser Ballard?«

»Wie kommst du auf den?«

»Du hast seinen Namen gestern Abend erwähnt. Marley hat das doch wohl nicht ernsthaft geglaubt?«

Alison hob die Schultern. Sie kannte nicht alle Details der Geschichte.

»Gordon Ballard ist ein Poser. Der erzählt dir auch, dass er zum Tee ins Castle of Mey eingeladen ist, weil er mit King Charlie ganz dicke ist.«

»Und – ist er?«

»Ach was! Der hat King Charles' Wagen vielleicht mal die Einfahrt entlangfahren sehen, aber mehr auch nicht.«

»Genug von Marley und Ballard«, befand Alison. »Du lenkst ab.«

»Wovon?«

»Violets Haus in Fresgoe. Habt ihr jemanden dort angetroffen?«

»Nein, haben wir nicht.«

»Aber ihr seid reingegangen und habt euch umgesehen?«

»Aye.«

»Und?«

»Ich darf mit dir nicht über meine Arbeit reden.«

»Der Tipp kam von mir. Ich habe ein Recht –«

»Hast du nicht.«

»Och, Gracilein. Nicht mehr böse sein«, schmeichelte Alison sich bei ihrer Freundin ein.

»Es ist alles total unspektakulär. So wie es hergerichtet ist, hat es den Anschein, als ob sie ein Bed & Breakfast daraus machen will.«

»Violet? Nie im Leben.«

»Dann hat sie die Zimmer vielleicht für private Sommergäste hergerichtet. Was weiß ich. *Slàinte.*« Grace leerte das erste Whiskyglas in einem Zug und zog ihre Uniformjacke aus. »Ich sollte mich umziehen. Nicht dass einer auf die Idee kommt, ich würde mich im Dienst besaufen.«

»Die Mädels haben bestimmt was für dich im Schrank. Lass uns reingehen, du musst mir sowieso noch den Grundriss des Hauses aufzeichnen.«

Wenig später saßen sie im Kaminzimmer. Alison hatte Block und Bleistift besorgt.

»Im Untergeschoss sind nach vorn zum Hafenbecken raus Arbeitszimmer, Küche und Wohnzimmer, zur anderen Seite eine Vorratskammer und ein Schlafzimmer mit angrenzendem Bad. Wir vermuten, dass das Violets Schlafzimmer ist, da dort ein paar Kleidungsstücke im Kleiderschrank lagen und der Raum als einziger eine etwas persönlichere Note aufwies.« Grace skizzierte die Anordnung der Zimmer in dem länglichen Gebäude.

»Mit Sicherheit sind das ihre Sachen. Stand im Bad Waschzeug, ein Parfum? Wir könnten Brodie fragen, welches sie benutzt.«

»Ali, wir gehen stark davon aus, dass es ihre Sachen sind. Es ist schließlich ihr Haus. Aber was besagt das schon? Natürlich hat man Kleidung und Waschzeug in einem Haus, das einem gehört.« Grace widmete sich wieder der Skizze. »Im Obergeschoss sind insgesamt vier Schlafzimmer. Zwei davon sind sehr großzügig angelegt mit Sitzgelegenheit und jeweils einem eigenen Bad. Dann gibt es noch eine Gästetoilette, und am Ende des Ganges ist eine schmale Kammer – ein Lagerraum mit Bettwäsche und allem möglichen Krempel.«

Alison betrachtete die Zeichnung. Aus welchem der Schlafzimmer hatten die Jungen »den Geist« schauen sehen?

»Es scheint so, als wären die Räume erst vor Kurzem renoviert und neu eingerichtet worden«, fuhr Grace fort. »Keine teuren Möbel, aber dennoch ganz nett. Alles war aufgeräumt, die Betten waren frisch bezogen. In den Regalen lag allerdings eine dünne Staubschicht. Anscheinend hat da in letzter Zeit niemand sauber gemacht.«

»Das ist was, wo wir ansetzen können: Violet würde niemals selbst Hand anlegen und das Haus putzen. Sie muss eine Putzfrau haben. Die müssen wir finden.«

Grace sah sie irritiert an. »Wieso sagst du immer ›wir‹?«

»Ich?«, korrigierte Alison.

Grace' Miene verriet, dass auch das nicht das gewünschte Pronomen war.

»Ihr?«

»Ich gebe deinen Wunsch gern an Kenny weiter.«

»Habt ihr in die Schränke geschaut? Hat sie frische Lebensmittel da?«

»Ja, es gab einen Vorrat an haltbaren Sachen wie Nudeln, Reis, ein paar Konserven. Im Kühlschrank standen eine abgelaufene Milch und eine angebrochene Butter.«

»Wann ist die Milch abgelaufen?«

»Wenn ich mich richtig erinnere, vor zehn Tagen.«

»Dann ist seither vermutlich niemand mehr in dem Haus gewesen.«

»Oder Violet ist nicht besonders sorgsam im Umgang mit Lebensmitteln«, gab Grace zu bedenken.

»Was ist mit dem Müll?«

»Es gab keinen. Die Mülleimer waren geleert. Müllabfuhr war diese Woche.«

Alison brannte darauf, sich selbst in dem Haus umzusehen. Irgendwo musste es einen Hinweis auf Violets und damit hoffentlich auch auf Elanis Verbleib geben.

»Wie seid ihr eigentlich in das Haus reingekommen?«

Grace durchschaute den Hintergedanken ihrer Frage. »Das sage ich dir nicht.«

Bettyhill

Samuel Dexter war guter Dinge, während Mike ihn von Thurso entlang der Nordküste nach Bettyhill chauffierte. Als der Wagen das Schild »Welcome to the County of Sutherland« passierte, atmete er auf. Jetzt würde das Leben wieder komfortabler werden.

Dieses Caithness war einfach nicht seine Welt. Die Leute dort tickten anders als die Menschen aus dem Süden. Nun, dachte er selbstgefällig bei sich, was wollte man erwarten von einer Region, in der einst Pikten und Wikinger gehaust hatten.

Die Straße verlief kurvig, flankiert von Weide- und Moorlandschaften, im Hintergrund erhoben sich die Berge der Highlands, die ihn von seinem geliebten Edinburgh trennten. Der Zustand der schmalen Straße ließ zu wünschen übrig. Sam war froh, dass Mike ein besonnener Fahrer war und seinen Rolls-Royce sicher an so manchem Schlagloch vorbeilenkte.

Hin und wieder tauchten einzelne Gehöfte auf, und sie durchquerten kleine Siedlungen. Nicht zum ersten Mal fragte Sam sich, wie man diese Einsamkeit aushielt. Lediglich Schafe gab es überall: auf den Weiden, an den Klippen, auf der Straße. Auf einem Stück des Weges musste Mike den Wagen sogar an einer kleinen Herde frei laufender Rinder entlangmanövrieren! Hier oben im Norden war er definitiv am Ende der Zivilisation angelangt.

Hatte Sam gehofft, dass Bettyhill etwas städtischer wäre, wurde er enttäuscht. Der Ort war kaum größer als Thybster, benannt nach seiner Gründerin Elizabeth – Betty –, Gräfin von Sutherland, und konnte auf gut zweihundert Jahre Geschichte zurückblicken. In einer ehemaligen Kirche befand sich ein Museum zur Historie der Highland Clearance, das er jedoch nicht weiter beachtete.

Seine Unterkunft war kein Sternehotel, das Zimmer für seine Ansprüche zwar klein, aber komfortabel eingerichtet, und es bot von seiner erhobenen Position die Aussicht auf die Torrisdale-Bucht. Wenn einem der Wind nicht kalt ins Gesicht blies, war der Blick in die Landschaft und auf das Wasser gar nicht schlecht, gestand Sam sich ein.

Milow Adams erwartete ihn bereits mit seinem Partner Nigel Smith im Hotelrestaurant. Sie saßen an einem kleinen Tisch nahe am Fenster. Die beiden sahen anders aus, als Sam erwartet hatte. Zwei große, kräftige Burschen, Anfang zwanzig, mit gepflegten dunklen Bärten. Sie trugen Jeans und Baumwollhemden, und Sam fragte sich, ob die Entscheidung, einen hellen Anzug zu tragen, für dieses Treffen die richtige Wahl gewesen war. Aber nun. Er war ein Mann aus der Stadt und kein Landei, das durften ruhig alle sehen.

Milow grinste ungläubig, als er an den Tisch trat. »Sie sind tatsächlich *der* Samuel Dexter, oder?«

»Pardon, welchen meinen Sie denn?«

»Der Selfmade-Mann, der vor einigen Jahren ein gigantisches Vermögen an der Börse gemacht hat. Nigel und ich studieren Wirtschaftswissenschaften in Glasgow. Jeder hat schon mal von Ihnen gehört. Sie sind eine Legende.«

Die Worte des jungen Mannes schmeichelten Sam. »Na, so alt bin ich ja nun doch noch nicht, dass man von mir als einer Legende sprechen muss.«

Er setzte sich, studierte die Speisekarte und entschied sich für einen Krabbencocktail als Vorspeise und zum Hauptgang Lachsfilet. »Suchen Sie sich etwas aus. Sie sind selbstverständlich heute Abend meine Gäste«, erklärte er großzügig.

»Wie geht es Ihrer Frau?«

Sam stutzte einen Moment, dann erinnerte er sich, dass er in der Forsinard Lodge die undankbare Alison als seine Frau vorgestellt hatte. »Oh, ihr geht es einigermaßen. Sie muss sich noch schonen.«

»Ist sie entführt worden?«

Dieses Gespräch lief nicht in die gewünschte Richtung. Er sollte die Fragen stellen und nicht die Neugier dieser beiden jungen Buschen befriedigen.

»Sie verstehen sicher, dass ich mit niemandem über das Geschehen reden darf. Das könnte die polizeilichen Ermittlungen gefährden«, flüchtete er sich in eine banale Floskel. »Ist Ihnen vielleicht noch etwas eingefallen, das uns bei der Suche nach den Tätern helfen könnte?«

»Wir haben uns wirklich den Kopf zerbrochen, aber leider …« Milow schürzte bedauernd die Lippen.

»Wir sind einen Tag vor dem Vorfall in der Forsinard Lodge angekommen«, ergriff Nigel das Wort. »Wir hatten dort einen Zwischenstopp auf dem Weg hierher eingelegt.«

»An dem Dienstagmorgen sind wir sehr früh aufgestanden. Wir sind zum Infocenter von Forsinard Flows gefahren, das liegt wenige Meilen südlich der Lodge«, fuhr Milow fort. »Von dort kann man zu einem Aussichtsturm im Moor wandern. Wir wollten Ausschau halten nach seltenen Vögeln und nach Rotwild. Wir hatten gehofft, einen Bussard oder vielleicht sogar einen Adler zu sehen.«

Was war mit der Jugend von heute geschehen? Statt sich auf Partys oder in Pubs, Clubs und Kinos zu amüsieren, stiefelten sie in aller Herrgottsfrühe in die Wildnis, um ein paar Hirsche über das Moor laufen zu sehen. Sam schüttelte innerlich den Kopf, während er weiterhin den aufmerksamen Zuhörer mimte. »Und hatten Sie Glück?«

»Nein, nur einen Goldregenpfeifer und ein paar Enten. Aber es war trotzdem sehr schön. So früh am Morgen herrscht dort eine einzigartige Atmosphäre«, schwärmte Milow. Sein Freund stimmte ihm begeistert nickend zu.

»Wir sind später am Vormittag auf dem Forsinain Trail wandern gegangen«, fuhr Milow fort. »Als wir oben auf der Ebene ankamen, haben wir die Rauchsäule in der Ferne bemerkt.«

»Da ist uns ein bisschen anders geworden«, ergänzte Nigel. »Zwischen uns und der Straße lag der Wald. Wir wussten ja nicht genau, wo der Brand war, und hatten Sorge, dass sich das Feuer ausweitet und wir nicht mehr zurückkommen.«

Sam hatte sein Smartphone herausgeholt und suchte den Forsinain Trail auf einer Karte. Der gut vier Meilen lange Rundwanderweg startete an dem Wanderparkplatz an der A 897, an dem er mit Alison auf dem Weg zum alten Cottage vorbeigefahren war. Er drehte das Display so, dass die beiden jungen Männer draufschauen konnten. »Ist das der Trail?«

»Ja.« Milow fuhr mit dem Finger den Weg entlang. »Hier oben ungefähr haben wir gestanden, als wir den Rauch gesehen haben. Das ist ein Aussichtspunkt, von dem aus man einen schönen Blick auf den Loch Bad a'Bhothain hat.«

Sam starrte auf die Karte. »Ali wurde ganz in der Nähe gefunden. Und Ihnen ist wirklich nichts aufgefallen?«

Die beiden Männer sahen ihn betreten an.

»Uns war echt ziemlich mulmig zumute«, gestand Milow. »Wir sind einfach nur so schnell wie möglich zurück zum Parkplatz. Als wir beim Auto waren, haben wir in der Ferne eine Feuerwehrsirene gehört. Wir sind zurück ins Quartier gefahren und haben dort von unserer Vermieterin gehört, dass ein Auto an der Straße abgebrannt sei. Dass Ihre Frau vermisst wurde, haben wir erst erfahren, als die Polizei uns befragte.«

»Denken Sie bitte noch einmal nach. Sind Ihnen andere Wanderer begegnet? Ein Auto? Irgendwas? Irgendwer?«

Hatte Alison zu dem Zeitpunkt, als die beiden jungen Männer bei dem Hochmoor waren, schon dort gelegen? Oder hatte ihr Entführer sie erst später dorthin gebracht? Aber wann und wie hätte er das tun sollen? Die einzige Zufahrtsstraße war die A 897, und dort waren nach Meldung des Brandes Feuerwehr und Polizei unterwegs gewesen.

»Das ist irgendwie eine seltsame Gegend«, stellte Nigel fest.

»Ich dachte immer, hier oben im Norden ist alles friedlich. Hier kennt jeder jeden. Aber als wir heute an der Küste waren, haben uns zwei Angler erzählt, dass sie beklaut worden seien. Die sagten, sie kämen schon seit Jahren her, hätten nie ihr Auto abgeschlossen. Tja, und heute kommen sie vom Angeln zurück, und da hat denen jemand eine Jacke aus dem Wagen geklaut.«

»Und 'ne Flasche Wasser«, ergänzte Milow kopfschüttelnd. »Wer klaut eine Flasche Wasser?«

»Vielleicht jemand, der sehr durstig ist«, erwiderte Sam leichthin. Er hoffte, dass niemand seinen Rolls-Royce aufbrach oder den Lack zerkratzte. »Wo genau war das denn?«

»Da drüben.« Milow zeigte aus dem Fenster Richtung Bucht. »Wir waren an den Klippen an der alten Fishing Station, da, wo der River Naver ins Meer mündet. Das ist ein großartiger Aussichtspunkt, sollten Sie unbedingt mal hingehen. Man kann dort häufig Delphine sehen. Und bei Anglern ist die Engstelle auch beliebt.«

»Was sagt die Polizei zu dem Diebstahl?«

Nigel zuckte die Achseln. »Ich weiß gar nicht, ob die beiden das überhaupt angezeigt haben. Wie sieht's aus?« Er hob sein leeres Glas. »Trinken wir noch was? Mann, wenn wir das zu Hause erzählen! Wir fahren ans Ende der Welt, und wen treffen wir? Mr Samuel Dexter höchstpersönlich! Können wir ein Selfie machen?«

»Nein.« So eitel und selbstverliebt, wie Sam auch war, er wollte sein Konterfei nicht auf irgendeiner Social-Media-Plattform wiederfinden. Da hielt er sich bisher zum Glück recht erfolgreich heraus. »Aber ich spendiere Ihnen gern noch einen guten Scotch.«

Thybster

Grace hatte sich lang auf dem Sofa ausgestreckt. Nach zwei Pint und zwei Scotch hatte sie beschlossen, dass es genug war.

Sie hatte am Samstag Dienst und wollte am nächsten Morgen nicht verkatert antreten.

Alison starrte auf das Smartphone, das Sam ihr dagelassen hatte. Sie hatte Hamish angerufen. Er war verstimmt, dass sie ihm nicht Bescheid gegeben hatte, als sie das Krankenhaus verließ, und sich erst jetzt bei ihm meldete.

»Ich brauche noch viel Ruhe. Ich habe eine Gehirnerschütterung«, hatte sie zu ihrer Verteidigung hervorgebracht.

»Was dich nicht davon abhält, weiter nach dieser Violet zu suchen.«

»Ich suche Elani und nicht Violet.«

»Wenn du dir schon nicht die paar Tage Erholung gönnst, solltest du dich lieber darum kümmern, deine Detektei zu reanimieren, ein Büro zu mieten und Aufträge einzuholen, für die du auch Geld bekommst.«

Er hatte recht, aber sie hatte keine Lust auf diese Diskussion gehabt und vorgeschoben, dass sie müde sei und jetzt schlafen müsse.

Sie wollte das Handy zur Seite legen, als die Wildkamera-App sich einschaltete. Gebannt beobachtete sie die Videoübertragung. Die Umgebung war nur schemenhaft zu erkennen, da es kaum Licht im Hafen gab.

Vier Personen steuerten den Hauseingang an. Zwei leicht bekleidete junge Frauen – Tops und kurze Röcke, soweit sie das bei der verschwommenen Bildqualität erkennen konnte. Sie hatten die Schultern hochgezogen, huschten leicht vorgebeugt, flankiert von zwei Männern, zur Tür.

»Grace«, wisperte sie aufgeregt, als bestünde die Gefahr, dass die vier sie hören konnten.

»Hm?«

»Da passiert gerade was.«

»Wo?«

»In Fresgoe, die gehen in Violets Haus.« Alison beugte sich zu Grace vor, damit sie die Aufnahme mitverfolgen konnte. Einer der Männer öffnete die Tür, der andere schob die beiden Mädchen hinein.

»War eine davon Violet oder Elani?« Grace rieb sich die Müdigkeit aus den Augen.

»Nein, aber die vier sind in ihrem Haus! Wir müssen dahin.« Das Adrenalin, das durch Alisons Adern schoss, machte sie ganz nervös.

»Ich hab getrunken, ich kann nicht fahren.«

»Ich hatte nur ein Pint. Komm.« Alison lief bereits zur Haustür.

Grace folgte ihr langsamer. Mit einem grübelnden Seufzer ließ sie sich auf den Beifahrersitz fallen. Alison gab Gas.

»Wenn die ins Haus eingebrochen sind, sollten das meine Kollegen übernehmen«, überlegte Grace.

»Dann ruf sie an. Ich fahre trotzdem hin.« Der Wagen schnurrte über die Straße von Thybster nach Thurso. »Der Typ hat die Mädchen ins Haus geschubst. Was, wenn ich recht habe? Wenn Brodie tatsächlich mit irgendwelchen Schleuserbanden arbeitet und die gerade wieder Nachschub bekommen haben?«

»Waren das ausländische Mädchen?«

»Das konnte ich nicht erkennen.« Abgesehen davon, dass die Übertragung nur Schwarz-Weiß-Bilder lieferte, stand die Wildkamera zu weit weg. Sie hatte auf die Distanz auf dem kleinen Handydisplay keine Gesichter erkennen können.

»Ich ruf die Kollegen an. Sicher ist sicher.«

Während Grace telefonierte, raste Alison durch Thurso und weiter über die A 836 Richtung Westen. Knapp fünfundzwanzig Minuten später parkte sie vor dem Gittertor. Sie wollte aus dem Wagen springen, aber Grace bremste sie.

»Wir warten auf Verstärkung.«

»Und die Mädchen? Wer weiß, was die mit denen im Haus anstellen?«

»Ich bin angetrunken, und du bist nicht fit. Wir warten.«

»Lass uns wenigstens ein Stück vorgehen, damit wir das Haus beobachten können.«

»Du hast doch das Smartphone. Damit hast du alles im Blick.« Grace war nicht zu erweichen.

Ihre Kollegen kamen fünf Minuten nach ihnen. Es kam Alison dennoch wie eine Ewigkeit vor.

»Hey, Vince«, grüßte Grace den diensthabenden Sergeant.

»Grace, schickes Outfit.«

Sie trug einen hellblauen Nickihausanzug von Joyce und hatte in der Eile nur schnell ihre Dienstjacke übergezogen.

»Wir vermuten, dass in dem Haus unten am Hafen jemand eingebrochen ist«, ignorierte sie die Stichelei. »Das Haus gehört einer Bekannten meiner Freundin. Die Bekannte heißt Violet Thompson.«

»Ist das nicht das Haus, in dem ihr heute Vormittag nach ihr gesucht habt?«

»Aye. Es sind vermutlich zwei Männer und zwei Frauen in dem Haus, wobei es so aussah, als ob die Frauen genötigt wurden, in das Haus zu gehen.«

»Hast du nichts Besseres zu tun, als an einem Freitagabend hier in der Einöde ein Haus zu observieren? Wer hat das denn angeordnet?«

»Können wir das später klären? Wir wissen nicht, was da in dem Haus vor sich geht. Es könnte sein, dass die Frauen Hilfe brauchen.«

»Aye. Wir gehen hin. Kendra?« Vince gab seiner Kollegin mit einem Kopfnicken zu verstehen, dass sie ihn begleiten sollte.

Als Grace und Alison sich anschickten, ihnen zu folgen, bremste er sie. »Grace, du bist nicht im Dienst. Und Zivilisten halten sich bitte fern«, erklärte er an Alison gerichtet.

Sie ließen den beiden einen Vorsprung, dann schlichen sie hinterher. Alison wollte wenigstens aus der Ferne beobachten, was geschah.

Die beiden Polizisten gingen auf das Haus zu. Vince hatte eine Taschenlampe eingeschaltet, da es auf dem Hafengelände stockfinster war. Aus zwei Fenstern des grauen Klotzes schimmerte durch die zugezogenen Vorhänge ein minimaler Lichtstrahl. Vince klopfte an die Haustür. Es dauerte eine Weile, bis ihm geöffnet wurde.

Alison sah nur die schattenhafte Silhouette eines Mannes.

Nach einem kurzen Gespräch verschwanden die beiden Polizisten im Haus.

Alison trat unruhig von einem Fuß auf den anderen. Sie war nervös, und sie fror, weil sie für die kalte Nacht zu dünn bekleidet war. Endlich kam der Sergeant mit seiner Kollegin wieder heraus. Vince winkte zum Abschied. Alison und Grace blieben, wo sie waren.

»Und?«, fragte Alison, kaum dass Vince und Kendra in Hörweite waren.

Vince schnaufte genervt. »Hatte ich nicht gesagt, ihr sollt euch fernhalten?«

»Nun sag schon, was ist da drinnen los?«, drängte auch Grace auf eine Antwort, während sie gemeinsam zu den geparkten Autos zurückkehrten.

»Es sind tatsächlich vier Personen in dem Haus. Jonathan Wilson, Grant Spencer und ihre beiden Freundinnen. Sie wussten, dass das Haus Violet Thompson gehört. Wilsons Cousin ist der Hausverwalter von Mrs Thompson, und sie hat den jungen Leuten erlaubt, ihr Haus zu nutzen, wenn sie nicht da ist.«

»Nie im Leben!«, widersprach Alison.

»Jonathan hatte einen Schlüssel, und keiner der vier vermittelte in irgendeiner Weise den Eindruck, als würde er oder sie sich unerlaubt in dem Haus aufhalten.«

»Violet würde so etwas niemals zulassen«, beharrte Alison.

»Wie gut kennen Sie denn Mrs Thompson?«

»Gut genug.«

»Dann rufen Sie sie an und fragen sie, bevor Sie irgendwelche Anschuldigungen von sich geben.«

»Sie sind ja ein richtiger Spaßvogel«, knurrte Alison.

»Vince, du weißt doch, dass Violet Thompson vermisst wird. Und die vier spazieren einfach in ihr Haus und feiern eine Party«, schlug Grace sich auf ihre Seite. »Das stinkt doch zum Himmel.«

»Hier stinkt gar nichts. Da Mrs Thompson nicht zu erreichen war, haben wir den Hausverwalter angerufen, und er hat bestätigt, dass sich Jonathan Wilson mit seinen Freunden in dem Haus aufhalten darf.«

»Es ist doch wohl klar, dass sein Cousin ihm vor der Polizei nicht in den Rücken fällt.« Alison schnaubte verstimmt.

»Wie dem auch sei: Wir haben die vier gebeten, das Haus zu verlassen und es nicht mehr zu nutzen, bis wir mehr über den Verbleib von Mrs Thompson wissen.«

Na, wenigstens das. Alison sah sich um. Außer ihrem Wagen und dem der Thurso Police stand kein weiteres Auto weit und breit. »Wie sind die eigentlich hergekommen?«

»Mit dem Boot.«

Aus der Ferne erklang vergnügtes Lachen, kurz darauf hörten sie das Starten eines Motorbootes.

SIEBZEHN

Thurso

Obwohl die Oberlichter der Halle geöffnet waren, roch es nach Schweiß, Testosteron und Männerdeodorant. Turnschuhe quietschten auf dem Boden, begleitet vom Schnaufen der Sportler und vereinzelt gerufenen Kommandos.

Neun Männer und drei Frauen hatten sich an diesem Samstagnachmittag zum Boxtraining in den Trainingsräumen von Iain Barcleys Kampfsportclub eingefunden. Kim freute sich, dass aus Wick nicht nur vier Boxer, sondern auch zwei junge Nachwuchsboxerinnen gekommen waren.

Sie stand mit den beiden an der kurzen Seite der Halle. Mit schnellen Halbdistanzstößen hielt sie einen Medizinball auf Schulterhöhe an der Wand. Die Schläge kamen so schnell und präzise, dass es ihren Zuschauerinnen schwindelig wurde.

Schließlich stoppte Kim, und der Ball polterte zu Boden. Sie wischte sich mit dem Unterarm den Schweiß von der Stirn. »Damit trainiert ihr Schlagschnelligkeit, Ausdauer und Krafteinsatz. Wenn es hier an der geraden Wand noch zu schwierig ist, dann probiert es in der Ecke, da ist es etwas leichter.«

Es war ein effektives Training mit simplem Materialeinsatz. Eine der beiden Frauen versuchte, es Kim nachzumachen, hatte aber schon Schwierigkeiten beim Einstieg, weil der erste Stoß zu langsam kam und der Ball zu Boden fiel.

Kim bremste sie, als sie einen zweiten Versuch starten wollte. »Du musst schneller sein, und pass auf, dass du nicht durchziehst. Die Wand ist verdammt hart. Kontrollierte Halbdistanzschläge. Schau her.« Erneut prasselten Kims Fäuste auf den Medizinball ein.

»Das krieg ich nicht hin.«

»Das ist die falsche Einstellung.« Kim lächelte aufmunternd. »Natürlich schaffst du das.«

Sie ließ die beiden üben und wandte sich Liam zu, der an der Plattformbirne trainierte. Der Zwanzigjährige hatte bereits ein paar Amateurwettkämpfe bestritten und galt unter den Boxern aus Wick als bestes Nachwuchstalent. Er hat durchaus Potenzial, ging es Kim durch den Kopf, während sie ihn beobachtete.

Sie holte sich eine Pratze und ging zu ihm. »Lass uns zusammen ein bisschen Techniktraining machen.«

»Aye«, erwiderte er erfreut.

Die Tatsache, dass sie eine Frau war, ließ Liam zurückhaltend agieren, zudem verunsicherte ihn die Aufmerksamkeit der anderen Boxer, die ihr eigenes Training unterbrachen, um ihnen zuzuschauen.

»Lass dich nicht ablenken und halt dich nicht so zurück, ich bin nicht aus Pappe.«

Ihr Shirt klebte schweißnass an ihrem Körper, als das Training beendet war. Sie liebte es, sich völlig zu verausgaben und jeden einzelnen Muskel zu spüren. Während die anderen duschen gingen, blieb sie in der Halle, um zu meditieren. Es war ein Ritual, das ihr Mental Coach ihr vor Jahren beigebracht hatte. Innehalten, in den eigenen Körper spüren, das Training Revue passieren lassen. Was war gut gelaufen? Woran musste sie arbeiten?

Sie hatte die Meditation beendet, als Iain Barcley hereinkam. Er war nicht allein, Andrew Wilson, der Sponsor des Kampfsportclubs, begleitete ihn. Unwillkürlich erinnerte sie sich daran, dass er einen Teil ihres Disputs mit Gordon Ballard mitbekommen hatte. Sie wollte nicht, dass es deswegen noch mehr Aufhebens gab.

»Hast du eine Minute, Kim?«, fragte Iain.

»Klar.« Sie stand auf und ging zu ihnen rüber.

Die beiden Männer waren gleich groß, und auch wenn Wilson nicht mehr aktiv boxte, war er noch immer durchtrainiert. Seine Körperhaltung war, so wie die von Iain, aufrecht und selbstbewusst.

»Du hast die Mädels vorhin ganz schön rangenommen«, stellte Iain fest.

Kim zuckte die Achseln. »Das ist ja hier kein Häkelclub.«

Damit entlockte sie dem Mann ein zufriedenes Grinsen. »Du kennst Andrew Wilson?«

»Bisher nur vom Sehen. Mr Wilson.« Sie klemmte die Boxhandschuhe, die sie noch in Händen hielt, unter den Arm und reichte dem Mann die Hand.

»Andrew«, erwiderte er. »Es gefällt mir, wie du mit den Jungs trainierst.«

»Danke.«

»Sie respektieren dich.«

»Wie sich das im Sport gehört.« Es war keine Selbstverständlichkeit, wusste Kim aus ihrer jahrzehntelangen Trainingserfahrung.

»Kim, ich möchte mich für die Sache mit meinem Neffen neulich entschuldigen. Ich habe leider erst von Iain davon erfahren.«

Sie sah ihn erstaunt an. Gordon Ballard war sein Neffe. Sie hatte ihn für Wilsons Laufburschen gehalten. »Das müssen Sie nicht.«

»Wir haben ihn für einen Monat vom Training ausgeschlossen.«

Sie nahm es kommentarlos hin und fragte sich, ob so eine Sanktion hilfreich war. Gordon spielte sich gern als die Nummer eins im Club auf. Ihn so öffentlich zu maßregeln nagte sicherlich an seinem Ego und würde, so wie sie ihn einschätzte, nur dazu führen, dass er mehr denn je versuchen würde, sie zu demütigen.

»Wir möchten dir gern ein Angebot machen«, ergriff Iain wieder das Wort.

»Ja?«

»Wir möchten dich fest als Trainerin einstellen.«

Das kam ziemlich unerwartet. »Ich habe keinen Trainerschein.«

»Ich habe gesehen, wie du mit den anderen trainierst. Du bist eine erfahrene Boxerin und kannst dein Können und Wissen vermitteln. Das reicht mir. Und wenn du willst, kannst du deinen Trainerschein nebenbei noch machen. Die Kosten dafür würden wir selbstverständlich übernehmen.«

»Ich weiß nicht, wie viel Douglas dir zahlt«, fuhr Andrew Wilson fort, nachdem sie nicht sofort jubelnd zusagte, »aber wir würden dir auf jeden Fall mehr zahlen. Du hättest geregelte Arbeitszeiten, und ich denke, wir können es schnell arrangieren, dass du eine Genehmigung bekommst, damit du dauerhaft in Schottland leben und arbeiten kannst.«

Sie sah in die Gesichter der beiden Männer. Erwarteten sie sofort eine Entscheidung? Sie konnte Douglas nicht einfach im Stich lassen. Und wollte sie überhaupt als Trainerin arbeiten? Dann hätte sie in Hamburg bei ihrem Vater bleiben können. Was hielt sie denn sonst noch hier, wenn nicht Douglas und die Schafe? Vor allem Daisy, ihr Schaf.

Sie strich sich mit dem Unterarm über die verschwitzte Stirn. »Ich ... danke ... Das kommt jetzt etwas überraschend. Lass mich darüber nachdenken. Ich muss auch erst mit meinem Manager sprechen – ich habe ja noch Verpflichtungen meinem alten Boxstall gegenüber.«

»Da werden wir uns sicherlich einig«, erklärte Wilson mit zuversichtlichem Lächeln. »Wie geht es Douglas? Ist die neue Scheune bald fertig?«

»Marley arbeitet dran«, erwidert sie unbestimmt. Sie musste sich noch daran gewöhnen, dass hier im Norden anscheinend jeder über jeden Bescheid wusste.

»Er ist ein guter Handwerker. Richte ihm meinen Gruß aus. Ich warte noch auf seinen Anruf.«

»Ja, okay, ich geb's weiter.« Ganz so perfekt war der Buschfunk zwischen Thybster und Thurso anscheinend doch nicht. Es war Kim recht. Es ging Wilson nichts an, dass sie sich von Marley getrennt hatte. »Ich sollte jetzt besser duschen gehen.«

»Mach das«, entließ Iain sie aus dem Gespräch. »Und melde dich, falls du noch Fragen hast. Jederzeit.«

Thybster

Wolken türmten sich am Himmel. Der Sommer hatte eine Pause eingelegt und schickte kräftige Regenschauer übers Land. Alison saß bei Jeana in der Pubküche, als Kim durch die Hintertür hereinkam.

»Oh, Kim, meine Süße, dich habe ich so lange nicht gesehen!« Jeana wischte eilig die Hände an ihrer Schürze ab und kam mit ausgebreiteten Armen auf sie zu.

Kim hob abwehrend die Hände. »Ich bin nass bis auf die Knochen.«

»Du bist nicht ernsthaft heute mit dem Fahrrad zum Training nach Thurso gefahren?«

»Wie denn sonst?«

»Marley hätte dich sicher gefahren.«

»Er hat mit dem Scheunenbau genug zu tun.«

»Bei dem Regen läuft heute gar nichts auf der Baustelle.« Jeana reichte ihr ein Geschirrtuch, damit Kim sich Haare und Gesicht trocknen konnte. »Herzchen, du musst unbedingt deinen Führerschein machen.«

»Den mach ich, wenn du gelernt hast, einem Kerl in die Eier zu treten.«

Alison grinste, als sie das entrüstete Gesicht ihrer Schwester sah. Jeana und Kim waren unterschiedlich wie Tag und Nacht, und dennoch verband die beiden seit dem ersten Moment ihres Kennenlernens ein geheimes Band.

»Hast du ein bisschen Zeit, oder musst du gleich zurück zur Farm?«, erkundigte Jeana sich.

»Ich habe eigentlich auf eine wärmende Cook-a-Leekie-Suppe gehofft.«

»Mach ich dir.« Jeana musterte Kims tropfende Kleidung. »Aber du sollest dir was Trockenes anziehen. Ali, gehst du mit ihr rüber und gibst ihr was?«

Gemeinsam sprinteten sie über den Hof zum Haus. Während Kim im Bad verschwand, suchte Alison eine Jogginghose und ein Sweatshirt aus Joyce' Fundus heraus. Sie klopfte an die Tür und reichte Kim die Kleidungsstücke. »Gib mir deine Klamotten, dann schmeiß ich die schnell in den Trockner.«

»Die werden nachher sowieso wieder nass«, lehnte Kim das Angebot ab.

»Werden sie nicht. Ich fahre dich später schnell rüber, falls es bis dahin nicht aufgehört hat zu regnen.«

»Okay, danke.« Kim nahm die trockene Kleidung entgegen.

Alison ging in den angrenzenden Hauswirtschaftsraum, in dem Waschmaschine und Trockner standen. Gewohnheitsmäßig durchsuchte sie die Hosentaschen nach Taschentüchern. Sie fischte den Fahrradschlüssel und eine Münze aus der linken vorderen Tasche heraus. Sie legte beides auf den Trockner, stopfte die Wäsche hinein und schaltete ihn ein. Dann nahm sie Schlüssel und Münze, um sie Kim zu geben.

Im ersten Moment hatte sie das silbern glänzende Metallstück für eine Zehn-Penny-Münze gehalten, aber sie war etwas dicker und hatte in der Mitte ein Loch. Deutsches Geld war es auch nicht. Wo hatte sie so etwas Ähnliches schon einmal gesehen? Grübelnd kehrte Alison wieder in den Flur zurück.

»Na, wie schau ich aus?« Kim hatte den Bund der Hose zusätzlich mit ihrem Gürtel gesichert, und auch das Shirt war ihr zwei Nummern zu groß. Joyce hatte wesentlich mehr Oberweite als sie.

»Großartig, ich denke, du wirst der neue Fashionstar.«

»Mach ein Foto, das schick ich Henriette.« Kims Mutter hatte, bevor sie den Boxpromoter Lothar Hart heiratete, als Foto- und Katalogmodell gearbeitet.

»Hier, das war in deiner Hosentasche.« Alison reichte ihr den Fahrradschlüssel und die Münze.

»Danke.«

»Was ist das?«

»Der Chip für meinen Spind im Club.« Sie hielt die Münze wie eine Trophäe hoch und erklärte mit stolzgeschwellter Brust: »Und einen Spind bekommen nur Stammmitglieder und so großartige Frauen wie ich.«

»Hattest du Spaß beim Training?«

»Ja, es war gut.« Kim vollführte übermütig ein paar Boxschläge. »Könntest auch mal mitkommen.«

»Das ist mir zu anstrengend. Darf ich noch mal sehen?« Alison deutete auf die Münze, und Kim reichte sie ihr. »Ist das eine Nummer, da hintendrauf?«

»Ja. Ich bin die Nummer sieben, obwohl ich eigentlich die Nummer eins sein sollte.«

Alison schmunzelte. Wenn es ums Boxen ging, war Bescheidenheit keine Eigenschaft, die auf Kimberly Hart zutraf. Aber vermutlich brauchte man dieses enorme Selbstbewusstsein, um im Ring bestehen zu können.

Es klopfte, und Marley kam herein. Er hatte die Kapuze seiner Waxcottonjacke tief ins Gesicht gezogen und hielt einen Topf in den Händen.

»Zimmerservice von Jeana. Hat hier jemand Suppe bestellt?« Seine Fröhlichkeit klang aufgesetzt.

»Ja, ich.« Auch Kims Stimme verlor die Unbeschwertheit.

Marley stellte den Topf auf die Kommode. »Ich hab dein Fahrrad ins Auto geladen, sag Bescheid, wenn du nach Hause willst, dann bring ich dich. Ich bin drüben im Pub.«

Er verschwand, ohne eine Antwort abzuwarten.

Fahrrad ins Auto, hallten seine Worte in Alisons Kopf nach. Auto. Sie sah auf die Münze. Aber natürlich! Die Spurensicherung hatte bei ihrem abgebrannten Wagen eine ähnliche Münze gefunden.

»Was ist?«, fragte Kim.

»Hm?«

»Du siehst aus, als hättest du einen Geistesblitz gehabt.«

»Mhm«, murmelte Alison gedankenverloren. Sie folgte Kim in die Küche.

»Willst du auch was?«

»Nein, danke.«

Kim machte sich nicht die Mühe, einen Teller aus dem Schrank zu nehmen, sondern setzte sich an den Tisch und löffelte die Suppe direkt aus dem Topf. Anscheinend hatte sie großen Hunger.

Alison starrte grübelnd aus dem Fenster. Konnte es tatsächlich einen Zusammenhang geben? Oder war der Gedanke zu weit hergeholt?

Fresgoe war nur wenige Meilen von Thurso entfernt. Sie hatte Violet vor ein paar Wochen in Thurso getroffen. Der Überfall auf sie hatte rund zwanzig Meilen von Thurso entfernt stattgefunden, das war wesentlich kürzer als die Strecke nach Dornoch oder Inverness. Der tote Junge war ebenfalls im Norden bei den Duncansby Stacks gefunden worden. Irgendwie deutete alles darauf hin, dass der Schlüssel zu Violets Verschwinden hier in der Gegend lag.

Sie zückte ihr Smartphone, machte ein Foto von der Münze und schickte es an Una MacLeod.

Die DCI rief umgehend zurück. »Was ist das?«

»Ein Chip für einen Spind.«

»Wo hast du ihn gefunden? In Violets Haus in Fresgoe?«

»Wie kommst du darauf?«

»Ein kurzes Telefonat mit Kenneth Campbell von der Thurso Police heute Vormittag. Es gab gestern Nacht einen Einsatz in Fresgoe am Sandside Harbour, weil eine gewisse Police Sergeant Grace MacKeith in ihrer Freizeit nach dem Genuss von reichlich Alkohol versucht hat, einer Schleuserbande auf die Schliche zu kommen. Dass sich der Notruf als Fehlalarm entpuppte, muss ich dir nicht erzählen, oder?«

Alison verzog das Gesicht. Grace hatte sicher einen ordentlichen Rüffel von Kenny kassiert. Hoffentlich hatte die Aktion keine weiteren Konsequenzen für sie.

»Zu deiner Beruhigung: Weder ich noch Grace waren in dem Haus«, erwiderte sie. »Der Chip gehört Kim. Die verwenden die Dinger in dem Kampfsportclub, in dem sie trainiert, um ihre Spinde abzuschließen. Die Münze, die ihr bei meinem Wagen gefunden habt, hatte doch auch ein Loch, oder?«

»Aye.«

»War in die Münze eine Nummer eingestanzt?«

Alison hörte Una im Hintergrund auf einer Computertastatur tippen, es folgte ein unverständliches Gemurmel, schließlich wandte Una sich ihr wieder zu. »Ja. Nicht mehr gut zu erkennen, vermutlich eine Eins.«

»Eine Eins?«, echote Alison.

»Aye. Hat die Nummer was zu bedeuten?«, fragte Una.

»Damit kann man den Spind zuordnen. Nur Stammpersonal bekommt einen festen Spind mit Chip zugeteilt. Und jeder Chip hat eine eigene Nummer.« Alison sah fragend zu Kim, die bestätigend nickte.

»Gib mir mal die Kontaktdaten von dem Club.«

»Du kannst da nicht einfach anrufen! Wenn der Club in der Geschichte mit drinsteckt, sind die gewarnt, wenn die Polizei Fragen stellt«, bremste Alison die DCI.

»Ali, ich verrate dir jetzt mal ein Geheimnis: Ich mache diesen Job nicht erst seit gestern«, erwiderte Una sarkastisch.

»Kim könnte doch den Inhaber anrufen und behaupten, sie hätte den Chip gefunden. Vielleicht kriegen wir so schneller und unauffälliger heraus, ob das Ding tatsächlich jemandem aus dem Club gehört.«

»Ihr haltet euch da bitte raus«, bremste Una sie scharf.

»Aber wenn du da jetzt nachhakst und der Typ, der mich überfallen hat, tatsächlich in dem Club trainiert, könnte das gefährlich für Violet werden, wenn er das mitkriegt.«

»Und wenn du Kimberly vorschickst, könnte es gefährlich für sie werden«, erwiderte Una streng. »Ali, das Ding lag am Tatort. Wenn es tatsächlich so ein Spind-Chip ist, wie soll Kimberly ihn denn in Thybster oder Thurso gefunden haben? Ihr haltet euch da raus!«

Kim hatte Joyce' Jogginganzug gegen ihre eigene, frisch getrocknete Kleidung zurückgetauscht und hastete durch den Regen, um den Suppentopf ins JJ's zurückzubringen. Jeana wirbelte in der Pubküche herum, während Joyce mit einer Aushilfe hinterm Tresen stand. Samstagabends herrschte Hochbetrieb.

Kim verabschiedete sich und suchte Marley im Schankraum. Er saß mit Dave und Padraig in einer Ecke. Während seine beiden Kumpel an diesem Abend die ersten Pints bereits intus hatten, hatte Marley sich an ein alkoholfreies Bier gehalten.

»Wenn du noch bleiben willst – es macht mir nichts aus, mit dem Rad zu fahren.«

»Passt schon.« Er stand auf, und sie verließ mit ihm den Pub.

Die kurze Fahrt zu Douglas' Farm verlief in unangenehmem Schweigen. Marley hielt vor seinem Elternhaus und stellte den Motor ab. »Kim, können wir nicht noch mal reden?«

Sie nagte von innen an ihrer Unterlippe. »Worüber?«

»Über uns.«

»Ich habe dir meinen Standpunkt erklärt.«

»Ja, und du magst ja ein bisschen recht haben –«

»Ein bisschen?«, unterbrach sie ihn harsch. »Du vertraust mir nicht, Marley!«

»Das stimmt doch so nicht.«

»Ach ja? Ich sage dir, dass ich eine Woche zu meinem Vater fliege, und du fragst jeden zweiten Tag, ob es bei der einen Woche bleibt! Ich seh doch die Unsicherheit in deinen Augen: ›Bestimmt kommt sie nicht wieder.‹ Ich arbeite bei deinem Vater auf der Farm, und du beschwerst dich, dass ich bei ihm wohne und nicht bei dir.«

»Aber –«

»Und dann erzählt irgendein Idiot irgendeinen Scheiß über mich, und du glaubst das auch noch! Dass der Arsch so einen Mist erzählt, ist schlimm genug. Aber wenn jemand, den ich liebe, so einen Schwachsinn tatsächlich glaubt, das verletzt mich noch viel mehr!«

Sie spürte, wie ihr bei dem letzten Satz vor Wut und Enttäuschung die Tränen in die Augen stiegen. Sie riss die Tür auf und flüchtete in den Regen. Niemand sollte sie weinen sehen.

In der Küche brannte Licht. Douglas war zu Hause. Sie wollte ihm so nicht begegnen. Der Regen war jetzt auch egal. Sie würde Daisy suchen gehen. Das Lamm vertraute ihr.

Sie stampfte über den aufgeweichten, schlammigen Boden. Sie trug nicht die richtigen Schuhe für das Gelände und rutschte immer wieder aus. Ihre Kleidung war bereits nach wenigen Minuten völlig durchnässt und verdreckt.

Sie erreichte die Weide, auf der Daisys Herde graste, und rief den Namen des Lamms. Es dauerte eine Weile, bis sie ein Blöken hörte, dann trabte das kleine Wollknäuel durch den Regen auf sie zu. Sie kniete sich in den Schlamm und knuddelte das Tier.

In ihrem Hinterkopf hörte sie Douglas' grantige Stimme, dass Schafe keine Kuscheltiere seien. Doch die Nähe des Tieres beruhigte sie. Das Adrenalin baute sich ab, wich einer müden Erschöpfung. Aber sie wollte nicht aufstehen und zurückgehen. Sie war viel zu durcheinander. Es waren nicht nur die Enttäuschung über Marley und ihre zwiespältigen Gefühle ihm gegenüber. Auch das Angebot, das Iain und Andrew Wilson ihr gemacht hatten, beschäftigte sie.

Ständig musste sie Entscheidungen treffen. Das Leben war einfacher gewesen, als sie noch Profiboxerin gewesen war und ihr Team ihr alles abgenommen hatte.

Sie zuckte zusammen, als plötzlich jemand neben sie trat und ihr eine Jacke über die Schultern legte. »Du holst dir hier draußen den Tod.«

Sie hob gequält den Blick. »Wieso kommst du hinter mir her?«

»Du hast gesagt, dass du mich liebst. Und wenn das so ist, dann kann ich nicht einfach kampflos aufgeben.«

Hatte sie das tatsächlich gesagt? Sie strich Daisy über den Kopf. Das Lamm trottete zurück zu seiner Herde. Kim erhob sich. Ihre Glieder waren steif vor Kälte.

»Du kommst aus einer Weltstadt hierher, ins Nirgendwo«, versuchte Marley, sich zu erklären. »Ich hab das bei meiner Mutter erlebt. Ihr hat Thybster nicht gereicht, und ich habe einfach Angst, dass es dir auch nicht reicht.«

Kim schaute zur Küste. Im Sommer waren die Tage lang, sodass sie trotz der späten Stunde noch das aufgewühlte Wasser des Pentland Firth sehen konnte. Ein schwarzes Wellenmeer, das mit dem regengrauen Himmel verschmolz.

»Das ist nicht das Nirgendwo«, erwiderte sie. »Das ist Freiheit. Hier kann ich bis zum Horizont schauen.« Ein Anblick, der ihr in den Häuserschluchten der Großstadt verwehrt blieb. »Heute vielleicht nicht ganz so weit«, räumte sie ein.

»Aye.« Er folgte ihrem Blick durch den Regenschleier in die Ferne. »Ich wollte dir nie wehtun, Kim. Es tut mir unendlich leid.«

Sie wusste nicht, was sie sagen sollte, stand fröstelnd neben ihm, dankbar für die Jacke, die er ihr um die Schultern gelegt hatte. »Gib mir Zeit, Marley. Ich bin einfach noch zu verletzt.«

»Es tut mir so leid«, wiederholte er leise.

»Wir sollten zurückgehen.«

Als sie ihm seine Jacke geben wollte, wehrte er ab. »Ich bin unsere kühlen Sommer gewohnt. Du brauchst noch ein bisschen.«

Sie kehrten zum Farmhaus zurück. Der kräftige Schauer ebbte ab und ging in einen Nieselregen über. Vor der Haustür reichte sie Marley seine Jacke.

»Ich soll dich von Andrew Wilson grüßen«, fiel ihr ein. »Er sagt, er wartet auf deinen Anruf.«

»Hm«, nahm Marley die Auskunft zur Kenntnis.

»Hat er einen Auftrag für dich?«

»Vielleicht.«

»Dann ruf ihn an.« Für andere Entscheidungen zu treffen war einfacher als für sich selbst.

Marley musterte sie grübelnd. »Ich weiß nicht, ob ich für ihn arbeiten will.«

»Warum nicht?«

»Weil er der Sponsor deines Sportclubs ist.«

»Ja und? Das eine hat doch mit dem anderen nichts zu tun.«

»Da wäre ich mir nicht so sicher.« Er neigte sich zu ihr und hauchte ihr einen Kuss auf die Wange. »Geh rein, sonst wirst du wirklich noch krank.«

Er wandte sich ab und eilte mit gesenktem Kopf und hochgezogenen Schultern zu seinem Wagen.

Sie schlang bibbernd die Arme um ihren Körper und sah ihm nach, als er vom Hof fuhr. Wollte sie wirklich zulassen, dass sich ein Idiot wie Gordon Ballard zwischen sie und Marley stellte? Aber er war nicht der Erste, der sie durch den Dreck zog, und vermutlich nicht der Letzte. Und wenn Marley ihr nicht vertraute und hinter ihr stand, dann hatte eine Beziehung keinen Zweck, so schmerzhaft diese Erkenntnis auch war.

Sie sah Ballard wieder vor sich, wie er in der Tür zum Umkleideraum stand und lässig seine Münze schnippte, während er sie unverhohlen angaffte. Er hielt sich für den tollsten Hecht im Fluss. Aber auch wenn auf seiner Münze die Nummer eins stand – den Rang hatte sie ihm im Club innerhalb kürzester Zeit abgenommen.

Die Nummer eins! Kim schlug sich die flache Hand vor die Stirn. Sie zog ihr Smartphone hervor, suchte mit vor Kälte zitternden Fingern Alisons Nummer.

»Ali, hattest du vorhin, als du mit Una telefoniert hast, gesagt, dass auf dem Chip die Eins steht?«

»Aye.«

»Der Spind mit der Nummer gehört Gordon Ballard.«

Thurso

Alison hatte nach Kims Anruf Una informiert. Es konnte alles ein Zufall sein, aber wenn nicht, waren sie dem Mann, der sie überfallen hatte, ein Stück näher gekommen. Nach dem Telefonat hatte sie Gordon Ballard im Internet gegoogelt und seine Adresse ausfindig gemacht.

Es gab einige Bilder von ihm im Web. Er arbeitete für eine Zeitarbeitsfirma, die anscheinend Reinigungskräfte in ganz Schottland vermittelte. Die Information brachte sie ins Grübeln. Konnte das die Verbindung zu den Thompsons sein? Brodie vermietete Luxusyachten, und seine Kunden schrubbten das Deck sicher nicht eigenhändig nach ihrem Urlaub. Also brauchte er regelmäßig Personal, das die Yachten reinigte, wenn sie von einer Tour zurückkehrten.

Es gab noch weitere Fotos von Gordon Ballard, die ihn in Sportkleidung bei verschiedenen Events von Iain Barcleys Kampfsportclub zeigten. Er war sportlich, mit breiten Schultern und muskulösen Oberarmen, kräftig genug, um ihr ein ordentliches Veilchen zu verpassen. Vermutlich war es für ihn auch kein größeres Problem, sie in den Kofferraum seines Wagens zu legen und wieder herauszuheben.

Gordon Ballard. Es juckte ihr in den Fingern, diesen Mann zu treffen. Beim Anblick der Bilder war keine Erinnerung an den Vorfall beim Cottage in ihr hochgekommen. Vielleicht musste sie ihm im realen Leben begegnen.

Kurz entschlossen schrieb sie Jeana, die noch mit Joyce im Pub arbeitete, einen Zettel, dass sie eine Observierung machen müsse, und fuhr nach Thurso. Als sie bei dem Haus ankam, in dem Ballard wohnte, sah sie Grace' Kollegen Vince mit Kendra und einer weiteren Person herauskommen.

Der Mann war nicht Gordon Ballard, stellte sie enttäuscht fest. Er war älter, wirkte allerdings ebenfalls recht sportlich. Vielleicht Ballards Vater? Im matten Licht der Straßenbeleuchtung konnte sie sein Gesicht nicht genau erkennen.

Vince hielt ein Asservatentütchen in der Hand. Während die Polizisten in ihr Auto stiegen, verschwand der Unbekannte wieder im Haus. Sie spielte mit dem Gedanken, auszusteigen und dort anzuklopfen, um festzustellen, wer der Typ war. Allerdings bräuchte sie eine gute Erklärung, um mitten in der Nacht bei fremden Leuten vor der Tür zu stehen.

Während sie noch nach einer plausiblen Erklärung suchte, kam er wieder heraus und stieg in seinen Wagen. Eine ziemliche Protzkiste, fand Alison, ein dunkler SUV mit getönten Scheiben und verchromten Felgen.

Sie folgte ihm in gebührendem Abstand. Es ging auf Mitternacht zu, und auf den Straßen herrschte wenig Verkehr. Sie hoffte, dass er zu sich nach Hause fuhr, damit sie seinen Namen herausfinden konnte. Sie wollte Grace nicht schon wieder um eine Gefälligkeit bitten. Ihre Freundin hatte durch sie in den letzten Tagen genug Ärger im Dienst gehabt.

Der SUV verließ Thurso in westliche Richtung. Wollte er nach Fresgoe? Der Mann fuhr zügig, zum Teil schneller, als es zulässig war. Sie hatte Mühe, mit seinem sportlichen Fahrstil Schritt zu halten. Allerdings gab es an der Küstenstraße nicht allzu viele Möglichkeiten, abzubiegen. Daher war die Gefahr, ihn aus den Augen zu verlieren, relativ gering.

Er fuhr an der Einfahrt nach Fresgoe vorbei. »Wohin willst du?«, fragte Alison sich. Sie warf einen Blick auf die Cockpitanzeige. Ihr Tank war halb voll, sie würde ihm noch eine Weile problemlos folgen können.

Die Fahrt verlief vorbei an Strathy und Bettyhill über die schmale kurvige Straße nach Tongue. Sie erwischte einige Schlaglöcher, die sie in der Dunkelheit zu spät bemerkte. Die Müdigkeit verlangsamte ihre Reaktion. Sie war froh, dass sich zumindest der Regen verzogen hatte. Bei Tongue bog der SUV links auf die A 836 ab.

»Du lieber Himmel, in die Highlands? Echt jetzt?« Alison wünschte sich, sie wäre nicht allein unterwegs. Dann hätte sie wenigstens etwas Unterhaltung, die sie wach halten würde. Ihre Augen brannten, der Bluterguss an ihrer Schläfe pulsierte, und leichte Kopfschmerzen machten sich wieder bemerkbar.

Links von ihr schimmerte der Loch Craggie dunkel im fahlen Licht des Halbmondes, kurz darauf führte die Straße dicht am Ufer des angrenzenden Loch Loyal entlang. Außer ihr und dem Wagen vor ihr war kein Mensch auf der Straße unterwegs. Die Verfolgung war zu auffällig. Alison hielt an einem Passing Place an und schaltete das Abblendlicht aus.

Sie studierte die Karte auf ihrem Smartphone. Bis nach Altnaharra beim Loch Naver gab es keinen nennenswerten Abzweig.

Die Gegend war einsam und so gut wie nicht besiedelt. Es war ein Leichtes, hier für alle Zeiten von der Bildfläche zu verschwinden.

Alison schaute mit mulmigem Gefühl in die Dunkelheit vor sich. Sie hätte nicht allein losziehen sollen. Sie beschloss, dem Wagen noch bis Altnaharra zu folgen. Falls sie den SUV nicht mehr wiederfand, würde sie dort an der Kreuzung auf die B 873 abbiegen und nach Thybster zurückkehren.

Sie setzte ihre Fahrt langsam fort. Das Abblendlicht ließ sie ausgeschaltet, sodass nur das automatisch eingeschaltete Tagesdauerlicht die Straße vor ihr schwach ausleuchtete. Wenige Meilen weiter entdeckte sie eine Hofeinfahrt. War das das Ziel des Fahrers gewesen? Sie fuhr an der Einfahrt vorbei und suchte eine geschützte Stelle, an der sie ihren Wagen parken konnte. Es gab keine.

Sie parkte eine halbe Meile entfernt und lief die Straße zu Fuß zurück. Es war gespenstisch still um sie herum, Mond und Sterne spendeten durch den bewölkten Himmel kaum Licht. Die Konturen der Sträucher am Rande der Fahrbahn zeichneten sich dunkelgrau gegen das Schwarz der Nacht ab.

Büsche flankierten die Einfahrt. Alison schlich in ihrem Schatten den Weg hinauf, bis sie zu einem geschotterten Platz kam. Der SUV stand dort vor einem zweigeschossigen Cottage, das von der Straße aus hinter den Hecken und Bäumen, die es umgaben, nicht zu sehen war. Aus einem der Fenster fiel ein Lichtstrahl auf den Platz.

Geduckt umrundete Alison den Hof am äußersten Rand im Schutz der Hecken, um bessere Sicht zu bekommen. Sie erkannte die Silhouetten zweier Personen in einem Raum. Die eine musste der Typ mit dem SUV sein. Und die andere? Eine Frau. Violet!

Um besser sehen zu können, schlich Alison einen Schritt weiter und kniff im nächsten Augenblick geblendet die Augen zusammen. Ein Bewegungsmelder flutete den Platz mit Licht. Nach der ersten Schrecksekunde rettete sie sich in die Büsche. Ihr Herz raste. Sie schaute über den hell erleuchteten Platz. Der Weg zu ihrem Wagen war abgeschnitten.

Die Tür wurde aufgerissen. Sie zog sich weiter zurück in den Busch. Sie hörte ein Klicken, dann fiel ein Schuss. Die Alarmanlage des SUV sprang an und verbreitete einen Höllenlärm.

Der Typ schritt auf seinen Wagen zu. Das Gewehr im Anschlag. Sie quetschte sich durch das dornige Gestrüpp. Der

Lärm der Alarmanlage übertönte ihre Schritte. Sie zwängte sich zwischen zwei Rhododendronbüschen ins Hinterland, flüchtete geduckt über die karge Fläche aus Grasbüscheln und Heide, in der Erwartung, jeden Augenblick von einer Ladung Schrot getroffen zu werden. Hinter einem kümmerlichen Strauch suchte sie atemlos Schutz.

Die Alarmanlage war verstummt. Die Umgebung lag totenstill und stockfinster vor ihr. Sie schaute angestrengt in die Dunkelheit, aber anscheinend war ihr niemand gefolgt.

Erschöpft hockte sie sich auf den feuchten Boden und versuchte, wieder zu Atem zu kommen. Ihr Herz schlug so hart in ihrer Brust, dass es schmerzte, auch das Pochen hinter ihrer Stirn war kaum auszuhalten. Sie musste Una informieren, dass sie Violet gefunden hatte!

Alison tastete ihre Taschen ab. Verdammt, das Handy war nicht mehr da! Sie hatte es auf ihrer Flucht verloren. Im Dunkeln brauchte sie nicht zurückzulaufen und nach dem Ding zu suchen. Sie hoffte, dass auch der Mann es nicht fand.

Sie blieb hinter dem Strauch hocken. Wer war der Typ? Hatte sie ihn schon einmal gesehen? Und was machte Violet in dem einsamen Haus? Ohne Auto war sie in dieser Gegend doch völlig aufgeschmissen.

Nachdem sie bei ihrer wilden Flucht ordentlich ins Schwitzen gekommen war, wurde Alison langsam kalt. Sie ließ den Blick erneut über die Umgebung schweifen. In der Ferne machte sie eine große schwarze Fläche aus – den Loch Loyal. Zwischen ihr und dem See lag fast ausschließlich karges Weideland. Lediglich das Cottage war von hohen Hecken und Bäumen umgeben. Wenn sich der Mann dort versteckte und auf sie wartete, wäre sie selbst in der Dunkelheit ein leicht zu treffendes Ziel.

Sie hatte sich wirklich in eine blöde Situation hineinmanövriert, musste sie sich eingestehen. Ob der Typ die ganze Nacht bei Violet bleiben würde? Er war sicherlich nicht nur für eine Tasse Tee fünfzig Meilen durch die Nacht gefahren. War er die Affäre, die Violet angeblich beendet hatte?

Alison starrte ratlos zum Himmel. Die Wolken hatten sich

verzogen, und ohne Straßen- und Häuserbeleuchtung war die Aussicht grandios, zahlreiche Sterne funkelten ihr entgegen. Aber sie würden bei der nahenden Dämmerung bald verblassen, und dann säße sie auf dieser Anhöhe wie auf einem Präsentierteller.

Sie entschied sich, in einem großen Bogen Richtung Straße zu laufen. Auf allen vieren kroch sie über die Weide, in ständiger Angst, eine Gewehrsalve abzubekommen. Aber anscheinend hatte der Mann die Lust an der Jagd verloren.

Die ersten Vögel zwitscherten munter mit dem beginnenden Sonnenaufgang, als sie endlich bei ihrem Auto ankam. Der Anblick bot keinen Grund, befreit zu jubeln: Beide Vorderreifen waren platt.

Alison fluchte tonlos und trippelte vor Kälte schlotternd von einem Fuß auf den anderen. Ihr Magen knurrte, sie hatte Durst, ihre Kleidung war nass und verdreckt, und sie war hundemüde. Sie sah in Richtung des Hauses. Vermutlich war Violets schießwütiger Freund noch bei ihr. Sie hatte den SUV nicht davonfahren hören. Ob die Scheiben ihres Wagens sie vor dem Schrot schützen konnten?

Sie entriegelte die Türen, schlüpfte hinein. Wenn sie sterben musste, dann wenigstens nicht vor Kälte bibbernd. Sie neigte sich mit dem Oberkörper hinunter zum Beifahrersitz, damit man nicht sah, dass sie im Auto war.

Ihre Handtasche lag im Fußraum vor ihr. Sie zog sie hoch, in der Hoffnung, darin einen Müsliriegel oder irgendetwas anderes Essbares zu finden, und konnte ihr Glück nicht fassen: Sie hatte ihr Smartphone nicht auf der Flucht verloren, es lag in der Tasche! Bei ihrer nächsten nächtlichen Observierung sollte sie unbedingt vorher ein paar Stunden schlafen.

Sie wählte Grace' Nummer. Der Anruf wurde auf die Mailbox umgeleitet. »Grace, ich bin am Loch Loyal«, wisperte sie auf den Anrufbeantworter. »Ich glaube, ich habe Violet gefunden. Sie ist in einem Cottage, aber –«

Ein Klopfen am Fahrerfenster ließ sie verstummen. Alison

hob den Kopf. Ein Mann stand vor ihrem Wagen: Jeans, Baumwollhemd, Jagdweste, die Flinte unter den Arm geklemmt.

Verflucht.

Die Küche war warm. Der Typ hatte Alison nach ihrem Namen gefragt, ohne sich selbst vorzustellen, und sie aufgefordert, mit ihm ins Haus zu kommen. Er hatte sie nicht direkt bedroht, aber auch wenn er das Gewehr nicht im Anschlag hatte, reichte Alison allein dessen Existenz als überzeugendes Argument. Wobei er vermutlich bei seiner sportlichen Statur auch ohne dessen Hilfe mit ihr fertiggeworden wäre.

Violet erwartete sie in der Küche. Sie hatte sich zurechtgemacht: Die Haare waren perfekt frisiert, sie hatte ein dezentes Make-up aufgelegt und trug einen schlichten, aber edlen dunkelblauen Hausanzug.

Sie kochte Tee, den Alison dankbar annahm. Die Kälte der Nacht saß ihr in den Knochen, ebenso die Angst vor dem Kerl mit der Schrotflinte.

Er hatte ihr gegenüber Platz genommen, die Waffe lehnte neben ihm am Küchentisch. Er war ein bulliger Typ mit Schlägervisage. Aber er war nicht hässlich. Auf seine animalische Art hatte er durchaus Sex-Appeal. Er wirkte entspannt, vielleicht hatte er eine schöne Nacht mit Violet gehabt und war dadurch in gönnerhafter Laune, überlegte Alison. Sie hoffte, dass diese Stimmung noch ein wenig anhielt. Ob er der Kerl war, der ihr vor sechs Tagen das Veilchen verpasst hatte? Das Zeug dazu hatte er.

»Warum verfolgst du mich, Alison?« Die dunkle Stimme passte zu seiner Erscheinung.

»Ich verfolge Sie nicht. Ich weiß nicht einmal, wer Sie sind.«

»Für 'ne Schnüfflerin ist das verdammt schwach.«

Da hatte der Mistkerl allerdings recht. Er musste irgendetwas mit Gordon Ballard zu tun haben, immerhin war er mit der Polizei in dessen Wohnung gewesen. Aber um sein Vater zu sein, schien er, aus der Nähe betrachtet, zu jung – Mitte vierzig vielleicht. Als Bruder war er zu alt.

»Ich habe Violet gesucht«, erklärte Alison.

»In wessen Auftrag?«, fragte er lauernd.

»In meinem.«

»Und warum, wenn man fragen darf?«

Weil ich dachte, dass sie entführt wurde und sich in der Gewalt eines Schwerkriminellen befindet. Aber das hier sah nicht nach Entführung aus. »Sie war plötzlich verschwunden, und ich habe mir Sorgen gemacht.«

Der Kerl lachte auf und sah zu Violet. »Ist das nicht rührend?«

Violet hob die Schultern, als wüsste sie nicht so recht, wie sie reagieren sollte.

Die Erheiterung in seinem Gesicht erlosch so schnell, wie sie aufgeflammt war. Er wandte sich Alison wieder zu. »Und warum hast du nicht einfach an die Tür geklopft, statt wie ein Dieb in der Nacht um mein Haus zu schleichen?«

Wie sollte sie ihm das erklären? »Es war schon spät … Ich wollte nicht stören … Na ja, und dann haben Sie gleich mit der Schrotflinte auf mich geschossen«, stammelte sie sich zusammen.

»Um das mal klarzustellen: Ich habe in die Luft geschossen. Ich dachte, da treibt sich Gesindel draußen herum. Ist 'ne einsame Gegend hier, da muss man aufpassen.«

Viel zu einsam. Ob Grace ihre Nachricht bekommen hatte? Würde sie den Ernst der Lage verstehen und sich auf den Weg in die Highlands machen? Alison hoffte, dass sie nicht allein kam.

»Jetzt weißt du, wo Violet ist. Es geht ihr gut, wie du siehst. Können wir sonst noch etwas für dich tun?«

Alison sah zu Violet, die sich zu ihnen an den Tisch gesetzt hatte. »Warum hast du dich nicht bei mir gemeldet? Ich habe dir mehrfach auf deine Mobilbox gesprochen.«

»Tut mir leid, ich habe mein Handy verloren, und dann hatte ich deine Nummer nicht mehr.«

Was war denn das für eine fadenscheinige Ausrede? Wollten die beiden sie verarschen? Dieser ganze Zirkus ging Alison gehörig gegen den Strich.

»Wäre nett, wenn du mir meinen Wohnungsschlüssel wiedergeben würdest«, murrte sie. »Und was ist mit deinem Koffer? Holst du den noch ab, oder kann ich die Klamotten an die Wohlfahrt geben?«

In ihrem Verdruss bemerkte sie zu spät den irritierten Blick, den der Mann Violet zuwarf. Hatte sie ihm nicht erzählt, dass sie bei Alison Unterschlupf gefunden hatte?

Violet zwang sich ein kühles Lächeln auf die Lippen. »Der Schlüssel ist leider zusammen mit meinem Handy abhandengekommen. Ich ersetze dir die Kosten für ein neues Schloss natürlich, falls du es auswechseln willst.«

Und ob sie das wollte! Alison musterte die beiden ratlos. Sie durchschaute nicht, in welcher Beziehung Violet zu diesem Kerl stand. Die Atmosphäre in der Küche knisterte unterschwellig wie brechendes Eis und ließ sie frösteln. Sie legte die Hände um die heiße Teetasse.

Das Vibrieren eines Smartphones unterbrach das unangenehme Schweigen. Der Typ zog den Apparat aus der Westentasche und las die Nachricht.

Alison fixierte Violet mit den Augen, formte tonlos die Frage: »Brauchst du Hilfe?«

Violet starrte sie mit ausdrucksloser Miene an.

Der Mann steckte das Telefon zurück in seine Westentasche. »Violet, du solltest dich anziehen, wir müssen los.«

»Ja, natürlich.« Sie stand auf. »Alison, entschuldige, dass ich mich nicht gemeldet habe. Nach der Trennung von Brodie war ich etwas durcheinander. Ich musste erst einmal wieder zur Ruhe kommen.«

Sie verließ den Raum. Alison sah der zukünftigen Ex-Millionärsgattin grübelnd hinterher. Es war nie Violets Art gewesen, sich für irgendein Verhalten zu rechtfertigen – schon gar nicht vor ihr. Sie spürte den Blick des Mannes auf sich, hörte, wie er seinen Stuhl zurückschob. Sie wandte sich ihm wieder zu.

Er stellte die Tassen ins Spülbecken und nahm sein Gewehr. »Es macht dir sicher nichts aus, draußen bei deinem Wagen auf den Pannenservice zu warten, oder?«

Nichts lieber als das.

Der Mann begleitete sie zur Tür, baute sich so dicht vor ihr auf, dass sein Aftershave ihr in die Nase kroch. Der Duft jagte ihr einen eisigen Schauer über den Nacken.

»Alison, ich gebe dir einen gut gemeinten Rat: Achte zukünftig darauf, dass ich dich nicht mehr in meinem Rückspiegel sehe.«

Er trat zur Seite, damit sie das Haus verlassen konnte. Mit steifen Schritten marschierte sie die Einfahrt zur Straße hinunter.

ACHTZEHN

Bettyhill

Samuel Dexter räkelte sich behaglich in seinem Bett. Eigentlich hatte er am Samstag zurück nach Edinburgh fahren wollen, aber er war am Freitagabend mit Milow und Nigel fürchterlich versackt, sodass er seinem übersäuerten Magen am nächsten Tag die kurvige Autofahrt durch die Highlands nicht hatte zumuten wollen.

Der andauernde Regen hatte dazu beigetragen, dass er beschloss, den Samstag mit Tee und Fernsehen im Bett zu verbringen. Zwischendurch nutzte er die Zeit, geschäftliche Mails zu beantworten, die in den letzten Tagen liegen geblieben waren.

Er hatte mit dem Gedanken gespielt, das Geld, das er Alison überwiesen hatte, wieder zurückzuholen. Aber er entschied sich dagegen. Es war befriedigender zu wissen, dass seine Ex-Frau sein Geld auf ihrem Konto hatte. Geld, das sie nicht wollte. Es stand ihr frei, es ihm zurückzugeben. Am Montag würde er mit seinem Anwalt sprechen, um alles in die Wege zu leiten, damit sie seinen Nachnamen ablegen musste.

Der Regen hatte sich in der Nacht verzogen, und so begrüßte ihn der Sonntagmorgen freundlicher. Die ersten Sonnenstrahlen fielen zum Fenster herein. Sam war zeitig auf den Beinen, zog sich an und spazierte ins Restaurant. Er hatte gehofft, zu so früher Stunde sein Frühstück nur mit sich und der Zeitung genießen zu können, aber Milow und Nigel saßen bereits dort und plauderten angeregt.

»Guten Morgen, Sam. Wir wollen heute weiter nach Ullapool«, verkündete Milow, als er zu ihnen an den Tisch trat. »Hast du Lust, mitzukommen?«

Im Laufe der Freitagnacht waren sie sich zunehmend freundschaftlich begegnet, erinnerte Sam sich mit leichtem Unbehagen. Sosehr er die Bewunderung der jungen Männer genoss, wahrte er doch gern eine angemessene Distanz zu Fremden.

»Ich würde gern, aber die Geschäfte rufen. Ich werde heute zurück nach Edinburgh fahren.« Er bestellte sich ein Full Scottish Breakfast.

»Du solltest vorher aber an die Küste gehen. Wir haben heute Morgen eine ganze Delphinschule in der Torrisdale Bay gesehen«, berichtete Nigel.

»Jetzt übertreib mal nicht«, relativierte Milow die Aussage. »Es waren vielleicht sechs oder sieben.«

Wie früh waren die beiden denn schon unterwegs gewesen, fragte Sam sich. Aber ein Spaziergang an die Küste – warum nicht? Er hatte sich am Tag zuvor kaum bewegt, und die Fahrt nach Edinburgh würde lang werden.

Sam hatte Mike nicht geweckt, damit sein Chauffeur ausgeruht war, wenn er die zweihundertfünfzig Meilen zurück nach Hause fuhr. Nach dem Frühstück wechselte Sam seinen Anzug gegen die Jeans, die er in Thurso erworben hatte, und spazierte los. Milow hatte ihm den Weg beschrieben.

Sam schlenderte die schmale Straße entlang, vorbei an einer Tankstelle, es folgte ein Café, das auch einen Laden beherbergte, allerdings an diesem Sonntagmorgen geschlossen war. Bei der Kirche bog er links ab. Nachdem er an einer kleinen Autowerkstatt vorbeigelaufen war, wurde der Weg noch enger, links und rechts von Weiden und Ginsterbüschen flankiert. In den Stacheldrahtzäunen hatte sich Schafswolle verfangen.

Die Strecke war weiter, als er erwartet hatte, und er war froh, als er die Küste endlich erreichte. Die Straße war dort einfach zu Ende. Zwei Campingbullis parkten am Rand der Klippen. Als er den Hang hinuntersah, entdeckte er auf einem Pier ein paar Angler, an der gegenüberliegenden Küste erstreckte sich ein breiter heller Sandstrand.

»Ganz hübsch«, hörte er sich selbst laut sagen, froh darüber, dass außer ein paar Schafen auf den Weiden niemand mitbekam, dass er Selbstgespräche führte. Er folgte einem Trampelpfad, um näher zur Bucht zu kommen. Wenn er diesen beschwerlichen Marsch schon auf sich genommen hatte, wollte er auch mit der Sichtung einiger Delphine belohnt werden.

Er kam an ein Holzgatter, hinter dem eine verlassene Ruine stand. »*Danger! Keep out!*«, warnte ein Schild vor dem Betreten. Daneben war eine kleine Infotafel angebracht. Das Gebäude gehörte zur alten Fischerstation und hatte in lang vergangenen Zeiten als Eishaus gedient, um den gefangenen Lachs frisch zu halten.

Der Trampelpfad führte dicht neben der mit Stacheldraht umzäunten Ruine entlang. Der Weg war glitschig. Sam trug nicht das richtige Schuhwerk für diese Wanderung. Er blieb stehen, schaute über die Bucht und lauschte dem Rauschen der Wellen. Delphine zeigten sich nicht.

Er wollte sich auf den Rückweg machen, als er ein Geräusch hörte. Ein Röcheln? Oder eher ein Husten? Er sah sich um. Außer ihm war niemand in der Nähe. Die Angler standen weit unter ihm an der Mündung des River Naver.

Vielleicht hatte er sich das Röcheln nur eingebildet. Er verweilte einen Moment lauschend. Da erklang es wieder. Konnten Schafe husten? Ratlos sah er sich um. Er hörte das Meer, den Ruf der Möwen, das Blöken eines Schafes. Es blökte, es hustete nicht.

Gerade als er beschloss zurückzugehen, hörte er erneut ein Husten, dieses Mal gefolgt von einem Wimmern. Das klang nicht nach einem Tier. Er musterte die Ruine. »Hallo? Ist da jemand?«

Er bekam keine Antwort. Sein Blick wanderte über die Mauern. Die Türen des Gebäudes waren verschlossen, bis auf eine, ganz hinten, die stand einen Spaltbreit offen. War das Husten von dort gekommen?

Er fluchte, dass er Mike nicht gebeten hatte, ihn zu begleiten. Der Bursche wäre schnell über den Zaun geklettert und hätte nachgeschaut. Und was tat er – Samuel Dexter? Herrje, er würde der Sache jetzt selbst auf den Grund gehen! Wenn es ein Penner war, der hier Schutz vor dem Wetter gesucht hatte, würde er ihm zehn Pfund in die Hand drücken, damit er sich etwas Warmes zu essen kaufen konnte. Oder eine Flasche Fusel, wenn es denn sein musste.

Da er sich nicht am Stacheldraht verletzen wollte, ging er zu dem Gatter. Er kletterte hinüber, fühlte sich unerwartet jung und verwegen. Er schlich vorsichtig an dem Gebäude entlang, als könnte die Erschütterung durch seine Schritte das Haus zum Einsturz bringen.

Als er vor der geöffneten Tür ankam, blieb er seitlich davon stehen, so wie er es aus den Krimis kannte. Nicht in die Gefahrenzone treten. Er nahm sein Smartphone, wählte die Taschenlampenfunktion aus, linste vorsichtig um die Ecke und leuchtete ins Innere.

Der Gestank, der ihm entgegenschlug, quälte seine Nase. Er wandte sich ab, nahm einen kräftigen Zug frische Luft und schaute mit angehaltenem Atem erneut ins Innere. Eine Menge Gerümpel, feuchte Erde, Schafsmist. Sein Herz schlug spürbar hart und schnell in seiner Brust. Er stieß die Tür etwas weiter auf, um die andere Seite sehen zu können. Wieder hörte er dieses leise Wimmern. Und dahinten in der Ecke, das war doch …

»Kann man Ihnen helfen?«, erschallte eine unfreundliche Männerstimme hinter ihm.

Sam fuhr herum. Ein grobschlächtiger Kerl stand auf der anderen Seite des Zauns. Groß, massig, wettergegerbtes, übellauniges Gesicht, nackenlange graue Haare.

»Mir nicht, aber ich glaube, da drinnen ist ein Mensch, der Hilfe braucht«, erklärte Sam.

Loch Loyal

Alison saß in ihrem Wagen. Auch ohne die beiden platten Vorderreifen wäre sie zu verwirrt und müde gewesen, um Auto zu fahren. Sie hatte den Kopf in den Nacken gelegt und die Augen geschlossen.

Das Röhren eines Motors ließ sie hochschrecken. Sie riss die Augen auf und war froh, dass es taghell um sie herum war. Ihr Herz hämmerte eine Spur zu heftig in ihrer Brust. Sie sah den SUV in nördliche Richtung davonfahren. Sie roch wieder das Aftershave des Mannes. Erneut lief ihr ein Schauer über den Rücken. War das der Geruch, den sie in dem Wagen wahrgenommen hatte, nachdem sie niedergeschlagen worden war, oder spielte ihr erschöpftes Hirn ihr einen Streich?

Sie wurde nicht schlau aus den Geschehnissen der letzten Stunden. Hatte der Kerl sie bedroht, weil er etwas zu verbergen hatte? Oder hatte er tatsächlich angenommen, sie wäre eine Einbrecherin, die sein Haus ausspionieren wollte? Sie erinnerte sich an Douglas MacKeith, der auch schon zur Schrotflinte gegriffen hatte, um Haus und Hof zu verteidigen.

Was war mit Violet? War sie freiwillig in diesem entlegenen Cottage? Es passte genauso wenig zu ihr wie das Haus im Hafen von Fresgoe. Nichts an dieser ganzen Geschichte schien zusammenzupassen.

Der Typ hatte eine Nachricht bekommen und im nächsten Augenblick zum Aufbruch gedrängt. Wo wollte er mit Violet hin? Grübelnd schaute sie die Straße entlang. Einen Moment zögerte sie, dann fasste sie einen Entschluss. Sie stieg aus und marschierte zu dem Cottage zurück.

Die Vorhänge vor den Fenstern waren zugezogen, die Haustür war verriegelt. Sie klopfte zur Sicherheit, falls Violet doch nicht mit dem Kerl mitgefahren war. Aber niemand öffnete ihr.

Sie umrundete das Gebäude auf der Suche nach einer günstigen Einstiegsmöglichkeit. Eine schmale Treppe führte zu einer Kellertür hinunter. Die Schwachstelle vieler Häuser. Das Schloss bot Alison nur geringen Widerstand.

Der Raum war dunkel, muffig, kalt und feucht. Sie leuchtete mit dem Smartphone die Wand ab, fand einen Schalter und knipste das Licht an. Eine nackte Neonröhre flackerte an der niedrigen Decke auf. Gemüsekisten waren an der Längsseite aufgereiht, Gartenwerkzeug stand daneben: Schaufel, Spaten, Harke. Gegenüber befanden sich zwei Türen in der Wand.

Die Türen waren massiv und mit modernen Schlössern versehen. Aber sie waren nicht verriegelt. Hinter beiden bot sich Alison derselbe Anblick: Auf dem Boden lag eine dünne Matratze, darauf eine alte Wolldecke. Ein kleiner Tisch mit einer

Schüssel stand an der anderen Wand, in einer Ecke ein Eimer, daneben lag eine Rolle Toilettenpapier. Die Oberlichter waren mit Holzbrettern von außen zugenagelt. Das war definitiv kein Luxus-Bed-&-Breakfast.

Alison machte Fotos und schlich die Kellertreppe zum Wohnbereich hinauf. Die Zwischentür war abgeschlossen. Sie versuchte, das Schloss zu knacken, zuckte zusammen, als ihr Smartphone vibrierte. Ihre Nerven waren seit dem Überfall noch nicht wieder die besten, stellte sie fest. Vielleicht lag es aber auch an der Müdigkeit.

Sie zog das Handy hervor. »Grace«, verkündete das Display. Sie bekam ein schlechtes Gewissen. Ihre Freundin machte sich mit Sicherheit Sorgen nach der abgebrochenen Nachricht, die sie ihr auf der Mobilbox hinterlassen hatte. Eilig schlich sie die Treppe hinunter und huschte durch den Keller zurück zum Hinterausgang. Als sie aus der Tür kam, spazierte Grace um die Hausecke.

Alison lächelte unschuldig. »Ich wollte dich gerade zurückrufen.«

»Sag mir bitte, dass du nicht in dem Haus warst.«

»Das wäre etwas unglaubwürdig, nachdem du gesehen hast, wie ich aus dem Keller herauskam, findest du nicht?«

»Verflucht noch eins, Ali!«

»Was machst du hier?«, lenkte Alison ab.

»Was wohl? Ich suche dich! Nachdem du diese Woche ja schon einmal überfallen worden bist, habe ich mir verdammt noch mal Sorgen um dich gemacht, als ich deine Nachricht abgehört habe!«

»Und dann kommst du allein?«

»Ich wusste nicht, was los ist, und wollte nicht schon wieder einen Anschiss von Kenny kassieren.«

»Was hast du deinen Kollegen gesagt, wo du hinfährst?«

»Gar nichts. Ich habe heute frei.«

»Du trägst deine Uniform«, stellte Alison verwundert fest.

»Das verleiht mir im Falle eines Falles mehr Autorität.«

Gar nicht mal dumm. Vielleicht sollte sie Grace bitten, ihr eine ausrangierte Uniform zu überlassen. Grace trug zwar ein, zwei Kleidernummern größer als Alison, aber das ließ sich ja anpassen.

»Jetzt erklär mir erst einmal, was du hier machst und warum dein Auto eine halbe Meile weiter mit zwei platten Reifen steht.«

Alison berichtete ihr von den Geschehnissen der vergangenen Nacht.

»Das Haus, in dem Gordon Ballard wohnt, gehört Andrew Wilson«, erklärte Grace. »Er ist Gordons Onkel und hat den Kollegen, die letzte Nacht Material für den DNA-Abgleich besorgen sollten, Zutritt zu der Wohnung gegeben. Sein Neffe ist laut Wilsons Aussage gerade irgendwo im Süden unterwegs.«

Nun wusste Alison, mit wem sie in der Nacht das Vergnügen gehabt hatte. Andrew Wilson. Sie ließ den Blick über das Cottage schweifen. »Gehört ihm das Haus hier auch?«

»Keine Ahnung, lässt sich aber herausfinden.«

»Könntest du …?«

»Ja, könnte ich. Bevor du da noch mal einsteigst und nach dem Kaufvertrag suchst«, erwiderte Grace verdrossen.

Alison strich ihrer Freundin zerknirscht über den Arm. »Tut mir leid, dass ich dir deinen freien Sonntag versaut habe.«

»Du hättest ihn mir versaut, wenn dir etwas zugestoßen wäre.« Grace' Blick wanderte die Hausfassade entlang. »Hast du was Interessantes drinnen gefunden?«

»Zwei Zellen.«

»Zellen?«

»Ja, schau.« Alison zeigte ihr die Fotos, die sie gemacht hatte. »Ich frage mich, wofür die beiden solche Räume brauchen. Und ich frage mich, wozu Violet diesen Klotz in Fresgoe gekauft hat. Wozu braucht sie so viele Schlafzimmer? Keiner von Violets Freunden oder Verwandten würde sie dort besuchen kommen. Das Haus ist nicht feudal, es liegt viel zu einsam, es gibt nichts in der Gegend, was ihre Leute ansprechen würde. Im Gegenteil, schon allein die Nähe zu Dounreay würde sie davon abhalten, dorthin zu fahren.«

»Vielleicht ist Violet nicht die Schickimicki-Frau, die du in ihr siehst«, schlug Grace vor.

Alison kam ein anderer Gedanke. »Vielleicht hat sie das Haus gar nicht für sich gekauft, sondern für ihren Lover.«

»Wilson? Der hat selbst genug Kohle, um sich ein Haus zu kaufen.«

»Aber vielleicht möchte er nicht, dass sein Name mit dem Haus in Verbindung gebracht wird. Denk doch mal nach: einsame Häuser, zahlreiche Schlafzimmer, spartanische Zellen …«

Grace zog gequält die Stirn in Falten. »Ich kann Kenny nach der Pleite von Freitagnacht nicht noch mal mit deiner Schleuserbanden-Theorie kommen.«

Alison sah ratlos zu dem einsamen Cottage. Sie brauchte handfeste Beweise.

Bettyhill

Die Situation war jenseits von Samuel Dexters Komfortzone. Er wusste, dass er sich unerlaubt auf abgesperrtem Gelände befand. Der Kerl auf der anderen Seite des Zaunes – Kinnel, hatte er sich vorgestellt – schaute ihn noch immer misstrauisch an. Und auch dieses winselnde Etwas in der Ruine verunsicherte ihn.

»Wer soll da drinnen sein?«, fragte Kinnel.

»Ein Mensch, ein …« Sam zog grübelnd die Stirn in Falten. Was genau hatte er gesehen? »Jemand, der weint und hustet.«

»Ein Kind?«, grummelte Kinnel.

»Ich weiß es nicht.« Sam war unentschlossen. Brauchte dieser Jemand in der Ruine tatsächlich seine Hilfe? Oder war es ein armer Irrer, der sich im nächsten Augenblick auf ihn stürzen und mit weiß Gott was für einer Krankheit anstecken würde? Vielleicht war es besser, die Sache diesem Kinnel zu überlassen. Aber ein seltsames Gefühl trieb ihn dazu, der Angelegenheit selbst nachzugehen.

»Ich schau mal rein«, erklärte er dem Mann. »Es wäre freundlich, wenn Sie in der Nähe blieben.« So würde seine Leiche zumindest nicht lange unentdeckt bleiben, wenn in der Ruine tatsächlich ein Verrückter saß.

»Aye.«

Es kostete Sam einiges an Überwindung, in den dunklen Raum hineinzugehen. Er hoffte, dass das Gemäuer nicht beschloss, ausgerechnet in diesem Moment zusammenzustürzen.

»Hallo? Kann ich Ihnen helfen?«

Er stolperte über das Gerümpel, tastete sich mühsam mit den Füßen zu dem Menschen vor und versuchte, nicht daran zu denken, welches Ungeziefer und Kleintierzeug sich sonst noch in dieser Ruine verkrochen hatte. Der Schein seiner Handylampe huschte über allerlei morsche Bretter, Steine, Spinnenweben und Krabbelgetier und fiel schließlich auf das winselnde Wesen. Es wirkte klein und schmal.

Ein Mädchen, vermutete er. Sie hatte die Knie zur Brust gezogen, versteckte das Gesicht in den Armbeugen, als der Lichtstrahl auf sie fiel. Sie war schwarz, stellte er fest.

Er stutzte. Konnte das sein? Nein – oder doch? Wie viele junge schwarze Mädchen gab es hier oben im Norden? »Elani?«, fragte er ungläubig.

Sie schielte blinzelnd zu ihm auf, schniefte. Sie musste es sein. Hitze stieg ihm in die Wangen. Er war verwirrt, aufgeregt und entsetzt zugleich. »Gute Güte, Kind, was machst du hier?« Er streckte ihr eine Hand entgegen. »Komm hier raus. Komm.«

Er musste eine Weile auf sie einreden, bis sie zögernd ihren Arm hob. Ihre Finger waren eisig kalt und kraftlos. Sie war zu schwach, um aufzustehen. Er steckte das Smartphone in die Jackentasche, zog sie auf die Beine, legte ihren Arm um seinen Nacken und schleifte sie mehr, als dass sie ging, aus dem Bau. Er fühlte sich an Kriegs- und Katastrophenfilme erinnert, die er gesehen hatte. Der Held, der ein hilfloses Kind aus den Trümmern befreite. Er sollte öfter im Fitness-Studio trainieren, dachte er schnaufend.

Draußen setzte er sie an der Mauer ab. Ihre Lippen waren aufgeplatzt, die Wangen eingefallen. An den freien Körperstellen entdeckte er Blutergüsse und Kratzer. Sie schloss die Augen, der Kopf sank auf ihre Brust.

»Sie ist völlig geschwächt«, rief er Kinnel zu, der noch immer auf der anderen Seite des Zaunes stand und ihn argwöhnisch beobachtete. »Wir brauchen einen Krankenwagen und Wasser. Und eine Decke. Beeilen Sie sich, Mann.«

Er zog seine Jacke aus, versuchte, Elani so gut es ging damit zuzudecken, und rubbelte über ihre Arme, um die Durchblutung zu fördern. So fühlte es sich also an, einen Menschen zu retten. Er empfand nichts Heroisches. Da war nur die Angst, dass das Mädchen vor seinen Augen sterben würde.

»Halte durch, Elani. Bitte, halte durch«, flüsterte er beschwörend.

Thybster

Ein paar Stunden Schlaf, eine Dusche, und Alison fühlte sich wieder einigermaßen wie ein normaler Mensch. Das Schwarz-Blau ihres Veilchens ging langsam in ein Violett-Grün-Gelb über und war dadurch leichter zu überschminken.

Grace hatte sie von dem Cottage am Loch Loyal zu Jeana nach Thybster gebracht und einen Freund gebeten, Alisons Wagen abzuschleppen. Von dort war Grace weiter zur Farm ihres Vaters gefahren, um Marley bei der Arbeit an der Scheune zu helfen.

Alison kochte Tee und bereitete sich ein paar Sandwiches zu – dankbar für den reichlich gefüllten Kühlschrank von Jeana und Joyce. Sie hätte in den Pub gehen können, um etwas zu essen, aber sie wollte in Ruhe nachdenken.

Während sie hungrig die Brote verschlang, schaltete sie das Smartphone ein. Zwei verpasste Anrufe von Una, einer von Hamish und einer von Kenneth Campbell. Alison verzog das Gesicht. Was wollte Grace' Vorgesetzter von ihr?

Sie wägte ab, welcher Anruf den größten Ärger versprach – definitiv der von Campbell. Also brachte sie den am besten als Erstes hinter sich. Danach konnte es nur besser werden.

»Kenny«, grüßte sie ihn betont arglos. »Du hast um Rückruf gebeten.«

»Aye.«

»Worum geht's?«

»Kannst du dir das nicht denken?« Er hatte wieder diesen »Alison Dexter, geborene Johnson, ich kenne dich seit Teenagertagen«-Ton drauf, der ihr überhaupt nicht gefiel und selten etwas Gutes verhieß.

»Nö.«

»Violet Thompson, Andrew Wilson?«

»Was ist mit den beiden?«

»Na, immerhin leugnest du nicht, dass du die zwei kennst.«

»Violet kenne ich von früher. Von Wilson kann ich nicht behaupten, dass ich ihn kenne.«

»Mrs Thompson war heute Morgen bei uns. Sie hatte erfahren, dass eine gewissen Alison Dexter eine Vermisstenmeldung aufgegeben hat. Sie erklärte, dass diese Meldung auf einem Missverständnis beruhe. Es gehe ihr gut und gebe keine Notwendigkeit, sie suchen zu lassen. Sollte man sie kontaktieren wollen, wisse Mr Wilson, wo sie zu erreichen sei.«

Was sollte das denn? Alison verzog grimmig das Gesicht. »Dann ist ja alles wunderbar.«

»Nicht ganz. Mr Wilson bat darum, dir mitzuteilen, dass du ihn nicht mehr belästigen sollst.«

»Bitte?«

»Du würdest ihn verfolgen. Du würdest an Orten auftauchen, die seiner Obhut obliegen, wie zum Beispiel ein Haus am Sandside Harbour.« Campbell ließ einen Moment verstreichen, damit sie Zeit hatte, sich an den nächtlichen Polizeieinsatz zu erinnern, den sie und Grace zu verantworten hatten, dann fuhr er fort. »In der vergangenen Nacht wärst du ihm sogar bis zu seinem Haus gefolgt.«

Da hatte das Arschloch noch nicht einmal gelogen. »Ich habe ihn nicht verfolgt, ich habe Violet gesucht.«

»Die ja nun wieder aufgetaucht ist. Alison Dexter, ich spreche dir hiermit eine mündliche Verwarnung aus: Halte dich von

Mr Wilson und Mrs Thompson fern. Beim nächsten Mal kommst du nicht ohne Anzeige davon.«

»Kenny, der Kerl hat Dreck am Stecken!«

»Was für Dreck?«

Was sollte sie ihm sagen? Sie hatte keinen einzigen Beweis für ihren Verdacht, dass die Häuser in Fresgoe und am Loch Loyal als Zwischenstation für Schleuserbanden dienen könnten. Ihre Entführung konnte sie Wilson kaum in die Schuhe schieben, nur weil sie meinte, sein Aftershave wiedererkannt zu haben.

Genau genommen stand sie mit leeren Händen da. Schlimmer noch – wie eine Verschwörungstheoretikerin oder Stalkerin.

»Alison, Mr Wilson ist ein angesehener Geschäftsmann in Thurso. Er ist ein Arbeitgeber und tut viel für die Region«, fuhr Campbell fort, nachdem sie nichts sagte. »Wenn du keine hieb- und stichfesten Beweise hast, halte dich mit deinen Verdächtigungen zurück. Ich hoffe, wir sprechen uns so schnell nicht wieder.«

»Das wäre mir sehr recht«, knurrte Alison und legte auf. Sie war froh, dass sie den Anruf erst nach dem Essen getätigt hatte. Der Appetit wäre ihr sonst vergangen. Aber wenn Wilson meinte, er könnte sie damit einschüchtern, hatte er sich geschnitten.

Andererseits: Was war, wenn sie sich tatsächlich in eine fixe Idee verrannt hatte? Sie raufte sich grübelnd die Haare. Was übersah sie? Ihr Kopf begann schon wieder zu schmerzen. Wie lange dauerte diese blöde Gehirnerschütterung denn noch?

Ihr Handy klingelte. Una hatte einen dritten Versuch gestartet, sie zu erreichen. Alison nahm das Gespräch an.

»Erreicht man dich auch mal? Ich dachte, du hütest das Krankenlager«, drang die Stimme der DCI an ihr Ohr.

»Ich hab die Nacht durchgearbeitet.«

»Ach so? Erzähl.«

Alison gab ihr eine kurze Zusammenfassung inklusive der Abmahnung von Kenny.

»Interessant«, kommentierte Una. »Hattest du den Eindruck, dass der Typ Violet irgendwie unter Druck setzt?«

»Ganz ehrlich: Ich habe keine Ahnung, was zwischen den beiden läuft.« Dieses elende Nichtwissen machte sie ganz kirre. »Und warum hast du so sehnsüchtig versucht, mich zu erreichen?«

»Oh ja, genau. Es gibt gute Neuigkeiten.«

»Die brauche ich jetzt dringend. Schieß los.«

»Wir haben Elani gefunden.«

»Was?« Aller Frust war vergessen. »Wo? Wann? Wie geht es ihr?«

»Die Kollegen aus Durness haben uns informiert. Heute Morgen hat ein Tourist das Mädchen in einem alten Verschlag an der Küste von Bettyhill entdeckt. Das ehemalige Eishaus der alten Fishing Station. Kennst du das?«

»Aye, da bin ich letzte Nacht quasi dran vorbeigefahren.« Wenn sie doch nur etwas geahnt hätte!

»Elani ist in keinem guten Zustand. Sie wurde ins Raigmore Hospital gebracht. Sie ist bisher nicht ansprechbar. Vermutlich hat sie tagelang kaum etwas in den Magen bekommen. Sie war dehydriert, hat zahlreiche Blessuren. Male an ihrem Hals deuten darauf hin, dass sie gewürgt worden ist.«

»Oh mein Gott.«

»Wir hoffen, dass wir morgen mit ihr reden können. Vermutlich war sie schon mindestens seit Freitag dort oben an der Küste. Sie hat einem Angler eine Jacke geklaut. Die Kollegen haben sie in dem Verschlag gefunden.«

»Will er sie anzeigen?«

»Nein, er hat noch nicht einmal den Diebstahl angezeigt.«

Alison starrte grübelnd auf die geblümte Tischdecke – typischer Jeana-Kitsch. »Wann wurde Elani gefunden?«

»Heute Vormittag, etwa gegen halb zehn.«

»Schade, das passt nicht.«

»Was passt nicht?«

»Die Uhrzeit. Als ich heute früh bei Wilson war, hat er eine Nachricht auf seinem Smartphone bekommen, danach hatte er es ziemlich eilig loszukommen. Aber das war so um sieben oder halb acht.«

»So früh war es definitiv nicht. Sag mal, wer ist Sionn?«

»Wer soll das sein?«

»Du solltest ihn kennen. Er hat dir ein Foto geschickt.«

»Hä? Wohin geschickt?«

»Auf dein altes Handy. Unsere Techniker haben es doch aus deinem ausgebrannten Wagen gefischt. Und wir haben natürlich nach Informationen gesucht, um herauszufinden, wer dich überfallen hat.«

»Momentchen – ihr habt mein Handy ausspioniert?«

»Wir haben digitale Spuren gesucht.«

»Da werdet ihr nichts finden.«

»Das lass mal unsere Sache sein. Also, wer ist dieser Sionn? Will er dir ein Boot verkaufen, oder warum schickt er dir ein Foto von einem Cabin Cruiser?«

Alison stöhnte sich erinnernd auf. Sie war einfach nicht in Form. »Sionn – er ist der Geist von Wick Harbour.«

»Ah, der Geist. Geht's dir gut, meine Liebe?«

»Er ist ein Penner, den ich vor ein paar Tagen in Wick kennengelernt habe. Es gab doch die Überlegung, dass der tote Junge, der bei den Duncansby Stacks gefunden wurde, mit einem Boot rausgefahren und über Bord geworfen wurde. Sionn sagte, dass in der Nacht jemand rausgefahren sei, der kein Fischer war. Ich hatte ihn gebeten, mir ein Foto zu schicken, wenn das Boot wieder auftaucht.«

»Ziemlich moderner Penner«, stellte Una fest. »Woher hat er denn das Handy?«

»Keine Ahnung.«

»Ich gebe die Info an die Kollegen weiter, die den Fall bearbeiten. Kann ja nicht schaden zu prüfen, wem das Boot gehört.«

»Leite mir doch bitte Sionns Nummer und das Foto weiter.«

Sionn hatte Wort gehalten. Wenn er sich daran erinnerte, dass er ihr ein Foto schicken sollte, bestand die Chance, dass seine Erinnerung an die Nacht, in der der Junge starb, auch korrekt war, überlegte Alison. Vielleicht wusste er noch mehr? Sie wählte die Nummer, die Una ihr zugeschickt hatte.

»Aye, aye«, meldete sich die kratzige Stimme des Alten.

»Hey, Sionn, ich bin es, Alison, erinnerst du dich an mich? Du hast mir das Foto von dem Boot geschickt.«

»Das is' nicht deine Nummer, is' nich'.«

»Neues Handy. Mein altes ist kaputt.«

»Bist du schöne Frau? Bist du?«

»Du bist doch der Geist von Wick Harbour und weißt alles.«

»Nich' alles nich'. Nur im Hafen. Kommst du her?«

»Mein Auto ist kaputt.«

»Handy kaputt, Auto kaputt. Noch mehr kaputt?«

»Ich habe ein Veilchen. Willst du ein Foto?«

»Oh, oh.«

»Sionn, ich brauche eine Information von dir. Das Boot, von dem du mir ein Foto geschickt hast, wem gehört das?«

»Kann ich nich' sagen nich'.«

»Bitte, Sionn, es ist wichtig.«

»Och, wann besuchs' du deinen armen, alten Freund wieder?«

Er wollte Geld für die Information haben, vermutete Alison. »Wenn mein Auto morgen repariert ist, komme ich zu dir.«

»Das freut den Geist, freut es.«

»Kannst du mir nicht trotzdem schon verraten, wem das Boot gehört?«

»Ist das Boot von dem Sohn von Old John, ist das.«

»Wie heißt der Sohn? Ich brauche seinen Namen.«

»Is' nich' wichtig. Er war es nich', der wiederkam ohne Fang.«

»Wer war es dann?«

»Freu ich mich, wenn du deinen alten Freund besuchs'. Freu ich mich.« Sionn legte auf.

Alison fluchte. Er würde ihr die Information nicht am Telefon verraten. Vielleicht konnte sie Jeanas Wagen leihen. Die zwanzig Meilen nach Wick wären in einer halben Stunde zu schaffen.

***

Das Dach war gedeckt, die Seitenwände standen, es fehlte noch das Schiebetor. Aber um das einzubauen, brauchte Marley Maschinen, allein mit Manneskraft war das nicht zu stemmen.

»Ich werde morgen nach Thurso fahren«, erklärte er seinem Vater. »Vielleicht kann ich nächstes Wochenende von Jimmy einen Kran leihen.«

»Junge, du kannst nicht jedes Wochenende durcharbeiten. Du brauchst mal eine Pause«, kam es ungewohnt fürsorglich von Douglas.

»Ich habe zurzeit keine anderen Pläne.« Ein Hauch Bitterkeit schwang in seiner Stimme mit. Kim hatte zwar auf der Baustelle geholfen, aber nachdem sie Feierabend gemacht hatten, war sie mit Grace zum JJ's gefahren.

»Du könntest ihr einen Welpen schenken.«

»Wem?«

»Kim. Sie ist total vernarrt in dieses Lamm, und wenn sie Schäferin werden will, braucht sie einen Hund.«

»Douglas, sie arbeitet kaum zwei Monate für dich. Wer weiß, wie lange sie noch durchhält. Spätestens wenn ihr im Herbst die Lämmer für den Transport zum Schlachthof zusammentreibt, wird sie es sich vermutlich überlegen.«

»Aye«, seufzte Douglas, dann grinste er verschmitzt. »Aber vielleicht nicht, wenn sie einen eigenen jungen Hütehund hat.«

Dieses spitzbübische Lächeln seines Vaters gefiel ihm. »Ich denk drüber nach.«

»Gut.« Douglas klopfte ihm kurz auf die Schulter und ging über den Hof zu seinem Haus.

Marley sah ihm verwundert hinterher. Lag es an Kims Anwesenheit, dass er zugänglicher geworden war? Oder hatte er nach all den Jahren endlich akzeptiert, dass sein Sohn einen anderen beruflichen Weg eingeschlagen hatte?

Und was war mit ihm selbst? Konnte er seinem Vater vergeben, was er ihm in seiner Kindheit angetan hatte?

Vergebung. Warum konnte Kim ihm nicht vergeben? Ein einziger falscher Satz, und sie warf alles hin. Bei dem Gedanken kroch bereits wieder der Schmerz in ihm hoch.

Er musste aufhören, an Kim zu denken. Die Arbeit würde ihm helfen. Vielleicht sollte er doch Andrew Wilson anrufen und fragen, was für einen Auftrag er für ihn hatte. Wenn Kim nicht mehr mit ihm zusammen sein wollte, würde für sie auch keine Verpflichtung dem Kampfsportclub gegenüber entstehen, wenn dessen Sponsor ihm einen Auftrag gab.

***

Alison war aus Wick zurückgekehrt, als Grace mit Kim zum JJ's kam. Die beiden brachten Pie aus dem Pub mit, und sie setzten sich gemeinsam in die Küche.

»Jeana sagt, du warst unterwegs?«, erkundigte sich Grace.

»Ich war in Wick.« Sionn hatte Alison nicht den Namen des Mannes nennen können, der angeblich in der Nacht mit dem Boot zurückgekommen war. Aber als sie ihm Fotos von Wilson, Ballard und Thompson gezeigt hatte, hatte er den Bootsführer erkannt.

»Das Boot gehört Andrew Wilson. Aber angeblich kam in der Nacht, in der jemand die Leiche des Jungen ins Meer geworfen hat, nicht er, sondern Ballard mit dem Boot zurück in den Hafen.«

»Muss ja nicht stimmen«, überlegte Grace.

»Ich glaube nicht, dass er mich angeschwindelt hat.« Sionn sagte vielleicht nicht alles, was er wusste, aber Alison hatte nicht den Eindruck, dass er sie bewusst anlog. »Kenny hat mich übrigens verwarnt. Du hast gut daran getan, ihn heute Morgen nicht zu informieren.«

»Er macht nur seinen Job. Wilson kennt Hinz und Kunz hier im Norden. Wenn er will, kann er Kenny das Leben ganz schön schwer machen.«

»Ist er so ein Typ?«, fragte Kim. »Jemand, der anderen Leuten das Leben schwer macht?«

»Du musst ihn doch kennen«, erwiderte Alison. »Er ist Sponsor deines Clubs.«

»Es ist nicht mein Club. Ich trainiere da nur.«

»Seitdem du da trainierst, haben die aber verdammt guten Zulauf bekommen«, wusste Grace.

»Es ist trotzdem nicht mein Club«, beharrte Kim gereizt.

»War ja so auch nicht gemeint«, erwiderte Alison irritiert. Warum reagierte ihre Freundin denn gleich so empfindlich?

Grace hatte ihren Pie in Rekordzeit verputzt und kratzte die Reste vom Teller. »Ali, du solltest essen, sonst nehme ich es gleich. Ich habe Mordshunger nach der Schufterei auf der Baustelle heute.«

»Der Kühlschrank ist voll, bedien dich.« Alison versuchte, den Knoten in ihrem Kopf zu entwirren. »Die Zeitarbeitsfirma, für die Gordon Ballard arbeitet, gehört Wilson, oder?«

»Aye«, kam es hinter der Kühlschranktür hervor.

»Und dieser Jonathan Wilson, der Freitagnacht mit seiner Clique in Violets Haus war, ist das Andrew Wilsons Sohn?«

»Aye.«

»Dann ist Gordon Ballard Jonathans Cousin, korrekt?«

»Du bist ja in Hochform heute«, stichelte Grace, während sie mit dick belegten Sandwiches an den Tisch zurückkehrte.

»Ich glaube, die haben diese Nummer Freitagnacht in Fresgoe inszeniert.«

»Warum sollten sie das tun?«

»Um uns unglaubwürdig zu machen.«

Grace hob fragend die Augenbrauen. »Versteh ich nicht.«

»Na, überleg doch mal: Wir holen deine Kollegen, weil wir befürchten, dass in dem Haus eine Schleuserbande zugange ist, und dann stellt sich heraus, dass es nur ein paar Jugendliche sind, die ein bisschen für sich sein wollen. Wenn da jetzt noch mal irgendetwas vor sich geht, glaubt uns doch keiner mehr.«

»Schön, dass du immer von ›uns‹ sprichst. Ich habe mich in der Dienststelle zum Gespött im himmelblauen Jogginganzug gemacht«, erwiderte Grace bitter.

»Die Aktion muss nicht unbedingt gegen euch gerichtet gewesen sein«, mischte Kim sich ein.

»Gegen wen denn sonst?«

»Gegen niemanden konkret.« Kim sah zu Grace. »Ihr hattet doch vormittags in dem Haus nach Violet gesucht, oder? Vielleicht wollten die nach der Aktion nur testen, ob das Haus weiterhin beobachtet wird.«

»Das wäre auch eine Option«, stimmte Grace zu. »Also stecken die alle unter einer Decke? Gordon, Andrew, Violet. Was ist mit Brodie?«

Alison dachte über die Frage nach, als ihr Smartphone einen eingehenden Anruf vermeldete.

»Hey, Una, wir sitzen gerade in gemütlicher Runde und versuchen, den Wilson-Ballard-Thompson-Clan zu überführen.«

»Na, dann kommt meine Neuigkeit ja gerade richtig«, erwiderte Una MacLeod. »Gordon Ballard war ein Volltreffer.«

»Das heißt, er hat mich niedergeschlagen und die Leiche in mein Auto gelegt?«

»Nein, das wäre zu simpel.«

»Was dann?«

»Gordon Ballard ist die Leiche in deinem Kofferraum.«

Unas Neuigkeit warf mehr Fragen auf, als sie beantwortete. Wer hätte Gordon Ballard erschlagen, seine Leiche in Alisons Wagen legen und anzünden sollen? Und warum hatte derjenige ausgerechnet sie in die Highlands gelockt und überfallen?

Es konnte nur jemand sein, der Elani kannte und ihr das Smartphone abgenommen hatte und wusste, dass Alison Kontakt zu dem Mädchen gehabt hatte. Violet war zu dem Zeitpunkt, als Elani verschwand, längst nicht mehr in ihrem Haus in Dornoch gewesen. Alison fiel nur eine weitere Person ein: Broderick Thompson.

»Bedeutet das jetzt, dass wir mit Wilson und Violet komplett auf der falschen Fährte sind?«, grübelte Grace.

»Ich bin nicht sicher.« Alison spielte gedankenverloren mit einem Kuli. »Violet kam zu mir, weil sie Angst hatte. Vermutlich entschied sie sich für mich, weil niemand vermutet hätte, dass sie bei mir untertaucht.«

Sie erinnerte sich daran, wie verstört Violet am Abend vor ihrem Verschwinden gewesen war. Sie hatte ihr Handy in der Hand gehalten. Von wem hatte sie eine Nachricht bekommen? »Vielleicht hat Brodie sie doch aufgespürt. Sie hat sich an Wilson gewandt, und der hat sie in der Nacht bei mir in Inverness abgeholt. Laut Brodie hatte Violet zwar behauptet, ihre Affäre wäre zu Ende, aber vielleicht stimmt das gar nicht.«

»Ergibt für mich trotzdem keinen Sinn«, erwiderte Grace. »Wie kommt der Kontakt zwischen Broderick Thompson, Gordon Ballard und Elani zustande?«

»Ich weiß es nicht.« Alison ließ frustriert den Kuli fallen. Ein Lämpchen an ihrem Smartphone blinkte. Sie aktivierte das Display. Die Wildkamera-App lief. Am Nachmittag hatte sie beobachtet, wie Violet und Wilson in das Haus in Fresgoe gegangen waren. Nun sah sie Wilson allein herauskommen.

»Du hast die Wildkamera nicht entfernt?«, fragte Grace mit finsterer Miene.

Alison grinste verlegen. »Ich bin irgendwie nicht dazu gekommen … Ich könnte das jetzt machen und bei der Gelegenheit bei Violet anklopfen.«

»Damit Wilson dich doch noch anzeigt?«

»Er ist gerade gegangen.«

»Du erinnerst dich vielleicht, dass die Hauseingänge videoüberwacht sind? Da kriegt er doch früher oder später mit, dass du dort warst.«

»Ich bringe Violet lediglich ihren Koffer zurück.«

»Ach so? Hast du den hier?« Grace sah sich demonstrativ in der Küche um.

»Irgendeinen alten Koffer werde ich schon finden.«

»Und du denkst, die Frau spricht mit dir?« Grace war noch immer skeptisch.

»Keine Ahnung, aber ich könnte es zumindest versuchen.«

»Ich halte das für keine gute Idee. Lass uns abwarten, was Una rauskriegt.« Die DCI wollte Brodie und seine Haushälterin noch einmal befragen.

»Was soll passieren?«, schlug sich Kim auf Alisons Seite. »Entweder Ali kassiert eine Anzeige, oder sie hilft einer Frau in Not.«

Grace sah unentschlossen zwischen ihnen hin und her. Schließlich seufzte sie resigniert. »Aber du fährst nicht allein zu ihr. Wir begleiten dich.«

»Das ist ja richtig unauffällig, wenn wir da zu dritt aufschlagen.«

»Du gehst zu ihr, Kim und ich stehen Schmiere, damit wir dich rechtzeitig warnen können, falls Wilson zurückkommt.«

Fresgoe

Die Dämmerung war vorangeschritten, als Grace ihr Auto versteckt hinter dem öffentlichen Toilettenhaus am Sandside Beach parkte. Ein besseres Versteck fand sich für den Wagen nicht. Von hier aus war es noch eine knappe halbe Meile bis zu Violets Haus.

Grace blieb im Auto, während Alison mit Kim im Halbdunkel die Straße zum Hafenbecken entlangmarschierte. Ein kleiner Holzschuppen stand neben einer alten Slipanlage. Kim bezog dahinter Stellung. Von hier aus hatte sie sowohl die Straße zum Gatter als auch den Eingang von Violets Haus und das Hafenbecken im Blick.

Die beiden ersten Häuser schienen verlassen, oder die Bewohner schliefen bereits. In Violets Haus schimmerte hinter einem Vorhang mattes Licht, während der Rest des Gebäudes ebenfalls im Dunkeln lag. Alison ging mit dem alten Koffer, den sie von Joyce bekommen hatte, zur Haustür und klopfte. Sie musste es mehrfach versuchen, bis ihr geöffnet wurde.

Violet wirkte nicht erfreut. »Was willst du schon wieder?«

»Ich bringe dir deinen Koffer.«

»Das ist nicht mein Koffer.«

Alison stellte ihn trotzdem vor Violets Füße. »Schau hinein und dann entscheide.«

Sie wandte sich ab und lief den Weg zurück Richtung Gatter, bog jedoch direkt hinter den Häusern auf den oberen Feldweg ab, der an der Rückseite der Gebäude vorbeiführte. Sie hoffte, dass die Kamera über dem Hintereingang von Violets Haus keinen allzu großen Radius hatte. Dann suchte sie sich einen Platz, von dem aus sie die kurze Seite des Kastens gut im Blick hatte.

Sie hatten gemeinsam überlegt, wie Alison ins Haus gelangen konnte, ohne dass es von einer der Kameras aufgezeichnet wurde. Die kurzen Seiten des Hauses waren nicht überwacht, dort gab es keine Türen. Alison hatte einen Zettel in den Koffer gelegt, in dem sie Violet mitteilte, dass sie eines der Fenster im Erdgeschoss öffnen sollte, falls sie Hilfe brauchte.

Alisons Geduld wurde auf die Probe gestellt, doch schließlich sah sie, wie ein Fenster aufging. Sie stieg auf eine Kiste, die unterhalb des Simses stand, und hangelte sich hinauf. Sie war erleichtert, als sie tatsächlich nur Violet in dem dunklen Zimmer stehen sah. Insgeheim hatte ihr die Furcht im Nacken gesessen, dass Andrew Wilson unbemerkt zurückgekommen war und mit der Schrotflinte im Anschlag auf sie wartete. »Bist du allein?«, fragte sie dennoch.

»Ja.«

Der Raum war schlicht eingerichtet. Es gab einen kleinen Holztisch mit vier Stühlen, dazu mehrere verschlossene Schränke. In dem schummrigen Licht waren die Farben nicht zu erkennen, es gab nur hellere und dunkelgraue Konturen. Alison setzte sich an den Tisch. Nach kurzem Zögern gesellte sich Violet zu ihr. Sie hielt den Blick auf die Tischplatte gesenkt, die verschränkten Finger lagen verkrampft in ihrem Schoß.

»Wann kommt Wilson zurück?«, fragte Alison, um das Gespräch in Gang zu bringen.

»Irgendwann heute Nacht.«

»Wo ist er?«

Violet zuckte die Achseln.

Diese lethargischen, vagen Antworten machten Alison ganz kirre. »Violet, ich kann dir nicht helfen, wenn du nicht mit mir redest.«

»Was soll ich dir denn sagen?«

»Warum du zum Beispiel diesen einsam gelegenen Kasten gekauft hast. Das Haus passt überhaupt nicht zu dir.«

»Vielleicht ja doch.«

»Wenn das so ist: Warum bist du dann vor drei Wochen zu mir gekommen, statt hierherzufahren?«

Violet antwortete nicht.

Alison berührte sanft ihren Arm. »Du hattest Angst. Denkst du, das habe ich nicht bemerkt? Du hast dich in meiner Wohnung versteckt. Vor wem?«

Sie versuchte, Violet in die Augen zu sehen, aber die Frau starrte stumm auf ihre Hände.

Mit lieben Worten kam sie nicht weiter, und ihr saß die Zeit im Nacken. Was, wenn Wilson früher als erwartet zurückkehrte? Sie musste Violet irgendwie aus der Reserve locken.

»Du hast mir gesagt, dass du Brodie verlassen hast. Er sagt, er hat dich rausgeschmissen, weil du eine Affäre hast. Soll ich dir sagen, wie er dich bezeichnet hat? Als Hure!«

Im Dunkel des Raumes konnte Alison Violets Gesicht kaum erkennen, aber sie bemerkte dennoch das Entsetzen ihres Gegenübers.

»Die Affäre hast du mit Wilson, oder?«

Sie deutete ein Nicken an.

»Und dann? Was ist passiert?«

»Ali, bitte, ich kann nicht …«

Alison mahnte sich zur Geduld. »Was ist mit Gordon Ballard? Hat Brodie ihn umgebracht? Warum?«

»Was redest du da?« Endlich kam Leben in Violets Stimme. »Das ist absurd!«

»Ist es das? Jemand hat mich vor ein paar Tagen niedergeschlagen und dann mein Auto mitsamt Ballards Leiche angezündet.«

»Oh mein Gott!« Sie schlug die Hände vor den Mund. »Oh mein Gott«, kam es wieder dumpf hinter ihren Fingern hervor.

Alison packte Violets Handgelenke und zog die Hände mit sanfter Gewalt von ihrem Gesicht fort. »Rede mit mir. Hier geht's nicht um deine kleine Affäre. Violet, hier sterben Menschen!«

NEUNZEHN

Es war nach Mitternacht, als Alison das Haus durch das Fenster wieder verließ. Sie hatte Violet überreden wollen, mit ihr zu kommen, aber sie wollte nicht. Zu groß war ihre Angst vor dem, was Wilson dann tun würde. Ihr war nicht wohl dabei, die Frau allein zurückzulassen.

Sie eilte fröstelnd den Weg zurück. Die Sonne hatte sich zwar tagsüber gezeigt, doch die Nächte waren für Ende Juli unangenehm kalt. Als sie den Weg zum Gatter erreichte, blieb sie stehen und sah sich um.

Kim hatte sie entdeckt und kam aus ihrem Versteck zu ihr. »Ich dachte schon, du übernachtest da. Ich habe mir hier draußen den Arsch abgefroren!«

Sie liefen zu Grace, die in eine Decke eingehüllt hinter dem Lenkrad ihres Wagens saß. Damit die Scheiben nicht beschlugen, hatte sie die Fenster geöffnet.

»Und?«, fragte Grace.

»Erzähl ich unterwegs. Lass uns zusehen, dass wir hier wegkommen. Nicht dass Wilson uns doch noch entdeckt.« Alison überließ Kim den Platz auf dem Beifahrersitz.

»Ich könnte ’nen heißen Tee gebrauchen.« Kim schaltete die Heizung auf höchste Stufe und kauerte sich bibbernd vor das Gebläse.

Alison lehnte sich zwischen den Frontsitzen vor, um zu berichten. »Violet hat Andrew Wilson vor drei Jahren kennengelernt, als sie nach Dornoch gezogen sind. Brodies Firma stand damals finanziell auf der Kippe. Er geriet mächtig unter Druck und musste sparen, wo er konnte.«

Brodie hatte für die Reinigung seiner Yachten Putzkräfte über Wilsons Firma eingestellt. Billige Zeitarbeitskräfte, die man schnell wieder loswurde. Violet hatte sich um die Abrechnung gekümmert und war dadurch Wilson begegnet. Die selbstbewusste Ausstrahlung des Mannes hatte ihr gefallen. Er lud sie zum Essen ein, war charmant, aufmerksam und machte ihr unverhohlen den Hof. Er wollte sie, und sie genoss es, begehrt zu werden, und ließ sich auf eine Affäre ein.

Irgendwann sprach Wilson sie auf die finanzielle Situation des Charterunternehmens an. Er schlug vor, einen Teil seiner Arbeitskräfte schwarz für sie arbeiten zu lassen, wodurch Brodies Firma eine Menge Geld sparen würde. Es gäbe zahlreiche Hausfrauen, die sich gern etwas dazuverdienen, hatte er erklärt. Es klang alles ganz harmlos.

Dass es keine einheimischen Hausfrauen waren, die für Wilson arbeiteten, bemerkte sie, als sie die jungen Männer und Frauen sah, die seine Firma zum Putzen schickte. Sie fragte ihn danach, und er erklärte ihr, dass es Flüchtlinge seien. Er würde den Menschen helfen, damit sie in Schottland überleben konnten, bis sie eine offizielle Aufenthaltsgenehmigung bekamen.

Dann hatte Wilson sie vor anderthalb Jahren gebeten, das Haus in Fresgoe zu erwerben. Das Geld kam von ihm, aber der Kauf lief auf ihren Namen. Er machte keinen Hehl daraus, dass er das Gebäude als Übergangsunterkunft für die Flüchtlinge brauchte, bis er sie in Arbeit und Lohn woanders untergebracht hatte. Er erinnerte sie daran, dass er der Firma ihres Mannes geholfen hatte, als Brodie in einer finanziellen Misere war, nun erwartete er ihre Hilfe.

Sie redete sich ein, etwas Gutes zu tun, wenn sie dafür sorgte, dass die Neuankömmlinge ein warmes Zimmer, saubere Kleidung und gutes Essen bei ihr bekamen.

Vor vier Wochen hatte Wilsons Neffe Gordon erneut drei Mädchen und einen Jungen in ihr Haus gebracht. Durch Zufall hörte Violet ein Telefonat mit und erfuhr, dass er die Mädchen in ein Bordell nach Glasgow bringen wollte. »Zwei hübsche Jungfrauen. Ich würde sie am liebsten selbst zureiten«, hatte Gordon gesagt und dreckig gelacht.

Sie rief Wilson an, in der Hoffnung, dass sie sich verhört hatte. Er fragte sie, ob sie tatsächlich so naiv sei und gedacht habe, dass er all die jungen hübschen Mädchen zum Putzen schickte. Es kam zum Streit. Er sagte ihr, dass sie genauso in der Sache drinstecke wie er oder Gordon. Sie konnte ihn zumindest überreden, dass eines der Mädchen zu ihr kam.

Es war Elani. »Die will sowieso keiner«, hatte Gordon Ballard mit abfälligem Blick gesagt, als er das Mädchen in ihr Haus nach Dornoch brachte.

»Ich konnte doch nicht alle drei bei uns unterbringen. Wie hätte ich das Brodie erklären sollen?«, hatte Violet Verständnis bei Alison gesucht.

Brodie hatte von alldem nichts geahnt. »Wäre ich ihm nicht so egal gewesen, hätte ich mich niemals mit einem Mann wie Andrew eingelassen«, versuchte Violet, ihm die Schuld an ihrer Misere zu geben.

Brodie wollte Elani nicht in seinem Haus haben. Er hatte bereits von Violets Affäre gewusst, bevor sie es ihm beichtete, und er kannte Wilson. »Ich habe ihm gesagt, was mit Elani passieren würde, wenn sie nicht bei uns bleiben darf. Aber statt mir zu helfen, hat er mich einfach rausgeschmissen!«, hatte Violet erklärt. »Brodie wollte nichts mit der Sache zu tun haben.«

»Kann man ja auch irgendwo verstehen«, gestand Grace dem Mann zu.

»Jedenfalls wusste sie nicht, wohin, und kam deshalb zu mir«, fuhr Alison fort. »Sie wollte mir damals schon von Wilsons Geschäften erzählen, aber ihr fehlte der Mut.«

Violet hatte sich in Alisons Wohnung versteckt. Wilson versuchte, sie zu erreichen. Als sie nicht reagierte und dann auch noch der Junge starb, schickte er Gordon zu ihr nach Hause. Sie wusste zu viel, und er befürchtete, dass sie den Mund nicht halten würde. In der Samstagnacht, als Alison mit Una unterwegs war, bekam Violet eine Nachricht von ihrer Haushälterin Anne. Gordon war in das Haus der Thompsons eingedrungen und drohte, Elani umzubringen, wenn sie nicht käme.

Violet hatte Sorge um Elani und Brodie und war zu Gordon gefahren. Er brachte sie in das Haus am Loch Loyal. Wilson war dort gewesen und hatte ihr gedroht, dass er ihrem Mann etwas antun würde, wenn sie nicht in dem Haus bliebe, bis er die Dinge geregelt hätte.

»Welche Dinge?«, fragte Kim.
»Vermutlich die Sache mit dem toten Jungen.«
»Aber wenn sie in dem Haus war, warum wurde Brodie dann trotzdem vermöbelt?«, wunderte sich Grace.
»Das ist wohl eher meine Schuld«, gestand Alison. »Ich habe Violet als vermisst gemeldet. Als die Polizei zu Brodie kam, hat er die Nerven verloren. Er hat Wilson angerufen und ihm gesagt, dass er Elani holen soll. Wilson hat Ballard zu ihm geschickt, der Brodie eine Abreibung verpasst hat, damit er nicht auf die Idee kommt, mit der Polizei zu reden.«
»Aber wie ist Elani dann nach Bettyhill gekommen? Woher hat sie die Verletzungen?«, fragte Grace.
»Das weiß ich nicht.«
Kim wandte sich zu ihr um. »Wie stark ist diese Elani? Vielleicht wollte sie Brodie helfen, als Gordon ihn verprügelt hat, und hat ihm eins mit der Bratpfanne übergezogen?«
»Selbst wenn: Warum hätte sie mich niederschlagen und verschleppen, Gordons Leiche in mein Auto verfrachten und den Wagen abfackeln sollen? Das ergibt doch keinen Sinn.«
Alison ließ sich müde gegen die Rücklehne sinken. Das Mädchen wäre allenfalls davongerannt.

Inverness

Alison hatte nur wenige Stunden geschlafen und war in aller Frühe nach Inverness gefahren. Sie musste mit Una sprechen, und sie wollte Elani sehen. Da ihr Auto noch in der Werkstatt war, hatte Jeana ihr ihren alten Kastenwagen geliehen.
Die Zentrale der Highland and Islands Police in der Old Perth Street war ein moderner Bau aus hellem Backstein, dunklen Fensterrahmen mit getönten Scheiben und einem großflächigen Parkplatz. Una holte Alison am Empfang ab und führte sie in einen kleinen schmucklosen Besprechungsraum.
»Ich war heute Morgen bei Elani, aber sie spricht leider nicht

mit mir«, eröffnete die DCI das Gespräch, nachdem sie sich mit Tee versorgt hatten.

»Soll ich es versuchen?«

»Das wirst du so oder so, wie ich dich kenne. Lass uns nachher zusammen rübergehen.«

»Was hat die Befragung von Brodie und Anne ergeben?«

»Darüber darf ich mit dir nicht reden.« Una trank einen Schluck Tee. »Warum wolltest du mit mir sprechen?«

Alison berichtete ihr von ihrem nächtlichen Besuch in Fresgoe.

»Violet behauptet also, Andrew Wilson und Gordon Ballard wären Teil einer Schleuserbande, die junge Mädchen ins Land bringt und zwangsprostituiert?«, brachte Una die Aussage auf den Punkt.

»So hat es sich angehört, aye.«

»Bleibt die Frage: Wer hat Gordon Ballard getötet?«

»Brodie?«, schlug Alison vor.

Una schüttelte zweifelnd den Kopf.

»Es muss keine Absicht gewesen sein. Vielleicht ist es passiert, als Gordon ihn überfallen hat? Brodie wehrt sich, Gordon stürzt unglücklich …«

Die DCI schürzte grübelnd die Lippen. »Wie treu ergeben ist Anne ihrem Arbeitgeber?«

»Was hat Anne damit zu tun? Denkst du, sie …?«

»Nein, eher nicht. Der Schock gestern, das war nicht gespielt.«

»Was für ein Schock?«

»Als wir sie informiert haben, dass ihr Sohn tot ist.«

»Hä? Ich verstehe gerade gar nichts mehr.«

»Gordon Ballard ist Annes Sohn.«

»Bitte was?« Die Information musste Alison erst einmal verdauen. Anne. Sie kannte die Frau nur mit Vornamen. Für sie war Anne immer nur Brodies treu ergebener Hausdrachen gewesen, der sie nicht leiden konnte.

»Gordon war kein einfaches Kind, jähzornig, neigte zu Gewaltausbrüchen. Anne kam nicht mit ihm zurecht. Nachdem ihr Mann vor vierzehn Jahren bei einem Unglück auf See verstarb, hat sie Gordon in die Obhut ihres Bruders gegeben und ist von Wick nach Glasgow gezogen. Dort trat sie dann die Stelle als Haushälterin bei den Thompsons an.«

»Das heißt, Andrew Wilson ist Annes Bruder?«

»Genau, er ist ein paar Jahre jünger als sie, aber er hatte schon immer einen guten Draht zu Gordon. Er hat ihr angeboten, sich um ihn zu kümmern, weil sie beide befürchteten, dass er in Glasgow schnell in falsche Kreise kommen könnte.«

»Echt jetzt?« Alison lachte ungläubig auf. »In schlechter Gesellschaft befand er sich ja wohl bereits!«

»Muss nicht sein. Die Wilsons waren eigentlich eine Fischerfamilie. Andrew Wilsons Vater und Großvater waren in Wick mit der Heringsfischerei lange im Geschäft. Das Boot, das dein Geist fotografiert hat, gehört Wilson.«

»Ich weiß.«

»Woher?«, fragte Una streng.

»Ich habe mit Sionn gesprochen.« Alison erzählte ihr, was sie von dem Greis erfahren hatte.

»Wenn da was dran ist, stellt sich die Frage: Hat Ballard nur die Leiche entsorgt, oder hat er den Jungen auch umgebracht? Wir sollten uns das Boot mal genauer anschauen.« Una machte sich eine Notiz und wandte sich dann Alison wieder zu. »Wo waren wir stehen geblieben?«

»Bei Anne und Andrew Wilson. Hat sie Brodie die Zeitarbeitsfirma ihres Bruders empfohlen?«

»Warum hätte sie das tun sollen?«

»Familienbande«, schlug Alison vor. »Wilson hat sich um ihren Sohn gekümmert, dafür verschafft sie ihm einen Auftrag. Sie konnte ja nicht ahnen, dass ihr kleiner Bruder eine Affäre mit Brodies Frau anfängt.«

»Möglich.« Una machte einen langen Hals, um zu prüfen, ob Alisons Tasse leer war. »Schauen wir mal, was Elani uns zu erzählen hat.«

Das Raigmore Hospital lag fußläufig von der Polizeidienststelle entfernt. Alison war überrascht, als sie Elani dort in einem Einzelzimmer vorfand. Sie fragte sich, ob Una das angeordnet hatte. Der Anblick des Mädchens schnürte ihr allerdings das Herz zu.

Elani lag mit geschlossenen Augen im Bett, die Wangen waren eingefallen, die Hände lagen kraftlos auf der Bettdecke. In ihrem Handrücken steckte die Nadel zu einem Tropf. Sie hatte zahlreiche Kratzer und Blutergüsse an den Armen und im Gesicht. Die Lippen waren spröde und aufgerissen, und auch die Würgemale an ihrem Hals waren noch zu erkennen.

Alison zog sich einen Stuhl ans Bett und berührte sanft ihre Wange. »Elani? Ich bin es, Alison.«

Die Augenlider öffneten sich nur langsam.

»Was machst du nur für Sachen, meine Kleine?« Sie strich ihr zärtlich über die Stirn. »Hast du Durst? Möchtest du etwas trinken?« Alison sah zu dem Nachttisch, auf dem eine Flasche Wasser und ein Glas und zu ihrer Verwunderung ein kleiner Blumenstrauß standen. Wer hatte den gebracht? Die Schwestern? Una?

»Wo ist schöne Mann?«, wisperte Elani heiser.

»Welcher schöne Mann?« Alison sah zu Una, die abseits stehen geblieben war und ratlos die Schultern hob.

»Mann, mit dem du warst bei Sir.«

Oh Gott, sie meinte Sam! Alison grinste verwirrt. »Der muss arbeiten. Aber ich soll dich grüßen. Er hofft, dass es dir bald besser geht«, improvisierte sie.

Tatsächlich zeichnete sich der Hauch eines Lächelns auf ihrem Gesicht ab.

»Schöner, guter Mann.«

»Aye.« Das Mädchen hatte vermutlich Fieber und phantasierte sich in eine Märchenwelt, anders konnte Alison sich das Gefasel nicht erklären. »Elani, kannst du uns sagen, was passiert ist? Wie bist du von Brodies … vom Haus des Sirs an die Küste gekommen?«

Das Lächeln verschwand. »Bin ich verflucht. Ganze Familie verflucht. Alle.«

»Nein, du bist nicht verflucht.«

»Hab ich nicht Geld für Schulden bezahlen. Bin ich verflucht.« Sie begann stumm zu weinen.

Alison erinnerte sich an die Berichte, die sie über die Schleuserbanden gelesen hatte. Den Druck, den sie mit Voodoo-Zauber auf ihre Opfer ausübten.

»Elani, du bist nicht verflucht. Niemand ist verflucht.« Sie sah die Zweifel in den Augen des Mädchens. »Du wurdest gerettet. Alles ist gut. Aber du musst uns jetzt helfen. Du musst uns sagen, was passiert ist. Wir sind alle da, um dich zu schützen. Dich und deine Familie. Wo ist deine Familie?«

»Ist schönes Dorf. Ist warm, so schön warm. Ich sehe Sonne.« Elanis Blick war nach innen gerichtet, weit fort von den Schmerzen in ihrem Körper und dem Raum, in dem sie trotz der Bettdecke fror.

»Erzähl mir von dir. Hast du eine Mutter? Vater? Geschwister?«

»Liebe Mutter hab ich. Viele Schwester und Bruder. Immer alle lachen. Alles fröhlich. Alles warm.«

Sie verklärte die Erinnerung an ihre Heimat. Wenn es tatsächlich so schön dort wäre, läge sie nicht in diesem Krankenhausbett, fernab der Menschen, die sie liebte.

Wie konnte sie Elani dazu bringen, sich ihr anzuvertrauen? Dem Mädchen musste kalt sein, so viel, wie sie von Sonne und Wärme redete, überlegte Alison. Sie sah zu Una. »Kannst du versuchen, Tee und eine Wärmflasche für Elani aufzutreiben?«

Una nickte und verließ das Krankenzimmer. Alison wandte sich dem Bett wieder zu.

Elani war in die Wirklichkeit zurückgekehrt und starrte sie an. In ihren Augen lagen nur noch Angst und Verzweiflung. »Hier ich bin wie Vieh auf Weide.«

Elani wollte nicht reden. Aber es musste raus, die Erinnerung war so quälend. Und die Frau – Alison –, sie hatte ehrliche Augen und kein falsches Lächeln.

Stockend begann sie zu erzählen. Sie erlebte alles noch einmal: Wie Anne sie fortgeschickt hatte, als die Polizei gekommen war. Wie sie abends in das Haus zurückgekehrt, eingeschlafen und anderswo in einem Keller eingesperrt aufgewacht war.

Sie hatte versucht, sich das Leben zu nehmen. Aber es gelang ihr nicht, sich selbst zu strangulieren. Darum hatte sie aufgehört zu essen. Als das Essen unberührt blieb, war Boss in den Keller gekommen.

Er hatte gesagt, sie müsse essen. Sie weigerte sich. Er versuchte, ihr das Essen in den Mund zu stopfen. Bei dem Gerangel war die Matratze verrutscht, und er hatte das Handy entdeckt.

Er wurde so wütend. Brüllte, schlug und trat sie. Er kam über sie und würgte sie. Dann plötzlich hatte er aufgehört, hatte auf ihr gelegen. Ihr Herz schlug so heftig. Alles tat weh.

Die Frau des Sirs war da. Sie zerrte Boss von ihr herunter. Sie schob Elani zur Tür hinaus, durch einen dunklen, kalten Raum zu einem Ausgang. Sie müsse verschwinden und dürfe nie wieder zurückkommen, hatte die Frau des Sirs gesagt. Und sie war gelaufen.

Gelaufen, gelaufen, gelaufen. Sie hatte Angst. Hunger. Durst. Ihr Körper schmerzte von den Schlägen und Tritten. Sie hatte nicht denken können. Sie wusste nur, dass sie verflucht war.

Alison saß die ganze Zeit an ihrem Bett und hielt ihre Hand. Die Berührung tat ihr gut. Dann nahm Alison ihr Handy und zeigte ihr das Bild eines Mannes. »Ist das ›Boss‹?«

»Nein.«

Alison zeigte ihr ein anderes Foto. Elani hatte schnell weggesehen. Ihr Herz raste. Es war, als wäre er da, in dem Raum.

Alison strich ihr beruhigend über die Wange. Elani sah in ihre warmen braun-grünen Augen. Sie war die Frau von dem schönen Mann, der sie hierhergebracht hatte. Sie musste eine gute Frau sein. Würde sie ihr helfen können?

»Jomo-Johnny tot«, wisperte sie. »Zara und Najuma? Sie auch tot?«

***

Alison war erschüttert. Es war ihr schwergefallen, Elani allein zu lassen. Statt in die Polizeidienststelle zurückzukehren, hatte Una vorgeschlagen, zum River Ness zu fahren. Sie waren zu den

Ness Islands spaziert, saßen auf einer versteckt gelegenen Bank mit Blick aufs Wasser, das an diesem Tag beruhigend langsam in seinem Bett floss.

»Geht's ein bisschen besser?«, fragte Una nach einer Weile.

Alison sah zu ihr. »Nimmt dich das denn gar nicht mit?«

»Doch, aber ich habe gelernt, damit umzugehen. Man muss berufliche Distanz wahren, sonst kann man diesen Job nicht machen. Du solltest das auch lernen. Wenn du als private Ermittlerin arbeiten willst, darfst du deine Fälle nicht zu deinem persönlichen Anliegen machen.«

Konnte sie das? Wenn sie sich tatsächlich weiter als Privatdetektivin betätigen wollte, sollte sie ihr Angebot auf Ehebruch und die Suche nach vermissten Katzen beschränken, überlegte sie resigniert. Sie hob den Blick zum sommerblauen Himmel. Ein paar weiße Wolken hingen wie ausgebüxte Schafe am Firmament. Die Sonne wärmte ihre Haut. Das Leben schien so friedlich.

»Zara und Najuma müssen die anderen beiden Mädchen sein, die mit ihr und dem Jungen in Fresgoe waren«, überlegte sie.

»Ich habe die Namen der beiden schon an die Kollegen in Glasgow weitergegeben. Eine Personenbeschreibung wäre hilfreich.«

»Ich konnte Elani nicht noch mehr bedrängen.« Alison senkte den Blick wieder aufs Wasser und schaute zwei Schwänen hinterher, die sich mit der Strömung treiben ließen. »Was passiert jetzt mit ihr?«

»Erst einmal müssen wir sie ein bisschen aufpäppeln, dann stellt sich die Frage, ob sie bereit ist, als Zeugin in einem Prozess auszusagen. Vielleicht finden wir eine Möglichkeit, dass sie in einem anderen Land Asyl bekommt. Sie ist ein starkes Mädchen. Ich denke, wenn sie die richtige Hilfe bekommt, wird sie das alles verarbeiten können.«

Er hatte aufgehört, sie zu würgen, dann hatte er auf ihr gelegen, hörte Alison Elanis Worte in ihrem Kopf. »Du hast nichts davon gesagt, dass sie vergewaltigt wurde.«

»Laut medizinischem Befund wurde sie das auch nicht.«

Wie hatte Elani es dann gemeint? Alison zwang sich, sich die Situation vor Augen zu führen. So, wie Elani den Raum beschrieben hatte, hatte sich das Ganze in einer der zwei Zellen in dem Haus am Loch Loyal abgespielt. Das konnte auch erklären, wie Violet zu dem Geschehen hinzugestoßen war. Sie war ja bereits in dem Haus gewesen. Hatte Anne Elani dorthin gebracht, nachdem sie das Mädchen betäubt hatte, oder hatte Gordon sie in Brodies Haus abgeholt?

Alison fragte sich, wie sie selbst in Violets Situation reagiert hätte. Sie sah den muffigen Kellerraum mit den Kisten und Gerätschaften vor sich. Die Tür zur Zelle musste offen gestanden haben. Hatte Violet Elani schreien hören? War sie daraufhin in den Raum gegangen? Gordon war ein ziemlich kräftiger Bursche. Er war in Rage. Wie hätte sie ihn von Elani fortziehen können?

»Dann lag er auf mir, und die Frau war da«, echoten Elanis Worte in Alisons Kopf. Sie hielt den Atem an. War das möglich? In dem Keller lagen Gartengeräte: Spaten, Schaufeln, erinnerte sie sich. »Er lag auf ihr, weil er tot war«, sprach sie ihren Gedanken aus.

»Wo bist du jetzt gerade?«, fragte Una irritiert.

»Er war tot. Gordon Ballard war tot, deswegen musste Violet ihn von Elani wegziehen. Sie hat ihn erschlagen, als er auf Elani eingeprügelt hat.«

Und dann? Violet konnte den Kerl unmöglich allein aus dem Keller geschafft haben. Hatte Elani ihr geholfen? Aber Violet hatte nichts davon gesagt. Sie hatte ja nicht einmal erwähnt, dass Elani in dem Haus gewesen war. Warum hatte sie das verschwiegen?

»Wie machen wir weiter?«

»Wir – gar nicht«, erwiderte Una rigoros.

»Aber –«

»Du begibst dich ab jetzt bitte nicht mehr in Gefahr«, bremste die DCI sie. »Ich besorge einen Hausdurchsuchungsbeschluss für das Cottage am Loch Loyal. Wenn Ballard tatsächlich dort niedergeschlagen wurde, werden wir Spuren finden. Mit etwas

Glück auch die Tatwaffe. Und dann werde ich mich mit Violet Thompson unterhalten.«

Thybster

Kim hatte ein schlechtes Gewissen. Nach der nächtlichen Aktion mit Alison und Grace hatte sie am Morgen verschlafen. Als sie hochschreckte und eilig hinunter in die Küche lief, war Douglas längst unterwegs. Er hatte keine Nachricht hinterlassen, wo sie ihn finden konnte, und kurz ärgerte sie sich, dass er sie nicht geweckt hatte.

Aber es war nicht seine Schuld, dass sie den Wecker nicht gehört hatte. In ihrem Kopf war einfach zu viel Chaos. Die zwiespältigen Gefühle Marley gegenüber waren zermürbend. Sie mochte ihn so sehr, dass sie es kaum aushielt, ihn zu sehen. Und dann war da noch Iains Angebot. Aber sie konnte nicht für Iain arbeiten. Wenn sie als Trainerin arbeiten wollte, dann musste sie das für ihren Vater tun.

Vielleicht wäre es besser, Thybster hinter sich zu lassen, überlegte sie. Es als Episode zu betrachten, als Übergang von der aktiven Profiboxerin zur Trainerin. Boxen war etwas, das sie konnte. Sicheres Terrain. Ihr Vater würde sie mit offenen Armen aufnehmen. Es wäre der einfachste Weg.

Sie sollte mit Iain reden, damit sie sein Angebot aus dem Kopf hatte und er sich keine falschen Hoffnungen machte. Und danach würde sie mit Douglas sprechen. Sie rief Iain an, er war im Club und hatte Zeit für sie.

Sie fuhr mit dem Rad nach Thurso. Die Temperaturen waren mild, die Sonne schien, es wehte ein leichter Sommerwind, als wollte der Norden sich bei ihr einschmeicheln.

Iain saß an seinem Schreibtisch. Er erhob sich, als sie hereinkam.

»Kim, schön dich zu sehen. Nimm Platz.« Er deutete auf den Stuhl vor seinem Schreibtisch. Sein Lächeln erzeugte eine

Menge Falten in seinem Gesicht. »Du kommst hoffentlich mit guten Nachrichten?«

Sie setzte sich ihm gegenüber. Eigentlich mochte sie Iain. Er schien ihr ein ehrlicher Mann zu sein. Wusste er von den krummen Geschäften, die Wilson betrieb? Steckte er womöglich in der Sache mit drin? »Es geht um das Angebot, das du mir gemacht hast.«

»Wunderbar. Lass uns die Details besprechen. Soll ich Andrew anrufen? Er wäre sicher gern dabei.«

Kim zögerte. Sie war sich nicht sicher, ob sie Wilson gegenübertreten wollte. Vielleicht war er auch längst verhaftet?

»Das ist nicht nötig«, erwiderte sie schließlich. »Es tut mir leid, Iain, aber ich werde das Angebot nicht annehmen.«

»Aber … wir haben doch noch gar nicht über alles gesprochen.«

»Wir müssen nichts besprechen. Ich möchte einfach nicht.«

»Okay.« Er konnte seine Enttäuschung nicht verbergen.

»Es hat nichts mit dir zu tun.«

»Ist es wegen Gordon?«

»Gordon?« Sie schüttelte irritiert den Kopf. »Nein, er …« Er war tot. Sie bremste sich gerade noch rechtzeitig. Die Information war vermutlich noch nicht offiziell. Sie hatte es am Abend zuvor von Alison erfahren, die es von Una hatte. Wahrscheinlich wusste es sonst niemand. Vielleicht noch nicht einmal Andrew Wilson?

»Ich kann Gordon leider nicht rausschmeißen. Ich weiß, dass er schwierig ist, aber er ist nun mal Andrews Neffe …«

»Nein, Iain, es hat nichts mit ihm zu tun.« Ihr Blick huschte über die Wände, auf der Suche nach einem Themenwechsel. »Hey, ich wusste gar nicht, dass du segelst?«

Iain wandte sich zu dem Bild um, an dem sie hängen geblieben war. Es zeigte ihn, Andrew und Gordon vor einem Segelboot.

»Früher mal.« Er sah wieder zu ihr. »Kim, worum geht es? Warum willst du unser Angebot nicht wenigstens mal anhören?«

»Es geht einfach nicht, Iain. Tut mir leid. Ich muss jetzt los.« Sie sprang auf und flüchtete aus dem Büro, blieb erst stehen, als sie bei ihrem Fahrrad war. Sie atmete tief durch. Sie hatte das Gefühl, dass ihr die Worte »Gordon ist tot« auf der Stirn geschrieben standen.

Sie schaute zu Iains Bürofenster. Er stand dort und beobachtete sie. Sie hob die Hand zu einem schwachen Gruß und schwang sich auf ihr Rad.

Inverness

Alison war in ihre Wohnung gefahren. Sie sah ihre Post durch, die ausschließlich aus Werbung bestand, und kochte Tee. Sie war raus aus dem Fall, das hatte Una ihr unmissverständlich zu verstehen gegeben. Es war besser so. Jetzt konnte sie sich endlich um Aufträge kümmern, mit denen hoffentlich auch Geld auf ihr Konto kam.

Bei dem Gedanken zwickte es Alison unangenehm in den Magen. Sie schaltete ihren Laptop ein und rief ihr Bankkonto auf. Sam hatte das Geld bisher nicht zurückgebucht, stellte sie erleichtert fest. Wenn sie nicht jedes Mal zitternd vor ihrem Computer sitzen wollte, wenn es um ihre Finanzen ging, musste sie mit ihrer Bank sprechen. Vielleicht räumten die ihr einen Kredit ein. Und sie sollte Sam das Geld zurücküberweisen. Sie wollte nicht länger in seiner Schuld stehen.

Grübelnd trank sie ihren Tee. Sie bräuchte ein Büro für ihre Detektei, hatte Hamish gesagt. Nein, als Erstes brauchte sie Kundschaft. Ohne Einnahmen konnte sie keine Miete zahlen. Eine schicke Website konnte helfen. Sie begann, Informationen zusammenzuschreiben, die potenzielle Kunden interessieren könnten, aber ihre Gedanken schweiften immer wieder ab.

Stimmte ihre Theorie, dass Violet Gordon erschlagen hatte? Wusste Andrew Wilson davon? Alison konnte sich nicht vorstellen, dass Violet den Mut hatte, ihm das zu beichten, immerhin war Gordon sein Neffe. Aber wie hätte sie ihm die Leiche im Keller erklären sollen?

Warum war Violet in der vergangenen Nacht nicht mit ihr gekommen, sondern in dem Haus in Fresgoe geblieben? Hatte die Polizei sie inzwischen zur Befragung abgeholt?

Entnervt nahm Alison ihr Smartphone. Sie musste wissen, was in Fresgoe vor sich ging. Sie scrollte sich durch die Aufnahmen der Wildkamera.

Am frühen Nachmittag sah sie einen Police Sergeant mit einem Constable vor der Tür von Violets Haus stehen. Sie klopften, warteten, klopften erneut. Dann umrundeten sie das Gebäude, schauten in die Fenster, verschwanden auf der Rückseite, um auf der anderen Seite wieder hervorzukommen. Sie klopften noch einmal, schließlich telefonierte der Sergeant.

Stellte Violet sich taub, oder war sie nicht im Haus? Alison scrollte in den Aufnahmen weiter zurück. Eine halbe Stunde später hatte sie die Antwort auf ihre Frage. Sie rief Una an.

»Hast du mit Violet gesprochen?«

»Habe ich mich heute Vormittag nicht klar genug ausgedrückt?«, erwiderte Una ungehalten.

»Du hast noch nicht mit ihr gesprochen, oder?«

»Sie ist nicht in Fresgoe. Die Kollegen haben mit Wilson gesprochen. Er sagt, er hat sie zuletzt gestern Abend gesehen.«

»Dann lügt er. Andrew Wilson kam letzte Nacht gegen halb drei in das Haus in Fresgoe. Etwa eine Dreiviertelstunde später hat er es mit Violet wieder verlassen.«

»Will ich wissen, woher du diese Information hast?«

»Nö. Ist sie vielleicht wieder in dem Haus am Loch Loyal?«

»Nein, und auch nicht in Wilsons Privathaus in Thurso oder in Ballards Wohnung oder in Broderick Thompsons Haus. Sie scheint eine Meisterin im Untertauchen zu sein.«

»Was ist mit Brodies Flotte? Vielleicht ist sie auf einer seiner Yachten?«

»Liebste Ali, auch das haben wir überprüft. Ich muss jetzt zur Dienstbesprechung. Kann ich mich darauf verlassen, dass du dich aus dem Fall raushältst?«

»Kann ich nicht versprechen«, erwiderte Alison.

»Och, Ali«, seufzte Una. »Dann tu mir einen Gefallen: Wenn

du eine Spur verfolgst, geh auf keinen Fall allein irgendwohin. Ich habe keine Ressourcen, dich ständig suchen zu lassen. Und schalte das GPS an deinem Smartphone ein.«

»Yes, Ma'am.«

Es war zum Verrücktwerden. Gerade hatte sie Violet aufgestöbert, und nun war sie schon wieder verschwunden. Wo konnte sie sein? War sie freiwillig untergetaucht, oder hatte Wilson sie gezwungen?

Alison sah sich erneut die Aufnahme an, in der Wilson mit Violet das Haus verließ. Was verriet ihr die Körperhaltung der beiden? Er hatte den Arm um ihre Hüfte gelegt. Sie hatte den Kopf gesenkt und hielt eine Hand an ihre Stirn. Stützte er sie? »Wo hast du sie hingebracht?«, fragte sie den Mann, der nur schemenhaft auf dem Videobild zu erkennen war.

In ein Hotel? Nein, zu unsicher. Was war mit Wilsons Boot? Sie rief das Foto auf. Es war keine kleine Jolle, aber eine geschlossene Kajüte gab es nicht. Lediglich der Fahrersitz war durch einen kabinenartigen Vorbau geschützt.

Wilsons Vater und Großvater waren Fischer, hatte Una gesagt. Besaß Wilson den Kutter noch? Es gab einen, der es wissen musste. Alison wählte seine Nummer.

»Sionn, sag mal, könnte es sein, dass Andrew Wilson noch ein zweites Schiff im Hafen liegen hat?«

»Aye, aye. Ist er der Sohn von Old John. Der Geist von Wick Harbour weiß alles. Sieht alles. Liegen viele Schiffe im Hafen. Viele.«

Konnte der Kerl ihr nicht einfach eine klare Antwort geben? Aber Alison wusste, worauf er spekulierte. »Ich komme nach Wick.«

Wick

Alison schaltete, wie sie es Una versprochen hatte, ihr GPS ein. Geh nicht allein … Ob Sionn als Begleitung zählte? Wohl kaum.

Als sie die Wohnungstür zuzog, erinnerte sie sich daran, dass sie das Schloss unbedingt austauschen sollte. Sie eilte zu ihrem Wagen.

Wen konnte sie fragen? Jeana und Joyce schieden aus. Zum einen hatten sie kein Auto, weil Alison selbst damit unterwegs war, zum anderen hatte sie sich geschworen, Jeana nie wieder in Gefahr zu bringen. Kim fiel ebenfalls aus – sie besaß weder Führerschein noch Auto.

Blieb nur noch Grace. Sie rief ihre Freundin an.

»Hey, bist du im Dienst?«

»Aye.«

Mist. »Wie lange noch?«

»Wenn nichts dazwischenkommt, bis um sechs.«

Alison sah auf die Uhr. Wenn sie sich beeilte, konnte sie um sieben Uhr abends in Wick sein. Grace würde höchstens eine halbe Stunde benötigen.

»Kannst du danach nach Wick kommen?«

»Ich hatte eigentlich gehofft, heute Nacht ein wenig Schlaf zu bekommen.«

»Es wird keine Nachtschicht. Versprochen.«

»Soll ich in Uniform kommen?«

»Könnte nicht schaden, wenn du sie dabeihast.«

»Was hast du vor?«

Alison berichtete ihr von Violets erneutem Verschwinden und ihrem Verdacht.

»Dazu musst du nicht extra nach Wick fahren«, erklärte Grace. »Ich rufe im Hafen an, die können mir sagen, ob Wilson ein zweites Boot dort liegen hat, und wenn dem so ist, bitte ich meine Kollegen, mal nachzuschauen.«

»Okay, danke. Ruf mich an, wenn du etwas weißt.«

Alison fuhr dennoch weiter. Sie musste ohnehin in den Norden und ihrer Schwester das Auto zurückgeben. Der Schlenker über Wick war kein Umweg.

Sie hatte Helmsdale hinter sich gelassen, als Grace sich wieder meldete. »Ich habe mit dem Hafenmeister gesprochen. Wilson hat nur den Cabin Cruiser. Nach dem Tod seines Schwagers vor vierzehn Jahren hat er den Fischkutter verkauft.«

»Wie ist sein Schwager eigentlich gestorben?«

»Er ist bei einem Sturm über Bord gegangen. Das war wohl auch der Grund, warum Wilson den Kutter verkauft hat.«

»War er dabei?«

»Nein, aber Gordon war an Bord. Er war damals noch ein Teenager und hat es geschafft, den Kutter allein wieder zurück in den Hafen zu bringen.«

»Das muss ihn traumatisiert haben.«

Trotz der neuesten Information machte Alison einen Zwischenstopp in Wick. Sie parkte den Kastenwagen am Harbour Quay und stieg aus. Am Straßenrand parkten ein paar Autos, ein Touristenpärchen schlenderte Hand in Hand am Pier entlang. Ein kleiner untersetzter Mann führte seinen Mops Gassi. Die Masten der Segelboote schlugen leise im seichten Wind.

Alison blieb bei der historischen Nebelkanone stehen. Ein restauriertes Relikt aus dem Jahr 1881, das damals als Warnsignal bei den kalten Meeresnebeln diente, dem berüchtigten Haar, der auch heute noch an der Küste auftrat und die Sicht unmöglich machte. Sie hielt Ausschau nach Wilsons Boot, das sie bisher nur auf dem Foto gesehen hatte.

»Gute Freundin, da bist du ja.«

Alison zuckte zusammen. »Herrje, Sionn, musst du dich immer so anschleichen?«

»Der Geist von Wick Harbour schleicht nich', schleicht er nich'. Er erscheint.« Er zeigte sein schlitzohriges Zahnlückengrinsen.

»Dann kündige dich bitte demnächst mit dem Nebelhorn an.«

Sionn kicherte. »Hast du ein bisschen Kleingeld für einen guten Freund?«

»Ich weiß bereits, dass Wilson kein zweites Boot hier im Hafen hat.«

»Alle Boote weg. Alle. Aber der Geist von Wick Harbour weiß alles. Sieht alles. Hab ich schöne Frau gesehen, hab ich.«

Schöne Frau. Na toll, was sollte sie damit anfangen?

Er hatte Violet als schöne Frau bezeichnet, fiel ihr ein. »Wann?«, fragte sie eilig.

»Es war der frühe Morgen, und die schöne Frau kam mit einem Mann, kam sie.«

»Und wohin sind sie gegangen?«

»Och.« Sionn sah sie erwartungsvoll an. Der Kerl machte sie arm. Sie drückte ihm fünf Pfund in die Hand. »Jetzt erzähl mir, was du gesehen hast.«

»Aye, aye. Gingen sie zu dem Schiff, da liegt es, alt und blau.«

»Wo liegt es?«

»Im Wasser.«

»Echt jetzt?« Sie suchte die Stege ab. »Welches meinst du? Da sind mehrere.«

Als keine Antwort kam, drehte sie sich wieder zu ihm um. Der Geist hatte sich in Luft aufgelöst. Alison schnaufte frustriert und marschierte zu dem Steg, der vom Kai zu den Bootsanlegern führte. Ein Gittertor versperrte ihr den Zutritt zur Marina.

Sie überlegte, ob sie sich an der Seite entlanghangeln und über das Gelände klettern konnte, als sie jemand von hinten ansprach. »Sind Sie Ms Dexter?«

Sie wandte sich um und sah sich einem älteren Herrn mit blauem Hemd, das ein Emblem der Hafenbehörde zierte, gegenüberstehen. Die grauen Haare kurz geschnitten, die Miene noch recht freundlich.

»Wie haben Sie das erraten?«, erwiderte Alison mit Unschuldslächeln.

»Die Beschreibung, die mir Police Sergeant MacKeith von Ihnen gab, passt.«

Grace kannte sie einfach zu gut.

»Robert Kinsman, Hafenmeister«, stellte er sich vor. »Kann ich Ihnen helfen?« Sein Blick glitt fragend zwischen ihr und dem verschlossenen Zugang zu den Schiffsanlegern hin und her.

»Es geht um ein Boot, ein altes blaues Boot. Ich befürchte, dass sich eine Bekannte von mir darauf aufhält und sich in einer Notlage befindet.«

»Ein altes blaues Boot?« Kinsman runzelte die Stirn. »Dann schauen wir doch mal.«

Er zauberte einen Schlüsselbund hervor und ließ sie vor sich den Steg betreten. Sie schritten die Reihen der Yachten ab. Es gab mehrere blaue Motorboote, aber keines davon war alt, so wie Sionn behauptet hatte. Sie wollte die Suche abbrechen, als Grace sie anrief.

»Bin gerade bei Dad. Kim sagt, sie hätte in Iain Barcleys Büro ein Foto gesehen, auf dem er mit Ballard und Wilson vor einem blauen Segelboot steht, vielleicht hilft dir das weiter. Grüß Rob von mir. Er hat was gut.«

Alison wandte sich an den Hafenmeister. »Wir suchen ein altes blaues Segelboot. Vermutlich gehört es Iain Barcley.«

»Aye.« Kinsman überlegte einen Moment, dann schritt er zielstrebig voran. Wenig später standen sie vor einem abgetakelten Kahn. Die Farbe an den Masten blätterte ab, auch das Blau des Schiffsrumpfes war verwittert. Die Scheiben der Kajüte waren blind, sodass ein Blick ins Innere verwehrt blieb.

»Das ist es, aber ich habe Iain schon lange nicht mehr gesehen. Eigentlich eine Schande, dass er das schöne Schiff so verkommen lässt.«

»Ich muss mich da mal umsehen.«

Bevor der Hafenmeister sie davon abhalten konnte, hatte sie sich über die Reling gehangelt.

»Ms Dexter!«

Sie legte den Finger auf ihre Lippen, wandte sich dann zur Kajüte um und kniete vor einem Fenster nieder, um hineinzuschauen. Aber hinter den milchigen Scheiben konnte sie nur ein paar verschlissene Vorhänge erkennen. Sie ging nach achtern zum offenen Steuerstand. Von hier aus gab es eine Tür zur Kajüte. Sie war verschlossen, bot aber nur geringen Widerstand, als Alison mit ihrem Dietrich das Schloss knackte. Das Holz knarzte in der Bewegung der seichten Wellen im Hafenbecken. Sie öffnete die Tür. Ein paar Stufen führten in den Bauch des Schiffes.

Alisons Blick glitt über das Interieur: Sitzecke, abgedeckte Küchenzeile, Einbauschränke. Die Schlafkoje befand sich im Vorschiff. Ein Vorhang versperrte die Sicht darauf. Sie hörte ein verzweifeltes »Mhmmhmmmhmm«.

Alison schaltete die Taschenlampenfunktion ihres Smartphones ein und leuchtete ins Innere. Das Schiff wackelte unerwartet kräftig und brachte sie kurz aus dem Gleichgewicht. Schritte erklangen vom Deck.

»Ist alles in Ordnung, Ms Dexter?« Kinsman war ihr auf das Schiff gefolgt.

»Ich weiß nicht.« Sie stieg die Stufen zur Kajüte hinunter und ging die paar Schritte zum Vorschiff. Sie zog den Vorhang zur Seite. »Oh mein Gott!«

Violet lag auf der Matratze und starrte sie mit angstgeweiteten Augen an. Sie war geknebelt und an Händen und Füßen gefesselt, das Make-up in ihrem Gesicht war tränenverschmiert. Der Gestank von Urin stach ihr in die Nase.

»Wir brauchen die Polizei. Und ich denke, eine Ärztin wäre auch gut.«

Violet war ins Caithness General Hospital in Wick gebracht und untersucht worden. Alison saß im Wartebereich des Krankenhauses. Sie nippte an einem Plastikbecher und fragte sich, warum es in öffentlichen Gebäuden immer nur diesen schrecklichen Automatenkaffee gab, als eine Polizistin auf sie zueilte.

»Ms Dexter?«

»Aye.«

»Es dauert noch ein wenig, bis die Kollegen aus Inverness hier sind. Frau Thompson fragt, ob sie so lange bei ihr bleiben würden?«

»Ja, natürlich.«

Alison folgte der Polizistin durch die Gänge.

Violet lag auf einer Pritsche in einem Untersuchungsraum. »Schau dir diesen Fummel an, den die mir gebracht haben.« Sie zupfte in einer hilflosen Geste an ihrer Hose. Sie hatte sich in den Stunden, die sie gefesselt in dem Schiff gelegen hatte, eingenässt, und man hatte ihr behelfsmäßig einen samtgrünen Nickianzug gegeben.

»Du könntest einen Kartoffelsack tragen und sähest immer noch elegant aus«, versuchte Alison sie aufzumuntern.

Violet hob den Blick. Sie war ungeschminkt, und die Strapazen ihrer Gefangenschaft standen ihr deutlich im Gesicht. Die sonst immer perfekt gestylte Frau wirkte hilflos wie ein Kind. »Ich hatte solche Angst, Ali.«

»Du bist jetzt in Sicherheit.« Alison drückte beruhigend ihre Hand. »Was ist denn überhaupt passiert?«

Violet zupfte erneut an der Nickihose und nagte unsicher an ihrer Unterlippe.

»Hey, du bist eine Heldin. Du hast Elani gerettet«, versuchte Alison, ihr ein wenig Mut zu machen.

»Woher weißt du …?« Violet sah sie erschreckt an.

»Ich weiß nicht, was genau in dem Haus am Loch Loyal geschehen ist, aber wir haben Elani gefunden. Sie lebt.«

Violet rollte sich auf die Seite. Ihre Schultern begannen zu beben. Alison strich ihr tröstend über den Rücken und ließ sie weinen.

»Ich hab gedacht, er bringt sie um. Ich hab mir nicht anders zu helfen gewusst«, wisperte Violet irgendwann zwischen den Schluchzern. »Ich hab den Spaten genommen und ihm auf den Schädel geschlagen. Zwei, drei Mal, bis er endlich ruhig war. Und dann war er tot. Ich hab das nicht gewollt. Er sollte doch nur aufhören, sie zu schlagen.«

»Du hast ihr das Leben gerettet.«

»Nein, habe ich nicht.« Violet wandte sich ihr wieder zu.

Alison riss ein paar Papiertücher von einer Rolle, die auf einem Wagen neben der Pritsche stand, und reichte sie ihr.

»Ich habe sie fortgeschickt«, erklärte Violet mit erstickter Stimme. Sie trocknete sich die Wangen und putzte die Nase. »Dann kam Andrew. Ich war in Panik. Ich … ich habe ihm gesagt, Elani hätte Gordon getötet. Sie hätte ihm hinter der Tür aufgelauert und ihn erschlagen und wäre dann abgehauen. Andrew hat das Handy in dem Zimmer gefunden. Er hat mich gefragt, von wem das sei. Ich dachte, es wäre Gordons.«

»Es war meines«, erklärte Alison. »Also hat Wilson mich in die Falle gelockt?«

»Das weiß ich nicht.«

Alison leerte grübelnd den Inhalt ihres Plastikbechers. Kalt schmeckte die Brühe noch grauenhafter. »Aber wieso hat Wilson dich jetzt gefesselt in diesem Boot eingesperrt?«

»Ich habe Andrew gesagt, dass ich nicht mehr mitmachen könnte. Ich ertrage diese Gewalt nicht, und ich will nicht schuld am Tod von noch mehr Menschen sein. Ich wusste ja, dass heute …« Sie brach ab, putzte sich erneut die Nase. »Ich schwor ihm, dass ich niemandem je etwas verraten würde.«

»Wie hat er darauf reagiert?«

Violet lächelte traurig. »Er blieb ganz ruhig. Diese Ruhe, die er immer bewahrt, die liebe ich an ihm. Er war so verständnisvoll. Wir saßen in der Küche. Er meinte, ich bräuchte einen kräftigen Schluck, um meine Nerven zu beruhigen. Er holte den Whisky. Wir tranken …«

Sie hob die Schultern. »Und dann ist alles nur noch verschwommen. Ich konnte nicht mehr denken. Ich bin mit ihm gegangen. Als ich wieder richtig zu mir kam, lag ich gefesselt in diesem Boot. Ich dachte, wir sind auf See, und befürchtete, dass er mich holen und über Bord werfen würde. Es war die Hölle, Ali.«

»Könnte es sein, dass er erfahren hat, dass du Gordon erschlagen hast?«

»Von wem sollte er das erfahren? Es weiß doch niemand. Und du darfst es auch niemandem sagen.«

»Elani war dabei. Sie weiß, was geschehen ist.«

»Aber die Polizei wird mir glauben und nicht ihr.«

Alison schnaufte empört. »Das Mädchen hat ja wohl schon genug gelitten, findest du nicht?«

»Wenn es sie nicht gäbe, wäre das doch alles nie passiert!« Violet schloss die Augen. »Ich bin müde. Ich will jetzt schlafen.«

Alison ließ sie ruhen und hing ihren Gedanken nach. Satzfetzen poppten auf: »Über Bord werfen.« So wie Gordon den Jungen über Bord geworfen hatte. »Ich wusste ja, dass heute …«

»Violet?« Alison rüttelte an ihrer Schulter. »Du hast gesagt, du wüsstest, dass heute … Dass heute was? Was ist für heute geplant?«

»Lass mich. Ich will nicht –«

»Nein!« Alison verstärkte ihren Griff, als Violet sich wegdrehen wollte. »Schau mich an!«

»Hör auf. Du tust mir weh.«

»Bringt Wilson heute Nacht wieder Mädchen in dein Haus?«

Violet presste die Lippen fest zusammen.

»Wann? Wie viel Zeit bleibt uns?«

Die Antwort war ein Achselzucken.

»Du hast gesagt, du willst nicht, dass noch mehr Menschen sterben!«

»Ich weiß es doch nicht! Ich weiß es nie.« Sie begann wieder zu weinen. »Lass mich in Ruhe! Ich will mit alldem nichts mehr zu tun haben.«

Alison erinnerte sich, wie sie am Yachthafen gestanden hatte, um Violet zu finden. »Alle Boote weg. Alle«, hatte Sionn gesagt. Nein, nicht alle. Aber eines: Wilsons Cabin Cruiser.

Sie eilte aus dem Zimmer und zückte ihr Handy. »Hey, Una, du hast heute Morgen gesagt, dass ihr euch das Boot von Wilson anschauen wollt.«

»Aye.«

»Und?«

»Nichts ›und‹. Es war nicht da.«

»Das heißt, Wilson ist damit rausgefahren.«

»Er oder jemand anders.«

»Violet hat sich vorhin verplappert. Wilson bekommt heute Nacht vermutlich Nachschub.«

»Das wäre aber ziemlich leichtsinnig von Mr Wilson.«

»Vielleicht fühlt er sich sicher. Mit etwas Glück hat er nicht mitbekommen, dass wir Violet gefunden haben.«

Die DCI seufzte grübelnd. »Das sind ein bisschen viele Unsicherheitsfaktoren.«

»Ich weiß ja, dass wir keine handfesten Beweise gegen ihn haben, aber wenn wir Wilson auf frischer Tat ertappen –«

»Ich höre immer nur ›wir‹. Du hältst dich da raus, Ali!«

»Ihr müsst den Hafen observieren.«

»Erklär du mir meine Arbeit nicht. So schnell krieg ich keinen sauberen Einsatz organisiert! Wir brauchen noch mindestens eine Stunde, bis wir in Wick sind, bis Fresgoe ist es noch mal eine Dreiviertelstunde …«

»Dann ruf Kenny an. Bitte! Wir können nicht sehenden Auges zulassen, dass wieder ein paar Mädchen in die Zwangsprostitution geschickt werden!«

»Ich tue, was ich kann, Ali. Und du bleibst bitte bei Violet Thompson. Nicht dass sie Wilson eine Warnung zukommen lässt.«

»Okay.« Alison eilte zurück ins Untersuchungszimmer. Zu ihrem Entsetzen war die Pritsche leer.

***

Das Meer war ruhig, als hätte es Erbarmen mit den Reisenden. Drei Mädchen saßen zusammengekauert im Heck des Cabin Cruisers, der im Schutz der Dunkelheit über die Wellen glitt.

Er hatte ihnen Decken gegeben, aber sie froren trotzdem. Die Fahrt war lang. Er hätte die Tour verschieben sollen. Doch dann wäre das Schiff seines Lieferanten noch weiter entfernt und für ihn nicht mehr erreichbar gewesen.

Eigentlich hatte er die Mädchen schon in der Nacht zuvor holen sollen. Das war ihm allerdings zu riskant gewesen, nachdem die Polizei am Samstagabend bei ihm angeklopft hatte, weil sie DNA-Material von Gordon brauchten. Und dann tauchte noch diese verfluchte Schnüfflerin in seinem Cottage am Loch Loyal auf. Aber wäre er heute nicht rausgefahren, hätte er eine Menge Geld für nichts gezahlt.

Konzentriert navigierte er das Boot über das Wasser. Dort, wo der Strahl von Buglicht und Positionsleuchten nicht hinreichte, lag Finsternis. Mond und Sterne hielten sich hinter Wolken versteckt. Eigentlich eine ideale Nacht für diese Überfahrt.

Er dachte an seinen Schwager, den das Meer nicht wieder hergegeben hatte. Er selbst hatte nie etwas mit der Fischerei am Hut gehabt. Zu viel harte, schmutzige Arbeit, zu wenig Verdienst. Er war froh gewesen, als Anne einen Mann fand, der den Kutter seines Vaters übernahm.

Profiboxer hatte er werden wollen. So wie Kimberly Hart. Killer-Kim hatten die Zeitungen das Mädchen genannt. Es war ein Jammer, dass sie nicht mehr in den Ring steigen wollte. Aber mit ihr konnte er Talente nach Thurso locken. Eines Tages würde er mit einem Champion aus seinem Stall am Ring stehen.

Er ahnte, dass er sich Illusionen hingab. Iain hatte ihn angerufen. Sie hatte den Job abgelehnt. Aber vielleicht änderte sie ihre Meinung, wenn sie erfuhr, dass Gordon nicht mehr in den Club kommen würde.

Dieser verfluchte Junge. Er hatte Verderben in die Familie gebracht. Andrew war nach all den Jahren, die er sich um seinen Neffen gekümmert hatte, sicher, dass der Tod seines Schwagers kein Unfall gewesen war. Gordon war schon als Vierzehnjähriger ein kräftiger Bursche gewesen, dazu jähzornig und unberechenbar.

Und jetzt hatte sein Neffe aus einer Laune heraus diesem Jomo das Genick gebrochen. Gordon hatte den Jungen zum Kiffen verführt. Sich über ihn amüsiert, wenn er high herumgelallt hatte. Dann hatte der Kleine einmal zu viel gelacht, im falschen Moment. Ein einziger harter Schlag habe gereicht, hatte Gordon sich vor ihm gebrüstet.

Er näherte sich der Küste, schaltete die Positionslichter aus, erwischte einen Wellenkamm hart. Die Mädchen wimmerten ängstlich. Er zischte sie an, dass sie ruhig sein sollten.

Er war etwas aus der Übung, kannte die Küste nicht so gut, wie Gordon sie gekannt hatte, der fast täglich rausgefahren war. Bei Wind und Regen und Sturm. Immer wieder war er zurückgekehrt, mit funkelnden Augen und zu viel Adrenalin im Blut. Und dann ließ er sich von einem Mädchen erschlagen!

Er machte sich nicht die Mühe, nach Elani zu suchen. Wenn man sie je erwischte, würde sie der Polizei garantiert niemals erzählen, dass sie einen Mann erschlagen hatte.

Aber Gordons Leiche hatte ihn vor ein Problem gestellt. Wie hätte er der Polizei erklären sollen, dass sein Neffe tot in seinem Keller lag? Er konnte keine Bullen gebrauchen, die in seinem Haus nach Fingerabdrücken und Blutspuren suchten.

Er hatte Gordon schnell loswerden müssen. Aber es war ein Fehler gewesen, ihn im Wagen der Schnüfflerin zu verbrennen. Dabei war es ihm als eine gute Lösung erschienen. Ein Brand verwischte alle Spuren, und gleichzeitig hatte es eine Warnung für Alison sein sollen, damit sie aufhörte, ihre Nase in seine Angelegenheiten zu stecken.

Er drosselte den Motor, schaltete den Bugscheinwerfer aus. Es wurde verflucht dunkel um ihn herum. Er hoffte, dass er nicht auf eine der spitzen Klippen fuhr, die an der Küste aus dem Wasser stachen.

Jede Faser seines Körpers war angespannt, während er langsam auf das Hafenbecken zuhielt. Ein leises Tuckern nur. Er bedauerte, dass Violet nicht im Haus auf ihn wartete. Die Frau hatte völlig die Nerven verloren. Was sollte er mit ihr machen? Er hatte noch nie einen Menschen getötet. Aber sie würde ihn verraten, das war sicher wie das Amen in der Kirche – so abgedroschen dieser Spruch auch war.

Ihm blieb keine andere Möglichkeit, als sich ihrer zu entledigen. Er würde Anne instruieren, der Polizei zu erzählen, dass Violet unter Depressionen litt. Dann könnte er vielleicht ihren Selbstmord vortäuschen.

Er lenkte den Cruiser in das ruhigere Wasser des Beckens. Stockfinster war es. Nein, nicht ganz. Da hatte etwas am Kai reflektiert. Adrenalin schoss ihm in die Adern. Instinktiv wendete er das Boot, gab Gas. Die Mädchen schrien in Panik. Scheinwerfer blendeten von allen Seiten auf. Eine blecherne Stimme erschallte aus einem Megafon. Ein Boot der Küstenwache versperrte die Ausfahrt.

Wilson fluchte. Er hätte Violet umbringen sollen, als er die Chance dazu hatte, und diese verdammte Schnüfflerin gleich mit. Und er hätte heute nicht rausfahren sollen.

Er schaltete in den Leerlauf und richtete sich mit erhobenen Händen auf.

ZWANZIG

»So gut kann er das blöde Ding doch nicht versteckt haben«, schimpfte Alison. Sie war mit Kim nach Fresgoe gefahren, um endlich die Wildkamera abzubauen, aber sie fand sie einfach nicht. Sams Chauffeur hatte den Apparat verdammt gut versteckt.

Kim hielt das Smartphone in der Hand und schaute auf das Display. »Ich sehe deine Finger. Du bist ganz nah dran, weiter nach links. Nein, nach rechts. Jetzt wieder nach links.«

Alison tastete die Mauerritzen ab. »Wie denn nun, links oder rechts?« Sie schaute über die Schulter zurück und sah in Kims feixendes Gesicht. »Du verarschst mich hier die ganze Zeit!«

Ihre Freundin prustete los.

»Du blödes Huhn!«

»Okay«, gluckste Kim. »Ernsthaft jetzt. Die Kamera müsste etwa einen Meter weiter links sein.«

Misstrauisch folgte Alison der Instruktion, tastete die Fugen entlang und fand endlich ein paar lose Steine, hinter denen Mike das winzige Gerät eingebaut hatte.

»Nicht schlecht.« Alison betrachtete die moderne Kamera und packte sie sorgfältig ein. Mike hatte Qualitäten. Sie wusste, dass er nicht nur Sams Chauffeur, sondern auch sein Bodyguard war. Ein Ex-Soldat, der offensichtlich nicht nur etwas von Autofahren und Nahkampf verstand.

Kim war ihr gefolgt und setzte sich grinsend auf die Mauer. Alison hockte sich neben sie. Die Steine waren von der Sonne gewärmt. Vom Hafenbecken hörten sie das leise Plätschern der Wellen.

Kim sah zu Violets Haus. »Werden die Andrew Wilson drankriegen?«

»Ich hoffe. Violet ist bereit auszusagen, schon allein um ihre eigene Haut zu retten.« Noch immer kochte die Wut hoch, bei der Erinnerung, wie sie Violet im Caithness Hospital im Schwesternzimmer gefunden hatte. Gerade noch rechtzeitig, um zu verhindern, dass sie Wilson anrief. Sie hätte zu große Angst vor ihm, hatte Violet behauptet. Die Angst rührte wohl von der Befürchtung, dass Wilson erfahren könnte, wer tatsächlich seinen Neffen getötet hatte, vermutete Alison.

»Wilsons Anwalt versucht, den Fall so zu drehen, dass die Hauptschuld bei Gordon liegt. Die Spurensicherung hat allerdings DNA-Spuren von mir im Kofferraum von Wilsons SUV gefunden«, fuhr sie fort. »Und als er mich überfallen und im Moor ausgesetzt hat, war Gordon definitiv schon tot. Vermutlich war es seine Leiche, die ich bei dem alten Cottage gesehen habe.«

»Schon krass, dass er seinen eigenen Neffen einfach so in ein Auto packt und verbrennt«, überlegte Kim.

»Aye. Dabei ist er nur ein kleines Glied in der Kette, da will man es mit den anderen Bandenmitgliedern nicht zu tun bekommen. Wilson wird sicher keine Namen preisgeben.« Alison seufzte frustriert. »Er wird eine Weile einsitzen, und ein anderer wird seinen Platz übernehmen. Diese Banden sind wie ein riesiger Lurch. Du hackst denen eine Gliedmaße ab, und es wächst eine neue nach und macht weiter, als wäre nichts geschehen.«

»Jeder Erfolg zählt.«

»Aye.«

Zumindest war es für Alison im Nachhinein beruflich ein kleiner Erfolg gewesen. Violet hatte ihr für ihre Rettung eine stattliche Summe gezahlt. Alison hatte nicht damit gerechnet, zumal sie das Geständnis von Gordons Tötung an Una weitergegeben hatte. Das Honorar kam ihr gerade recht, da die Bank ihr ohne ausgefeilten Businessplan keinen Kredit einräumen wollte. Mit Violets Geld in petto hatte Alison Sams Zuwendung zurückzahlen können, ohne finanziell in den Abgrund zu stürzen. Sie konnte ihre Miete zahlen und hatte sogar noch ein kleines Sicherheitspolster auf ihrem Konto.

»Was passiert mit Elani?«, fragte Kim.

»Sam hat ihr einen Platz in einem internationalen Internat in Südengland verschafft.« Die Information hatte Alison von

Una bekommen. Noch immer war es ihr ein Rätsel, was Samuel Dexter dazu bewogen hatte, sich dieses Mädchens anzunehmen. Es war eine Seite an ihm, die sie niemals erwartet hätte.

Kim streckte ihr Gesicht mit geschlossenen Augen der Sonne entgegen. »Und wie machst du weiter?«

»Ich werde eine offizielle Lizenz erwerben, mir ein schickes Büro einrichten, und dann werde ich mich nur noch um treulose Ehegatten und entlaufene Hunde und Katzen kümmern.«

Kim grinste. »Bis der nächste Mordfall kommt.«

»Bitte nicht.« Alison sah ihre Freundin prüfend an. »Wie sehen denn deine Pläne aus? Gehst du zurück nach Deutschland?«

»Hatte ich tatsächlich überlegt.«

»Klingt nach einem Aber.«

»Mein Vater hat mich gefragt, seit wann ich so schnell aufgeben würde.« Kim strich über einen Grashalm, der aus den Ritzen der Steine herauswuchs. »Und er hat recht. Ich wollte ein neues Leben, ich liebe die Arbeit mit den Schafen, und ich kann schon richtig gut mit dem ATV fahren.«

»›Richtig gut‹ heißt: schneller als Schrittgeschwindigkeit?«

Kim schnitt eine Grimasse.

»Was ist mit Marley und dir?«

Kims Blick glitt in die Ferne, ein leichtes Lächeln umspielte ihre Lippen. »Mal sehen. Ich treffe ihn heute Abend. Er sagt, er hat eine Überraschung für mich.«

Rezept – Alisons Scones

Zutaten
2 Eier
100–125 ml kalte Milch
75 g kalte Butter
350 g Mehl
2 gestrichene TL Backpulver
1 kleine Prise Salz
20 g Zucker
Wer mag: 50–75 g Rosinen

Zubereitung
Eier aufschlagen, verrühren, mit der Milch vermischen.
Butter mit Mehl, Backpulver, Prise Salz und Zucker vermischen, nach und nach die Milch-Ei-Mischung zugeben (einen kleinen Rest übrig lassen!) und alles zu einem festen Teig verkneten. Zum Schluss gegebenenfalls noch die Rosinen zufügen.
Den Teig in zehn gleich große Stücke teilen.
Jedes Teigstück zu einer Kugel formen, auf ein mit Backpapier ausgelegtes Backblech legen und auf circa zwei Zentimeter Höhe flach drücken. Die Oberfläche der Teigstücke mit dem Rest der Milch-Ei-Mischung einpinseln.
Backofen auf 220 Grad (Umluft 200 Grad) vorheizen.
Circa 10–15 Minuten backen, bis die Scones eine goldgelbe Farbe haben. Mit Butter oder Clotted Cream und Marmelade zum Tee genießen.

Danke!

Diesen Roman hätte ich nicht ohne die Unterstützung vieler lieber Menschen schreiben können. All jenen, die mich bei meiner Arbeit begleitet haben, möchte ich an dieser Stelle ganz herzlich Danke sagen.

Ganz besonders danke ich meinem Mann, für seine konstruktive Kritik am Plot, fürs Autofahren bei manchen Recherchereisen in Schottland, für das klaglose Mitwandern bei kilometerlangen Märschen durch die Straßen von Inverness, Thurso, entlang einsamer Küsten und in die Highlands.

Ich danke den Polizistinnen und Polizisten der Highland and Islands Police von Thurso, Wick und Inverness, die mir bei meinen Recherchen bereitwillig Fragen zu ihrer Arbeit beantwortet haben. *And a very special thanks to Neil MacDonald from Inverness HQ. Thank you so much for giving me deep insights into policing in Scotland.*

Ein Dank gilt auch Reisebuchautor Matthias Eickhoff, dessen Schottland-Reiseführer mich bei meinen Recherchen treu begleiten. Ich freue mich, wenn wir uns auch zukünftig über besondere Locations in Schottland austauschen.

Zu guter Letzt danke ich von Herzen Christel Steinmetz und dem gesamten großartigen und engagierten Team des Emons Verlags für die unkomplizierte Zusammenarbeit sowie ein herzlicher Dank an meine Lektorin Hilla Czinczoll. Ihr seid super!

Alle aufgeführten Orte in diesem Roman können Sie besuchen. An der Nordküste wechseln sich wildromantische Steilküsten mit breiten hellen Sandstränden ab. Bei einem Ausflug in die Highlands zum Forsinard Flows National Nature Reserve unbedingt die Scones im Tearoom der Forsinard Lodge probieren! Der Dubh Lochan Trail sowie der nahe Forsinain Trail sind prima ausgeschildert und veranschaulichen das Moor-Renaturierungsprojekt.

Thybster werden Sie leider vergeblich auf der Karte suchen. Fiktiv habe ich diesen netten Küstenort zwischen Thurso und Castletown angesiedelt.

Alle Bücher von Sybille Baecker im Überblick
Auch als eBook erhältlich

Schottland-Krimis

Sturm über den Highlands
ISBN 978-3-7408-1360-4

Vermisst in den Highlands
ISBN 978-3-7408-2098-5

Schwaben-Krimis

Irrwege
ISBN 978-3-89705-610-7

Eisblume
ISBN 978-3-89705-782-1

Neckartreiben
ISBN 978-3-89705-947-4

Siebenmühlental
ISBN 978-3-7408-0498-5

Schwabentod
ISBN 978-3-7408-0927-0

Kehrwoche
ISBN 978-3-7408-1261-4

Körschtalrache
ISBN 978-3-7408-1660-5

Liebesroman
(unter dem Pseudonym Sofia Mai)

Herzklopfen im Ländle
ISBN 978-3-7408-1941-5